정신과 의사 권영재의 엽편소설 모음집

지랄 육갑 떨지 마

정신과 의사 권영재의 엽편소설 모음집
지랄 육갑 떨지 마

초판인쇄 | 2022년 9월 25일
초판발행 | 2022년 9월 30일

지은이 | 권영재
펴낸이 | 김경옥
디자인 | 김현림
펴낸곳 | 도서출판 온북스

등록번호 | 제 312-2003-000042호
등록일 | 2003년 8월 14일
주소 | 서울시 은평구 은평로 194-6, 502호
전화번호 | 02-2263-0360
팩스 | 02-2274-4602

ISBN 979-11-92131-20-7 03810
잘못 만들어진 책은 교환해드립니다.
이 출판물은 저작권법에 의하여 보호받는 저작물이므로
무단 전재와 무단 복제를 할 수 없습니다.

정신과 의사 **권영재**의 엽편소설 모음집

지랄 육갑 떨지 마

권영재 지음

온북스
ONBOOKS

저자의 변

지랄 육갑 떨지 않고 살겠습니다.

권영재
대구경북신경정신과학회장, 대구정신병원 의무원장, 대구적십자병원
서부노인전문병원장, 경북의대, 영남의대 겸임교수, 대구사이버대 전임교수를 역임
계명의대, 대구가톨릭의대 외래교수, 미주병원 진료원장으로 재직 중

한강 상류에 댐이 없을 때 대학을 다녔다. 큰물이 나면 한강에 물 구경 갔다. 초가가 집 체로 떠내려오고 돼지, 소 같은 가축과 사과나 수박, 참외 등 과일과 채소 등도 떠내려왔다. 몇몇 사람들은 줄 끝에 갈고리를 달아 강물에 던져 넣어 떠내려오는 부유물들을 건진다. 강 상류 농부들의 삶의 전부가 무너졌는데 물가에서 보는 사람들은 즐거웠다.

큰 장에 자주 불이 났다. 전국의 직물의 대부분을 생산하고 의복과 이불까지 만들던 시장이라 불이 자주 낫고 그것도 대형 화재였다. 이곳 구경도 재미있었다. 상인들은 발을 동동 구르고 울고 있는가 하면 가끔은 죽을 줄 모르고 불 속으로 뛰어 들어가기도 한다. 이 판국에 도둑놈들은 이불이나 포목 원단을 제 것처럼 불 속에서 갖고 나오다 주인을 만나 멱살잡이를 한다. 불이 꺼지려고 하면 실망감이 온다. 상인들은 목숨 걸고 불 속으로 들어가는 데 구경꾼들은 재미가 있었다.

남들이 싸우는 광경도 곁에서 보면 재미있다. 곧 주먹으로 후려칠 것 같다가 그냥 손이 내려오면 실망감이 컸다. 사내답지 못하게 저걸 싸움이라고 하나 하며 비웃는다. 자고로 싸움을 말리고 흥정을 붙이라고 했지만 나는 흥정은 깨지고 싸움은 커지는 게 즐거웠다. 나라끼리 전쟁도 개인의 싸움과 같았다. 이스라엘이 6일 만에 포위한 아랍국들을 박살낼 때 신이 났다. 팔레스타인은 원래 아랍사람들이 살던 곳인데 이스라엘이 들어와 땅을 뺏어 일어난 전쟁이다. 그런데도 나는 이스라엘을 편들고 있었다. 힘센 놈이 좋았다.

숨어서 남 욕하는 재미 이거 쏠쏠하다. 앞에서는 무서워서 못하고 잘못하다가는 크게 봉변당할지 모르니까 숨어서 뒷 담화하면 속이 후련하다. 박정희 욕도 많이 했다. 잘못하면 중앙정보부가서 매를 흠씬 맞고 오는 판국인데도 숨어서 욕했다. 남 잘되는 것 그냥 못 본다. 요즘 좌파나 노동판 사람들이 그들이 돈과 명예를 거머쥔 지배계급이 되었는데도 계속 남들 욕하는 것 보면 남 욕하는 행동이 얼마나 중독성이 강한 줄 알게 된다.

이번에 새로운 장르인 엽편 소설집을 낸다고 그동안 써 모아 둔 글 나부랭이를 읽다 보니 주인공들의 언동에서 공통된 점이 보였다. 인격장애자, 사기꾼, 도둑놈, 파렴치범, 깡패, 정신병자 등 대부분이 부정적인 인격의 소유자였다. 평소 그런 인간과 사회상을 욕하고 빈정대고 글도 썼다. 요즘 출판한다고 마지막 원고 퇴고(推敲)하다 보니 그 주인공들이 모두 나였다는 사실을 알았다. 늦게나마 나의 죄를 알았으니 다행이다. 퍼뜩 출판을 중단해야겠다는 생각이 들었다. 책 나오면 개망신한다는 예감이 들었다.

　내 심보가 이러했다. 물 구경, 불 구경, 싸움 구경과 뒤 담화까지 가장 못난 짓은 다하고 살았으며 인격의 구조조차도 바르게 되어 있지 않았다. 이런 인간이니 명예가 찾아왔겠나 부귀가 생겼겠나? 내가 빌빌거리며 살았던 까닭을 이제야 알게 되었다. 복 받기 힘든 인간이었다. 남의 불행을 즐기고 살았으니 이보다 더 큰 죄가 있겠나.

　다행히 석가나 예수께서 죄 뉘우치면 즉각 용서를 해 준다니 이보다 더 고마운 말은 없다. 이제부터 이 성인들에게 나를 의지한다. 하지만 지은 죄를 성인들이 용서해 준다는 것은 잔 속의 독을 버리는 행위이다. 잔의 벽에 이미 스며들어 있는 독까지 씻어 준다는 것은 아닐 것이다. 그 잔죄(殘罪)의 소멸은 평생 닦아야 될 나의 업보이다. 어차피 사보는 얼간이들도 없을 책이고 원고는 인쇄소로 넘어가 이미 책이 되고 있으니 출판할 수 밖에 없다. 이 책은 분홍 글씨로 나의 가슴에 걸리게 될 것 같다. 앞으로 착하게 살아야겠다. 업장소멸(業障掃滅)에 최선을 다하기로 한다.

2022년 8월 삼복이 끝날 갈 무렵. 대프리카에서.

정신과 의사
권영재의 엽편소설 모음집
지랄 육갑 떨지 마

피조물들이 똑똑해지고, 나중에 패거리까지 많아지게 되면 조물주에 대한
경건한 마음이 없어지고 그러면 피조물들은 그들 주인의 말을 잘 듣지 않게 된다.
그러다가 나중에는 반항하고 세상을 뒤엎는 하극상도 있을 수도 있다고 생각해서
일부러 그렇게 만들었을 것이라고 생각하고 있었다.
태백동산에는 여러 가지 과일나무가 자라고 있었는데 동산의 맨 꼭대기는
사람들의 출입금지구이고 거기에는 사과나무가 있었다.
인간들은 그들의 주인이 하지 말라니까 순진하게도
그 명령을 잘도 따르고 있었다

질투의 동산중에서...

추천사

현상과 본질과 초현실의 경계 허물기

김유조
건국대학교 영문과 교수와 부총장 역임후 명예교수.
국제 PEN 한국본부 부이사장 / 미국소설학회 및 헤밍웨이학회장.
서초문인협회를 비롯한 각 문인회 회장 역임후 고문

    정신과 의사들은 일 년에 한 번쯤 동료나 선배한테 정신감정을 받고 자신의 정신 상태가 정상 위치에 있지 않을 때는 교정을 받는다고 한다(정신치료). 대게의 경우, 약간씩은 문제가 있기 마련이고 이런 경우 상호 보정을 주고받는다는 말이다. 말하자면 저울을 오래 쓰다 보면 저울추가 한쪽으로 기울어서 눈금의 정상값이 조금 어긋나게 되었을 때 교정 도구로 바로잡는 작업과 같은 것인 모양이다. 이런 이야기는 전문 학술지 같은 데에서 보고 인용하는 말은 아니고 일반 서적, 그것도 어떤 소설책에서 읽은 지식이니만큼 정신과 의사들이 따지고 들면 꽁무니를 뺄 준비는 되어있다. 사실 따지고 보면 우리 모두의 정신 상태는 -정신과 의사들까지를 포함하여서, 항상 저울 눈금의 정상위에서 온전히 바루어져 있다고 할 것인가. 과연 누가 그렇다고 장담할 수 있겠는가.

    오늘날 복잡계(複雜界)로 불리는 세상의 모든 현상들은 서로의 경계를 모호하게 좌표를 정하여서 때로 자신의 영역을 강고(强固)하게 주장하다가도 슬그머니 혼돈과 혼동의 시계(視界) 제로의 상태로 돌아가고 있음을 흔히 보게 된다. 인간세계만 그러한가, 삼라만상이 이와 같아져서 여름도 겨울도 특색을 잃고 사계절 자체가 흐릿하여졌으며 생태계도 난맥이다. 이런 현상을 반영하듯 학문에서도 하기 좋은 말로 통섭, 융합을 부르짖지만 사실은 모든 게 온전한 좌표설정에 자신이 없어서 하는 소리가 아닐까.

신경정신과 분야에서 오랜 학술과 임상 경륜을 두루 닦아 온 권영재 작가는 이런 현상과 본질의 복합전복(複合顚覆)적 형상을 그의 또 하나의 존재 영역, 바로 글쓰기 작업에서 때로는 심각하게, 때로는 가볍고 유머러스하게 또 때로는 전문가의 치밀함으로 예리하게 파헤쳐내어서 세상의 부조리와 부조화가 사실은 조리와 조화의 현주소임을 밝혀내고 있다. 이런 테크닉이 작가가 또 다른 소설의 서사 영역인 엽편소설(葉片小說)을 개척하고 있다고 보여진다. 사이키아트릭 닥터로서 의창(醫窓)과 병실 이야기는 이런 영역과도 관계가 깊을 듯하여서 잘 파고들면 무한 소재 개발도 가능하겠다는 생각이 든다. 이런 유들을 한데 묶어 놓으면 또 다른 하나의 옴니버스(omnibus) 형식의 장편 소설이 될 것도 같다는 생각이 든다.

그간 시시때때로 집필하고 발표를 하여 그 괘적(軌跡)과 연륜(年輪)이 집적(集積)된 이번 단행본 소설집에서 편 편을 우선 살펴보아도 세상을 보는 그의 시각이 참으로 넓고 깊고 중층(重層)적임을 깨닫게 된다. 그 단적인 예는 이번 소설집의 목차 순서에 나타난 전략에서도 얼른 파악할 수 있다.

첫 작품 '미친 자들의 도시'에서는 화자(話者)이자 정신과 의사인 '나'가 출근길에 당면했던 비현실적이고도 희한한 이야기를 군더더기 설명 없이 소상하게 그려내고 있다. 나는 차선을 위반한 고급오토바이를 쫓아가 정지 신호등 앞에 내려 차선 위반의 분노를 표출하고(보통 사람들은 보통 묵인하는데), 다시 차로 돌아와 보니 뒷좌석에 같은 병원의 정신과 여의사가 어느새 앉아있지 않은가. 백미러로 그녀를 흘짓 흘짓 보지만 왠지 말은 걸지 못한다. 그 이유는 설명이 없다. 궁금증은 화자의 머릿속에서만 왕래한다. 병원에 와서 다시 뒤를 보니 어느새 그녀는 사라지고 없다. 나는 진료실 방으로 올라가며 무심코 아래층 주차장을 내려다보니 왼 일인가 여의사는 그제야 자기 차에서 내리고 있는 것이 아닌가.

이어 회진에서 만난 피해망상을 가진 어떤 여자 정신병 환자는 나를 보고 예전에 내가 그녀로부터 '도망간 이유'를 대라고 채근한다. 그건 꿈속에서도 재현되었는데 나는 예의 그 여의사에게 자신의 꿈 이야기를 한다. 꿈속의 여자 혹은 회진 속의 여자 환자 그리고 여의사는 모두 하나의 심상(心相)으로 내게 자리한다. 화자는 금강경 제4구게 중 한 구절을 되뇌어 본다.

> "일체의 함이 있는 법(현상계의 모든 생멸법)은 꿈과 같고, 환상과 같고, 물거품과 같으며, 그림자 같으며, 이슬과 같고 또한 번개와 같으니 응당 이와 같이 관할지니라." (一切有爲法 如夢幻泡影 如露亦如電 應作如是觀, 일체유위법 여몽환포영 여로역여전 응작여시관)

화자인 나는 아마도 과거의 어떤 시기 혹은 행위나 사실에 억압되어서 그 기제를 벗어나지 못하고 있는 모양같다. 하지만 보통의 인간치고 이러한 정도의 방어기제에 가위 눌려있지 않은 자 얼마나 있으랴. 그렇게 우리는 살아가고 있고 또 정신과 의사는 그 중의 일부를 환자로 돌보고 있으며 또한 그렇게 세상을 내다보고 있는 것이다. 그 경계는 참으로 모호하고 불확실하다. 그래서 이 첫 번째 이야기는 기이하면서도 보편성을 갖고 우리의 감성을 울린다. 이 글을 보면 정신과 의사들이 일 년에 한번쯤 동료들과 상호 눈금을 맞추는 작업을 한다는 속설이 틀리지 않을 듯싶다.

두 번째 이야기 '동성로의 큰 형님'은 앞선 작품의 주제와는 완전히 달라서 대뜸 현실계의 이야기로 통 크게 전개된다. 통이 크다고 해서 문장이 거칠거나 대충대충 그리고 있다는 것은 절대 아니다. 오히려 근대 사실주의 작가들의 각고(刻苦)의 묘사기법을 의사인 작가가 배우고 연마했는지는 의문이지만 문장은 감탄할 지경이다.

사실주의 이야기가 나왔으니 말이지만 근대 사실주의는 자연주의로 연결되며 마침내 의식의 심연을 그려내는 '의식의 흐름' 기법으로 흘러왔다. 작가는 마치 이러한 소설사를 모두 통찰한 듯이 그 기법을 철저히 모두 기용하고 있다. 의도적이든 아니든 아마도 작가 독서의 넓은 범주가 그러한 변경 확대를 가져왔으리라고 생각된다. 아무튼 오늘날의 이른바 모더니즘(modernism)과 포스트 모던한 현대소설은 너무 의식 내부의 흐름을 파고든 관계로 스토리를 잃어버리고 당연히 독자를 잃어버리게 되었다. 그러나 이 책의 작품에서는 스토리가 무궁무진하다.

심지어 의식 아래의 이야기를 할 때에도 이야기는 스물스물 머리를 들고 일어나서 독자를 긴장시키고 또 희열(喜悅)케 한다. 아울러 이 작품을 읽어보면 의사들이 병원을 운영하는 일이 쉽고 고상하게 돈 잘 벌며 잘 먹고 잘사는 일만이 아니라는 것을 독자들은 통감하게 되고 이윽고 마음 속 깊이 안도한다.

'지랄육갑 떨지 마'에서도 그런 사정은 여과 없이 고스란히 드러난다. 물론 이 거친 듯한 작품에서도 작가의 사물에 대한 명상은 거의 시적(詩的) 경지를 넘어선다. 화자의 의식 묘사가 그런 경지를 보여준다. '왜 파도는 하루 종일 뭍으로 기어오를까. 떠나 온 산골짜기로 되돌아가고 싶어서일까. 먼 산골짜기에서 내려왔을 작은 물줄기들이 모여 큰 물의 품으로 수줍게 안기는 모습을 보면 정다운 연인들의 밀회(密會)하는 장면들 보는 것 같아 포근한 마음을 느낀다고 했다. 산다는 것 이것은 무엇일까?' 깊은 통찰력이 보인다.

'우리 동네 사람들'에 나오는 땡초 중과 환속한 수녀의 과거사를 둘러싼 이야기 역시 심상치 않다. 길거리에 짓고땡 좌판 술판을 벌이고 나앉은 정신과 의사가 아니고서야 어찌 이런 이야기들을 이렇게 생생하게 접할 수 있었을까. 그리고 낱낱의 인간 군상들이 거의 반전(反轉)에 가까운 이야기를 저마다 한 자락씩 깔고 있음 말해주는 이 작가는 천생 이야기꾼이다.

'이중 정신병' 또한 해박한 경륜의 전문 정신과 의사가 아니면 상상도 못할 사건, 그 방면의 전문가들도 '케이스 리포트(희귀병 증례보고)'

로 학술지에 내라고 권유할 정도의 이야기이니 일반 독자는 당연히 경이감이 들 수밖에 없다. 정신병이 나아서 제정신이 되고 나니 오히려 허전하고 괴롭다는 환자의 술회도 의미심장하다. 독자들도 인생이 원래 그러한 것이려니 하고 덩달아 고개를 끄덕여 본다.

'나가사키(長崎, 장기)는 오늘도 비가 내렸네'는 사실 독자에게 페이소스(pathos)를 자아내는 사랑 이야기다. 나가사키 원폭의 피폭자 학술대회에 해마다 참석해 온 작가의 서정적 사랑 이야기가 비 내리는 곡조로 구슬피 전해 온다. 이 이야기 속에 사실은 엄청난 역사적 비극성과 개인사적 비극성이 함께 녹아 깊이 응어리져 있다. 작가는 이것을 어쨌든 한 가락의 일본 유행가 속에 집어넣고 눈물일랑 감추고 짐짓 딴전을 부린다. 참 깊고 가슴 아픈 이야기를 어쩌면 이렇게 쉽게 한 곡의 일본 엔카(戀歌) 속에 파묻으며 시치미를 뗄 수 있는가 말이다.

'나는 시장(市長)이로소이다'는 잘 다듬은(well wrought) 세태소설로 느껴진다. 내용이 대단한 '향토 대중음악 유사(遺史)'라 할만하다. 글의 초입부는 요즘 한국 최고의 요사(妖邪)꾼이자 포퓰리스트 정치가인 '이 아무개'의 입신양명사(立身揚名史)인가 했더니 중반부 이후는 내용이 갑자기 반전한다. 대구·경북의 가요사(歌謠史), 가요 인물사를 압축해서 단숨에 읽게하고 흥취에 듬뿍 빠지도록 하는 매력의 스토리 텔러의 모습을 보이고 있다.

'가을엔 떠나지 말아요'란 나와 후배 여의사와의 이루어질 수 없는 사랑을 그린 '실록(實錄)' 같기도 한 애절한 '로멘스 소설'에 다시 눈길이 갔다. 둘은 끝까지 시침을 떼고 딴 사람들을 속이겠다고 수작을 부리지만 독자는 그들의 속마음을 다 안다. 그런 사실을 둘만 모르는 듯 이야기는 진행된다. 헤밍웨이 유의 메마른 단문의 분위기 묘사, 속도감 가득한 특유의 문장에 새삼 몰입된다. 속으로 호감의 박수를 보내게 된다.

우리 시대상(時代相)을 표상하는 한, 미군이 섞여 주둔하던 서부전선 전방 기지촌(基地村). 여기서 일어난 작은 에피소드들을 작가는 군의관 시절의 체험을 토대로 '기지촌의 하루'에서 그려내고 있다. 작부와 한국 군인 간의 삼류 소설같은 진실과 미군과 '양 공주(미군 상대 접대부)'와의 계약 결혼 현장. 그리고 개울가 미군 전용 술집에서 벌어진 한미 군인들 간의 우발적 대치(對峙) 등으로 이루어진 에피소드들은 이 시대의 한 증언이라고도 할 수 있겠다. 아직도 썩지 않고 존재하는 슬픈 한국 전쟁의 후유증 한 토막이 굴러다니는 모습을 이 글에서 본다.

'나는 개입니다'와 '두 남자'에서는 동물과 인간의 인수공통(人獸共通) 대화가 소설 속에 등장하여 작가의 사통팔달한 창작기법에 입을 벌리게 된다. 이 작품에서는 천한 출생의 개, 이름하여 '보신(保身)'이 윤회를 거쳐서 천출 개에서 한 단계 높은 고급 반려견 '오드리'로 회생하는 초현실적 내용을 담는다. 음식(보신탕)이 가족(반려동물) 되는 개의 전생과 현생, 개가 곧 사람이고 사람 또한 개라는 말, 색즉시공(色卽是空) 공즉시색(空卽是色)을 읊어 주는 법문인가 하는 생각이 든다.

정신과 의사의 이웃 영역을 슬쩍 건드린 것같은 퇴마록(退魔錄)을 담은 이야기도 나온다. '귀신 이야기'에서는 과거 아오키(靑木)상과 마사코(正子)양이 뒤끝이 뻔한 사랑을 하다가 결국 남정네가 자살로 생을 마감하는 이야기다. 제이 차 세계대전 때 일본의 카미카제(神風 신풍, 자살비행공격대)까지 소환하더니 마침내 끝부분에서는 이 층에 불을 내어서 퇴마 굿으로도 못 쫓은 귀신을 쫓아내는 데 성공한다. 하지만 어림없다. 귀신은 그 불꽃 속에서 오히려 눈동자를 굴리고 있으니 말이다. 귀신이 죽지 않았으니 앞으로 속편도 나올 수도 있을 것 같다는 예감이 든다. 일본 문학에는 귀신 주제의 문학 장르가 따로 있을 정도다. 호러(Horror)문학이나 장르문학과도 또 좀 달리 순수문학으로 보고 있고 전통도 깊다. 권 작가 문학 전반에는 혼계(魂界)와 현실계의 경계가 모호한 부분이 존재하는데 이런 분위기는 일본의 많은 동네가 그 한가운데 묘지와 살림집이 서로 경계 없이 혼재하는 현상과도 비교될는지도 모르겠다.

'강둑 위의 오두막집'은 주제 측면에서 중요한 내용을 포함하고 있다. 이른바 개안(開眼)의 주제로서 나이가 어리고 체험 영역이 적은 아이가 어떤 모티프(motif)로 그 미지의 세계를 벗어나서 출발하게 되고 마침내 개안한다는 과정을 말한다. 모형화해보면 출발(departure) 〉개안(initiation) 〉복귀(return)의 과정이 된다. 이야기에서 화자인 나는 '어릴 때부터 강 건너 어떤 집을 바라보며 그곳을 동경하고 궁금해하며 지낸다. 나이가 들어 마침내 강을 건너 막상 그 고가(古家)에 도착하여보니 사실은 대단한 곳이 아니더라'는 이야기다. 저자는 이 과정을 아주 꼼꼼하고 세심하게 아동심리 묘사로 그려내어서 독자들도 그 심리 속에 매몰되고 함께 세상사에 눈을 뜨는듯한 감상을 맛보게 하는 묘미가 있다. 고행 끝에 무지개 뿌리를 찾았지만 보물을 발견하지 못한 칼 붓세의 심정을 느끼게 한다. 헤밍웨이의 단편 '인디언캠프'에서 보는 주제와도 유사하다.

20여 편이 넘는 이야기들을 모두 평설할 수는 없고 이제 가장 극적인 이야기로 넘어가 본다. 소설집의 마지막 이야기 '시체실에서 생긴 일'은 처음 보통 사람들도 흔히 행하고 있는 일종의 현실 불만에 관한 일상적인 울분 토로의 장으로 시작한다. 물론 의과대학을 다니고 있는 수준 높은 의식의 청년이 전개하는 내용이라서 일단 예사롭지는 않다. 의과대학 교수에 대한 불만을 토로할 때는 앙드레 지드의 '좁은 문'이 나오고 존 스타인벡의 '분노의 포도'도 등장하여 스승이라기보다 의학 기술자로 전락한 교수들의 건조한 비인간화를 성토하는 등 분위기가 심상치는 않다.

그러나 이 정도는 약과이다. 화자는 평소 술을 마신 후 귀가 때 화장실을 가기 위해 가끔 자신의 학교 시체실 앞을 지나다닌다. 어느 날 그 건물을 지나다 무심코 들여다본 실습실에서 '카다바(Cadava)'라고 하는 해부 실습용 시체들이 그들만의 동작 규범을 갖고 활보하고 춤추는 형상을 목격하게 된다. 이게 단순하게 술 취한 젊은이의 환각 같은 것은 아니다. 일종의 초현실적 현실이라고나 할까. 일반적인 독자들은 파악하기 힘든 현상이자 형상인데 화자도 무뚝뚝하게 적극적인 해설도 하지는 않는다. 하긴 세상의 물상이 다 그들만의 행동 규범이 있다. 사람들은 그 일부만을 인지하고 파악할 따름이다.

점입가경(漸入佳境)으로 어느 날 화자는 그 실습실에서 또 다른 놀라운 광경을 보게 된다. 해부용 시체(카다바)의 행동 규범보다 더 놀라운 광경이 벌어진 것이다. 자신의 의대 해부학 교실 여자 조교수가 주임교수와 발가벗고 그들만의 행동 규범을 연출하는 것이 아닌가. 이름하여 성 상납. 계속되는 이들의 유희에 구역질이 난 그는 마침내 휘발유를 시체실에 뿌리고 불을 붙이게 된다. 실험실은 쉽게 불길에 휩싸였다. 그 때 평소 그가 거부해 마지않던 성직자가 우연히 현장을 지나간다. 화자는 그 이중인격자마저도 그 불구덩이 속에 밀어 넣는다. 엽기적인 범죄가 벌어진 것이다. 다음 날 이 화재는 진실이 가리워지고 추악한 비극이 아름다운 미담으로 포장되어 조간신문을 장식하는 것으로 결말이 난다. 이제 독후감은 모두 독자들의 몫이라고 할 것이다. 작가는 현실과 환상이 모호하게 교차하는 세3의 세계를 이 '지랄 육갑'같은 인간 세상에 던져놓고 다시 한번 존재의 의미, 레종데트르$^{(raison\ d'etre)}$를 함께 심사숙고하자고 제안을 한다.

독자들의 이해를 돕기 위한 종합적 해설로 끝을 맺자. 이 책은 많은 부분이 '엽편소설(葉片小說, 아주 짧은 소설)'과 '사소설(私小說)'의 기법으로 짜여져 있다. 엽편소설은 아직은 주류를 이루지 못하고 시험단계에 있어 좀 더 그 결과를 주시할 필요가 있다. 사소설은 일본 근대 문학에 나타난 사조이다. 전문가들의 말에 따르면 사소설이란 서구의 자연주의를 일본 작가들이 계승하는 과정에서 사실과 진실을 혼동한 채로 받아들였고, 그 결과 '사실'만을 쓰는 '고백소설(告白小說)' 장르가 탄생했다고 한다.

사소설의 특징은 작가가 자신의 신변잡기적 사생활을 소재로 한다는 점, '나'가 곧 저자라는 점, 내밀한 감정을 있는 그대로의 날것으로, 매우 노골적으로 묘사한다는 점, 사회 참여는 전무하다는 점, 독자들에게 선택받는 사소설은 저자의 처절한 경험, 예를 들면 성도착, 불륜, 제자나 근친에게 느끼는 성욕 그리고 광인의 망상과 시민들의 기이한 환상 같은 일상에선 남들에게 말하기 힘든 경험들을 소재로 한다는 점이다. 일본 근대의 작가들은 사소설을 통해 탈선, 외도, 이중인격 그리고 근친상간, 변태성욕 그리고 동성애 같은 지탄 받을 만한 인면수심(人面獸心)적 경험과 반인륜(反人倫)적 감정을 모두 고백하였다. 당대의 독자들은 '얼마나 작가가 사실에 가깝게 기술하였느냐'를 도덕적 판단보다 더 중요하게 생각하였고 그 능력을 작가 평가 기준으로 삼았다.

권영재 작가는 이미 여러 편의 수필집과 논픽션 집을 발표하였으며 장편 소설 한편은 '이태원 문학상(어느 따뜻한 봄날의 추억)'을 수상한 바 있다. 그는 글을 쓰는 정신과 의사이자 정신병원을 운영하는 병원장이다. 겸손한 탓인지 아니면 말로만 하는 소리인지 모르지만 그는 항상 나에게 자신이 글쟁이가 아니며 창작 공부도 해보지 못한 무지렁이가 뻔뻔스럽게 글을 쓴다는 열등감과 미안함이 있다고 여러 번 고백 성사를 했다. 이번 책의 평설을 쓰기 위해 그의 글을 처음 정독하였다. 그에게 감히 말할 수 있다. 잘 쓰고 있다. 여기서 주저앉지 말고 좀 더 노력해 작가 특유의 시대의 현상학과 복잡계를 아우르는 묵직하면서도 재미있는 이야기를 지속적으로 풀어나가 주기 바라는 마음 간절하다.

| 추천사

한산(寒山) 형과 나

윤덕홍
대구대학교 총장, 교육인적자원부 장관 및 부총리, 한국학중앙연구원 원장을 역임

　한산(寒山) 권영재는 글을 잘 쓰고 또 자주 쓴다. 이미 여러 권의 수필집과 논픽션 및 장편 소설을 출간하였고 여기저기 쓴 글도 꽤 많다. 마음이 묻어나는 진솔한 글을 쓰는 한산의 재주는 놀랍다. 글을 쓴다는 것은 늘 자신과 대화한다는 것이며 생각을 정리하는 것이니 마음이 올곧고 부지런하지 않으면 불가능하다. 나는 명색이 대학교수임에도 불구하고 겨우 교재 몇 권과 의무적으로 내야 할 논문 몇 편을 썼을 뿐 글다운 글을 아직 쓰지 못하고 있다. 둔재(純才)이기도 하거니와 게으르기 때문이다. 별것 아닌 벼슬과 보직을 맡아 잡다한 세상살이에 속물처럼 얽혀 살다 보니 한산처럼 고요한 마음을 가질 수가 없었는가 보다. 이번에는 아직 우리나라에서 자주 보지 못하던 새로운 장르인 엽편소설(葉篇小說)집을 낸다니 그가 많이 부럽다.
　세상에는 보관을 잘하는 사람이 있는가 하면 버리기를 잘하는 사람이 있다. 한산은 중·고등학교입시 때의 수험표를 아직도 보관하고 있으며 그때 학생증도 모두 지니고 있다. 지나간 과거를 소중히 여기고 있는 것이다. 요즘 이사 자주 다니는 도시 생활에서 옛것을 보관하고 있다는 것은 얼마나 어려운 일인가를 우리는 안다. 지나간 것을 귀하게 여기는 사람은 과거를 통한 자아 정체감이 확실한 사람이다. 개인 각자가 간직한 과거가 문서로 남아 역사를 만들지 않던가? 조상들이 고구려, 백제, 가야, 발해의 남긴 기록이 부족하여 우리 역사를 중국과 일본에 빼앗기고 있는 것을 보면 한산의 기록 보존 정신은 정말이지 장한 일이다. 나는 지나간 것은 버리는 편이다. 갖고 있는 것도 없을 뿐 아니라 기억 속에서조차 없애 버리려는 경향이 있다. 이제와서 생각하니 평범한 우리 인생에 무어 남길 것이 있을까 잘못 생각했던 지난날이 부끄러워진다.

교육부총리와 한국학중앙연구원장을 역임하면서 막상 우리 전통문화를 재음미해야 할 입장이 되었을 때 기록을 남기지 않았던 나의 삶이 후회스럽고 한산이 마냥 부러웠다. 한산은 술을 잘 마시지 않는다. 술 먹고 해롱거리는 시간이 아까운지, 했던 소리 또 하는 주정이 싫은지, 어쨌든 자기 절제가 잘 되는 사람이다. 늘 맑은 정신으로 살았으니 그 인생이 얼마나 깨끗하겠는가? 나는 술을 좋아한다. '새벽 안개' 라는 별명에 걸맞게 동이 틀 때 배달 우유병과 함께 집에 들어간 날이 부지기수다. 그간의 술값이 아파트 몇 채는 될 듯하고, 시간 낭비는 모으면 족히 7-8년 정도는 될 것 같다. 그 돈과 그 시간을 아꼈더라면 내 인생이 얼마나 달라졌을까! 지금에야 때 늦은 후회를 한다.

한산이 정말 부럽다. 촌철살인 폐부를 찌르는 쾌도난마(快刀亂麻)의 언어를 구사하여 우리들의 정신을 일깨워 주는 친구, 인간 내면의 세계를 드러내어 의미 있는 삶의 길을 제시하는 의사. 한산은 고드름과 같은 인간이라는 생각이 든다. 추운 겨울 처마 끝에 늘어진 고드름을 따 칼싸움하던 어린 시절. 뾰죽하고 차가운 고드름은 우리들의 가슴을 겨누는 위험한 비수(匕首)였다. 하지만 정작 심장을 찌르기 전에 녹아 버리는 인정 어린 휴머니즘. 한산은 그런 사람이다. 작취미성(昨醉未醒), 대충대충 살아온 나와는 격이 다른 인간인 것 같아서 한산을 보면 콤플렉스를 느낀다. 이번에 출간되는 엽편소설집을 보면 한산의 진취성있는 그의 삶의 방식과 생활 속에 녹아 있는 그의 따듯한 마음을 느낄 수 있다. 이제 잠시 속진(俗塵)을 털고 마음을 열어 한산이 이 시대 우리에게 하고 싶은 이야기를 들어 봐야겠다. - 여름철 시원한 한산모시 같은 사나이의 마음을, 지독한 대구의 삼복더위 속에서 한산의 엽편소설집 출간에 축하하면 몇 자 적어 본다.

추천사

사랑과 정의와 인간애를 찾는 사람의 향기

김부겸
국회의원 (16대, 17대, 18대 더불어민주당 경기, 군포. 20대 더불어민주당 대구, 수성갑).
행정안전부 장관. 국무총리 역임.

권영재 형님과 저는 일찍 고향을 떠나 꽤 오랫동안 객지 생활을 했습니다. 우리는 당시 여느 젊은이들처럼 군사독재에 항거하고, 데모도 하며 저항하다 여기저기 불려 다니기도 했습니다. 밤새 술 마시며 침묵하는 지성인들과 세상에 야합하는 기성세대에 대해 불만을 터트리는 생활을 하며 청춘을 보냈습니다. 유신 독재가 끝난 뒤 저는 세상을 치유해 보겠다는 신념에 정치에 발을 들여놓았고, 형님은 사람을 치유하는 의학을 공부하여 정신과 의사가 된 뒤 귀향하였습니다. 고향에서 공공의료를 위해 국공립 병원에서 보람있는 한평생을 사셨습니다. 저는 부끄럽게도 아직도 세상 치유의 방법을 완성하지 못하고 헤매이며 살고 있지만 형님은 수많은 사람의 생명을 구하고 건강을 지키셨습니다.

형님의 자유와 정의에 대한 초심은 변함이 없어 의사 생활을 하면서도 시민 단체에 참여하여 봉사도 하고 열심히 언론에 글을 써서 자신의 사상을 내뿜었습니다. 그래서 모인 책이 7권이나 되었습니다. 청춘 시절에서 항상 앞장서던 진취적인 기백이 남아 이번에 우리나라에서 문학 전문가들도 별로 써본 일이 없는 아주 짧은 단편소설인 '엽편소설(葉片小說)' 쓰기에 도전하여 드디어 그 모음집을 출간하게 되었습니다.

이 책은 단순한 문학의 경지를 떠나 한국의 현대사 70년을 돌아보게 하는 책이기도 합니다. 일제 강점기 나라를 되찾기 위해 이념을 떠나 하나가 되었던 보수와 진보, 해방 이후 걷잡을 수 없었던 양 이념 간의 대립과 충돌, 참혹한 전쟁, 독재와 혁명, 산업화 등 격동의 역사 속에서도 사랑과 정의와 인간애를 찾는 사람의 향기가 이 책 속에서 살아 꿈틀거리고 있습니다.

우리 국민들은 격동의 근현대사 속에서 민주화와 함께 부국강병의 눈부신 성공을 거두었습니다. 그러나 숙제는 아직도 많이 남아있습니다. 심각한 저성장의 덫과 양극화, 기회 불균등과 가난의 대물림, 남과 북의 가파른 긴장 등등이 그것입니다. 형님의 문학 속에는 이런 지나온 날 역사 속에서 인간들이 좌절하지 않고 서로를 보듬으며 고난을 헤쳐온 사랑과 용기와 끈기를 발견할 수 있습니다. 고통과 모순 그리고 부조리 속에서도 진리를 즐기며 희망을 잃지 않게 해주는 것이 문학의 본질입니다. 지금 우리나라의 영혼은 깨어진 인간애와 타락한 도덕 등으로 위기 상태입니다. 모쪼록 독자 여러분들께서 이를 극복하기 위한 지혜와 용기를 권영재 형님의 이 책을 통해 얻게 되기를 기원합니다.

차례

● 저자의 변

권영재 | 지랄육갑떨지 않고 살겠습니다.   04

● 추천사

김유조 | 현상과 본질과 초현실의 경계 허물기   08
윤덕홍 | 한산(寒山) 형과 나   19
김부겸 | 사랑과 정의와 인간애를 찾는 사람의 향기   22

1부 | 미친자들의 도시

미친자들의 도시   28
동성로의 큰 형님
기지촌의 하루   52
우리동네 사람들
이중 정신병   81
우리 스님
경찰관 탄식(歎息)   107
나는 개입니다
적화통일(赤化統一)   134

정신과 의사 권영재의 엽편소설 모음집
지랄 육갑 떨지 마

2부 | 지랄 육갑 떨지 마

로맨스 빠빠 (1)	150
로맨스 빠빠 (2)	
선생 죽이기	172
귀신 이야기	
나는 시장이로소이다	198
참치의 오오마(大間)	
바보들의 행진	224
가을엔 떠나지 말아요	
지랄 육갑 떨지 마	252
무서운 아이들	

3부 | 강둑 위의 오두막집

나가사키는 오늘도 비가 내렸네	282
두 남자 이야기	
금강산의 결투	311
큰 형님의 권총 세 발	
시체실에서 생긴 일	336
질투의 동산	
염소 이야기	369
강둑 위의 오두막집	
왕잠자리의 추억	379
피라미의 탄식	

1부

미친자들의 도시

그날 아침 출근길도 여느 날과 마찬가지로 차들은 사람이 운전하는 것이 아니라 제멋대로 다녔다.
신호위반, 경음기 소리, 끼어들기, 꼬리물기 등 각종 차량들은 제 마음대로 다녔다.
이것들이 주는 스트레스가 최루탄 가스처럼 눈고 코에 맵게 스며들고 있었다.

미친자들의 도시	동성로의 큰 형님	기지촌의 하루
우리동네 사람들	이중정신병	스님 이야기
경찰관 탄식	나는 개입니다	적화통일

미친자들의 도시

　　　그날 아침 출근길도 여느 날과 마찬가지로 차들은 사람이 운전하는 것이 아니라 제멋대로 다녔다. 신호위반, 경음기 소리, 끼어들기, 꼬리물기 등 각종 차량들은 제 마음대로 다녔다. 이것들이 주는 스트레스가 최류탄 가스처럼 눈고 코에 맵게 스며들고 있었다. 그 와중에 새로운 메뉴가 한가지가 더 추가되어 이목구비를 괴롭히고 있었다. 커다란 고급 오토바이 한 대가 계속해서 일 차선을 달리고 있었다. 나는 비싼 차라고 미워하는 것은 아니다. 유치한 생각인지 모르지만 오토바이 답지 않기 때문에 그 오토바이가 싫었다. 차 값이 몇천만 원이나 하며 냉난방이 된다는 그 오토바이였다. 운전자는 머리에 두건을 하고 찢어진 청바지 차림이다. 허리는 고추 세우고 눈에는 선글라스를 하고 아주 우아하고 건방진 모습을 하고 승용차의 길로 함께 달리고 있었다.

  평소에 차창 밖으로 담배꽁초를 버리는 놈들, 틈도 없는 사이로 차 머리를 박고 끼어드는 놈들, 지그재그로 운전하는 놈들 보면 참을 수가 없었다. 뭔가 가까이 가서 욕이라도 한마디 해야 직성이 풀린다. 나쁜 놈들은 일부러 하는 짓이라 지적을 받으면 절대로 잘못했다는 말을 하지 않는다. '당신이 교통순경이야? 뭐야?' 하면서 대어 드는 놈, '당신처럼 운전하려면 출근 때는 차를 갖고 다니지 말아야지' 하며 훈시하는 놈, 이 정도는 그래도 약과다. 언쟁하다 말실수라도 할라치면 '야, 당신 뭔데 반말이야. 나도 나이깨나 먹었거든, 험악한 꼴 보기 전에 가는 데로 그냥 가'라고 공갈치는 놈 악당들의 종류도 가지가지이다. 보안관 노릇하려다 내가 악당이 되는 설움을 자주 당한다.

  한참 가다 그 두건 쓴 운전자가 신호등 앞에 멈추어 섰다. '오늘 악당은 어떤 종류일까?' 차에서 내려 심호흡을 크게 하고 다가갔다. '사장님 바쁘세요'라고 말을 걸자, 그 사내는 이게 무슨 뚱딴지같은 인간인가 하고 나를 멀뚱멀뚱 쳐다보았다. "고급 차를 모는 분이니까 잘 아실 것 같은데 오토바이는 일차 선으로 다니면 안 되잖아요?'라는 말을 끝내고 그의 반응을 기다렸다. 천만뜻밖에 사내는 표정 변화 하나 없이 아무 말도 하지 않고 제 차에 올라타더니 길가 쪽 차선으로 가버렸다. 예상외로 순순히 차선을 바꾸어 가버리자 승리했다는 기쁨보다 놈이 나를 미친놈 취급하고 그림자 취급하며 사라져버린 것 같아 보기 좋게 패배라는 생각이 들었다.

  병원이 가까워지자 뒤통수가 찔리는 느낌이 들었다. 뒤를 돌아보니 한 병원에 근무하는 여자 의사가 뒷좌석에 앉아 있었다. 어느새 저 자리에 앉은 걸까? 왜 아무 말도 않는 걸까? 궁금했지만 묻지 않았다. 그 사건으로 기분이 이미 나빠진 데다 이런 이상한 상황이 생긴 걸 알려다 보면 또 무슨 이상하고 나쁜 일이라도 생길 것 같다. 병원에 가서 이야기를 하겠다고 생각하고 아무 말 없이 앞만 보고 운전을 했다.

그녀는 네거리에서 오토바이와 다툴 때 차에 탔을 가능이 있다. 하지만 볼일이 끝나고 차에 오를 때는 뒤 좌석에는 아무도 없었다. 실수로 내가 못 봤다 쳐도 네거리는 차선이 여러 개가 있고 또 가는 차, 오는 차들이 많아 보행자가 길을 건너 차를 타러 올 수가 없는 자리다. 또 그건 그렇다 쳐도 저렇게 아무 말도 않고 앉아 있는 것도 이해가 안 된다. 친구와 눈싸움할 때 눈을 깜박이면 지듯이 그녀에게 말을 걸면 내가 지기라도 하는 느낌이 들어 말을 하지 않았다.

병원에 도착해서 주차빌딩에 차를 넣기 위해 정차를 하고 뒤를 돌아봤다. 아무도 없었다. 간단하게 생각하기로 했다. 차가 서는 즉시 내렸거니 짐작하기로 했다. 생각이 많아지니 머리가 아프다. 차를 넣고 내 방에 왔다. 옷을 가운으로 갈아입고 병실로 가려다 무심코 창밖을 보니 여자 의사의 차가 들어오고 있었다. 차가 주차빌딩으로 들어가고 조금 있다. 그녀가 차를 내려 걸어 나오고 있었다. 평소처럼 웃음 띤 얼굴로 마당에 있는 직원들에게 인사를 하고 진료실 빌딩으로 들어오고 있었다. 당장 그녀를 만나 자초지종을 듣고 싶었다. 병실로 가다 말고 그녀의 방으로 뛰어갈까 망설이고 있었다.

갑자기 문이 왈칵 열렸다, 처음 보는 젊은 남자였다. 굉장히 화를 내며 때릴 듯이 욕을 하며 다가왔다. 다행히 무기가 없었기에 망정이지 당장 무슨 일이라도 생길 지경이다. 아니 그의 주먹으로도 사고는 충분히 일어날 상황이었다.

"도대체 무슨 일이세요?" 나는 부들부들 떨며 그의 흥분을 주저앉히려고 애써 태연한 척하고 말을 걸었다. 잠시 이 사나이가 아까 그 오토바이 주인일까 라는 생각도 들었다. 하지만 그 인간은 두건도 쓰지 않았고 바지도 정장 차림이었다. 그리고 아까 있었던 일은 말도 하지 않았다.

"왜 의사가 없냐 말이야?"

"누구 말씀이세요? 아직 외래 볼 시간이 아닌데요, 혹시 급하시면 저라도..." 아주 비굴한 태도로 그에게 공손하게 대답을 했다.

이야기를 간추려보면 전에 이 병원에 입원했던 사람인데 그 당시 주치의를 만나러 왔다는 것이다. '자신은 미치지도 않았는데 이 정신병원에 몇 달을 감금당했었다는 것이다. 그 의사에게 따지러 왔는데 왜 그 의사가 아직도 출근하지 않았냐는 이야기다. 한술 더 떠 너도 보니 의사 같은데 가만두지 않겠다는 것이다. 꿩 대신 닭이 될 모양이다.

"이 새끼야 너도 같은 또라이면서 누굴 치료하겠다는 거야" 나에게 돌진하며 고함을 지른다. 도망갈 곳도 없고 그렇다고 같이 대항해 싸우기에는 힘이 부족하다. 혹시 하나님의 은총으로 그치를 두들겨 패서 이기고 나면 나는 다윗 대접을 받는 것이 아니라 환자를 폭행한 불량의사

가 되어 경찰서로 잡혀간다. 인권위원회에서도 한 건 잡았다고 희희낙락한다. 본래 긴급전화는 없다. 정신병원은 '각자도생'을 해야 한다. 병실로 통하는 업무용 전화기를 들었다.

"야 인마 전화는 왜 하는데?"

"고객께서 억울한 일을 당했다길래 확인해보려고요" 최대한의 우호적 웃음을 지으며 그를 달랬다. 겨우 병실에 구조의 전화를 마치고 가쁜 호흡을 하고 있었다. 놈은 내가 자신의 당당 의사가 아니어선지 고함만 크게 지르고 공격은 서두르지 않았다. 위기일발의 순간, 남자 직원들이 대여섯 명이 내방에 들이닥쳤다. 통상적인 경우 이제부터 방안에 큰 소동이 일어날 시간이다. 광인이 날뛰면 기물은 다 부서지고 사람도 여럿 다칠 수 있다. 직원들이 들이닥치자 놈이 갑자기 조용해졌다. 이제 기세등등해진 내가 목소리를 깔며 명령했다.

"얘들아, 저놈 저거 데리고 나가 땅에 묻어 버려!" 인디언들에게 쫓기다 기병대 만난 존 웨인이 된 나는 건달 두목 흉내를 내었다. 기죽은 저놈이 다시 날뛰기 전에 완전히 항복 받기 위한 연극이었다.

"아이고 선생님 잘못했습니다. 살려주세요."라면 그 환자는 무릎을 꿇고 빌었다.

"빨리 끌고 나가"라고 내가 기세 좋게 명령하자 놈은 책상다리를 붙들고 애절하게 용서를 빌었다. 연극은 끝났고 이제는 회진하러 방을 나가야 되는데 광인이 나의 바지를 잡고 살려달라고 매달렸다. 일이 길어지면 훗날 놈이 고발을 하거나 아니면 언젠가 다시 공격을 할 수 있어 이쯤에서 일을 마쳐야 한다. 나는 무척 인자한 표정을 지으며 그의 어깨를 두드려 주며 묻지 않을 테니 집으로 가라고 했다. 놈은 우리를 믿지 못하고 책상다리에 매달려 있었다. 결국은 직원들이 억지로 그를 질질 끌어 방 밖으로 그를 데려갔다.

병실에 올라갔다. 보호 병실의 철창문을 열고 간호사실로 간다. 어제 밤부터 오늘 새벽까지 환자의 동태가 적혀있는 간호일지를 읽는다. 경우에 따라 수간호사의 보충설명을 듣는다. 간호일지는 다 우리말로 적혀있는데 수면 난에는 유독영어로 되어있다. 수면에 문제가 없었던 환자는 밤에는 sleeping now, 아침에는 slept well.이라고 쓰는 게 전국적 관례다. 왜 이 부분만 영어로 쓸까? 대답 옳게 하는 사람 보지 못했다.

"길동 님이 오늘 아침도 안 먹었대요." 이 환자는 병원에서 자기를 죽이려고 밥에 독을 타서 주는 탓에 밥을 굶는다. 하지만 배는 고프니까 라면을 챙겨 먹는다.

"재앙 씨는 자기가 대통령이라며 퇴원시켜주면 저를 복지부 장관 시켜 준다네요."라고 수간호사가 웃으며 어깨를 으쓱한다. 나는 따라 웃지 못한다. 이런 꿈같은 일이 실제로 성사되는 경우를 자주 봤기 때문이다.

우당탕하는 소리가 난다. 보호사가 뛰어간다. 간호사가 따라간다. 나도 그들을 따라간다. 벌써 넘어진 환자의 배를 딴 환자가 타고 앉아 얼굴을 두들겨 패고 있다. 배 위의 환자를 떼어내 안정실로 데려간다. 보호사들은 환자를 천으로 만든 띠를 들고 환자의 가슴과 다리를 강박할 준비를 하고 있다. 보통은 그렇게 해놓고 면담을 한다. 하지만 오늘은 모두 안정실 밖으로 내보내고 환자와 단둘이 앉는다. 모험이다. 이런 방법을 쓰다 보면 간혹 의사의 배 위에 환자가 올라타는 일이 생기거나 혹은 얼굴을 된통 얻어맞거나 목이 졸리는 수가 생긴다. 폭행의 경위를 묻자 그 환자는 귀에서 욕하는 소리가 들려 기분이 나빠 동료를 두들겨 팼다는 이야기를 했다. '아무리 기분이 나빠도 사람을 때려서는 안 되요.'라고 말은 하면서도 나는 가책을 느낀다. 병원 밖에서는 수 많은 인간들이 저와 다른 생각을 가진 사람들을 얼마나 두들겨 패고 감옥에 보내고 심지어는 죽게 만들고 있는 판에 기껏 귓방망이 몇 찰 후렸다고 악당 취급하는 건 뭔가 공정치 못하다는 생각이 들었다.

회진시간. 일반병원의 경우는 환자들이 의사에게 고맙다는 아침 인사가 보통인데 정신과 아침 회진은 욕 안 얻어먹으면 다행이다. 분노에 찬 눈동자, 적개심에 가득한 언사, 삐딱한 말투를 매일 경험한다. 하긴 보통 사람들도 창살 있는 방에 가두어 놓으면 누가 웃으며 아침 인사를 할 수 있을까. 멀쩡한 사람을 잡아 놓고 매일 이상한 약을 준다고 생각하면 누가 웃으며 의사와 아침 인사를 나눌 수 있으랴. 회진을 하면서도 계속 여자 의사를 생각했다. 왜 남의 차에 탔으며 언제 내려 다시 자신의 차를 운전하여 왔을까 빨리 만나 질문을 하고 싶었다. 환자와의 면담이 제대로 될 리가 없었다. 다행히 비슷한 시간에 같이 회진이 끝나 여자 의사와 이야기할 시간이 생겼다.

"이 선생 내 꿈 이야기 한번 들어줘 봐"

"뭐 맨날 그렇고 그런 내용이겠지 뭐"

그녀는 나이 차이가 꽤 나는 나에게 가족처럼 자주 반말투의 언어를 쓴다.

"마치 회진 도는 분위기였어. 내 주위에는 10여 명의 사람들이 따라 왔고. 한방을 돌면 다음 방으로 가곤 했는데, 우리의 뒤쪽에도 한 무리의 사람들이 오고 있다는 것을 나는 알고 있었지"

나는 그녀의 눈치를 보았다. 내용이 흥미를 끌 수 있는 것인가하는 염려 탓이다. 다행히 그녀는 계속 들어주겠다는 표정이었다.

"문제는..."

"문제는?" 그녀는 내 말을 반복하며 질문을 했다.

"우리를 따르는 뒤 팀 속에 옛날 내가 좋아하던 여자가 끼어 있다는 거야. 그 여자가 그 무리를 이끌고 온다는 거지. 나는 왠지 그녀를 만나기가 두려웠어. 발걸음을 빨리해서 그녀의 무리와 간격을 멀리하고자 했지."

"왜 도망갔어요?"

그녀는 나의 눈을 똑 바로 쳐다보며 질문했다. 마치 내가 잘못했다는 소리 같기도 했다.

"내 마음이 양가감정으로 흔들리고 있었어. '더 멀리 가야 된다.'는 생각과 반대로 그녀를 꼭 한번 보고 싶다는 생각. 이때 허공에서 소리가 들렸지 '한번 만나보지 그래요'라고"

"선생님 가슴이 많이 아팠겠네요?"

그녀의 공감해주는 말에 울컥하는 마음이 되었다.

"면도날로 심장을 베는 느낌이었어. 그런데 갑자기 큰 거울 앞에 그녀가 나타났어. 허공에서 '아름다운 여자지요?'라는 소리가 들렸어. 나는 기겁을 하고 그 자리를 도망쳐 나와 다시 무리들과 어울려 다음 방으로 몰려갔어."

그녀가 말했다.

"이야기 들으니 내 마음이 아파요."

"결국 우리 무리는 마지막 방까지 갔지. 갑자기 나는 온 길로 되돌아 뛰어갔어. 그녀를 만나려고 말이야."

"만났나요?"

여자 의사가 매우 흥미를 갖은 표정을 하며 나에게 물었다.

"처음 방으로 되돌아 갔지만 아무도 없었어. 텅 빈 방 아무도 없었어."

나는 이 여자가 누군지 알고 싶었다. 여자 의사는 나의 과거력을 대충 알기에 꿈 이야기를 했고 꿈속의 그 여자가 누군지 알고 싶었다.

"선생님, 지금 그 여자가 누군지가 중요하지 않잖아요?"

"그럼?"

"왜 그런 상황이 되었는지가 그 게 중요한 사실 아닐까요?"

왜 도망가야 되고, 왜 만나고 싶은데 만나면 안되는 걸까? 왜 그러면서 다시 돌아갔단 말인가? 그런 상황. 듣고 보니 정말 그렇다. 영화에서 주인공 배우가 누가 중요한 것이 아니다. 그 배우를 통해 작가가 말하고 싶어하는 것이 무엇인지를 알아들을 때 그 영화는 예술이 되는 것이다. 꿈속의 그녀는 내 과거의 여자일 수도 있고 현재의 여자일 수도 있다. 지금 내 앞에 있는 여자 의사일 수도 있다. 하지만 아예 여자 자체가 아닐 수도 있겠다. 남자일 수도 있다. 아니면 명예욕, 돈에 대한 욕심, 목숨에 대한 애착, 나의 무의식의 외침은 쉽게 깨닭을 수가 없다. 하지만 대상이 무엇이든 끈질긴 소유욕 그리고 미련이 형성화 했을 수도 있지 않았나 하는 가르침을 여자 의사에게 배웠다.

오늘 새벽꿈을 깨어서도 멍하니 한참 앉아 있었다. 한동안 가슴이 저며 왔다. 금강경 제4구게 중 한 구절을 되뇌어 봤다. "일체의 함이 있는 법(현상계의 모든 생멸법)은 꿈과 같고, 환상과 같고, 물거품과 같으며, 그림자 같으며, 이슬과 같고 또한 번개와 같으니 응당 이와 같이 관할지니라" 웃음이 나왔다. 삶이 허망한 꿈과 같다는데 나는 지금 그림자 같은 그 꿈 때문에 삶이 흔들리고 있다. 이는 개가 꼬리를 흔드는 것이 아니고 꼬리가 개를 흔드는 꼴이기 때문이었다.

결국 그녀에게 오늘 차 속에 앉아 있었던 내력을 물어보지 못했다.

동성로의 큰 형님

하마 한 마리가 아니 '하마처럼 생긴 사내' 하나가 진료실로 들어와 털썩 의자에 앉았다. 일부러 만든 굵은 목소리로 '장애자진단서'를 써 달라고 했다. 뒤따라 들어온 외래간호사가 초진인데 접수를 하지 않아 차트가 없다고 한다. 장애자진단서는 특정한 병을 6개월 이상 치료해 도 낫지 않는 경우에 발급이 된다. 싯다르타께서 어떤 경우에도 '욕심 내거나 화를 내고 어리석음 보이는 것은 죄'라고 했다. 죄를 짓지 않기 위해 분노를 참고 놈에게 진료부터 받고 나중에 장애자진단서 발급하 자고 권했다.

"씨팔 이거 진료 거부잖아? 왜 이렇게 불친절해. 병이 나서 오래되었는데도 낫지 않는다고 말해줬잖아 그런데도 왜 진단서를 못 끊는데? 규정 좋아하네, 당신은 높은 놈이나 부자들이 와도 규정대로 하나?" 큰소리를 지르며 책상을 내리친다.

"병이 있는지 없는지는 진찰해봐야 아는 거고 현재는 모르잖아요. 치료도 해보지 않고 병이 낫지 않는다고 진단서 쓰라면 억지지요." 목소리가 떨린다. 하마가 갑자기 윗도리를 벗었다. 불룩한 똥배에는 커다란 용 한 마리가 그려져 있었다. 몸에 문신(文信)한 인간들은 조폭이라면 똘만이 급들이고 아니면 동네 조무래기 양아치들이기 때문에 겁이 나지 않는다. 문신도 많이 변했다. 한국전 이후에는 좀 논다는 젊은 남자들의 팔뚝에 '一心(일심)' 혹은 심장 그림에 화살이 꼽혀있는 것이 대세였다. 도구가 발달되고 좋은 물감들이 생산되니 문신들도 커지고 모양도 아름다워진다. 흑백에서 총천연색 시네마스코프가 되었다. 건달이 사람들에게 겁을 주려면 운동해서 알통을 보여줘야지 몸에 그림을 그려 보여주며 협박을 한다는 것은 시대에 뒤떨어진 유치한 발상이다.

무서운 그림인데도 상대가 별 흥미 없는 듯이 보고 있으니 놈은 벗은 옷을 더 올리지도 내리지도 못하고 엉거주춤하게 앞을 보고 있었다.

"당신 보자 하니 몇 살 되지도 않는 것 같은데 왜 나한테 반말하냐? 책상은 왜 내리쳐? 놀라 애 떨어지겠다. 충고 하나 할게" 갑자기 갑이 을이 되니 놈은 최면 상태로 강의를 듣고 있었다.

"자네 아직 뭘 몰라서 그런 모양인데 난 너희 형들과 친해, 너 같은 꼬마들은 나한테 그럴 계급이 못돼. 그런 그림은 통하는 데가 따로 있어. 너희들은 구멍가게나 음식점 다방 같은 작은 업소에 가서 그림을 보여주고 수금하잖아. 그러지 마라 그 사람들 불쌍한 사람들이다. 동사무소, 시청, 보험공단 같은 기관에서 민원 볼 때 갑질하는 놈이 있으면 그때 그림 보여줘 봐, 만사 오케이야. 그게 남자답고 폼 나지, 힘없는 인간들을 위협하지 마."

갑자기 진료실 문이 획 열렸다. 문 연 주인공은 다짜고짜 똘만이의 뒤통수를 세게 내리친 뒤 반실신 상태가 된 그를 질질 끌며 밖으로 나갔다.

"형님 죄송합니다"라는 소리가 복도 저 끝에서 들려왔다.

그날 오후 건달 10여 명이 원장실에 모여들었다. 괴한들이 떼거리로 몰려오니 원무과 직원들도 여럿이 그들을 따라 내 방에 왔다. 크지 않는 방이 사람들로 그득해졌다. 작은 행사하기에 적당한 숫자였다.

"야 이 새끼들아! 형님한테 인사드려."

"형님 아침에 얘가 뭘 몰라 실례를 했습니다." 쌍칼이 건달 한 놈을 꿇어 앉혀 놓고 뒤통수를 때리며 대표로 사과를 했다. 똘만이들도 일제히 고개를 숙여 속죄의 표시를 하며

"형님 잘 부탁드립니다."라고 쌍칼 말의 후렴을 외쳤다.

제창 소리가 미처 잦아들기도 전에 놈들은 그들의 두목에게 '쪼인트'를 까였다.

"야 이 병신같은 놈들아, 원장님이 나에게 형님이니까 너희들은 큰형님이라고 불러야지. 돌대가리들" 처벌을 마친 쌍칼은 다소곳한 표정을 하고 동생들 앞에 서 있었다.

"큰형님 앞으로 잘 모시겠습니다. 훌륭한 지도 바랍니다." 놈들은 다시 고개를 숙여 충성맹세를 했다. 이런 의식을 거쳐 '동성로의 큰 형님'이 탄생하게 되었다. 도원결의(桃園結義) 후 병원은 평화의 시대가 찾아왔다.

병원장 중에는 장관, 시장, 국회의원 등 정치인들이나 판검사, 군장

성, 대기업 경영인들과 어울리기를 좋아하는 사람도 많다. 그런 사람들끼리 무리를 지어 같은 체육관에서 운동하고 낮에는 골프 치며 밤에는 카드 치고 논다. 목마르면 룸살롱 가서 노래 부르고 휴가 때면 함께 아프리카 가서 사자 보고 코끼리도 본다. 크루즈 유람선 타고 노르웨이 가서 빙하를 본다. 개 중 예술적인 이들은 비엔나 가서 오페라 보고 파리나 뉴 요크의 미술관을 어슬렁거린다.

나는 고관대작보다 개를 좋아한다. 마루 밑에서 운동화 찢어먹는 잡종견이 제일 좋다. 그놈들은 복날 식은땀 좀 흘리고 그날 지나면 껌도 씹지 않고 옷도 입지 않고 행복하게 산다. 노동판 십장 출신인 유방이 한나라를 건국했고 홍건적 두목 주원장이 명나라를 만들었다. 폴란드 부두노동자 레흐 바웬사가 대통령까지 했다. 우리나라도 청계천 거지대장 김두환이 종로에서 국회의원을 했다. 고졸의 김대중, 노무현이 대통령을 한 것은 모르는 사람이 없다. 왕후장상(王侯將相)의 씨가 따로 없다. 뱀도 여의주 물면 용 되고 흙수저도 운 만나면 금수저 된다. 나는 중원의 고수들과 교류하기보다 변방의 오랑캐들과 오순도순 유치하게 노는 게 좋다.

출생지인 동성로에서 큰형님으로 추대되고 나니 고향이 더욱 정답게 느껴지고 애들도 귀엽게 보였다. 진달래 먹고 물장구치며 놀았다. 도리앵화(桃李櫻花) 꽃 대궐이었다. 꿈에도 그립다며 고향산천을 읊조리는 사람들 보면 부럽다. 그들은 찾아갈 고향에 대한 희망이 있기 때문이다. 나는 고향에 와서도 고향을 보지 못하는 수몰민같은 실향민이 되어버렸다. 앞산과 팔공산은 유구하건만 그 많던 서양 군인들도 보이지 않고 양공주도 사라진 동성로, 미나까이, 이비시야, 무영당, 반월당 백화점과 적산가옥들은 다 헐려져 없어졌다. 달성공원, 이천교, 매일신문 앞에 흐르던 개울도 복개되어 흔적 없고 시내는 고층 시멘트 '하꼬방'만 그득하다. 화려한 향촌동도 초라한 골목이 되고 중앙시장, 동문시장도 없어졌다. 동성로의 밤거리를 헤매는 애들이 내 고향의 마지막 추억거리다.

오랜 객지 생활 뒤 이 병원에 원장으로 와보니 돈을 못 벌어 병원은 '유령의 배'처럼 을씨년스러운데 게다가 깡패들까지 모여들어 직원과 다른 환자들을 못살게 굴고 있었다. 주정뱅이 깡패들이 입원을 해서는 간호사들과 의사들을 애먹이고 있었다. 내과에 입원한 악당들은 술중독과 그 술 때문에 간염이 된 환자들이 많았고 그 외 고혈압, 당뇨병 췌장염 같은 합병증을 앓고 있는 사람들도 많았다. 의사들의 절대 금주령을 지시했지만 '아미고$^{(amigo)}$'들은 밤마다 병실에서 술판을 벌렸다. 당직 의사나 간호사들은 무서워 아무 말도 못했다. 어느 날 아침회진 때 의사가 술 마신 환자에게 주의를 주자 수액 맞던 환자가 수액 주머니를 뽑아 의사의 얼굴로 던지고 피를 흘리며 퇴원해버렸다.

이 사건을 계기로 쌍칼을 처음 만났다. 동성로에서 초등학교, 중고등까지 다녔다. 성인이 된 뒤에도 동성로에 남아 툇물 건달 생활하는 친구, 옷가게, 술집, 금은방 하는 친구들이 몇 명이 있었다. 그들은 동성로 가까이 있는 종합병원장에 내가 부임하자 신이 났다. 전성기는 가고 뒷방 노인이 되어 천덕꾸러기가 신세인데 후배 애들이 자주 입원하는 병원에 친구가 와서 그들의 역할이 생겼으니 신이 난 것이다. 친구의 주선으로 수액 주머니를 뽑고 의사에게 행패 부린 쌍칼을 만났다. 동성로 깡패들은 그들의 업종의 특성상 병원 출입이 잦았다. 쌍칼을 만난 김에 그들과 'mou 체결'을 맺게 되었고 그는 스스로 동생을 자처하고 양측은 '개미와 진딧물' 관계가 된 것이다. 호랑이 문신사건 전까지는 꼬마들이 이런 내막을 잘 모르고 있었다. 발 없는 소문이 천 리를 가서 동성로의 큰 형님은 나중에 종합잡지의 표지모델까지 등장해 많은 사람들이 알게 되는 계기가 된다.

대구 적십자병원은 격주로 일요일마다 외국인 무료진료도 하고 무료점심 급식도 했다. 서울 본사에서는 원장을 표창해주고 언론에도 크게 홍보해주는 게 상식일 것이다. 그런데 본사는 이 사업을 하지 말라는 공문을 보냈다. 합법적 외국인 취업자는 보험 가입이 되어있으므로 무료진료대상자들은 불법취업자들이다. 그런 사람들은 진료해 줄 필요가 없다는 것이다. 그건 겉으로 하는 소리이고 사실은 돈을 못 벌면서 돈을 허투루 쓴다는 게 그들의 심기를 불편하게 한 것이다. 적십자 본사는 인간의 평화나 인간애에 별로 흥미가 없다. 그들이 애정은 북쪽에만 쏠려있다. 본사 사람들이 정말 인류애에 관심이 있었다면 그리고 무료사업내용을 조금만 들여다보았더라도 이런 말 못한다. 병원은 돈을 거의 쓰지 않는다. 의사회, 의과대학생, 전공의, 적십자봉사자 그리고 뜻 있는 사람들의 후원금으로 약품과 의료장비에 쓴다. 수련의, 병원직원, 의과대학생 등이 진료를 하고 변호사, 목사 등이 법률자문과 노동상담을 한다. 영어과 교수 둘과 중국 학생 둘이 통역을 해준다, 적십자봉사원들은 안내와 식사준비를 해준다. 이런 사람들의 무료봉사로 진료가 진행되고 있었다. 이런 사실은 언론도 무관심하고 시민들도 오불관언(吾不關焉)인데 본사까지 현장 한 번 온 적도 없고 내막도 모르면서 갑질을 하는 꼴이 정말 아니꼽다.

어느 일요일 건달 셋이 찾아왔다.

"야 너거들 낮에 잠 안 자고 웬일이고?"

"큰형님 우리도 외국인무료진료 팀에 참여시켜 주이소." 세상에 별 놈들이 다 있다. 깡패들이 진료에 무슨 도움을 줄 수 있단 말인가? 응급환자를 취급한다면 운전을 하거나 들것이라도 들게 하겠지만 시켜줄 게 없다. 하지만 이 친구들도 나름대로는 생각하는 게 있어서 온 것이겠지. 진료 날에는 환자만 오는 게 아니다. 친구 만나러 놀러 오는 사람도 있고 점심 먹으러 오는 사람도 있고 또 일해주고 임금을 받지 못해서 하소연하러도 온다. 법률적 문제는 봉사 나온 변호사들의 몫이고 실제로 업주를 만나서 상담하고 투쟁하는 일은 외국인 노동담당 목사들의 몫이다.

"말은 고맙다만 너거들이 어떤 일을 할 수 있겠노?"

"큰형님, 저가 며칠 전 일요일 구미에 갔는데 붕대 감은 손을 움켜쥐고 서 있는 외국인을 만났거든요. 공장에서 일하다 손을 다쳤는데 그날은 일이 바쁘다며 공장장이 병원에 못 가게 해서 노는 날 병원에 간다고 하데요. 막상 공장을 나섰지만 어디를 어떻게 가야 되는지 모르고 말도 통하지 않아 멍하게 길에 서 있는 걸 봤어요. 병원에 데려주러 오면서 들으니 석 달째 봉급도 못 받았다고 하더군요. 수금은 우리 전공 아닙니까? 한 번 맡겨 보이소."

그런 악질 사장들을 혼내고 주고 싶어서 찾아온 것이라고 한다. 이 바닥의 인간들은 스스로를 협객이라고 생각하고 호칭을 건달이라고 서로를 부른다. 소위 의리에 살고 죽는다는 것이다. 속는 셈 치고 건달들을 현장에 보내봤다. 하지만 빈손으로 돌아왔다. 현장에 가보니 공장이 하도 가난해서 오히려 돈을 보태주고 싶었다고 했다. 그래서 그냥 왔다고 한다. 어떤 날 얼굴이 멍투성이가 된 사내가 찾아왔다. 자신은 작은 공장 사장인데 며칠 전 보도듣도 못한 인간들이 와서 '외국인 노동자의 밀린 봉급 내놓으라'고 해 돈이 없다고 하자 긴말 않고 이렇게 두들겨 팼다고 한다. 다친 사장에게 노동자의 밀린 노임보다 더 큰 돈을 물어주고 코가 땅에 닿도록 빌고 사건은 무마되었다.

한날은 서울 적십자 본사에 쳐들어가겠다고 청을 한 적도 있었다. 본사가 일요일 무료진료를 못하게 했다는 소리를 듣고 따지러 간다는 것이다. 대구를 모독하고 나아가 큰 형님을 깔보는 이놈들은 혼내주어야 한다는 것이다. 말만 들어도 고맙다. 서울 본사는 돈 한 푼 보태준 적도 없으면서 대구병원이 엉뚱한 짓 한다며 삿대질하고 눈알을 부라리며 온갖 간섭을 다 한다. 직원들 교육 때 적십자는 전장에서 부상병이 적이라도 치료를 해주어야 되는 곳이라고 아주 고상한 기관임을 가르친다. 휴전선에서 서로 총부리를 겨누고 있는 적인 북한에는 돈과 의약품과 쌀을 못 보내주어 안달하는 서울 본부다. 이러면서 내 눈앞에서 굶고 아픈 외국인 노동자 진료를 못하게 하니 협객들이 참을 수가 없었던 모양이다. 동성로 애들이 가서 한판 뒤엎고 싶은 게 당연하다. 내가 지휘하고 싶다. 하지만 서울 사람들이 얼마나 영악한 인간들인데 촌 깡패들의 순정이 먹혀들 리가 없다. 그런 행동은 쌍팔년에 김두환이가 하던 방법이다. 이들이 서울에 간들 말도 조리있게 잘할 줄 모르거니와 소통이 잘못되면 결국은 몇 사람 두들겨 패고 올 것이 분명하기 때문이다. 소주 한잔 사주며 말렸다.

어느 가을 일요일 무료진료날의 점심은 특별했다. 장소와 시간도 평소와 달랐다. 보통 날은 김밥, 어묵탕, 닭튀김, 바나나, 즉석라면, 초코파이 등 대체로 간식급 음식들이었다. 그날의 점심은 중앙로에 있는 민들레 영토에서 약 100여 명이 모여 돈까스와 과일과 고급과자를 먹었다. 병원장 생일을 핑계로 먹고 노는 잔치를 한번 해보자고 모였다. 모인 사람들은 스리랑카, 파키스탄, 중국인들이 가장 많고 월남, 카자흐스탄, 우즈베키스탄, 몽고가 다음 순이고 소수의 아프리카인들까지 모여들었다. 잔치는 밥을 먹으며 각 나라의 악기도 연주하며 노래를 부르고 춤도 추었다. 동성로 건달들도 한몫했다. 잔칫집에는 온갖 거지와 양아치들이 모여들어 행사장을 엉망으로 만드는 일이 많다. 이날 10명의 건달들이 정장을 하고 와 교통정리를 하고 행사장 입구에 두 줄로 서서 배꼽 인사를 하며 손님들을 맞았다. 이런 삼엄한 분위기에 눈치없이 머리 들이밀 양아치가 있을리 있었겠는가? 이들 덕택에 큰 형님의 잔치는 방해꾼 하나 없이 멋있게 치러졌다. 어떤 이들은 그날이 동성로파 'MT날'이냐고 비아냥거렸지만 나는 아직도 기억에 남는 행복한 추억이다.

병원 일 층에는 꽃집 하나가 세 들어 있었다. 돈을 벌 줄 몰랐다. 기껏해야 병원 영안실에 조화 납품하는 것 정도밖에 수입이 없었다. 돈벌이가 안 되니 월세는 가끔가다 한 번씩 주고 나중에는 계약된 월세도 반만 주었다. 관리부장이 협박도 하고 빌기도 했지만 막무가네 할 수 없이 병원에서는 계약 끝나는 날만 기다렸다. 학수고대하던 계약만료일이 되자 점원이 올라와 다시 계약을 하자고 한다. 월세는 그동안 반만 주던 그 금액으로 계약을 연장하자는 것이다. 속이 뒤집혀져 참을 수 없다. 쌍칼에게 연락했다.

"형님 뭐라 캐불까요?" '혼내 줄까?'라는 뜻이지만 사실의 '두들겨 패 줄까요?'라는 말이다. 잘못 '뭐라 카다가'는 비싼 치료비 물어 줘야 된다.

"뭐라 칼 것도 없다. 그냥 나가라고만 케도고."

"와 또 계약하자고? 그런데 월세는 반만 준다며?" 쌍칼이 물었다.

"예, 우리 형님이 그렇게 하라고 하는데요. 이번에는 월세는 미루지 않은 겁니다."

"야. 인마 너거 형이 누고? 지금 당장 데려 온나! 이 새끼들 장사 안 되서 월세도 못 주던 놈들이 다시 장사하면 돈이 어디서 굴러 들어오나?" 겁에 질린 점원이 전화를 한다. 상대방에 방금 들은 이야기를 전달한다. 인상 더럽게 생긴 놈이 왔다는 내용을 전달하는 것 같았다. 꽃집 똘만이가 말을 했다.

"알았심더. 장사 그만두고 나가겠습니다." 병원 관리부장이 몇 날 며칠이나 애를 먹던 일이 불과 10분 만에 해결이 되었다. '법은 멀고 주먹은 가깝다'라는 속담이 실감이 갔다. 동성로 애들은 이렇게 병원의 병풍이 되어 주었다. 그 꽃집이 나가고 24시 마트가 들어와 오랜만에 병원은 월세를 받았다. 이게 다 동성로 건달 덕이 아니고 무엇이겠는가!

외과 과장이 하소연한다. 응급실에 밤마다 와서 영양제 놔달라고 술주정을 하는 놈과 상습적으로 와 '아티반' 주사를 놔달라고 협박하는 양아치들이 찾아와 죽이겠다는 것이다. 중원이 평정되어 천하가 통일되었다고 함포고복(含哺鼓腹)하고 있는데 아직도 변방에는 오랑캐 잔당들이 준동을 하고 있는 모양이었다. 응급실에서 기다리다 예의 그 양아치한 놈을 만났다. 만취된 상태로 찾아왔는데 당직의사가 나에게 눈짓을 한다. 바로 이놈이라고. '무엇을 도와 드릴까요?'라고 물었다.

"아이 씨팔 보만 모르나? 무슨 의사가 그 모양이고?"

"술 마시고 취한 것을 깨워달라는 거요? 몸이 어디가 안 좋다는 거요?"

"니기미 말이 많네. 가운만 안 입었으면 확…"

"마당으로 나가자." 가운을 벗어 던지고 그놈의 목덜미를 잡아끌었다.

"가운 벗었으니 이제 니 맘대로 해봐라 이 새끼야" 놈과 나는 서로의 멱살을 잡고 몸싸움을 했다. 그 밤은 병원이 소란했지만 문제는 다음 날부터 시작이 되었다. 경찰서에서 소환장이 왔다. 환자를 폭행했다는 죄목이었다. 형사는 흐뭇한 표정을 하고 빈정거렸다. 쥐 잡은 고양이 모습이다. 그 잘난 의사 녀석 한번 잘 걸렸다는 표정이다.

"의사가 사람 치면 됩니까? 더군다나 공공병원 원장님이신데" 미소를 짓고 질문을 한다. 고등계 형사같다.

"안 때렸는데요."라고 하자 형사가 사진과 진단서를 보여준다. 목이 약간 긁히고 붉게 변색이 되어 있었다. 진단서에는 전치 2주라고 쓰여 있었다.

형사는 회심의 미소를 지으며 다 쓴 조서에 간인을 하라며 서류를 내민다. 양아치보다 더 미운 건 형사였다. "공정하다는 착각"이라는 책에 쓰여있다. 부자나 전문직에 있는 사람들은 제 가정이나 세월을 잘 만나서 운수 좋아 잘 사는 줄 모른다. 제 능력이 뛰어나고 열심히 노력한 결과라고 착각하고 산다는 것이다. 엘리트들은 막노동하고 가난하게 사는 사람들은 무능하고 게을러 그 자리에 있는 게 마땅하다며 깔본다는 것이다. 그 결과 비전문직이나 육체 노동자들은 자신이 패배자라는 의식을 갖게 되고 트럼프는 이들의 열등감을 부채질해서 인기를 끈다는 것이다. 그 형사도 자신이 '가붕개'라고 생각하고 있는 눈치다. '운 좋은 전문인'의 불행이 그에게는 행복감을 주는 것 같다는 비합리적인 의심이 들었다.

의기양양한 형사는 다음 날 대질신문을 한다며 서에 또 출두하라고 했다. 이럴 때는 동성로보다 더 힘센 사람이 필요하다. 정부 고위층에 있는 친구에게 전화를 했다. 부속실에서 '서장에게 연락했다'는 답이 왔다. 다음 날 아침 경찰서 수사과장 전화가 왔는데 담당 형사에게 가지 말고 일단 수사과장 방으로 와달라는 것이다.

"아이고 고생 많으셨지요. 그 새끼 조사해 보니 상습적으로 병원에 찾아다니며 행패 부린 전과자더군요. 원장님 크게 안 다치셔 다행입니다. 많이 놀라셨지요? 오늘 서장님이 원장님 만나시려다가 행사가 있어 저에게 일임하셨습니다. 제가 수사관에게 잘 말해두었으니까 그 형사가 묻는 데로만 대답하시면 됩니다." 다시 만난 어제 그 형사는 엄숙한 얼굴을 하며 일어서서 깍듯이 인사를 했다. 진단서를 주고 나도 맞고소를 했다. 그러나 그런 절차는 필요가 없었다. 묻는 데로 대답하니 대질 신문은 삽시간에 끝났다. 그 양아치가 아주 나쁜 놈이고 나는 피해자라는 결론이 났으니까 말이다. '유권무죄 무권유죄(有權無罪 無權有罪)' 동성로 애들의 속담이 실감했다.

교동시장에서 무료급식소를 운영하는 소피아 수녀가 찾아왔다.
"원장, 내 말 들어 보소. 우리는 늙고 병들어 굶주리는 사람들에게 급식 봉사를 하고 있지 않아요? (사실은 100원씩 받는다. 수녀님 사전에는 공짜는 없다.) 그런데 요새 사지 멀쩡한 양아치들도 찾아와 매일 밥을 얻어먹는단 말이요. 그 놈들이 낮에 오는 것도 눈꼴이 시린데, 심지어 한밤중에 술에 취해 찾아와 밥 달라고 문들 차고 지랄치니 내 더 참을 수가 없어." 보통 사람들은 수녀라면 조용하고 차분하고 착한 분들이라고 생각한다. 그러나 소피아 수녀는 그런 개념과는 정반대의 수녀이다.

"원장, 이것들이 동성로 '나와바리'에 있는 똘만이들이가? 아니면 뜨내기 양아치들일까?"

소피아 수녀는 평소 말투도 거칠지만 태권도 할 줄 알아 주정뱅이들과 다툴 때 여차직하면 이단옆차기로 공격도 한다. 수녀님의 무공을 보면 내공이 깊어 수녀님 소속인 예수성심수녀회 본부가 대구 앞산 아래에 있지 않고 중국소림사 부근인가 착각이 된다.

소피아 수녀는 장 보러 가다가 들른 김에 지나가는 말로 하는 소리겠지만 동성로 애들에게 영향을 끼쳐달라는 소리인지도 모른다는 생각도 들었다. 깡패는 두 가지로 분류가 되는데 소속 없이 프리렌서로 제 혼자 떠돌아다니며 거지 노릇과 야비한 짓을 하는 양아치가 있고 또 하나는 무리를 지어 우두머리에 절대 충성을 하는 조직폭력배들이 있다. 양자는 상급자들에 대한 충성심이 있느냐 없느냐 혹은 의리에 충실한가가 양아치들과 조폭들의 주요 구별점이 된다. 조폭 똘마니가 요셉의 집에 가서 밥을 구걸하는 일은 있을 수가 없다. 그런 놈을 조직에서 알게 되면 그 인생은 끝난다. 요셉의 집을 괴롭히는 무리는 양아치들이다. 이놈들은 홀로 떠도는 황야의 무법자이니 '뭐라 케줄' 두목도 없다. 오히려 어떤 두목이 조직을 만들어 함께 사는 곳을 만들어 일하며 사는 데서 삶의 행복을 느끼게 해주는 것이 해결 방법일 것이다. 너무 어려운 일이라 나는 소피아 수녀에게 '천주님의 큰 은총이 필요하니 묵주기도를 많이 하라'고 격려해 주었다.

세상에 변하지 않는 것은 없다고 석가모니께서 말씀하셨다.
무심한 세월도 많이 흘렀다. 대구적십자병원은 망하고 없다. 동성로파는 노태우의 '범죄와의 전쟁'에서 일망타진되어 형님들은 잡혀 '학교'에 가고 아랫것들은 각자도생(各自圖生) 흩어져 버렸다. 현재 그 후예들은 범어동에 새로운 산채(山寨)를 만들어 살고 있다. 교도소 퇴소 후 쌍칼은 암으로 죽었다. 소피아 수녀는 요셉의 집을 젊은 후배 수녀에게 물려주고 그렇게 미워하던 주정뱅이들을 모아서 성주의 한 산골짜기에 '평화의 계곡'이란 요양원을 만들었다. 구제 불능의 양아치들을 소피아 수녀가 두목이 되어 조폭으로 만들었다는 이야기다. 지금 소피아 수녀는 치매에 걸려 요양원에서 말년을 보내고 있다. 이단 옆차기는커녕 걷기도 힘들고 욕은커녕 말도 못하고 사람도 못 알아보며 살고 있다.

'인간의 태어남이란 다만 한 조각 구름이 일어나는 것이요, 죽는다는 것 역시 한 조각 구름이 사라질 뿐이다.(生也一便浮雲起 死也一片浮雲滅)' - 서산대사

기지촌의 하루

 자다가 목이 말라 눈을 뜨니 옆에 누가 자고 있었다. 더듬더듬 만져 본다 물컹하다. 사람이다. 혼자 사는 이 방에 밤사이 귀신이 들어왔나 불을 켰다. '뻐드랑니'였다. '이 계집애가 왜 내 옆에서 자고 있는 걸까? 둘이 만난 적이 없는데 어떻게 함께 자고 있지?' 오 대위는 한참 만에 짐작을 해낸다. 간밤에 위생병 몇과 함께 이 집에서 술을 마신 기억이 났다. 과음 후 정신을 못 차리고 이 방에서 잔 모양이다. 옷은 군복을 입은 채이다. 그냥 잤단 말인가? 뻐드랑니는 이곳 기지촌에서 꽤나 인기가 있는 작부다. 인물은 뛰어난 편이 못 되지만 매력적인 여자다, 성격이 털털하고 말을 해보면 정이 간다. 외로운 군발이들에게는 누이요,

엄마 같은 느낌을 준다. 침을 삼키는 군인들은 많다. 하지만 워낙 동네 좁고 또 사나이들끼리 경쟁을 하느라 힘의 진공이 생겨 뻐드랑니와 하룻밤 잔 사람은 드물다.

  작부와 이것도 아니고 저것도 아닌 밤을 함께 보냈다는 사실에 오 대위는 화가 났다. 옷을 벗고 계집애의 몸에 올랐다. 아닌 밤중에 홍두깨가 들이닥치자 멋모르고 자던 그녀가 놀라 사내의 가슴을 밀쳤다. 나중에 남자의 얼굴을 알게 되자 밀어낸 가슴을 도로 끌어당겼다. 볼일이 끝나자 오 대위는 배 위에 올라가기 전보다 기분이 더 더러워졌다.

  경기도 파주 곰시. 이 기지촌에는 세 개의 보병부대와 한 개의 포병부대가 있고 작은 미군 부대가 하나 있다. 이 부대들이 한때는 전부 미군들이 주둔하고 있었다. 박정희의 쿠데타에 이어 독재가 시작되자 화가 난 카터는 한반도에서 미군을 전부 철수시키겠다고 협박을 하다가 이윽고 실천에 옮겼다. 대부분의 미군은 갔지만 몇 군데 주요 부대는 남아있고 비어버린 미군 부대는 한국군이 들어왔다. 동네는 미군 시절의 분위기가 아직도 그대로 남아있어 서부영화 세트장에 온 느낌이다. 길의 좌우는 크고 작은 판잣집들이 늘어서 있고 간판은 영어나 영어의 우리말 표시로 되어있다. 길 가운데를 걸어가노라면 카우보이가 된 기분이 든다. 오 대위는 '정글짐'이란 간판 달린 집에서 하숙하고 있다. 주인 여자는 중년인데 아직도 희미한 아름다움의 흔적이 남아있어 남자들이 그녀의 주위를 맴돈다. 미군이 있을 때 중사와 동거를 했다고 한다. 그때도 식당을 했지만 그 수입보다 동거남이 근무하던 미군 P.X에서 물건을 빼돌려 팔아 번 돈이 훨씬 많았다고 했다. 미군 철수 때 동거남도 가버리고 혼자된 그녀는 남은 돈으로 방이 열 개쯤 있는 집을 샀다. 지금은 식당을 하면서 방들을 한국군 영외 거주자들에게 월세를 받거나 하숙을 친다.

동서양의 저질문화가 뒤섞인 기지촌은 팔도출신 군인들의 사투리와 여자들의 웃음이 함께 술에 녹아들어 여느 도시에서 볼 수 없는 특이한 소돔과 고모라의 모습을 보여준다. 한편 그 구정물 속에서도 한줄기 맑은 물이 솟아오르는 인정의 샘은 또 따로 흐르고 있었다. 하숙하는 국인들의 연탄은 주인이 갈아준다. 그러나 가끔은 다방 레지나 작부들이 장교들 숙소의 연탄불을 갈아주기도 한다. 어떤 경우는 빨래도 하고 방 청소도 해준다. 한 가족이며 친하다는 표시다. 다방이나 술집에는 혼자 가든 둘이 가든 먹고 마시고 그냥 나온다. 월말이 되면 계집애들이 알아서 각자 몫의 돈을 계산해서 청구서를 준다. 군인들이 대간첩작전이나 훈련을 위한 출동을 할라치면 어느새 알고 '엘레나'들이 몰려나와 오빠들 삼촌들 승리하고 돌아오라고 손을 흔들어 준다.-사실은 어제 술 마시며 군인들이 기밀을 다 말해 준 탓이다. 기지촌의 군인들과 여인들은 남이 아닌 남으로 공생관계에 있다.

미국군과 한국군은 한국전을 함께 치른 혈맹의 관계다. 하지만 그들은 그들대로 다른 문화를 갖고 산다. 미군과 한국군은 관습상 출입하는 술집이 다르다. 미군 규정은 장교와 사병이 가는 술집이 따로 정해져 있다. 어느 날 오 대위와 친한 장교 몇이 미군 부대 앞 술집에 갔다. 이곳에는 미제 깡통 맥주 값이 쌌기 때문이다. 그들은 미국 여행 온 기분으로 술을 마셨다. 그 사이 미군 사병 몇도 들어와 술을 마셨다. 그들은 한국 장교를 보면 경례를 깎듯이 한다. 그곳이 부대이든 밖이든 어디서든 그랬다. 그들은 사복을 했더라도 한국군인 상급자를 보면 거수경례를 한다. 그 날도 초저녁에는 그랬다. 하지만 밤이 깊어지면서 일이 생긴다.

  사복한 흑인 병사 하나가 진로소주 한 병을 나팔 불며 술집 문을 들어섰다. 놈은 비틀거리며 술집 안쪽으로 들어오다 오 대위 일행과 부딪쳤다. 그 병사는 경례는 하지 않고 미안하다고 혀 꼬부라진 영어로 사과를 하고는 아무 양해도 없이 오 대위 일행의 탁자에 합석했다. 평소에는 볼 수 없는 미군의 행동이다. 한국군은 미국 술을 마시고 미국군은 한국 술을 마시며 어거지 대화가 오간다. 서로가 영어로 말은 하지만 말이 통하지 않는다. 계산대에 앉아있는 주인아주머니에게 통역을 부탁했다. 우리 말도 그다지 능숙하지 않는 시골 여인이 쉽게 통역을 해준다. 흑인 병사의 말은 동거하던 양공주가 오늘 전축이며 시계, 반지 등 값나가는 물건들을 몰래 갖고 도망갔다는 것이다. 의정부까지 가서 찾다가 실패하고 홧김에 깡 소주 나팔 분다고 말한단다. 흑인 병사는 일본서 근무하다 온 탓에 한국과 일본은 동일 언어를 쓰는 줄 알고 상대가 잘 알아듣도록 일본어를 영어에 섞어 썼다. 그 바람에 말이 통하지 않는다고 술집 주인이 핵심을 짚어 주었다.

"아이 헤브 닥상 트러불"을 계속 외쳐대는데 '닥상'이 일본말로 많다는 뜻이라고 한다. 이런 식의 말을 횡설수설하며 미군 병사가 자리를 뜨지 않는다. 주인이 이제 그만하고 가라고 해도 말을 듣지 않고 오 대위 일행까지 말해도 듣지 않는다. 기어이 그는 오 대위 일행에게 시비를 걸기 시작했다. 나중에는 소주병을 깨어 들고 덤벼들었다. 바야흐로 국제전이 시작되려고 했다. 숫자로야 상대가 되지 않지만 놈의 완력으로나 무기로 보면 네 명이라고 반드시 이긴다는 보장이 없다. 만약 깨진 소주병에 찔리고 흠씬 얻어터지고 나면 다음 날 얼굴 들고 다닐 수가 없다. 왜 쓸데없이 미군 부대 앞에 얼찐거렸냐고 대대장이 지랄할 것이고 잘못하면 사단 군법회의에 가야될 지도 모르겠다. 머리 속이 하얗게 변한다. 죽느냐 사느냐 그 게 문제다. 그때 못 보던 백인 병사 하나가 그의 곁에 다가왔다.

"야. 인사계가 너 빨리 오랜다. 자 이제 가자."하는 모양이었다. 다행히 그 통에 흑인의 소주병 공격은 지연되고 있었지만 놈의 고함과 과격한 몸짓은 더욱 커져 갔다. 일은 풀리기보다 더욱 수렁 속으로 빠져들고 있었다. "하나님 아버지 저놈은 지금 저가 무슨 잘못을 하고 있는지 모르나이다. 우리 힘으로는 자신이 없고 하나님께서 직접 손 좀 봐주십시오."라고 오 대위는 간절한 기도를 했다.

기도발이 들었는지 갑자기 그렇게 날뛰던 흑인 병사가 조용해졌다. 그는 말없이 일어서서 열려 있는 술집 문 쪽으로 거수경례를 했다. 그곳에는 거구의 백인 육군상사가 서 있었다. 그는 아무 말도 하지 않고 그의 부하에게 손가락 하나를 까딱까딱했다. 나에게 오라는 흔한 미국인들의 손 신호다. 악당은 비틀거리며 일어서서 조용하게 '와이엇트 업'의 뒤를 따라 문밖으로 살아졌다. 숙소 돌아오는데 술은 이미 다 깨어버렸고 미군 졸병에게 벌벌 떨었던 오 대위는 자신의 한심한 행동을 탄하며 밤새 악몽만 꾸었다.

기지촌에서 가장 기쁜 일은 여자와 만나는 일이다. 더구나 기분이 좋지 않을 무렵 여자 이야기는 좋은 치료 약이 된다. 뻐드랑니의 라이벌 술집에 '아다라시'가 나타났다는 첩보가 입수되었다. 어느 날 저녁 오 대위는 흥분되는 자신의 감정을 추스리며 그 술집을 찾아갔다. 맙소사! 세상에 이렇게 못생긴 여자가 있단 말인가! 놀라운 일이다. 신체의 어떤 부위는 깨끗한 아다라시인 줄은 몰라도 외모가 너무 못생겼다. 그렇다고 앉아 말자 자리를 박차고 나온다는 것은 상대에 대한 예의가 아니다. 조물주가 창조할 때는 다 쓸모가 있도록 설계했을 것이다. 오 대위는 심호흡을 한 번하고 '나무가 굽어 재목감이 못 된다고 버리지 마라'던 옛 어른들 말씀을 묵상하였다. 굽은 나무는 소의 길마로 쓰면 이보다 더 좋을 수가 없다. 작부의 얼굴이 못생겼다고 쓸모까지 없는 건 아닐 것이다.

충격으로 멍해진 정신을 가다듬고 온 김에 그녀와 수작을 한다. 이야기를 듣자 하니 짧은 인생 한도 많다. 충청도 산골에서 태어나 먹고 살기 힘들어 돈 벌기보다 입 하나라도 덜려고 불광동와서 식모살이를 했다. 몇 년 일해도 돈이 모아지지 않는다. 월급을 주지 않기 때문이다.

"왜 돈 달라고 말하지 못했어?"라고 괜히 화가 난 오 대위가 물었다.

"넌 아직 어려 세상 물정을 잘 몰라, 내가 돈을 잘 모았다가 너 시집 갈 때 목돈으로 줄게"라며 주인 남자가 달랬다고 한다. 그러면서 그는 그녀의 옷을 벗기기 시작했다. 반항하면 돈을 받지 못 받을까 봐 참았다. 이렇게 시작한 짓거리는 수시로 계속되었다. 나중에 이 사실이 안

주인에게 알려지자 머리카락 다 쥐어뜯기고 빈손으로 쫓겨났다고 했다. 오 대위는 악질 두 부부의 월급을 떼어먹기 위한 쇼에 분노의 심장이 뛰었다.

쫓겨난 그녀는 소개소를 찾았다. 소장은 전방 기지촌에 가면 여자들이 돈 벌기가 쉽다며 이곳으로 보내주었다고 했다. 어림없다. 이 바닥에서 경쟁이 얼마나 심한 줄 모르는 소리다. 몸매와 얼굴은 기본이고 나름대로는 고객 관리에 열심이다. 손님을 위해준다는 마음을 보여주어야 단골이 생기고 거래가 계속되는 것이다.

"너 말이야! 왜 가난한 집에서 태어나 고생하는 줄 알아?" 난데없는 태생 이야기에 그녀는 눈이 둥그레진다.

"부처님 말씀에 사람은 죽어도 다시 태어난 데, 그런데 살았을 때 좋은 일하고 살았느냐, 나쁜 일하고 살았느냐에 따라 다시 태어날 때 운명이 달라진다고 하셨어"

"그럼 전 전생을 잘못 살았던가 이야긴가요?"라고 못난이가 말했다. 머리는 좋은가 보았다.

"그래 바로 그거야, 지금부터 이 말은 너의 돈 벌기와도 관계되는 것이니까 절대 잊지 마." 그녀가 마른 침을 삼키며 오 대위 옆에 바싹 다가와 앉는다.

"넌 전생에 악질 지주였어. 마름을 시켜 소작인들을 착취하고 노비들을 성 노리개 취급했지. 그러다 벌 받아 제 명대로 못 살고 죽었다 다시 태어난 거야. 넌 죄대로 하면 사람으로 태어날 수가 없었어. 가족들이 49재를 융숭하게 지내준 덕에 사람으로 태어난 거지. 사실 넌 개로 태어나 보신탕 되어 죽게 되어있었지. 지금 너가 가난에 시달리고 온갖 년놈들에게 짐승처럼 괄시받고 학대받는 삶을 살고 있는 건 너의 전생의 업보 탓이야."

"이해가 되네요. 모든 게 내 탓이군요. 그럼 장교님 저는 앞으로 저는 어떻게 살아야 하나요?" 어떤 종교에서는 한 참 가르쳐야 아는 '내 탓'이란 말을 쉽게 이해할 줄 알아들으니 정이 간다.

"그래 넌 날 굳이 장교님이라고 부르지 않아도 된다. 이 동네 애들은 나를 오빠나 삼촌으로 부르니까 너도 그렇게 불러도 돼. 이제 본론으로 들어가 보자. 보통 술집에서는 계집애들도 자존심은 있어서 손님이 연애 한번 하자고 조르거나 심지어는 몸에 손만 닿아도 '이런 데 있어도 순정은 있다구요. 난 함부로 주는 사람 아녜요.'하며 화를 내는 축들도 있어. 그거 다 멍청이 짓이야. 한번 하나 두 번 하나 버린 몸은 같아. 전생의 업을 소멸하려면 빨리 몸을 주는 게 최고야. 아니 상대가 원치 않아도 내가 먼저 몸을 주는 거. 이거 불교에서 '육보시'라고 최고로 친다. 죽으면 썩어 없어질 네 몸 하나 주면 돈 벌고 좋고 군인들은 기분 풀어 좋고 내생에 극락왕생하니 이것을 바로 '도랑 치고 가재 잡는다.'고 하는 거야."

부대에 돌아와 오 대위는 '세상에 이보다 더 인물 좋고 게다가 화끈한 년 처음 보았다.'며 못난이를 선전해주었다. 그의 의도 속에는 너희들도 한번 당해보라는 심술도 숨어 있었다. 그녀의 소문이 기지촌 많은 군인들의 인구에 회자 되었다. 미군과 군목을 제외한 곰시 부대의 거의 모든 장병들은 모두 다 그 집에 다녀갔다. 소문 듣고 갔다 오고서는 제 혼자 당한 게 분해 딴 사람들에게 못난이 선전해주는 바람에 그 집은 대박이 났다. 그러나 몇 주가 지나지 않아 못난이는 곰시를 떠났다.

"그 계집앤 말이야. 못생겨도 조용하게 앉아만 있어도 좋겠어. 하지만 이년은 손만 대면 자동이야. 제가 먼저 벗고 들이대. 그 얼굴에 그

짓 하니 구역질 나서 섰던 좆도 죽고 말아."

"에이 어떤 놈 말에 속아 돈만 버렸어"하며 오 대위를 째려보는 장교도 있었다. 개구리에게 돌 던져 죽게 한 오 대위는 한동안 우울증에 빠졌다. 주님께서는 회개하면 다 용서해주신다고 했다. 얼마 전 미군 악당한테서도 기도를 들어 주신 고마우신 하나님이 아닌가. 오 대위 진실한 반성 덕에 다음에는 좋을 일도 있을 것이다.

오 대위부대가 임진강 벙커 공사 나간지 석 달째. 강 언덕에 오 대위가 혼자 앉아있다. 좀 떨어진 야산에서는 벙커 공사가 한창이다. 전쟁 때 이쪽 높은 강둑에서 강 넘어오는 적을 전멸시킬 계획으로 만드는 벙커다. 병력용, 전차용, 대포용의 각종 벙커가 만들어지고 있다. 여기서는 임진강이 민통선이다. 작고 낮은 다리가 강의 양쪽을 이어준다. 강 건너 더 북쪽으로 가면 휴전선이다. 보병들은 공사에 여념이 없지만 오 대위는 낮에 할 일이 없다. 응급 상황이 아닌 한 병사들은 일과 후 밤에 의무실에 오기 때문에 낮에는 군의관이 할 일이 없다. 낮 시간 오 대위는 작업장을 한 바퀴 돌아본 뒤 병력들이 보이지 않는 강변을 거닐거나 언덕을 찾는다. 숙영 생활 초기에는 임진강 주변 분위기가 무척 싫었다. 이곳의 강물의 물고기들 그리고 들과 산의 짐승들과 초목들이 한국 전쟁 때 썩은 시체와 녹슨 철모나 총을 먹고 자랐다는 환상 때문에 그 생물들에서 친근감을 느낄 수가 없었다. 식물들은 연극할 때 소도구로서 있는 가짜 꽃과 나무라는 생각이 들었다, 동물로 치면 귀신같은 존재라는 생각이 들었다. 조용하게 흐르는 임진강 변이 그에는 기이하고 오싹한 분위기를 주어 한동안 애를 먹었다.

자연 못지않게 사병들과도 어색한 관계였다. 전방에 오는 병사는 소위 빽없는 사람들의 자녀들이 많았다. 가난해서 초등학교도 못 다닌 무학자. 전과자, 깡패, 데모하던 학생, 이 병사들은 자신들의 집안이 초라하고 자기를 또한 남들에게 내세울 게 없으니 패배자들이라고 생각하는 병사들이 많았다. 이들이 과연 대한민국의 체재를 지키기 위해 목숨을 바칠 생각을 하고 있을까하는 의심이 들었다.

전방 사병들은 항상 배고프다. 밥이 모자란다. 국은 건더기가 거의 없고 씨래기만 둥둥 떠 있다. 김치는 배추를 소금에만 저린 백김치 상태. 양념을 중간에 다 떼어먹었기 때문이다. 작업하는 병사들은 위험한 일에다 옳게 먹지도 못하며 하루하루를 살고 있다. 오 대위부대로 장기간 작업 중이므로 규정대로라면 전시 체제로 전환해서 입실은 없고 간단한 몸살이나 상처, 종기 환자 등도 후송해야 된다. 그러나 사단 의무실이나 후송병원서 받아주지 않는다. 지휘관들도 그들의 진급을 위해 부하의 후송을 꺼린다. 이런 현실 때문에 병사들은 심한 몸살이나 큰 상처가 있어도 시멘트 질통을 메고 작업을 해야 한다.

오 대위는 규정을 위반하기로 했다. 아픈 병사들을 사단에서 후송을 받아주지 않으니 우리 부대에서 작업에서 열외 시키고 입실시키자고 건의하자 대대장이 반대했다. 아픈 병사를 작업을 시킨다는 것은 이것은 반역이라고 오 대위가 대어 들자 결국 그도 묵인해주었다. 환자용 텐트를 만들어 입실을 시켰다. 환자는 경증이라도 받고 때로 일하기 싫어 꽤 병 하는 병사도 입실시켜주었다. 보병들은 거의 매일 몽둥이나 주먹으로 고참이나 장교들에게 두들겨 맞았다. 일부 장교나 하사관들의 생각은 사병들의 수준이 낮아 맞아야 군기가 선다는 것이었다. 어느 날 중대장 하나가 병사 한 명을 입실시켜 달라는 부탁을 했다. 별다른 병은 없지만 좀 휴식이 필요한 사람이라고 했다. 오 대위는 중대장의 지인이거나 아니면 높을 사람의 친척인가 생각하고 일단 그 병사를 입실시키고 면담을 했다.

"자네는 입대한 지가 3년이 넘었잖아? 그런데 왜 아직 이등병이야?"

"네, 그동안 휴양을 좀 하고 오느라 늦었습니다. 그 바람에 진급을 못했습니다,"

오 대위로서는 도무지 알지 못하는 소리였다. 그가 남한산성(육군교도소)에서 삼년 징역을 살고 왔다는 이야기는 나중에 들었다.

"김 이병은 크게 아픈 데가 없잖아? 그런데 왜 입실하는 거야?"

"네, 저가 휴양가기 전에는 딴 부대 근무했습니다. 이 부대에 오니까 중대 인사계님이 당분간 의무실에 쉬라는 말씀을 하셨습니다." 남한산성을 갔거나 혹은 후송을 갔던 병력은 제 부대에서 다시 받아주지 않는다. 원래를 원대복귀 해야 되지만 이 핑계 저 핑계 대어 딴 부대로 보내 버린다. 이렇게 돌아온 병사들은 대게가 취사반에 근무하게 되고 간혹은 의무대에 입실을 시킨다.

"김 이병은 사회에서 뭘 하다 왔나?"

"권투 선수였습니다. 본격적인 프로로 뛰지 못하고 오픈 게임으로 뛰는 정도였지요. 돈도 벌리지 않고 고달파서 동네 형님들과 어울려 지내다 입대했습니다" 나중에 들은 이야기가 김 이병은 전 부대에서 상급자 폭행을 해서 하극상 죄로 형을 살았다는 것이다. 김 이병은 솔직하고 몸을 아끼지 않고 의무실의 온갖 궂은일을 도맡아 거들어 주었다. 오 대위의 병실 천막에는 위생병과 환자들이 오 대위를 가장으로 모시고 가족처럼 오순도순 잘 어울려 지냈다. 모두들 빽없는 병사라는 공통점 탓인지 학력과 나이와 계급과 보직의 다 다른 이질적 인간들이 잘도 어울려 지냈다.

누구는 인간이 개보다 못하다고 한다. 개는 주인에게 밥을 얻어먹는다는 죄로 주인집 애가 자신을 때려도 참는다. 올라타도 가만있다. 이걸 보고 고양이는 개를 비웃는다고 한다. 비굴하다고. 정말 인간이 개보다 못할까? 어느 달 밝은 밤. 평상시 밤이면 하루 종일 작업에 시달린 병사들이 정신 잃고 자야 될 시간인데 모두들 귀를 쫑긋하고 긴장돼 있었다. 김 병팔 이병의 목소리 때문이었다.

"야 씨팔 병신들 새끼들. 장교들한테 그렇게 개 취급받고, 인사계한테 걸래 취급받으며 잘도 견딘다. 사회의 고관대작들 아들들은 군대에 오지 않고 와도 전방 오는 놈 못 봤어,"

밤의 임진강은 소리 없이 흐르고 달빛은 교교하다. 600여 명 대대 병력 중 누구 하나 대꾸하는 사람 없다. 전시라면 사살되어야 할 행동을 김 병팔이 저지르고 있다.

"우리는 보병이야. 적과 싸우러 왔지. 이런 공사판에 노동하러 온 건 아니잖아. 맨날 배고픔에 시달리고 질통에서 시멘트 물이 흘러 다리는 붓고 아리고, 폭약 터지면 숨을 곳도 없는 강변, 군인이 총 맞아 죽어야지 돌덩어리 맞아 죽어야 되겠어?"

오 대위의 가슴이 두근거린다. 놈의 말이 맞긴하다. 그러나 저렇게 야밤에 선동하는 짓은 두고 볼 수가 없다. 평소 계급을 중요성을 그렇게 외치고 다니던 그가 가만 있다는 것은 정말 비겁한 짓이 아닐 수 없다.

"나는 여기 병사들 중에 가장 짠밥을 많이 먹은 놈이야. 나보다 먼저 입대한 사병은 없어. 부식 떼어 먹는 수송관에게 대들다 한 대 때렸다고 '남한산성'가서 3년 썩다 오니 내가 신병 꼴이 되었어. 그 건 내 탓이니까. 참을 수 있었어. 하지만 우리 부대서 날 받아주지 않고 이 부대에 쫓겨오니 아무 죄도 없는 나를 따돌리더군. 작전이나 보초 설 때도 나에게는 실탄도 주지 않았어. 회식할 때도 내가 술 마시려고 하면 인사계가 나를 째려봤어. 마시지 말라는 이야기지. 결국은 나를 의무대에 보내버리더군."

오 대위는 이때쯤 뛰어나가야 된다고 생각했다. 하지만 두려웠다. 덩치나 무술 무엇으로도 당해 낼 재간이 없으니 말이다. 그놈은 계속 떠들고 아무도 말리는 사람은 없었다.

"의무실 생활을 편했다. 하지만 니들 다 작업 나가고 몸 멀쩡한 나는 텐트에서 빈둥거리며 얼마나 창피했는지 모른다. 나는 왜 차별을 받아야 하는지, 내가 전 부대에서 실수를 했지 이 부대에서는 아무 잘못도 없는데... 언젠가 총알이 생기면 난 탈영한다. 그때 이 부대 장교는 다 쏴 죽이고 서울로 간다. 군대 안 간 놈들 다 쏴 죽이고 나도 죽는다."

오 대위가 자신의 텐트에서 밖으로 나왔다.

"병팔이 이 새끼야. 이리와 나하고 한판 붙자" 큰소리는 치지만 목소리가 떨려 제대로 소리가 나지 않는다. 대위 계급장이 달린 모자를 내던졌다.

"야 인마 내 계급장 뗐다. 사나이끼리 결판을 내자." 많은 장병들이 모여들었지만 아무도 말리는 사람이 없다. 달빛은 더욱 밝고 사방은 더욱 조용하다. 갑작스런 오 대위의 고함 소리를 듣고 놈은 멍하게 보고 있었다. 한동안 침묵이 흐른 뒤 놈은 오 대위 쪽으로 성큼성큼 다가오고 있었다. 오 대위의 심장은 가슴 밖으로 뛰쳐나올 듯 요동을 친다. 김병팔 이병이 가까이 오자 이제는 멎을 것 같았다. 모든 부대원들은 마른 침을 삼키고 조금 뒤의 광경을 상상하고 있었다. 피투성이가 되어 나자빠진 오 대위를 상상하고 있었다. 드디어 둘은 서로 바로 쳐다보는 사이로 좁혀졌다.

말없이 오 대위를 쳐다보고 있던 김 이병이 갑자기 무릎을 꿇었다.

"군의관님 왜 이러십니까?"

"이 새끼야 몰라 물어! 장교들 다 죽인다며 내 총 줄 게 이거 갖고 쏴 죽여 봐." 오 대위는 말하기 힘들었다. 너무 떨려 목소리가 나오지 않았다. 마치 가위눌렸을 때 말을 하는 느낌이었다. 놈은 오 대위 다리 아래에서 일어서지 않고 말했다.

"잘못했습니다. 다 죽인다는 게 아닙니다. 우리 소대장, 중대장, 인사계 이야기지요. 군의관님을 보고 느낀 게 많아요. 깡패인 저를 좋아하셨잖아요. 사람 차별하지 않는 의사라는 느낌이 들어 존경했습니다" 그 말을 듣자 오 대위의 뛰던 가슴은 갑자기 조용해졌다. 떨리던 목소리도 차분해진다.

"그 사람들은 죽여도 되냐 말이다." 기세가 등등해진 오 대위는 그의 발아래 무릎 꿇고 있는 김 병팔의 가슴을 군화 발로 냅다 차버렸다. 놈은 얕은 언덕 아래로 굴러갔다. 그리고는 다시 올라오지 않았다. 군중들은 묵묵히 제 천막으로 돌아갔다. 내일의 작업을 위해서다. 이 날은 오 대위 일기에 기분 나쁜 날이라고 적지는 않았을 것이다. 군대는 이런 곳이었다. 기지촌의 하루는 이렇게 저물어 간다.

우리 동네 사람들

서민들의 고달픈 하루가 저물었다. 이 동네는 도시 변두리의 한 빈촌(貧村)이다. 어둑해지면 "탕"이라고만 쓴 간판이 걸린 이가(李哥)네 보신탕집에 꾼들이 모여든다. 적게는 4, 5명 많게는 10여 명 정도가 매일 모인다. 저녁밥을 먹고 온 사람이나 안 먹고 온 사람이나 소주와 수육은 다 같이 먹는다. 대나무로 엮어 개기름으로 번들거리는 쟁반 위에 놓인 검붉은 개 껍질과 수육은 곁들어진 푸른 부추와 어우러져 예술적인 모양과 색의 조화를 이루고 있다. 꾼들은 매일 포커 하기 위해 모이지만 한편 이 수육을 먹기 위해서 모이는 것 같기도 하다. 이 사람들은 이 동네가 재개발되기 전부터 이곳에 살던 원주민들이다. '개발투쟁위원회'를 만들어 싸우면서 동지가 되었는데 아파트가 들어선 뒤에도 헤어지지 않고 남아 자연스럽게 포커 치는 모임이 되었다.

　인간은 제 나름대로 취미 생활을 하기 마련인데도 어떤 이들은 포커 하는 사람들을 노름한다, 도박한다고 흰 눈으로 보기도 한다. 그러나 그런 언동은 인품이 덜 성숙한 자들이 하는 일이다. 매일 탕 집에 모이는 이 사람들도 그들과 똑같이 취미 생활은 하는 것이지 돈 벌러 오는 사람은 없다. 탕 집에 오는 사람들은 이 식당 안방이 그들의 법당이요, 교회이며 또한 교실이다. 까탈스런 사람들은 이들이 보신탕 먹는 것도 시비를 건다. 웃음이 나온다. 소는 먹어도 되고 개는 안 된다는 이유가 무엇일까? 이런 어처구니없는 분별심에 삶은 소 대가리가 웃는다.

　이 모임의 가장 연장자는 암자의 주지다. 대개 형님이라고 부르지만 때로는 스님으로도 부른다. 그리고 투쟁위원장 하던 이가 있는데 이 사람은 개발 바람이 불 때 공무원들과 부자들과 결탁해서 서로 정보를 주고받으며 상부상조해 큰돈을 벌었다. 그는 성공한 정상모리배(政商謀利輩)인데 철물점 김 사장이라고 부르기보다 위원장이라고 불러주면 좋아한다. 다음 나이순은 국회의원 보좌관 하던 사람이다. 이 사람은 정치바닥을 헤맸던 덕에 아는 사람이 많고 게다가 입심이 좋다. 하지만 사람들은 그의 말이 거의 다 과장되거나 혹은 거짓말인 줄 알고 있다. 속으로는 사기꾼인 걸 다 알면서도 보통 의원이라고 불러준다. 끝으로 군계일학(群鷄一鶴)으로 여성 무당이 회원이다. 이 보살(菩薩)은 '선녀보살'이라는 법명을 갖고 관운장(關雲長)을 주신으로 모시고 산다. 사주팔자도 봐주고 날도 잡아주고 때로는 액막이 푸닥거리도 해준다. 신내림을 받지 않았다. 그 탓에 작두도 무서워 타지 못하고 관운장이 누군지 자세히는 모른다. 이 정규 멤버 외는 수시로 등장인물이 바뀌므로 다 소개하기가 힘들다.

"형님 오늘 또 '가리'지요?" 위원장이 물었다. 주지께서 노름빚을 자주 떼어먹기 때문에 오늘은 미리 못을 박는다. 가난한 성직자를 그렇게 능욕하고도 지옥 갈까 무섭지도 않는가 보다.

"야. 야. 무슨 소리고 오늘은 내 돈 많다."

"에이 뻥 치지 마소. 가리 봐줄게요."

"아이고 참 의심도 많지. 오늘 큰 49재(齋) 하나 들어왔거든. 선수금 받은 게 있어. 오늘은 밀린 돈도 갚을게." 스님은 목에 힘을 잔뜩 주고 고기를 한 점을 맛있게 씹으며 곡차 한잔을 꼴깍 마신다.

"빨리 패 돌리라." 자본주의는 돈이 신이다. 오랜만에 스님의 목소리가 우렁차다.

오가는 현금 속에 그들의 우정의 지수는 높아간다. 그 새 몇몇 비정규 멤버들도 끼어들어 판은 기분 좋게 돌아간다. 패가 몇 번 돈 뒤 중간 휴식 시간이 되었다. 약간 주기가 오른 의원이 물었다.

"형님도 오입해 보셨는기요?" 자기 딴은 수준 높은 농담을 하며 살벌한 분위기를 좀 부드럽게 만들어 보려 한다.

"한번 볼래?" 주지의 손이 자신의 허리춤으로 간다.

"왜 보여주는데요?"

"인마 자주 한 자지와 안 한 자지는 차이가 나잖아. 너 것들 한번 보고 맞춰봐라. '언어도단(言語道斷)'이라는 말이 있지. 말을 초월한 감으로 진리를 찾는 거지." 그러면서 스님을 아랫도리를 벗을 태세다. 그 말을 하며 선녀 보살을 힐끔 본다.

"오라버니, 와 나를 쳐다보는데예. 망설이지 말고 화끈하게 한 번 보여주소. 내 그거 본 지도 오래됐다."라고 그녀가 말하자.

"내 꺼 보여주면 니 꺼도 보여줄래?"라고 주지가 말하자 보살은 지지 않고 대답한다.

"암 보여주다 말다요. 하자 케도 대준다." 이곳이 서방정토다. 승속불이(僧俗不二)이다. 술이 거나해진 사내들이 스님의 아랫도리에 모여든다.

"옴마니반메훔."하며 그가 아랫도리를 공개하였다.

"와 해도 많이 했네. 잘 까져있고 새카만 거 보이, 많이 한기 틀림이 없구만. 스님이 내 보다 훨씬 더 많이 했네. 나도 한다카만 하는 사람인데 졌다 졌어. 항복할게요. 그런데 수술한 기요? '다마'도 박은 거 같은데. 그 다마가 나중에 사리 되는교?"라고 일행 중 한 사람이 물었다.

"내 포경수술한 연유를 설명해줄게. 나는 동진출가(童眞出家) 했어. 내 말 알겠나? 아이 때 중이 되었다는 말이다. 그리고 동국대학 불교학과까지 다녔다. 졸업하고 군종으로 입대를 해 대위로 제대했지. 중도 스승을 잘 만나야지, 돈 없이 빌빌하는 스승 만나면 대학은커녕 초등학교도 못 나오게 돼. 인생은 운수소관인 것 같애. 나는 운 좋게 은사 스님 잘 만나 대학까지 다녔지"

"대학 나와 장교까지 한 스님이 서울 조계사나 합천 해인사에 있지 않고 왜 이 동네 계시는데요?" 위원장이 공손해진 말투로 질문을 했다. 어느새 노름은 뒷전이 되고 스님의 설법을 듣는 모임으로 변해버렸다.

"군대 때문이다. 대학 졸업 후 군종 법사로 임관되어 여기저기 옮겨다니며 오 년 동안 장교 생활을 했어. 군대는 예외가 없잖아? 회식 때 함께 술 마시고 안주로 고기 먹는다. 취하면 오입했다. 머리 기르고 군복을 입고 있으니 거칠 것이 없어 만고 땡이라. 이 바람에 불교의 계율을 몽탕 어기게 된 것이지." 일행들은 엘리트 주지가 왜 파계하게 되었는지 대강 짐작이 갔다.

"동부전선에 근무할 때는 청량리역 앞 588, 서부전선 근무 때는 서울역 앞 양동이나 회현동을 자주 갔지. 꼬리가 길면 밟힌다더니 어느 날 '빠이쁘'가 세고 말았네. 창피하지만 우짜노 군의관한테 갔지." 군의관은 출퇴근도 제 마음대로 하고 자리에 잘 붙어있지 않고 기술은 돌팔이다. 머리도 길게 기르고 군복도 규정대로 챙겨 입지 않고 다녀 부대에서는 그를 군인으로도 의사로도 인정해주지 않았다. 그런 인간에게 법사가 찾아 갔으니 죽을 맛이었다.

"임질이군요. 일주일 주사 맞으세요. 이 기회에 포경수술도 하시지요." 양쪽 엉덩이에 주사를 한 대씩 준 뒤 군의관이 말했다.

"군의관님 수술은 이 병 치료와 관계가 있나요?" 돌팔이 의사가 칼질을 하겠다니 영 못마땅한 법사가 물었다.

"예. 수술과 치료는 전혀 관계없어요. 포경이 되어있으면 불결해서 병에 잘 걸릴 수가 있으니까 권하는 거죠. 스님에게 보시해드리고 싶어서 권하는 겁니다. 앞으로도 또 써먹을 텐데 수술한 사람이 병에도 덜 걸리거든요." 신세를 지고 있는 터라 법사는 그의 제의를 받아들일 수 밖에 없었다. 수술은 별 일없이 끝났다. 수술한 부위를 매일 소독하러 오라고 했지만 위생병들 보기가 창피해 혼자 집에서 '옥시풀'로 소독하고 '아까징키' 바르며 자가 치료를 했다. 도중에 수술한 부위에 염증이 생겼다. 그래도 참고 스스로 치료를 했다. 실밥을 뽑으러 민간병원에 갔다.

"대위님 이 수술 어디서 하셨어요?"

이 질문을 듣자 법사는 올 것이 왔다는 생각이 들었다. 군의관의 기술도 의심스러웠고 '수술 전에 손도 씻지 않고 칼을 잡고 대어 들더니 만 결국 이렇게 만들었군'이라는 생각이 들었다.

"이 수술 참 잘되었어요. 표피가 엉성하고 불규칙하게 잘려서 염증이 생겼는데 그 바람에 귀두 싸는 표피에 다마가 여러 개 생겼어요. 우둘두둘한 거 이거 여자들 한번 맛보면 껍벅 죽지요, 우리 병원에는 일부러 이 수술 받으러 오는 사람들 많아요. 군의관이 기술을 많이 넣어 수술을 잘했군요."

'뱃놈 좆은 한 좆'이라더니 원장은 군의관의 엉터리 짓을 감싸주는 건지 아님 그를 은근히 욕하는 건지 법사는 헷갈렸다. 겨울 명태 덕장에서 동태가 마르다가 얼다가 하면 황태가 되듯이 염증이 낫다가 도졌다가 한 게 결과적으로 그에게는 큰 이득을 준 모양이었다.

"이제 알겠나? 다마는 그렇게 해서 박히기라."

"이제 보이 주지님은 엘리트 코스를 밟은 분이군요. 그런데 오늘 이런 자리까지 온 거는 어떤 사연 있어요?"

전역하고 법사는 처음 출가한 절로 되돌아갔다. 은사 스님의 후계자로 지명되어 전도 양양한 큰 스님의 길로 가고 있었다. 그러나 같은 절 스님들이 수군거리고 있었다. '군대 가서 온갖 계를 다 어긴 자가 주지가 되다니.' 절간의 중들이 노골적으로 비난하는 소리가 들렸다. 가시 위에 누운듯한 절간 생활이었다. 어떤 날 한 여인이 절을 찾아와 군에서 법사 했던 스님 찾는다고 했다.

"스님 날 모르시겠어요?" 여자는 애를 업고 있었다. 생각이 안 난다.

"글쎄 누구신지 생각이 안 나는데요."라고 하자

"이 새끼야. 이 애 안 보이니? 내 신세 이렇게 조져놓고 너 혼자 잘 먹고 잘사냐? 단물 다 빨아먹고 이제 와서 뭐 기억이 안 난다고? 뭐 이따위 중이 다 있어." 하며 여자는 애를 땅바닥에 내려놓고 대성통곡을 하였다. 한바탕 난리가 났다. 이런 소동 끝에 '돌아온 파계승'은 자신이 정말 죄가 있는지 없는지도 모르면서 어리둥절한 가운데 절에 쫓겨났다.

"너거들 변명 같지만 내가 가끔 오입은 했어도 아 낳을 정도의 여자를 만난 일은 없어. 언놈이 나를 모함한 긴지 아이만 여자가 돈 뜯으러 온 꽃뱀인지 아직도 모리겠능기라. 하지만 그기 다 파계한 내 업보 탓이라 생각하고 기왕지사 이렇게 된 거 원효스님처럼 살라칸다."

"스님 억울한 거는 이해되지만 생뚱맞게 거기서 원효스님은 왜 나오는데요?" 의원이 물었다.

"원효는 말이다. 요석 공주 만나 파계하고 절을 떠났잖아. 그러나 설총이라는 큰 인물을 낳았지. 환속한 후 낮에는 경주의 저잣거리를 다니며 우매한 중생을 위한 포교 활동을 하고 밤에는 공부를 열심히 해 많은 책을 쓰고 도를 닦았지. 내가 노름기술이 모자라 너희들에게 돈을 잃는기 아인기라. 이거 다 너거들 불쌍한 중생을 제도하기 위한 나의 보시이지."

"야. 형님 꿈도 야무지다. 그럼 대통령 딸 만나 결혼하고 애 놓겠다는 말이네요. 박근혜 시집가겠네. 꿈 깨소, 꿈. 그것도 그렇잖아요. 경을 다 못 외와서 49재도 혼자 하지 못해 프리랜서 중에게 하청을 주면서… 원효의 길로 갈라만 우성 기초 경부터 외우소." 보살도 거든다.

"오라버니 그래도 잃은 돈은 주어야지요. 기술이 모자라면 돈이라도 많이 들고 와야지 밑천도 없이 노름하러 오는 사람은 도둑 심뽀지예." 선녀 보살이 마지막 쐐기박는 말을 했다. 이제 포커는 뒷전으로 가고 이야기 분위기가 되었다.

"이참에 우리 모두의 과거사를 다 털어놓고 한번 이야기해보자. 남자가 먼저 했으니까 다음은 선녀 보살 니도 한번 해봐라." 주지가 공을 보살에게 던진다.

"그라마 나도 말할게요. 오라버니들 나도 오랫동안 도를 닦았어요." 라고 보살이 말했다. '무당도 도를 닦아야 되는가?' 일동이 어리둥절한 표정을 짓는다.

"그거야 그래야지 아무리 무당이라지만 어느 정도의 기는 받아야 안 되겠나? 그런데 니는 무슨 도를 어떻게 닦았노?" 주지가 길을 터주는 말을 했다.

"나는 수녀 생활을 했어예. 어릴 때 '유아영세(乳兒領洗)' 받고 고등학교 졸업하고 바로 수녀원에 들어갔지요. 3년 동안 수련수녀를 한 뒤 종신서원(終身誓願)을 했지요." 일행에게는 수녀와 무당이란 연결이 어려운 단어였다.

"낙화유수(落花流水)에 정처 없이 흘러간 내 신세지만 주지 오빠처럼 지저분하게 놀진 않았어요." 이 말을 듣자 주지는 발끈하며 그녀에게 덤벼들었다.

"보살아. 내가 왜 지저분했는데 인연 따라 살다 보니 그런 거지. 너는 고따우 심보로는 영검(영험, 靈驗) 있는 무당 되긴 텃다. 텃어." 주지야 뭐라 하든 그녀는 말을 이어나갔다.

"천주교만큼 규율이 엄하고 남녀차별이 심한 곳은 없을 낍니더. 개신교와 불교는 여자도 성직자 자격을 따서 목사나 주지 같은 직책을 맡지요. 하지만 천주교는 여자가 절대로 신부가 될 수 없어요. 성당에서 미사는 신부만 집전할 수 있지요. 어떤 사람들은 수녀가 성직자인 줄 잘못 알기도 하지만 다만 신부에게 절대복종하는 수도자에 지나지 않지요."

"보살은 왜 천주교 수녀가 되었는데?" 일동 중 누가 물었다.

"몰라서 그랬지요. 성당에 다니며 보니 수녀들이 정숙하고 희생적인 삶이 내한테 너무 매력적으로 느껴졌어요. 속세에서 서로 경쟁하고 성과 돈과 명예를 찾아 헐떡거리는 인간들이 저속하게 느껴졌지요. 저 세계는 위대하신 하느님을 모시고 오순도순 자매끼리 살며 어려운 사람에게 봉사하고 천주님께 기도하며 평생 순결을 유지하고 산다고만 생각하고 뛰어든 거지요. 작은 가정을 꾸리기보다 큰 가정을 꾸민다는 기내 목표였어요." 이 말이 끝나자 의원이 물었다.

"그래 성직자는 못 된다 쳐도 수도자의 생활은 지고지순한 아름다운 생활이 아닌가?"

"아유 오라버니 잘 모르면서 함부로 말 마이소. 종교계에서도 금수저 출신이 편하게 살고 누구 뒤에 줄 서느냐, 누가 밀어주느냐에 따라 성직자이든 수도자이든 그들의 운명이 달라져요. 불교도 그렇다고 아까 주지 오라버니도 말씀하셨잖아요." 대답하며 홀짝 소주를 한잔 들이켰다.

"보살님 수도자 생활하면서 뭐가 가장 힘들었어요?" 일행 중 한 사람이 물었다.

"우선은 같은 수녀들에게서 받는 스트레스가 가장 견디기 힘들었지예. 대학 나오고 부자 출신인 수녀와 나 같은 고졸의 가난한 집 출신은 갈 길이 달라요. 공평하게 사는 듯이 보이는 벌들도 자세히 보면 일벌과 수펄 그리고 여왕벌로 신분의 구분이 있지요. 여왕벌은 다른 일반 유충과 달리 로얄젤리를 먹인 탓에 왕이 되지요. 수녀들도 궂은일만 하는 직책이 있고 행정이나 종교 활동만 하는 직책이 달라요.

이런 차별은 배운 것과 그 능력의 차이 때문에 오는 것이라 나는 크게 불만이 없어요. 그러나 높은 직책에 있는 수녀들의 거들먹거리는 태도가 나를 힘들게 했어요. 그 수녀들이 평 수녀들에게 소임을 줄 때 각자의 능력과 취향에 맞게 주는 게 아니라 수녀원의 필요성에 의해서 소임이 주어 지지예. 화가 나요. 못 배우고 무능한 사람도 맞는 자리가 있을 텐데 종교 활동과 별 관계 없는 자리에 아무렇게나 던져지지요."

"음 듣고 보니 그렇군. 그럼 인간적으로 딴 어려운 일은 없었나?" 주지가 물었다.

"남자 생각을 참는 것도 너무 힘들었어요. 어떤 수녀는 밤마다 하느님이 자기 방에 온다며 추운 겨울에 창문을 열어놓고 윗도리를 홀딱 벗고 자는 행동을 하다 정신병원에 입원하기도 했지요." 수녀는 이성을 만날 기회가 없다. 외출 때도 둘씩 짝을 이루어 나가니 엉뚱한 짓을 할래야 할 수가 없다고 했다.

"나이가 들면서 욕심이 줄어든 탓인지 수양이 된 탓인지 불만도, 생리적 욕구도 조절이 되었어요. 마음이 편해지기 시작했어요. 나중에는 병원 약제실 약사 수녀 보조로 일하게 되었어예. 거기서는 약사인 선배 수녀님이 따뜻한 분이고 일도 힘들지 않아 마음 편하게 근무했지요. 일하고 기도하고 오랜만에 수도자다운 생활을 할 수가 있었어예. 그러나 그곳에서 내 수녀 생활이 끝나게 되요." 잘나가다 삼천포다. 위원장이 질문했다.

"와 좋은데 같았는데 무신 일이 있었노?"

문제의 발단은 병원장 신부에서 시작이 된다. 그는 독일서 철학박사를 따서 귀국 하자말자 본당 신부직과 병원장을 겸임하게 되었다. 교구에서 유학을 보낸 신부는 나중에 큰일을 맡기려고 키우는 여왕벌이다. 로얄젤리는 많이 먹인다. 그래서 오만해진다. 병원 일은 아는 게 없으니 출근하면 의무원장이나 관리부장의 보고를 받고 엄포나 한번 놓고 난 다음에는 대나무 칼을 들고 검도연습을 하며 논다. 오후에는 일과도 끝나기 전에 직원들을 모아 배구를 한다. 때로는 직원들에게 짚으로 기둥을 엮게 한 뒤 그것을 운동장에 세워 놓고 진검으로 내리쳐 자른다. 다 큰 어른이 진짜 칼을 들고 설쳐대니 환자들은 무섭다. 직원들은 노동조합원의 목을 자르는 공갈 협박의 퍼포먼스를 펴는가? 의심도 해본다.

그런 탓인지 원장 신부를 따뜻한 신의 아버지로 느끼는 사람은 없었다. 자신은 노상 노는 주제에 병원 규정은 까탈스럽게 만들어 조금만 실수를 해도 시말서를 쓰게 하고 그게 석 장 이상 되면 쫓겨났다. 본당에서도 독재자적 성격은 여전하여 미사 때 복사를 서는 애들이 교리공부 때 지각을 하거나 강의를 잘못 알아들으면 매질을 했다. 본당 교우들에게도 따뜻함보다 엄격함이었다. 사람들은 예수님은 서민적이고 품이 너그러운 분인데 그 목자의 아들은 무섭고 독재자 노릇을 하니 도무지 이해가 가지 않는다.

어느 날 오전 원장 신부가 검도하는 죽도(竹刀)를 들고 병원 약제실에서 칼춤을 췄다. 약국의 화분을 다 깨어 부셨다. 검도연습을 한 게 아니라 화를 주체못해 난동을 부린 것이다. 몇 주 전 수녀들이 키우던 개가 새끼를 낳았는데 갓 태어난 강아지를 귀여워하는 원장을 보고 지나가는 말로 '좀 더 자라면 드리겠다.'고 말한 적이 있다. 무심코 한 말이라 수녀들은 깜박하고 강아지를 남들에게 다 주어버렸다. 원장은 계속 기다려도 소식이 없자 감히 수녀가 신부와의 약속을 어겼다며 이날 검도 칼로 약국을 박살 내버린 것이다.

평소에 원장 신부와 약국 수녀 둘은 한 달에 한두 번 공소(公所)를 찾아간다. 산골이나 한적한 시골에 신부는 없고 성당 건물만 있다. 이런 공소에 신부들은 적당한 날을 잡아 순례를 한다. 그날도 여느 때처럼 신부와 수녀가 공소를 갔다. 가는 데까지는 무사했다. 일은 돌아오면서 시작했다.

"어이 젬마 수녀 당신 말이야. 수도자 자격 있어?" 차 속에서 신부가 시비 쪼로 말은 건다.

"신부님 그게 무슨 말씀이세요?"라고 약사 수녀가 되물었다.

"수녀는 신부들 말에 무조건 따라야 하는 거. 이 바닥의 기본이잖아. 전번에 강아지 사건도 수녀가 신부를 우습게 안 거 아니야? 당신네들은 아무리 병원이지만 내 말보다 의사들 말에 꺼벅 죽잖아."

'그럼 약사가 의사 말을 따라야지 무슨 소리람?' 약사 수녀는 자신의 말을 삼킨다.

"이번에 노조가 생길 때도 그렇잖아. 미리 나한테 정보를 주었으면 막을 수 있었어. 그런데 당신들 의사들 하고 짜고 사실을 숨겼잖아." 이 말에 젬마 수녀가 대답했다.

"신부님 병원에 노조 있는 거 정상 아닙니까?"

"아니 정상?" 원장 신부가 노한 눈으로 젬마 수녀를 노려본다. 봉고차를 급하게 세우더니 차의 옆구리를 발로 차며 말을 이었다.

"그래 노조 있는 병원치고 안 망한 병원 있어? 젬마 당신도 조합에 가입했어?"

"저야 가입을 안 했지요. 하지만 사측이 억지를 쓰거나 독재를 하고 착취하면 노조가 꼭 필요하지요."라고 젬마 수녀가 말을 계속했다.

"그럼 내가 독재자이고 악질 원장이란 말이지."라며 신부의 분노에 찬 목소리가 높아졌다.

"안 그렇다고 할 수 없지요."라고 젬마 수녀는 계속 깐족이며 말대꾸를 했다.

"신부님은 어린애들에게 교육시킨답시고 매질이나 하고 언제 본당 신도들을 따뜻하게 맞이해 본 일이 있으세요? 자신은 빈둥거리며 놀고 병원 직원들에게는 규율을 지키게 한다고 시말서나 남발해요. 이런 태도가 본당신부, 그리고 병원장의 옳은 행동입니까?" 신부의 발길질이 더욱 세차다.

"차라리 날 때려라. 왜 죄 없는 차를 차는데."라고 수녀가 악을 썼다. 그러자 신부가 수녀의 멱살을 움켜잡았다. 수녀의 머릿수건이 벗겨졌다. 비구니가 그녀들의 순결을 표시하기 위해 머리를 깎듯이 수녀의 머릿수건도 그녀들의 순결을 나타내는 자존심의 표징이다.

"야 인마 내 죽여라."면서 수녀가 신부의 멱살을 잡고 늘어졌다. 늙은 약사수녀가 온갖 힘을 다해 겨우 둘을 뜯어말렸다.

"수녀님. 이야기 들으니 통쾌합니다. 잘하셨어요." 정신과 의사가 수녀원장과 함께 온 젬마 수녀에게 밝은 표정을 지으며 잘했다고 한다. 수녀원장의 얼굴은 일그러지고 젬마 수녀는 멍해진다.

"수녀님 앞으로 수도 생활을 계속할 겁니까? 말 겁니까?"

"과장님 그 말씀이 정신과 진단과 관계가 있습니까" 참다못한 원장수녀가 물었다.

"예. 진단은 물론 여러 가지 심리검사와 대면 질문을 한 뒤 나옵니다만 의사들은 무턱대고 진단을 하는 게 아니고 대강 방향을 잡아 놓고 그 부근의 진단들을 감별해냅니다. 젬마 수녀님 문제를 요약하면 우선 기분이 들떠 있고 공격적이고 비판적인 것이 문제예요. 평범한 일을 너무 예민하게 생각하고 충동 자제를 잘하지 못하고 계급의 현실을 망각했지요.

 이런 것이 성격 문제라면 치료하기가 힘듭니다. 내 생각에는 우선 '조울증(躁鬱症)'이라는 느낌이 듭니다. 이 병은 조증과 우울증이 결합된 병인데 사람에 따라 한쪽만 나타나기도 하고 또는 양쪽이 번갈아 나타나기도 합니다. 이병은 소위 미쳤다는 정신분열증 같은 사고의 장애가 아니고 기분의 장애여서 치료가 잘됩니다." 이야기가 길어지자 그제야 둘은 심각해진다.

 "젬마 수녀님은 진찰을 더 해봐야 확진이 되겠지만 현재는 중등도의 조증 상태가 아닌가 하는 생각이 듭니다. 수도 생활을 계속하려면 입원하세요. 그 뒤에 자세한 검사도 하면서 약도 함께 씁시다. 그러면 수녀 생활도 계속할 수 있을 겁니다. 그러나 억지로 내 감정을 억누르기 싫고 정의롭지 못한 수녀 생활이라고 생각되면 수도 생활 그만두고 환속해서 나하고 싶은 대로 하고 사세요."

 일동이 솔깃해진다.
 "그래 그 뒤 어떻게 됐노?" 주지가 물었다.
 "옷을 벗었지예. 처음에는 입원을 했심니더. 증상도 좋아져 퇴원까지 했어예." 초지일관(初志一貫)해서 수도자의 길로 가기로 작정한 것이다. 그러나 현실은 자신의 계획대로 진행되지 않았다. 퇴원 뒤 수녀원에서 이런저런 핑계를 대어 보직도 주지 않았다. 병원에도 가라는 말도 없이 그냥 내 버려두고 아무도 관심을 보여주지 않았다.
 "생각해 보이소. 나 같은 미친년을 누가 따뜻하게 대해 주겠습니꺼?" 그래도 참고 살던 중 결정적으로 수녀원을 나와야 되는 일이 생겼다.

어느 날 '멀쩡한 애를 신부와 싸웠다고 미친년 취급해 정신과 입원시켰다.'며 그녀의 오빠가 수도원장 수녀를 '불법 감금죄'로 경찰에 고발한 것이다. 그런 북새통에 젬마 수녀는 수녀원에 더 있을 수 없었고 환속해 선녀 보살이 되었다.

"에이 씨 팔 듣고 보니 찝찝해 죽겠네." 탕 집주인이 가도 들어와 이야기를 듣다가 주방에 가서 수육 한 접시와 진국 한 냄비를 들고 오면 큰소리로 외쳤다.

"형님들 누님 이거 저의 서비습니다. 듣고 보이 과거는 다 다른데도 현재는 이 자리에 똑같이 모였네요. 자 인자 진국 한 사발씩 드시고 과거는 잊고 현재에 충실 하입시다." 시의적절(時宜適切)한 보신탕 보시였다. 선인선과(善人禪果)라 보신탕 주인은 오늘의 이 보시로 서방정토에 태어날 것이다. 그날은 주지와 보살에게 끗발이 올랐다. 돈을 많이 땄다. 이 두 남녀의 무외시(無畏施)에 부처님과 옥황상제님이 기분이 좋았던 모양이다.

이중 정신병

어느 가을 오후 엠블런스 한 대가 김포가도를 급하게 달려가고 있었다. 신작로 양쪽으로는 가을을 알리는 코스모스들이 흐드러지게 피어있었다. 가을 익는 냄새가 짙어도 운전사 옆자리의 박승규는 별 관심이 없다. 잠시 뒤 만날 환자를 '어떻게 대면하고 쉽게 데려올까?'라는 생각에만 몰두하고 있다. 뒷좌석에는 의대생과 보호사 한 사람씩 같이 타고 함께 왕진을 가고 있다. 말은 왕진이라고는 하지만 사실은 입원해야 되는 환자들을 데리러 가는 게 목적이다. 박승규는 이런 방문이 환자나 그 가족을 위한 서비스라고는 하지만 대학병원이 이렇게까지 해서 환자를 모아야 되는가 하는 회의감이 자주 든다.

그는 정신병 환자 집을 방문할 때마다 걱정이 많다. 가기 전에 환자의 신체의 크기와 정신 상태를 파악해서 보호사를 한 명 데리고 것인가 여러 명 갈 것인가를 결정한다. 응급주사약도 거기에 맞게 챙긴다. 환자의 집에 도착했는데 환자가 화장실로 숨어버려 긴 시간 동안 문 앞에서 설득하느라 애를 먹기도 했다. 어떤 때는 덩치가 큰 남자환자가 멱살을 잡고 덤벼들어 보호사들이 환자를 강제로 잡고 겨우 안정제를 정맥에 주사하여 제압한 적도 여러 번 있다. 어떤 환자는 망치나 돌덩이를 방에 두고 있다가 집어 들고 덤벼들어 몸싸움한 적도 있다.

오늘의 환자는 몸집이 작은 처녀라고 하니 걱정이 덜 된다, 그러나 안심은 금물이다. 언제 어떤 봉변을 당할지 모른다. 아파트에 도착해서 벨을 누르자 안에서 누구냐고 묻는 소리가 들린다. 박승규가 동사무소에서 나왔다고 하자 문이 빼꼼히 열린다. 작고 마른 체구의 처녀가 문을 열다가 남자가 셋이 서 있는 걸 보고 갑자기 문을 닫는다. 박승규가 발로 동작을 막자 그 젊은 여자는 집안으로 뛰어갔다 온다. 손에 식칼이 들려있다.

"야 이 새끼야 어디 거짓말하고 들어오니?" 진퇴양난(進退兩難)이다. 다가서자니 칼에 찔릴 것 같고 물러서자니 보호사와 학생에게 부끄럽다. 덤벼들어 한 대치고 칼을 뺏을까도 생각해본다. 그러나 그런 행동은 학생과 보호사 앞에서 체면이 서지 않는다.

"이명희씨,"라고 이름을 부르자 그녀는 잠깐 주춤한다.

"난 당신을 대충 파악하고 왔어요. 착하고 원칙적인 사람이라고 들었어요. 자기 집을 찾아온 손님에게 이렇게 흉기로 맞이하는 건 예의가 아니지 않아요?"

"당신 거짓말 했잖아? 동사무소에서 왔다고."

"그 점 사과드릴게요. 명희씨가 문을 열게 하자니 거짓말을 하게 되었군요. 우선 손의 그걸 치우고 찾아온 이야기를 들으세요." 박승규의 제의에 그녀는 못 이기는 체하고 칼을 탁자에 놓고 의자에 앉는다.

"당신은 정신과 의사야?" 그녀가 질문한다. '조그마한 계집애'가 반말로 지껄이는 게 마음에 들지 않는다.

"그래요. 내 소개를 할게요. 나는 성모병원 정신과에 근무하는 의사이고요. 이 친구들은 보호사와 학생들이에요."

"댁들은 내가 미쳤다고 생각하고 우리 집에 온 거군."

"가족들 이야기만 들어 아직은 잘 모르겠어요. 하지만 가족들은 당신의 행동이 이상하다고 한번 만나봐달라고 요청한 건 사실입니다." 이명희는 가만히 의사의 말을 들어주었다.

"만일 내가 댁들과 동행할 마음이 없다면 주사를 준 뒤 강제로 날 끌고 갈 거지. 옆집에 창피하니까 조용하게 해결합시다. 내 옷 갈아입고 나올 테니 잠깐 기다려." 박승규와 이명희는 타협이 잘 이루어져 조용하게 병원으로 함께 돌아올 수가 있었다.

가족들이 준 환자에 대한 정보를 종합해본다. 이명희는 언니 집에 얹혀살고 있다. 언니는 결혼한 지 몇 년이 지났지만 애가 없어 적적하다며 동생과 함께 살고 있다고 했다. 언니의 성격이 우유부단해서 매사 동생의 도움이 필요해서 서로 공생의 관계를 이루며 동거하고 있는 형국이었다. 언니는 대졸이고 동생은 고졸이라고 한다. 그러나 세상사는 동생이 더 밝았고 언니는 어리숙했다. 언니와 동생의 역할이 바뀐 모습이다. 이런 관계는 어릴 때부터 쭉 계속되었다고 한다. 결혼해서도 사

사건건 언니는 동생에게 만사를 의논하고 질문을 하며 그녀의 도움을 받아 가정생활을 꾸려나갔다. 주위에서 보면 동생 없이는 언니 혼자 가정을 유지하지 못할 것 같았다.

입원 다음 날 면담 중 이명희의 언니도 며칠 전에 한양대학병원 정신과에 입원했다는 사실을 알게 되었다. 평소부터 이명희의 언니는 남편에게 불만이 많았다고 했다. 동생은 이런 불편한 둘 관계를 완화시키기보다 더욱 악화시키고 있었다. 최근에 남편이 외국으로 장기출장을 가게 되면서 일이 불거졌다. 이명희는 이 기회에 형부의 문제 있는 성격을 하나님에게 고하고 은혜를 받는 의식을 치르자고 제의했다. 먼저 악령이 깃든 물건 탓에 형부의 성격이 사악해졌다며 우선 며칠 동안 형부의 여러 가지 물건을 내다 버렸다. 친정에서 이런 소식을 듣고 여러 번 말렸지만 둘은 말을 듣지 않았다. 의식의 끝날은 창밖으로 형부의 마지막 물건을 내던져 버린 후 응접실에서 부부가 함께 쓰던 이불과 형부의 옷에 불을 붙여 창밖으로 내던졌다. 평소 이웃과 내왕도 없이 조용하게 지내던 자매가 며칠 전부터 보퉁이를 들고 분주하게 집안을 드나들어 이웃들이 이상하게 생각하던 차에 아파트 위층에서 훨훨 불벼락이 내려오니 동네가 난리가 났다.

"박승규 나 당신 과거를 잘 알고 있어."라고 이명희가 뚱딴지같은 소리를 했다. 정신과 환자들의 이상한 말을 자주 듣던 터라 '또 시작이군.'이라면 박승규는 대수롭지 않게 생각하고 다음 대화를 이어갔다.
"아. 내가 그토록 유명한가 봐요?"라고 제 딴은 재치있는 응답을 하였다.

"당신이 대학 입학하고 몇 달 되지 않아 이화 대학 학생들과 미팅을 한 적 있지? 그때 본 모임 전에 둘이 먼저 만나는 행사가 있었지." 내용이 틀리지 않는다.

"그때 두 사람은 미도파 백화점 정문 앞에서 미리 만나기로 했어. 남자는 윗도리를 감색 가다마이를 입고 오기로 하고 여자는 쇼트 컷 머리에 윗도리는 흰색 블라우스. 치마는 갈색 주름치마를 입고 오기로 했어." 박승규는 정신이 아찔해진다. 10여 년 전 당사자 외는 아무도 모를 일을 이 환자가 알고 있다. 이경희 이야기를 하고 있다. 박승규는 다음 질문을 못하고 멍하게 그녀를 바라보고 있었다.

"둘은 사직공원에 들렀다가 행사장으로 갔어. 당신은 촌놈같이 그 여학생을 좋아했으면서도 현장에서는 말도 못하고 헤어진 며칠 뒤 편지로 만나자고 연락했지," 정확한 내용을 그녀가 말을 하고 있다. 무서웠다. 잠시 후 박승규가 정신을 가다듬고 기왕지사 상대방이 이렇게 다 알고 나오니 숨길 것도 없이 다 말해보자고 작정을 했다.

"그래 다 맞는 말이야. 우선 한 가지 묻자. 꽤 오래전 사실인데 당신은 남의 일을 어떻게 그렇게 잘 알아?"라고 물었다.

"오늘 당신 가운의 명찰을 보니 박승규라고 되어있더군. 그 이름 내가 외우고 있었어. 그 때 그 여대생이 바로 내 언니야. 당신이 언니 학교로 편지를 보냈을 때 그 이름을 내가 기억하고 있었지. 미팅 갈 때 헤어 스타일과 복장 다 내가 조언한 거야. 그래서 다 외고 있는 거지. 지금 생각하니 언니가 당신을 만나 결혼까지 했음 좋았겠다는 생각이 들기도 하네" 박승규는 자신의 위치를 잃고 허우적대는 느낌이다.

"언니는 어떻게 된 거야?"라고 박선생이 물었다.

"언니는 미쳐서 한양대 정신과에 입원했지, 나보다 며칠 빨라. 언니는 당신도 아직 생각이 날걸? 성격이 순하고 부드러운 사람이야. 인물도 나보다 나았고 공부도 잘 했지. 그러나 그 게 다야. 남들에게 이용당하고 자기주장 못하고 부모들이 잘한다. 잘한다 하니까 정말 잘하는 줄 알고 모든 걸 참고 공부만 한 거지. 한마디로 맹한 사람이야." 박승규는 퍼뜩 이 자매들이 '이중 정신병이다'라는 생각이 들었다.

"박 선생. 우리 언니에게 당신이 편지를 여러 번 보냈지. 내가 못 가게 말렸어. 당신 같은 거칠고 무례한 촌놈에겐 우리 언니가 아까웠기 때문이야. 끈질긴 당신은 어느 날 언니 학교에 나타나 하루 종일 기다린 끝에 결국 언니를 만났어." 언니 이경희와 그의 만남은 그렇게 시작되었다. 하지만 둘의 관계는 이유도 잘 모른 채 짧게 끝나버렸다. 박승규는 그 까닭이 이명희가 개입한 탓이라는 걸 이제야 알게 되었다.

"당신도 미친 사람이지? 이제 정신과 의사 된 지도 몇 년 됐으니 그럴 때도 되었잖아?"라고 '닳아빠진 계집애'가 말꼬리를 돌린다. 이 계집애도 그렇게 말하는구나. '정신과 의사는 미친놈'이라고 말하는 사람이 많다. 정신병 환자를 오래 만나면 의사도 미친다거나 혹은 의사도 미쳐야 환자를 낫게 할 수 있다는 농담인지 진담인지 모를 이야기가 시중에 나돈다.

박승규가 인턴 때 그가 수련하던 병원이 국내 최초로 신장 이식수술을 성공했다. 전국이 떠들썩했다. 신장 이식수술은 내과, 비뇨기과, 임상병리, 미생물학과 등의 협진으로 이루어지지만 언론은 수술을 주도한 외과 의사들에게 모든 공을 돌리고 있었다. 외과 의사들은 모두가 목에 힘을 주고 회진을 다녔다. 딴 과 의사들은 그들이 몰려오면 복도의 한구석에 서서 그들에게 존경의 자세를 보였다. 이 무렵 박승규는 외과에서 인턴을 하고 있었다. 수술방에서는 제일 집도의 옆에 가장 계급이 낮은 의사가 붙어 선다. 이런 자리 탓에 수술이 쉽게 풀지 않으면 인턴들은 쉽게 그 집도의들의 밥이 된다. 욕 얻어먹기는 약과다. 쇠 기구로 손등을 얻어맞기는 예사이며 옆구리를 팔꿈치로 치이거나 정강이를 발로 차이기도 한다. 얻어맞을 때 신체의 아픔보다 가슴이 더 아프다. 마취 의사와 간호사들에게 부끄럽고 가장 창피한 것은 실습 나온 의대생, 간호대생들이 보고 있다는 사실이다. 열어논 뱃가죽을 덜 당겼다고 욕 얻어먹고 수술 부위 피를 빨리 닦지 않는다고 발로 차인다. 매듭한 수술실을 빨리 자르지 않아도 욕. 실밥이 길게 남아도 욕을 얻어먹는다.

박승규는 이 꼴을 당하기 싫어 일과가 끝나 인턴 숙소에 오면 머릿속에 수술의 과정을 되뇌어 보고 옷감을 칼로 자르고 수술 바늘로 꿰매기, 침대 다리에 실을 걸어놓고 짧게 자르는 방법, 길게 손으로 매듭을 만드는 방법을 연습했다. 이 광경을 보고 친구들은 박승규가 외과를 하려고 저런다고 생각을 했다. 이런 피나는 노력이 헛되지 않아 박승규는 외과수술 중 한 번도 쪼인트를 까이지 않았다. 수술기구로 손도 맞지 않았고 팔꿈치로 옆구리를 치이지도 않았다. 한 달의 실습이 끝나는 날 외과의 회식이 있었다. 한 순배의 소주잔이 돈 후에 갑자기 주임교수 말했다.

"어이 닥터 박. 자네 외과에 남아" 귀를 의심했다. 최고로 들어가기 힘든 외과에 주임 교수가 스스로 입국을 명하니 이보다 더 큰 영광이 어디 있겠는가! 모두를 박승규의 얼굴을 쳐다보았다.

"싫습니다."라고 박승규가 말하자 모두들 눈이 휘둥그레진다. 박승규의 피나는 연습은 바로 이 한마디를 위한 노력인 줄 아무도 모른다.

"전 학생 때부터 정신과를 전공하기로 작정을 했습니다. 교수님이 이렇게 저에게 영광을 주셔 감사합니다만 죄송스럽게 거절할 수밖에 없습니다." 술상이 뒤집어질 줄 알았다. 당시 대한민국의 최고 스타 교수의 제의를 거절했으니 그 교수 성격에 그냥 있지 않을 것이다.

"그래, 그렇다면 2년을 기다리겠어." 의외의 대답이 주임교수의 입에서 나왔다. 2년 뒤에 오라는 말인가?

"정신과는 의사나 환자나 다 미친놈들이야. 너도 2년만 있으면 '미친놈'이 돼. 그때 다시 봐."라고 웃으며 말했다. 저주인지 농담인지 모를 웃음에 일동도 따라 웃었다.

이명희의 말에 새삼 그날의 회식 때의 '미친놈' 말이 떠올랐다. 고다마 싯달타가 '색즉시공(色卽是空)이요. 공즉시색(空卽是色)'이라고 했다. 이명희가 정신과 의사요. 박승규가 정신병 환자일지도 모르겠다. 이명희는 언니보다 예쁘게 생겼다. 어릴 때는 언니보다 공부도 더 잘하고 성격도 활발했다. 그러나 사춘기가 되면서 그녀의 성격이 바뀌기 시작하고 행동이나 사고방식도 남달라지기 시작했다. 총명한 탓에 남들보다 앞서가는 모습인지도 모른다. 그러나 명희의 부모들은 삐뚠 생각. 반항하는 행동으로 치부한 모양이었다. 어느 날부터 선생들이 시시한 걸 가르치며 자신을 차별 대우를 하고 친구들이 따돌린다고 학교를 가지 않았다. 집에서 책만 읽기 시작했다. 지금까지는 집안에서 언니보다 더 촉망받던 딸아이가 어느새 천덕꾸러기로 전락 되었다. 사람들을 만나지 않고 집에서만 지냈다. 시작은 언니보다 앞서가다가 어느새 그 뒤를 따르게 된 것이다. 그러나 둘의 관계는 그렇지 않았다. 동생이 언니 역할을 계속했다. 사람들을 만날 때도 옷을 살 때도 이명희가 조언을 했다. 이런 관계는 언니가 시집을 가서도 계속되어 언니와 동생이 같이 살게 되었다.

"내가 언니 집에서 빌붙어 산 거는 내 뜻보다 언니의 뜻이었어. 언니는 순해 빠져 형부에게 꼼짝 못하고 사니까 보호자로 내가 필요했던 거야. 마침 애도 없어 세 사람은 그런대로 어울려 살 수 있었어. 하지만 언니의 속내는 그게 아니었어. 형부는 변호사랍시고 의시대는 째째한 인간이었어. 그자는 언니는 물론 우리 집을 전체를 깔보고 처가 식구들 만나면 안하무인(眼下無人)이었어. 내가 언니에게 이혼하라고 권했지, 하지만 우리 부모님들이 펄펄 뛰며 말리고 심약한 언니는 마음을 못 정하고 갈팡질팡하고 있었어."

박승규가 물었다.

"형부는 당신도 미워했겠네. 집을 나가라는 소리는 하지 않았고?"

"아니 정말 그랬으면 좋았게. 형부는 날 싫어하기는커녕 나를 좋아하는 눈치였어. 언니만 없으면 날 보는 눈빛이 달라져. 침을 꼴깍 삼키는 게 눈에 보여. 가끔은 내 엉덩이도 슬쩍 만지고 손도 잡고 그랬어. 이 새끼 정말 나쁜 놈 아냐?" 갑자기 이명희의 눈빛이 사나워졌.

"어느 날 하나님이 나에게 말씀하셨어. 파렴치한 색마, 오만불손한 이중인격자를 파멸시키라고." 이 하늘의 계시를 어떻게 실천할 것인가를 언니와 의논했어."

"형부의 신체접촉이야 의미 없을 수도 있는데 당신이 오버한 거 아냐? 혹시 명희씨가 형부 좋아한 건 아니고?" 라고 박승규가 물었다. 그녀가 발끈 성질을 부리며 말했다.

"역시 당신도 형부와 같은 부류의 저질인생이군. 난 그따위 반질거리게 생긴 놈은 싫어. 언니와 나는 일을 치를 날을 기다리고 있었어. 불로 다스리기로 한 거야. 마침 기회가 왔어. 형부가 회사직원들과 장거리 해외 출장을 가게 되었지. 우리는 형부를 화장하기로 작정했어. 그의 모든 용품을 갖다 버린 뒤 마지막 남은 것은 응접실에 모아놓고 하나님에게 기도한 뒤 불을 붙였지. 번제를 위한 마지막 희생물은 형부의 옷이었어, 먼저 이불에 붙여 창밖으로 내던지 마지막으로 형부의 옷에 불을 붙여 창밖으로 던졌지. 이것으로 형부라는 사악한 악마는 지상에서 사라진 거지."

정신과 의국에서 이 자매들의 이중 정신병을 학회에 보고하라고 지시를 했다.

"이중 정신병은 두 사람 중 한 사람이 지배적이고 한 사람은 복종적으로 서로 의존적이며 같이 외부세력으로부터 고립되어 있는 상황에서 잘 나타난다. 지배적 인물이 망상적 사고를 가지고 있고 복종적 상대방을 통해 외부세계와 접촉하게 될 때 복종적 인물도 같은 망상 체계를 갖게 된다."

어느 날 박승규는 언니 이경희를 만나러 한양대 부속병원으로 가고 있었다. 벌써 10여 년의 세월이 흘렀다. 그러나 그의 가슴 속에는 피다만 기억의 조각들이 또렷이 남아있다. 이문희가 당시 사건들을 다시 회상시켜 준 탓에 일련의 일들이 어제처럼 눈앞에 또렷하다. 박승규는 광장교를 건느면서도 계속 망설이고 있었다. 만나고 싶은 마음과 피하고 싶은 두 가지 마음이 그의 가슴에 한참 엉기고 있었다.

"박 선생 당신은 말이야. 어설프기 짝이 없는 사내야. 당신이 우리 언니를 만나서 했던 말들이나 보낸 편지의 내용을 보면 모두 장난 같고 미친놈 짓 같았어. 하지만 자세히 뜯어보면 진심이 스며들어 있었어. 나도 한참 망설였어. 당신에 대한 이중감정 때문에 말이야. 하지만 그 무렵 또 한 명의 남학생이 언니에게 연락을 해오고 있어. 스마트하고 세련된 외모와 행동. 그래서 내가 그쪽을 택하기로 한 거지."

정신과 철문이 덜컹 열렸다. 미리 전화 통했던 이경희의 주치의가 나왔다. 둘은 월례 집담회에서 자주 보는 터라 우선 악수를 하고 병실 간호사실 탁자에 마주 앉는다.

"이경희는 박 선생 애인이었어?"라고 그쪽 의사가 약간 미소를 띠고 묻는다.

"그건 앞으로 이야기할 시간이 있겠지. 우선 환자 한번 봅시다."라고 박승규가 말했다. 가슴이 두근거린다.

"오늘은 안될 것 같아요. 어제 당신이 온다는 이야기를 환자한테 한 탓인지 조용하던 환자가 어제 밤에 잠을 잘못 자고 오늘 오전에는 안절부절하지 못하더군요. 아쉽지만 다음에 다시 와요. 오늘은 주사를 줘서 재워 놓았거든." 이 이야기를 듣자 박승규의 다리에 갑자기 힘이 풀려 버렸다. 안도의 마음과 아쉬움의 마음이 뒤섞여 정신이 멍해졌다. 박승규가 한강을 따라 차를 운전한다. 부리 붉은 강 갈매기 한 마리가 강물에 바싹 붙어 날고 하늘에는 뭉개구름 한 덩이가 둥둥 흘러가고 있었다.

이명희가 입원한 지 석 달이 지났다.

"박 선생님. 결국 케이스 레포트는 쓰지 않는 거예요?" 이명희가 물었다. 이 말을 들으니 박승규는 자신이 그녀의 동생이 된 기분이다.

"글쎄요. 그렇게 되나 봐요. 처음에는 당신 두 자매의 증상이 교과서에서나 볼 수 있는 희귀 증례여서 그런 계획까지 했지요. 시간이 지나니까 미주알고주알 남의 사생활을 까발려 가며 남들에게 증상 공개를 하기 싫었어요."

"내 생각에 그것만 이유가 아닌 것 같은데요. 우리 언니 만나기 싫어서 그런 거죠? 당신 네들 추억 되뇌이기 싫었던 게지?" 사실 속내는 그것이었는지도 모르겠다.

"박 선생님. 지금 유신입네 새마을운동입네 하고 떠들어대는 저 치들도 박정희와 같은 망상을 공유한 다중정신병 환자들 아니에요? 독일에서 하일 히틀러 외치던 독일국민들도 다 그런 무리고, 종교의 교리를 따르는 신도들도 다 망상을 나눠 갖는 거 아니에요?" 연속적으로 그녀가 질문을 해대는 통에 박승규는 대답하지 못한다.

"하지만 당신네들은 이웃에 불을 냈잖아요. 남들에게 폐를 끼쳤다구요."라고 박이 어설픈 반박을 해본다.

"그럼 순수 독일인을 만든다고 수많은 유대인을 죽인 히틀러는 왜 독일 사람들이 그에게 열광했나요? 수만 명의 잉글랜드와 갈리아의 미개인들 죽인 율리우수 카이자르는 왜 아직도 영웅 대접받나요? 독일인과 일본인을 정의라는 이름으로 수십만 죽인 미국, 소련, 중국은 정의 사자처럼 저렇게 뻔뻔스럽나요?" 그녀의 말을 들으니 박승규의 머리가 어지러워진다.

"졌어요. 졌어 명희씨 다음에 또 이야기 계속합시다."

퇴원 며칠 전 면담에서 그녀는 말했다.

"병이 낫고 나니 너무 허전해요. 그때 머리도 잘 돌아 창의적이고 기억력도 뛰어나고 말도 술술 잘 나왔어요. 내가 남들을 도와줄 수 있다는 자신감과 행복감에 인생이 즐거웠어요. 지금 당신 네들이 소위 말하는 건강한 정신을 찾고 나니 초라한 나만 보여요. 허무해요."

"이해되요. 당신은 감당하기 힘든 무의식 때문에 증상은 만든 거였죠. 마음의 면역이 덜 생기고 증상부터 없어지면 견디기 힘들어요. 사실은 이제부터 힘든 시기입니다. 그래서 퇴원은 하더라고 외래치료는 계속되어야 합니다."

"우리 언니 보고 싶으세요?" 엉뚱한 소리를 한다.

"박 선생님은 좋은 사람이에요. 하지만 사랑의 기술이 모자라요. 자신의 의사나 감정을 부드럽게 표현하는 방법을 익히세요. 박 선생님은 카라마조프가의 맏아들 '드미트리' 같아요. 옳다고 생각하면 물불을 가리지 않는 성격. 그 게 장점이면서 단점이에요. 박 선생님을 이렇게 직접 만나지 않았다면 무례한 인간, 무식한 사내라고만 생각했을 거예요."

둘은 앞으로 여러 달 더 만날 것이다. 혹시 또 다른 이중 정신병이 탄생할지도 모를 일이다.

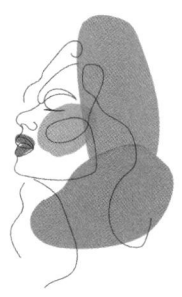

우리 스님

　　고즈넉한 양곱창구이 집 특실에 승속(僧俗) 네 사람이 술과 안주를 마시고 먹고 있다. 창밖으로 보이는 밤비 젖은 정원이 아름답다. 초저녁에 시작한 비는 이제 소리까지 내며 창을 두드린다. 비구니(比丘尼) 스님은 양곱창을 굽고 주지 스님과 나는 '청하(淸河)'를 열심히 마신다. 치과의사 친구는 주효(酒肴)를 멀리하고 말없이 앉아있다.

　"선생님과 일타 스님은 대화가 잘 되던가요?" 주지 스님이 묻는다.

　"암 되다 말다요. 저 친구가 해인사 지족암(知足庵)으로 스님을 친견하러 갈 때 따라가서 뵀어요. 일타 스님처럼 불교에 막힘없이 설명하는 분은 처음 봤어요. 그 어른은 지식도 지식이지만 겸손하고 소탈한 성격이 존경스러웠어요." 비구니 스님은 오빠 절에 볼일 보러 왔다가 제 절로 가지 않고 고기를 굽고 있다. 치과 의사는 삐쳐서 안주와 술을 먹지 않고 있다. 불도가 세고 지계(持戒)를 매우 중요시하는 사람인데 김종걸이 중을 타락시키고 있다고 원망하는 중이다.

"일타 스님 손가락 보셨지요?" 주지가 묻는다.

"오른손 엄지와 검지가 완전 꼬부라져 있던데요."

"그거 소지(燒指)해서 그런 거예요. 자신의 손가락에 불을 붙여 부처님께 바친 거지요."

"스님 그거 잘한 건가요?"라고 내가 묻자.

"나중에 많이 후회하셨데요." 주지가 대답했다.

달마(達磨)가 인도에서 중국 '숭산 소림굴(崇山, 小林窟)'에 와있을 때 '신광(神光)'이란 무사가 그를 찾아갔다. 달마는 면벽한 체 뒤도 돌아보지 않는다. 사흘 밤낮을 한 길 넘는 눈 속에 무릎 꿇고 앉아 달마의 대꾸를 기다렸으나 묵묵부답. 드디어 피투성이의 '구법단비(求法斷臂)'가 일어난다. 신광이 칼로 자신의 왼팔을 잘라 버린 것이다. 그제야 달마가 뒤를 돌아보며 말했다.

"왜 그래? 네가 원하는 것이 뭔데?"

"스승님 저의 불안을 없애주옵소서."

"그 불안을 나에게 보여다오." 신광은 불안을 보여주려 이리저리 둘러보나 보여줄 게 없다. 그러다가 신광은 갑자기 한 소식했다.

"불안은 원래부터 없었는데 그 불안을 찾다가 깨달은 거지요. 견성(見性) 후 그는 달마의 제자가 되어 제2조 '혜가(慧可)'가 됩니다." 주지가 보충 설명을 해준다.

"에이 그럼 일타 스님은 신광 흉내 낸 것이군요. 하하하" 주객이 뜻이 맞자 손뼉 치며 웃는다. 그리고 컵을 서로 쨍하고 부딪친다.

"스님. 달마는 왜 중국에 왔을까요?"라고 김종걸이 물었다.

"뜰 앞의 잣나무지요.(庭前栢樹子)"라고 주지가 대답했다. 곱창 굽던 여동생 스님이 한 마디했다.

"오빠 나한테는 '앞니에 털이 났다.(板齒生母)'고 했잖아요?"

"곡차(穀茶)나 한잔하게"하며 여동생에게 술잔을 권했다. 그녀는 홀짝 마신 뒤 나에게 술잔을 건네면서 말했다.

"선생님은 정신병 의사니까 스님환자도 많이 보셨겠지요? 이제 귀신 씨나락 까먹는 소리 그만하고 그쪽 이야기 좀 해주세요."

희망원 봉사 다닐 때다. '유신 시절'에는 허름한 차림에 세수 않고 다니면 부랑자라고 순경들에게 잡혀 희망원에 왔다. 나는 단속되어 온 사람들에서 정신병 여부를 가려주는 역할을 했다. 환자로 분류되면 병원으로 가고 단순한 노숙자들은 희망원에 잡아 두었다. 그런 사람 중에 스님이 한사람이 끼어 있었다.

"스님은 이런 데까지 어찌 오셨오?"라고 묻자 그는 과장된 웃음을 한바탕 웃었다.

"내가 미친 짓을 했어요. 참선하고 있던 중에 일이 생긴 겁니다. 성철 스님이 주신 '마서근(麻三斤)'을 화두로 들고 참구(參究)하고 있었는데 어느 날 갑자기 내 몸의 껍질이 벗겨지기 시작했지요. 껍질은 뱀 허물처럼 얼굴에서부터 목으로 그리고 배 쪽으로 내려가고 있었어요. 거기까지는 쉬웠는데 무릎에 와서 허물이 걸려 내려가지 않는 거예요. 속에 천불이 났습니다."

"절을 뛰쳐나왔어요. 반월당 네거리에 서서 풀쩍 풀쩍 뛰었지요. 허물이 잘 벗겨지라고."

"잘 내려가던가요?"

"어느 정도 내려가다 요지부동이었어요. 나는 맹렬하게 뜀뛰기를 했어요. 그러나 허물은 무릎에 걸려 덜렁거리기만 했지요. 그때 순경에게 단속되어 이곳에 오게 되었습니다. 누가 봐도 미친 짓이지요. 이제 그 허물은 어디 갔는지 모르겠네요."

여기까지 말을 하자 주지가 말했다.

"'법광(法狂)'이야, 법광."

"그 게 뭔데요?"라고 김종걸이 물었다.

"금강경에 인간이 불도를 닦으면 평소에 갖고 있던 평범한 육안(肉眼)이 천안(天眼)으로 변하게 된다고 하지요. 천안이 되면 천 리 먼 길의 사물도 보이고, 먼 길을 순간적으로 빠르게 달리는 축지법도 쓸 수 있게 된다고 합니다. 그리고 남과 자신의 전생을 볼 수 있게 됩니다. 도가 더 수승해지면 천안이 지혜의 눈(慧眼)으로 바뀝니다. 이 경지가 되면 사물이 실제로 존재하는 것이 아니라 다섯 가지의 원소들이 일시적인 모양을 갖추었다가 없어질 뿐이라는 공 사상을 알게 된다고 해요. 나아가 네 번째 단계에 이르면 공 사상은 자기완성의 이기적 경지밖에 되지 않는다는 것을 깨닫게 되고(法眼) 마지막에는 중생 제도의 길로 가게 됩니다. 즉 부처가 된다는 것입니다(佛眼).

어설픈 것들이 참선 조금 하다 천안이 생기면 자신이 부처가 된 줄 착각하고 도통했다고 떠들고 다니며 혹세무민(惑世誣民)합니다. 그걸 법광이라고 하는 거요."라고 주지가 길게 설명했다.

비구니가 볼멘소리를 했다.

"오빠 여기가 법당이에요? 왠 설법을 그렇게 하세요. 난 선생님의 이야기를 듣고 싶다고요."

"좋아요. 그럼 이런 이야기 한번 해 볼게요. 어느 날 비구와 비구니 두 스님이 병원에 왔어요. 남자는 키도 크고 미남이고 여자는 화장까지 하고 애교 있는 미녀였어요." '저 사람들 저 외모에 왜 중질하지?' 하며 나는 고객 접대보다 생뚱 맞는 생각을 하고 있었다." 두 스님은 각각 다른 절에서 수행 중인데 모두가 조계종 소속의 절이고 둘 다 승가대학을 나온 엘리트 스님으로 서로 사귀는 사이라고 했다.

"이 스님이 봄만 되면 기분이 들떠 수행자로서는 하지 못할 언동을 합니다. 술을 마시고 남자들을 찾아다니고 남들과 싸우고 밤에는 잠도 자지 않고 법당에서 큰 소리로 불경을 외우고 춤을 추기도 합니다. 보통은 시간이 지나면 저절로 수그러드는데 올봄에는 기분이 갈아 앉지 않고 더 들뜹니다." 비구 스님이 내원한 이유를 설명한다.

"혹시 그러다가 몇 달 지나면 다시 기분이 너무 갈아앉아 꼼짝도 못하고 잠만 자고 식사도 잘하지 못하는 때는 없나요?"라고 묻자.

"거의 해마다 그렇게 기복 있는 기분 상태를 보입니다."

정신병에 가장 흔한 병이 '정신분열증(精神分裂症)'이고 다음에는 '조울증(操鬱症)'이다. 정신분열증은 생각이 잘못되어 오는 병이고 조울증은 기분에 장애가 생겨 오는 것이 병이다. 조울증은 기분이 들뜨는 조증과 세상만사가 싫어지는 우울증이 두 개의 반대되는 병이 교대로 오는 것이 특징이다.

이 설명을 듣고는 립스 틱을 바른 비구니가 애교스런 웃음을 짓고 코맹맹이 소리로 물었다.

"그럼 선생님 전 조증 환자예요?"

"예. 일단은 그런 생각이 듭니다. 입원하셔서 한번 관찰해봅시다."라고 권하자

"전 지난 겨울 동안 심한 슬럼프에 빠져 동안거는 물론 법회도 참여 못하고 밥도 굶다가 절에서 쫓겨날 뻔했어요. 이제 정신을 차려 기분이 좋아지는데 입원해야 되다니…"

"기분이 돌아온 건 좋아요. 하지만 스님은 기분이 지금 지나치게 들떠가고 있는 상태입니다. 그냥 두면 성적으로 문란해지는 사람. 술이나 마약에 빠져드는 사람. 공격적이 되어 타인들과 법적 문제를 일으키는 등 온갖 실수들이 일어나게 됩니다." 이 말을 듣자 비구니가 비구를 쳐다보며 말했다.

"오빠. 중생제도(衆生濟度)하는 셈 치고 입원하지 뭐.

비구니는 입원하자 우중충했던 병실이 밝아지고 웃음소리가 높아졌다. 조증 환자의 기분은 딴 사람들에게 전염된다. 환우들을 모아 춤과 노래도 가르치고 불경과 서예 강의를 했다. 매일 아침 회진 시간 인사는 그녀가 전날 만든 시로 시작된다. 시간이 흐르자 예상대로 그녀의 병 증상도 비교적 빠르게 호전이 되어갔다. 그러나 애인 스님의 걱정은 크다.

"선생님. 스님은 얼마나 더 입원해 있어야 하나요?" 입원비 감당이 힘든다고 했다.

"스님 둘은 사랑하는 사이라고 했잖아요. 이참에 스님은 결혼이 인정되는 태고종으로 개종하시는 게 어떻습니까? 그래서 두 분이 함께 사시면…"

"진작에 생각했지요. 하지만 저는 티베트에 유학가서 조계종 계열의

공부를 했습니다. 태고종과는 근본이 다른 교리예요."

"사랑이냐, 종교냐의 문제이군요" 종이 한 장 차이다. 두 남녀 스님이 연애하면 욕하는 세상이다. 그러나 종단을 바꾸면 아무 문제가 되지 않는다. 천주교 신부도 연애하고 결혼하면 비난의 대상이 된다. 하지만 영국 천주교인 성공회로 개종하면 결혼도 하고 성직자 노릇도 하고 정치인까지 자유롭게 할 수가 있다."

소의 양은 노르스름 맛있게 구워지고 빗소리는 창문을 두드리는 빗소리는 분위기를 고조시킨다. 비구니 스님이 물었다.

"선생님 결론이 궁금하네요. 해피 엔딩이에요?"

"스님 성질 너무 급하시다. 그냥 더 들어보세요"

오래지 않아 비구니가 퇴원했다. 퇴원 후 몇 달 혹은 몇 년 외래치료를 해야 된다. 조증의 재발과 우울증으로 넘어가는 것을 막아야 되기 때문이다. 퇴원 후 비구니 스님은 다시 오지 않았다. 몇 달 뒤 매일신문 사회면 기사를 보다가 김종걸은 깜짝 놀랐다.

"며칠 전 비구니 스님 한 사람이 음독자살을 기도해 의식이 없는 상태로 대학병원 응급실로 내원했다. 중환자실로 입원을 해야 하는 상태인데 첫날같이 온 비구 스님이 병원에 오지 않는다. 입원치료를 위해 보호자 스님을 찾는다."는 내용의 기사였다. 며칠 뒤 잇달아 기사가 나왔다.

"중태에 빠졌던 비구니 스님이 숨을 거두었는데 보호자가 나타나지 않아 장례절차를 치를 수가 없다."는 내용이었다.

창밖에선 비바람에 거세져 정원의 대나무가 부러질 듯 몸부림쳤다.

"그 기사를 보고 심한 죄책감을 느꼈습니다. 입원 때 비용으로 고생하는 비구 스님에게 아무 도움도 못 주었고 퇴원 후에 외래치료를 계속

하도록 이끌지 못한 것 등 실책이 컸다는 것을 느껴졌기 때문입니다."

"그거 선생님과 관계없어요. 다 그들의 전생의 업보 탓이에요. 세상에 삶이 어디 있고 죽음이 어디 있나요? 생사는 인간들이 만든 망상이지. 선생님 이야기 나온 김에 딴 스님 이야기도 더 듣고 싶은데요."라고 주지 스님이 곡차를 홀짝 마시며 말했다.

어느 날 비구 스님 한 사람이 김종걸을 찾아왔다.
"현주 스님의 소개로 선생님을 찾아뵙게 되었습니다"라고 자기소개를 했다.
"아니 현주라니, 그 스님 어디서 만났나요?" 가슴 한쪽이 찌릿한 느낌을 느꼈다.
"오대산 월정사에서 만났지요. 이 절 저 절 운수납자(雲水衲子)로 떠돌아다닌다고 하더군요."
현주 스님은 아직도 김종걸이 가슴에 품고 있는 비구니 스님이다. 몇 년 전 아침 출근하자 밤에 응급실로 여자 스님이 입원했는데 김종걸 의사를 찾는다고 했다. 그는 안정실로 가며 '여자 스님?' 되뇌어 보지만 생각나는 사람이 없다.
만나보니 비구니는 현주였다. 그녀가 대학 4학년 때 '급성정신분열증'으로 입원한 적이 있다. 퇴원 후 안정실에서 다시 만났다. 그녀는 말을 하지 않았다. "현주씨 스님이 되었네. 그동안 마음고생 많이 한 모양이지 오늘은 그냥 쉬었다가 며칠 뒤 이야기 좀 해봐요."라고 인사를 하고 그녀의 침대를 떠났다.

"스님은 왜 저를 찾아오셨나요?"라고 현주 스님의 소개로 온 비구니에게 물었다.

"한국 불교개혁을 하려고 합니다. 조계종이 썩었어요. 조계종을 정화시키려고 선생님을 찾아온 거지요." 신자도 아닌 김종걸로서는 아닌 밤중에 홍두깨 같은 소리다. 하긴 개혁의 필요가 있는 불교라는 생각은 하고 있다. 간단한 것만 따져봐도 그렇다. 타 종교들은 시내에 교회가 있어 일요일 가족들이 함께 참여할 수가 있다. 불교는 산중에서 버티고 앉아 음력으로 초하루, 보름에 주요 예불을 하고 있으니 가족들이 함께 갈 수가 없다. 설법하는 현장도 그렇다. 왜 스님들은 법석에 편안하게 앉아 이야기하고 신도들은 땅바닥에 허리 다리 아프게 앉아 법문을 들어야 한단 말인가 신부와 목사는 다 서서 미사와 설교를 하는데."

"저는 이미 '방생종(放生宗)'이라는 새 종파의 이름도 지어놨어요. 중들이 무식하니 한문도 해득 못해 교리도 옳게 알지 못합니다. 자신들이 익숙치 못하니 신도들에게 법문을 옳게 할 수가 없지요. 게다가 수행 생활도 계율대로 옳게 사는 중 드뭅니다. 은처(隱妻)를 두고 재산을 쌓고 밤새 노름하는 노장들도 있습니다. 새벽에는 계산이 틀린다고 저희들 끼리 싸움까지 합니다. 안국동 조계사에서 주지 바뀔 때마다 주도권 싸움으로 난리잖아요?" 이런 점에서는 손님 스님과 김종걸의 생각은 일치한다.

양을 굽고 있던 주지 스님의 여동생이 물었다.
"저가 들어도 많이 공감이 가요. 그런데 현주 스님은 나중에 선생님과 방생종 스님과 힘을 합치나요?"
"그게 그렇지 않아요. 입원했을 때 들어보니 현주 스님은 대학 졸업하고 작은 절로 출가를 했다고 하더군요. 주지 스님이 굉장히 좋아했답니다. 인물도 잘생기고 성격도 좋고 무엇보다 학력이 높으니 자신의 후계자가 생겼다고 무척 아꼈다고 해요." 현주 스님은 성직자가 되고 만나니 옛날의 냄새는 없어졌더군요. 수행을 그만큼 열심히 했다는 결과라고 생각했다. 정신병도 빠르게 나아갔다. 어느 날 주지 스님이 찾아왔다.

"이제부터 우리가 할게요. 수행 중 마가 끼어 현주에게 광기가 생겼는데 선생님이 이쯤 해주셨으니 지금부터는 수행으로 마무리를 할까 합니다." 김종걸은 극구 말렸다. 좀 더 정신과 치료를 해야 된다고 설득을 했으나 주지는 결국 고집을 꺾지 않고 현주는 조기 퇴원시켜 가버렸다.

"현주 스님 외래치료는 꼭 받아야 해." 떠나는 그녀에게 귓속말로 뜻을 전했다.

주지 스님 여동생이 눈치 빠르게 말을 이었다.

"현주 스님은 병원에 오지 않았군요. 그게 잘 되었으면 그 스님도 주지가 되었을 텐데, 떠돌이 중이 된 이유를 알겠어요. 그러니 방생종 창설에 끼이지도 못했겠네요." 현주 스님은 외래에 두 번 왔다. 한번은 주지 스님과 와서 이제부터는 외래치료도 끝내겠다고 인사하러 왔고 다음에는 주지 스님에게 시내 볼일 있다고 핑계 대고 마지막 인사하러 왔다고 온 뒤 다시 나타나지 않았다.

방생종은 시작도 옳게 못하고 시들어버렸다.

"선생님 방생종 스님은 인물이 잘 생겼나요?"라고 주지가 물었다.

"중이 유명해지려면 일단 인물이 잘 생겨야되요. 아시다시피 불자들이란 대개가 여자들인데 같은 값이면 미남이 좋지요. 의료계도 그렇지 않나요? 특히 산부인과나 소아과는 의사가 잘 생겨야 환자가 많지요."

"성철 스님은 미남이 아니잖아요?"라고 김종걸이 딴지를 걸었다.

"에이 선생님도 그렇다는 이야기지 거기다 성철 스님은 왜 갖다 붙여요." 김종걸이 해인사 백련암을 찾아갔다가 법당에서 3천 배하고도 성철 스님을 친견하지 못하고 온 감정이 아직 응어리져 있는 모양이다. 비구니 스님이 말했다.

"성철 스님은 최고의 스님임은 틀림이 없어요. 하지만 단점도 많은 분이에요. 입으로 불교 정화를 외치면서도 해인사 경내에 산신각이나 칠성각을 없애지 못하는 걸 보면 그이의 개혁 의지도 한계가 있다는 걸 보여주지요. 물론 제자들의 말이지만 스님이 6개국어에 능통하다고 떠벌리는데 외국어하고 스님의 수도의 깊이 하고 무슨 관계가 있을까요? 전부 성철 스님 우상화에 혈안이 되어 있을 뿐입니다."

"하지만 팔공산 성전암(聖殿庵)에서 7년 장좌불와(長坐不臥)는 위대한 업적이 아닐까요?"

"불교의 핵심은 중도(中道)이지요. 좌, 우의 극단이 없는 중도 즉 공의 자리가 견성성불(見性成佛)의 자리입니다. 잠 잘 자면서 도 닦으면 누가 잡아가나요? 잠을 안 잤다는 건 잠이 있다는 걸 의식했기 때문이지요. 자도 되고 안 자도 되고 도만 이루면 됩니다. 절제된 생활을 한답시고 원리주의에 빠져 극단적 행동을 하는 스님들 마음에 안 들어요." 주지가 단호하게 말했다.

일행의 모임이 끝나고 방을 나서다가 맞은편 방에서 나오던 젊은이를 마주쳤다.

"야 꼴 좋다. 청풍명월(淸風明月)들이 고깃집을 드나들고" 하면서 빈정거렸다. 주지가 그를 보고 손가락 하나를 까딱까딱했다. 젊은이는 그의 시비에 스님이 말려들었다는 기쁨이 얼굴에 확 번졌다. 주지 스님은 그가 가까이 오자 아무 말도 없이 그의 명치를 주먹으로 한 대 먹였다. 그 사내는 아무말도 못하고 그 자리에 푹 꼬꾸라졌다. 그의 몸이 미처 땅바닥에 떨어지기 전에 주지의 팔꿈치가 그 사내의 등에 내려꽂혔다. 확인사살이 되었다. 밖에서 나는 소음을 듣고 넘어진 녀석의 일행 하나가 방에서 급히 뛰어나오다가 넘어졌다. 비구니 스님이 다리를 건 것이다. 그리고 넘어진 사내의 등을 비구니의 발이 쿡 내려 찍혔다.

"야. 이것들 뭐야?"라고 주지 스님이 모여든 직원들에게 목소리를 내리깔며 물었다.

"아니고 사부님 죄송합니다. 얘들 부산서 온 놈들인데 오늘 '황금마차'에 조일남이 쇼가 있다고 에스코트하러 왔답니다."

"거기 니 네들 '나와바리'잖아? 왜 얘들이 와?"하고 주지가 물었다.

"조일남이가 얘들을 불렀대요. 그치는 지방공연 다니는 도시의 건달에게 돈과 계집을 상납해요. 그러고는 남들에게는 동생들이 자기를 존경해 팁을 줬다거나 혹은 한잔 사주었다고 뻐기고 다니지요."

"사장이 내 선무도(禪武道) 제자예요." 그냥 가자는 말이다.

주지 스님이 차를 운전하며 말했다.

"선생님 나는 주취운전 면허증이 있걸랑요. 오늘 운전 걱정마세요. 짭새 없는 곳을 잘 알거든요."

"선생님들 오늘 즐거웠어요. 저희 남매의 선무도를 보여드릴 수 있는 것도 영광스럽고요."라고 주지의 여동생이 달콤한 목소리를 냈다.

김종걸의 친구는 더욱더 굼벵이 씹은 얼굴을 하고 있다. 계율을 어긴 이 무지막지한 마구니들과 같이 자리했다는 자신이 너무 미웠다. 마지막 김종걸의 말 한마디가 그의 흔들거리는 이성에 치명타를 날리고 말

앉다.

"스님들 오늘 부처들끼리 좋은 법담을 나누며 서방정토(西方淨土)를 맛보았습니다. 게다가 마지막 화룡점정(畵龍點睛)한 펀치들 너무 좋았습니다. 오늘 밤을 마감하는 시 하나를 읊겠습니다. "오래된 연못/ 개구리 뛰어드는/ 물소리."

빗물에 번들거리는 포도(鋪道)를 취한 차가 잘도 달리고 있었다.

경찰관 탄식(歎息)

추석 재사가 끝나고 친척들이 모여 음복(飮福)을 하고 있었다. 모인 축들이 모임 김에 가장 연장자인 오촌 당숙에게 순전히 인사치레로 덕담 한마디 하시라 했다. 눈치 없는 늙은 은퇴 순경의 긴 옛이야기는 그래서 시작된 것이다.

사면초가(四面楚歌)에 몰린 경찰관들은 본서 내의 모든 무기를 꺼내 연병장에 쌓고 있었다. 항복을 위한 행동의 시작이었다. 이제 서장이 나가서 폭도들에게 무릎을 꿇는 과정만 남았다. 그러나 오촌 당숙 또래의 젊은 경찰관들은 적에게 항복하느니 차라리 끝까지 싸우다 죽겠다고 이를 악물었다. 아제도 혼자라도 싸우겠다고 결심을 했다. 총 한 자루와 탄창 하나를 지하실 한구석에 감추어 두고 경찰서 담을 넘었다. 죽기 전에 가족이나 보고 가야겠다는 생각에서다. 경찰이 항복할 분위기니까 대구경찰서를 포위하고 있는 데모대 시민들과 폭도들은 기세등등하여 듣지 못하던 노래를 소리 높여 합창하며 승리의 밤을 자축하고 있었다.

"나는 그때 갓난 애기를 둔 신혼의 가장이었다. 우리 또래가 싸우다 죽기로 작정한 것은 폭도들의 만행도 미웠지만 정의롭지 못하고 비굴한 지휘관들에게 화가 났기 때문이다. 시내 모든 파출소가 습격당해 무기를 탈취당하고 동료들이 죽고 다치고 그 가족들도 죽어가는 판에 본서 병력들은 폭도들과 잠깐 싸우는 시늉만 하다 본서로 돌아왔다. 오자 말자 얼씨구나하고 항복의 절차를 밟는 경찰서 간부들의 행동이 구역질이 났다. 이들이 적과 다른 점이 무어란 말인가! 경찰서 안에서 나도는 소문은 이미 경찰관들 집은 다 부서지고 그 가족들은 거의 다 죽었다고 했다." 오 순경이 집에 가는 길 군데군데는 폭도들이 낄낄거리며 모여 앉아 이야기하고 있었다. 그들은 동사무소 그리고 파출소에 쳐들어가서 공무원과 경찰관을 몽둥이로 박살 내고 죽창으로 찔러 죽인 이야기, 경찰관 집에 가서 살림을 다 부시고 가족들을 때려죽인 이야기 등을 신명 나게 서로의 전과를 자랑하고 있었다. 본서에서 들은 이야기가 거짓말만은 아니었다.

오 순경이 집에 들어가 보니 가구며 취사도구들이 아무것도 없었다. 이미 폭도들이 아내와 아기를 죽이고 살림살이를 몽땅 갖고 갔다는 생각이 들었다. 눈알이 벌컥 뒤집혀 졌다. 어디서 인기척이 들렸다. 옆집 사는 거창 댁 아주머니였다.

"오 순경 살아 있었구려. 가족 걱정돼서 왔나 보지. 아무 걱정말아요. 길 건너 박 순경 집은 박살이 났어. 오 순경 집 짐은 우리 집에 다 치워 놓았고 새댁은 아기와 함께 칠성동 사는 우리 동서 집으로 피신시켰고" 이 말을 듣자 다리에 맥이 풀린다.

"아주머니 이 은혜 평생 잊지 않을게요. 전 무단이탈 상태니까 이제 돌아가야 됩니다. 혹시 저가 집에 영 못 돌아오거든 뒷일 알아서 도와 주십시오." 미처 말을 다 마치지 못하고 오 순경은 경찰서로 달렸다. 눈물이 날 것 같아서다. 이제는 싸우다 죽는 일만 남았다. 경찰서 간부들은 아직도 항복하지 않고 있었다. 하긴 항복한다고 해도 현장에서 사살되거나 인민재판을 받고 돌팔매에 즉사하게 될 것이 뻔하기 때문에 그들은 망설이고 있을 것이다.

"해방되면서 나라는 두 쪽이 났다. 북에는 김일성, 남에는 이승만이 지도자의 행세를 했다. 이승만은 맨날 입으로만 북진통일을 외쳤다. 하지만 김일성은 묵묵히 적화통일을 위한 준비 행동을 했다. 박현영을 꼬드겨 남쪽에도 공산당(남조선 노동당)을 만들었다. 46년 10월 1일 남로당이 행동을 시작했다. 그 마수걸이가 바로 대구에서의 공산폭동인 거야. 해방 후 힘없는 정부가 식량부족 문제를 해결 못하고 헐떡이자 남쪽 공산당은 '이거 좋은 기회다'라고 생각했다. 쌀을 경찰관들과 공무원들이 떼어먹은 탓이라는 구실을 달고 특히 경찰관들 그리고 그의 가족에 대한 무자비한 살육을 시작했다."

"그들은 왜 경찰관들만 주 대상으로 삼았을까요? 딴 공무원도 많은데" 내가 물었다.

"해방 뒤에 못 먹고 산 건 경찰 잘못이 아니란 건 걔 네들도 다 알아.

우린 출근 때 쌀 한 봉투를 들고 갔어. 경찰서 연병장 한구석에는 상추와 쑥갓 등의 푸성귀를 키웠는데 이 채소들이 우리 주식이었고 쌀은 공동으로 취사해 반찬으로 먹었다. 빨갱이들이 그걸 몰랐을까? 그놈들은 참으로 현명한 작전을 세운 거지. 전 공무원을 다 포함 시키면 원수지는 적의 숫자가 많아져 상대가 버거워지니까 소수를 택한 거고. 그리고 경찰은 총칼을 갖고 있으므로 지역의 폭동을 무력진압할 수가 있는 세력이기 때문에 경찰을 적으로 삼은 거지. 훗날 그들이 딴 도시에서 일으킨 폭동 사태를 봐도 다 그래, '제일 먼저 시민들 선동하고 다음에는 경찰서 습격하고 무기 탈취한 다음 정부와 일전을 벌린다.' 이런 패턴을 밟고 있지. 대구는 결과적으로 실패했지만 딴 도시에서는 이런 작전이 훗날에는 성공해 달콤하고 맛있는 열매를 따 먹게 된다. 그들이 식량부족의 원흉을 경찰로 지목한 이유가 그런데 있는 거야. 그들은 나중에 나라의 식량이 넉넉해지자 투쟁의 목표를 민주화란 새로운 먹을거리로 바꾸어 투쟁을 했지."

폭도들은 경찰이 시위하던 무고한 시민을 총으로 쏴 죽였다며 대구의전(경북의대 전신) 해부학교실에서 쓰던 실습용 사체를 들것에 메고 거리를 행진한 뒤 대구경찰서 앞에 집결해서 구호를 외쳤다. 경찰은 당장 무장 해제하고 서장은 나와서 벌을 받으라고 윽박 질렀다." 당시 한국을 통치하고 있던 미 군정청은 모른 체하고 있고 일부 시민들은 폭도의 편이다. 경찰 간부들은 항복하지 않을 수 없는 상황에 처해져 있었다. 하지만 하급 경찰관들은 항복보다 죽음을 택하기로 하였다. 이야기가 점점 재미있어지는데 모여 있던 친척들 중 젊은 축들은 하품을 하며 간접적으로 반발을 보이고 전화를 받는 척하고 밖으로 들락거린다.

긴 밤의 시간이 느리게 흘러갔다.

아침이 되었다. 여느 때 같으며 붉은 띠 머리에 두른 남로당의 선창에 따라 일당들이 구호를 외칠 시간이다. 부화뇌동(附和雷同)한 시민들의 박수 소리도 요란할 터인데 이상하게 조용하다. 담장 넘어 밖을 내다보았다. 생각지도 못한 미국 군인들의 전차(戰車) 몇 대가 경찰서 정문 앞을 가로 막고 서있었다. 전차 부근에는 미군 사병들이 둘러앉아 씨 레이션을 아침으로 먹고 있었다. 미 군정이 계엄령을 선포하고 미군이 개입한 것이다. 하급 경찰관들은 그제까지도 그들의 목숨이 걸려 있는 정보조차 하달받지 못하고 있었다. 몰살당할 뻔했던 경찰관들이 살아남았다. 하지만 경찰관들의 고통은 이제부터 시작된다. 폭도들은 파출소에서 탈취한 무기를 들고 경찰관들과 시가전을 벌였다.

"아마 북에서 군인들이 내려와 지휘를 한 것 같아. 무기고 위치를 알고 있었고 그걸 탈취하고 조직적으로 경찰관을 죽이고 관공서를 불태우는 방법은 남로당원 만으로서는 불가능한 행동이지. 시가전은 여기저기서 게릴라전으로 벌어졌어. 이 통에 무고한 시민들의 희생도 컸어. 당시 대구소방서는 키네마극장(현 한일극장) 옆에 있었다. 당시 소방관들은 높은 탑 위에서 24시간 시내를 돌아보며 화재 현장을 찾아내는 근무를 했어. 폭도들은 이 감시탑의 소방관이 경찰관들에게 정보를 준다고 생각해 조준해서 사살하는 일도 저질렀어. 이들의 사격 솜씨가 보통이 아니었다." 계엄군에 밀린 폭도들은 대구 시내를 떠났다. 하지만 그들은 영천으로, 구미로, 의성으로, 현풍으로 산지사방(散之四方)으로 흩어져 소위 그들의 혁명과업을 이어나가고 있었다. 그들은 공산주의 특유의 겁주기 방식으로 경찰관을 죽였다. 죽인 뒤 얼굴 껍질을 벗기고 때로는 팔다리를 절단하기도 했다. 구미에서는 남로당 소속 박정희의 두 째형 박상희가 황태성과 함께 폭동을 주도하다 박동희는 사살되고 황태성은 월북했다.

46년 대구에서 시작한 남로당 폭동은 남쪽 지방 전역으로 퍼져나갔다. 48년 4월 3일에는 제주도까지 번져나갔고 여기서는 경찰 병력만으로 진압이 되지 않아 군인들까지 투입됐다. 48년 10월 19일 여수, 순천에서 제주도 출병을 기다리던 국방경비대 제14연대가 반란을 일으켰다. 하사관(부사관)중 일부가 지휘관 장교들 27명을 쏴 죽이고 시가전을 벌렸다. 이때 남로당 장교였던 박정희도 반란에 참여했다가 체포되어 49년 2월 사형선고를 받았다. 이렇게 대구에서 시작한 공산당 빨치산들은 세력이 약해지자 지리산을 중심으로 숨어 들어가 있다가 50년 한국동란이 일어나자 이에 합세한다. 전쟁 후에도 그들은 15년간 투쟁을 한다. 이 와중에 말려 들어가 지리산 빨치산 소탕을 포함한 온갖 전투에서 숨진 경찰관은 수도 없이 많다. 63년 빨치산들은 완전소탕이 된다.

"나는 정말 억울해 왜 힘없는 경찰관들이 빨갱이들의 표적이 되어 죽어 갔어야 되냐 말이다. 군인들까지 반란을 일으켜도 경찰관들은 언놈 하나 배신하지 않고 조국을 지켰어 그러나 나라에 난리만 나면 죽어나는 것은 경찰관이었다. 4.19 때도 시위대 발포자로 몰려 경무대 곽영주 경찰서장만 사형을 당했지. 경찰관은 '가부리 좆'인가?" 늙은 퇴직 경찰이 이야기 중 울먹인다.

"6.25 전쟁 후 팔공산 공비소탕 전투에는 나도 참전했지. 다행히 살아왔지만 공비들은 무서웠어 이 무렵에는 파출소 앞에 모래주머니를 쌓아두었어. 언제 공비들이 들이닥칠지 몰랐으니 말이야. 자네 기억나지? 전두환 시절 시내 파출소 창문은 철망으로 보호막을 치고 있었던 거 말이지. 데모대들이 화염병과 돌을 던져 파출소 직원들이 다치기 때문이었다. 이 꼴을 당하니 옛날 공비들의 공격을 대비한 모래주머니가 연상되어 내 속은 분노로 타올랐어. 빨갱이도 아닌 우리 학생들에 의해 파출소가 불태워 지다니... 외국 같으면 파출소에 화염병 던지면 사살되는 범죄가 아닌가? 그런데 정부는 민주주의 한다며 경찰관들만 희생시키더군. 89년 5월 3일 노태우 시절 부산 동의대에서 시위하던 학생들이 경찰관 5명을 잡아 놓은 뒤 연행된 학생 9명을 내놓으라고 난동을 부렸어. 협상이 결여되고 경찰이 진압을 시작하자 학생들이 불을 질러 경찰관 7명이 타죽었다. 우린 정부의 소모품이고 백성들의 몽둥이 맞는 신세였어. 더 속이 뒤집어지는 것은 우리 졸개들은 이런 초상집 개 취급받는데 일부 얍삽한 경찰 간부들은 정부의 애완견 노릇해 정부 요직과 국회의원이 되는 것이야."

 늙은 경찰관이 입에 거품 품고 하는 이야기에 모여 있던 이제 가족들 중 이미 여자들은 딴 방으로 다 가버리고 남자들만 '억지 춘향'으로 하품하고 몸을 비비 꼬며 앉아 있다. 젊은 축들은 빨갱이니, 정의니 애완견이니 하는 단어에는 흥미가 없다. 스마트 폰을 열어놓고 게임을 하거나 혹은 주식이 올랐나? 걸 그룹 인기 차트 순위는 어떻게 바뀌었나? 오직 그 화면만 볼뿐이다. 눈치가 있는 사람이라면 이쯤 되면 말을 그만두는 게 순리다. 그러나 늙은 경찰은 이럴수록 더 오기가 생겨 말을 더 길게 하고 과장하여 주의를 끌려 한다. 사태수습을 위해 내가 나선다.

"아제. 좀 쉬세요. 막간을 이용해서 저도 경찰 이야기 좀 해볼게요"
이 말에 젊은 축들이 약간의 안도를 느끼며 나를 주시한다.

"경찰의 일부 고위층들이 자신의 개인적 입신양명(立身揚名)을 위해 정권의 충성스런 개가 되는 경우도 있지만 하급 경찰관들도 그들의 직책상 특권을 사적으로 이용하는 경우도 적지 않아요. 일례로 길거리에서 무단 횡단하는 순경들이 가끔 눈에 띠어요." 이야기의 분위기가 약간 달라지자 늙은 경찰은 수상한 얼굴이 되고 젊은 축들은 밝은 얼굴이 된다.

"한번은 반대편에서 오던 경찰차가 내 앞에서 불법 유턴을 하고 달려갔어요. 사고 날 뻔도 해서 화도 났지만 묻고 싶었어요. 정말 공무상 급한 일이 있었느냐? 아님 직권 남용했는가? 솔직한 이야기를 듣고 싶었지요. 그 차를 따라갔어요. 차를 세우려고 상향등을 여러 번 번쩍거렸어요. 하지만 그냥 달렸어요. 나중에는 크게 경적을 울리며 다가갔어요. 그러자 경찰차는 더 빠른 속도로 달렸어요. 도망을 가는 거였어요. 선의를 갖고 그냥 만나 질문을 하고 싶었던 일이 이제는 적개심으로 변해 경찰차는 도망가고 시민 차는 추격하는 기이한 장면이 연출되었습니다." 모두들 흥미진진한 얼굴이다.

"결국 놓치고 말았어요. 신호 무시하고 도망가는 차를 어떻게 따라잡겠어요. 근데 아직도 의문은 그들이 왜 도망갔을까요? 나를 만나 무슨 변명이라도 하면 좋았을 텐데."

"그건 경찰청에 감찰을 담당하는 부서가 있어. 학교에 규율 반이 있는 것처럼 경찰 스스로 자기들의 불법을 단속하는 일을 하지. 아마 자네가 쫓아 오는 건 그 감사반인 줄 알고 도망갔을 거야."

이제 분위가 조금 바뀌었다.

"그때 내가 티코를 타고 다닐 때였어요. 사람들은 왜 티코를 타고 다니느냐 물었어요. 나는 그 질문이 이상했어요. 그 차가 불법으로 만든 것도 아니고 누가 뇌물로 준 것도 아닌데 왜 물을까? 얼마나 편리한 차인지 몰라요. 고속도로는 반값만 받고 유료주차장도 값을 깎아줘요. 골목길도 쉽게 다닐 수 있고 주차도 좁은 곳에 할 수 있어 자가용으로 출퇴근하는 사람들에겐 안성맞춤이지요. 엔진도 힘이 좋아 지리산 성산재도 에어컨 튼 채로 넘어갈 수 있는 좋은 차예요. 그런데 왜 남의 죄 없는 차에 대한 시비를 거는 걸까요?"

"그야 자네가 사회적 지위도 있고 또 체격도 큰 사람이 그런 차를 타니 하는 말이지"

"그런 차?" 기분 나쁜 소리다. 작은 것은 악인가? 얼마 전 김수환 추기경이 명동에서 신자가 모는 티코를 잠깐 탔다고 참 겸손하고 소박한 분이라고 입에 침이 마르도록 언론이 칭찬을 했다. 그런데 내가 타면 왜 이상한 일이 되는 걸까. 나도 추기경이 되어야 한단 말인가? 어떤 인간은 내가 정신과 의사니까 '제정신이 아니어서 그런다'고까지 한다.

어느 날 안동 남선면 선산 벌초를 하러 티코를 타고 가고 있었다. 칠곡을 지나자 차선은 하나가 되는데 내 앞을 세대의 차가 가로막았다. 동그라미 네 개 달린 차와 V.W 두 개를 합친 차와 동그라미 안에 세모 별이 달린 차들이 느릿느릿 행렬을 지어가고 있었다. 내가 가면 그 차들은 빨리 가고 천천히 가면 그들도 천천히 갔다. 나는 고양이한테 잡힌 쥐처럼 그들의 노리개가 되고 있었다. 갈 길은 바쁜데 그들의 뒤를 느릿느릿 따를 수밖에 없었다. 가슴이 답답하고 뒤 목이 뻣뻣해진다. 한참 가다 보니 곧은 길이 보였다. 깊은숨을 한번 몰아쉬고 관세음보살님과 하나님에게 기도를 한번 올리고 차 속도를 130Km로 올렸다. 중앙선을 넘자 놈들이 튀어나오려고 한다. 목숨을 건 카 레이스가 벌어졌다. 나는 더 속력을 내어 달렸다. 드디어 그 차들을 추월하였다. 예상치 못한 나의 행동에 놈들이 어리둥절한 틈을 타 더욱 속력을 내어 달렸다. 손은 땀투성이 호흡은 거의 막힌 상태. 뒤를 보니 놈들의 모습이 보이지 않았다.

'역시 조상 일을 하러 가는 데는 하늘도 돕는구나.' 하며 무사를 자축하며 조심 운전을 하고 있었다. 갑자기 경찰차가 앞을 끼어들며 서라는 손 신호를 한다. 스스로의 죄를 알기에 문을 열고 내리려 하자 그는 내리지 말라고 손짓을 했지만 내렸다. 그 젊은 순경에게 잘 보이기 위해서다. 그에게 공손하게 고개 숙여 인사를 했다.

"사장님은 속도위반, 중앙선 침범, 난폭운전 등으로 단속 대상이 됩니다. 운전면허증 보여주세요."라고 엄숙한 말로 했다.

"좀 봐주세요. 너무 바빠서 그랬어요. 잘못한 건 인정하니까 '안전띠 미착용'으로 한 장 끊어주세요"라고 불쌍한 표정을 지으며 그를 올려보았다.

"아이고 사장님 무슨 말씀을 그렇게 하십니까? 보기에도 알만한 분 같은데, 이 위반은 사장님의 목숨이 걸린 실수입니다."하며 그가 빨간 딱지를 꺼내 들었다. 나는 무안당한 느낌이 들었다.

"그렇다면 딱지를 끊으세요. 하지만 최후의 진술을 듣고 판결하시오"라고 하자 그는 이제 무슨 희한한 말인가? 하는 얼굴로 딱지 끊기를 중단하고 나를 쳐다본다. 말을 해보라는 뜻이었다.

"딱지 끊어도 사실 할 말은 없어요. 그러나 이 말은 하고 가고 싶어요. 안동에 산소 벌초하러 가는데 출발이 늦었어요. 그래서 팔달교를 넘어서면서 속도를 내기 시작했지요. 그런데 난데없이 외제 차 세대가 행렬 운전을 하면서 비켜주지 않는 겁니다. 물론 규정대로 하면 내가 추월할 수 없는 속도입니다. 하지만 세상이 다 그런 건 아니잖아요?" 그러자 순경은 내 말에 흥미를 갖고 필기도구를 접고 말을 했다.

"그런 이상한 사람들 많아요. 화가 났겠어요."라고 그가 맞장구를 쳤다.

"내가 느리게 가면 그들도 느리게 가고 추월하려면 속도를 내고 심장 터지는 일이 계속되었습니다. 나는 그들의 노리개가 된 거예요. 만일 경찰관님이 그런 꼴을 당했으면 안동까지 마냥 그들의 뒤를 꾸역꾸역 따를 겁니까?" 내가 화를 참고 최대한 차분하게 사건의 전모를 설명했다. 분위기가 화기애애 해져갔다.

"솔직하게 말씀드릴게요. 저도 그때 그 차들이 가는 걸 보았습니다. 솔직히 저가 사장님 차를 끝까지 따라간 것은 속도위반이나 중앙선위반 딱지 떼러 간 건 아니었습니다. 괘씸해서 따라간 거예요."

"괘씸해서?"

"그래요. 괘씸해서요. 티코가 속력을 올리기 전에 사장님이 저를 보셨어요. 그리고 손 쌀같이 달려나갔지요. 전 자존심이 상했습니다. 경찰관 코앞에서 속도를 올려 달린다는 건 저를 깔보고 약 올리는 거 아닙니까?"

"아니 여보쇼. 미친놈 아니고서야 경찰관보고 속력을 더 내는 놈이 어디 있단 말이요. 당신은 오해한 거요. 내가 속도를 내기 전에 무심코 좌우를 한 번 돌아보고 달려나간 거지요. 경찰관이 눈에 보였으면 속도를 올릴 이유가 없지요."

'보고서도 일부러 달렸다.' 아니다 '보지 못하고 그냥 달렸다'며 두 사람은 약 30분 넘게 목청을 돋우며 자기주장을 굽히지 않았다. 나는 억울해서 싸우고 그는 내가 거짓말한다고 분해서 싸우고 자기주장들이 너무 세니까 나중에 싸움처럼 번져나갔다. 이제는 속도위반이나 중앙선 침범 같은 본질적 문제는 어디 가고 없었다. 한참 시간이 흐르자 그가 경로우대 양보했다.

"좋습니다. 저가 양보하겠습니다. 종합병원 원장님이 티코를 타고 다니는 모습이 보기 좋군요. 그래서 선생님의 말씀을 다 믿기로 했습니다. 그 감정에 저도 동의합니다. 사실 저는 티코에 젊은 애가 타고 있을 것으로 생각을 했지요. 그러니까 저를 보고도 일부러 놀리려고 도망을 간다고 생각했습니다. 그래서 놈을 잡으러 저도 죽도록 따라간 겁니다. 차 문이 열리고 내리는 분이 덩치도 크고 연세도 있는 분임을 보고 저의 예상이 빗나간 걸 알았습니다. 그리고 설명을 듣고 나니 이해가 됩니다. 그냥 가십시오." 그제야 나도 처음에 왜 그가 화가 났다가 나중에 우호적이 된 건지 이해가 갔다. 만원권 한 장을 꺼내 그에게 건냈다.

"차 한잔하시오. 내가 경찰관님에게 대접하고 싶은데 시간이 없어서요. 혼자 한잔하세요." 경찰관의 얼굴이 일그러졌다.

"원장님 이거 뭡니까? 사람을 어떻게 보시고 이러세요?"

"아이고 잘못했어요. 내가 말주변이 없고 바빠서 실수한 것 같군요. 하지만 단속되었을 때 드리면 뇌물이지만 일이 떠나며 정말 감사해주는 커피값인데 거절하니 섭섭해요." 이래서 새로운 싸움이 둘 사이에 벌어졌다. '받아라' '안 받는다.' 한 참 또 싸웠다. 이번 이차 전도 전처럼 한참 다툰 뒤 장유유서(長幼有序) 이번에도 그쪽에서 양보해준 덕에 일이 끝났다.

"아직도 전 제가 잘못한다는 생각이 듭니다만 연세 드신 어른의 진정성을 믿고 말씀을 따르겠습니다. 원장님 성격도 보통이 아니신 것 같은데 젊은 애들 운전 버릇 더럽습니다. 모쪼록 성질 참고 조심 운전해 가십시오." 출발하며 사이드 밀러를 보니 그 순경이 차 뒤에서 거수경례 하고 있었다.

"아제. 저 이야기 재미있습니까?" 내가 묻자 늙은 순경은 마지 못해 '응'하고 대답했다.

"아제 연세들은 나라를 건국하였고 저 또래는 나라 살림을 불리는 일을 하였습니다. 독일 광부로 가서 땅속에서 피땀을 흘렸지요, 월남전에서 목숨을 잃었고 중동 사막에서 청춘을 말렸지요." 그러자 아제가 말했다.

"나라가 보리고개를 넘기자 평생 취직 한번 한 적도 없는 소위 운동권 세력들이 돈과 명예를 다 먹었어. 재주는 곰이 넘고 돈은 장궤(掌櫃)들 것이 되었어." 장기판의 졸들의 눈물겹고 애국적이고 감동적인 이야기가 끝났다. 그러나 박수 소리는 없었다. 그 자리에는 아무도 남아 있지 않았기 때문이다. 많이 늙은 아제비와 조금 늙은 조카 둘만 태극기를 열심히 흔들고 있었다.

나는 개입니다.

　　　나는 개입니다. 누런색 젊은 수캐인데 거주지는 군인부대입니다. 천출(賤出)이어서 족보는 없습니다. 이 부대 살던 엄마의 미모에 반한 동네 수캐가 들어와 야합(野合)해서 날 낳았거든요. 우리 부대는 모연대 소속 전투 중대인데 파평산 아래 있습니다. 군인부대에 살고 있지만 군견은 아닙니다. 배운 게 없어 냄새 맡아 지뢰를 찾거나 북괴 게릴라가 올 때 물어 죽이는 역할도 하지 못합니다. 산자수명(山紫水明)한 이곳에서 지난 일 돌아보지 않고 앞일 걱정하지 않으며 그냥 물 흐르는 데로 삽니다. 그러다 하늘이 부르면 떠나는 것입니다. 문자 그대로 개 팔자인 거죠.

기상 시간은 형님들과 같아요. 아침 점호 시간에 형님들이 줄지어 서면 우리 개들도 형님들 뒤에 줄래 줄래 섭니다. 아무도 우리에게 군가를 하라거나 줄번호를 세라고도 하지 않지요. 하지만 인사계 박 상사 삼촌은 매일 곁 눈길로 우리 개들의 숫자를 파악하는 걸 난 안답니다. 인사계는 우리를 사랑해서 점호하는 게 아니에요. 우린 중대의 비공식 재산이니까 '혹시 도둑맞지는 않았는가? 손괴 된 건 없는가?'를 살피는 거지요. 서당 개 삼 년이면 풍월을 하고 육군 개 삼 년이면 점호를 합니다. 군가가 끝나고 구보를 마칠 때까지 개들도 한 놈 딴전부리지 않고 따라다닙니다.

부대 개들은 나치 시대의 유대인들과 같은 신세입니다. 우리는 죽기 위해 살고 있습니다. 형님들은 우리를 사랑하지요. 하지만 먹습니다. 부대 내 세 살 넘는 개가 없다는 것은 제명대로 살지 못한다는 뜻이겠지요. 부대 안에서는 몇 년 정도는 생명이 보장되지만 부대 밖을 나서면 그날 바로 보신탕이 됩니다. 자대의 개들은 수시 승천합니다. 우리 중대는 나 말고도 몇 마리의 똥개들이 있는데 어느 날 한 마리가 없어졌습니다. 인사계 정 상사는 이상한 예감이 들었는지 행방불명된 개를 빨리 찾아오라고 불호령을 내렸습니다. 부대 밖으로 찾아간 형님들은 빈손으로 돌아왔지요. 호호망망(浩浩茫茫)한 동네 어디서 개를 찾겠어요. 부대 안을 뒤지던 이 상병이 이곳저곳을 기웃거리다가 수송부에 들렀지요. 운전병들이 취사반 부식 수령해 주고 얻은 고기라며 구수한 국물을 훌훌 마시며 간혹은 왕건도 건져 올려 씹는 걸 보았습니다. 개 수색에 지친 이 상병은 허기를 채우기 위해 그들에게 사정하여 한 국자의 국물과 조그마한 고기 한 덩이를 얻어먹었지요.

개는 영영 찾지 못합니다. 그러나 소재는 파악이 되었지요. 개 껍질

일부와 털이 수송부 쓰레기통에서 발견이 된 겁니다. 이제 아시겠지요. 이 상병이 먹고 마신 고기가 누구 것인지를. 흘러간 물에는 두 번 발을 담그지 못한다고 합니다. 군인은 진 전투는 회상하지 않습니다. 오직 앞날의 승리만 생각합니다. 전투중대원들 역시 그렇게 남의 재산을 손괴하는 일도 있으니 연말 정산하면 손해 본 건 크게 없지요.

참 내 이름을 소개 못 드렸네요. 저는 '보신(保身)'이라고 불립니다. 태어나자 형제들은 각각 여러 곳으로 분양되어 가고 저는 전투지원 중대로 왔지요. 내년 복날 보신탕으로 쓴다며 미리 이름을 지어 논거지요. 아무리 아둔한 똥개이지만 나의 운명은 수대로 못 산다는 것은 알고 있습니다. 부대 개의 미래는 누구나 쉽게 짐작할 수가 있지요. 하긴 시골 농가에 태어났어도 운명은 '도긴개긴'이었겠지요. 마루 밑에서 고무신이나 뜯다가 결국은 어느 여름 황천으로 가는 건 미천한 출신 개들의 말로(末路)겠지요. 어느 날 중대장 방에서 중대장과 인사계 둘이 앉아 이야기하는 게 들렸습니다.

"인사계. 우리 애들이 토끼를 키우고 있잖아요? 그것 말고 또 애들 먹일 것들은 더 없을까요?"라고 중대장이 인사계에게 질문을 했습니다.

"딴 중대에서는 돼지도 키우긴 하는데 짠 밥이 모자라 우리가 끼어들기가 힘듭니다."

"올해도 작년처럼 피마자 씨를 태평양 화장품에 납품하고 건초를 영남 우유에 넘기는 것 말고는 과외 수입이 없군." 중대장은 씁쓸한 표정을 했습니다. 우리 형님들은 보병이어서 낮에는 훈련받고 작전 나가느라 과외 시간이 없습니다. 국방부서 주는 돈은 모자라고 미국 원조는 끝나가는 때라 말단 부대서는 먹는 밥도 모자라 아우성치는 판입니다. 이런 시국에 언감생심(焉敢生心) 고기국에 이밥이란 생각도 못할 일입니다. 중대장과 인사계는 뭐 하나라도 병사들을 챙겨 먹이려고 하지만 시간과 돈이 없어 이들은 생 가슴앓이만 하고 있습니다.

"새잡이는 좀 되나요?" 산새들을 잡기 위해 그물을 샀습니다. 산속에서 새들이 자주 다니는 길목에 그물을 치고 새들이 걸려들기를 기다리는 방법입니다.

"아니요. 생각보다 몇 마리 잡히지 않고 잡힌 새도 생각보다 작습니다. 뭐 먹을 게 없어요." 인사계가 새가 잘 안 잡히고 크기가 자기 탓인 듯 멋쩍게 변명한다.

"이래서 월남 가는 병력이 늘어나는 거 아뇨? 여기서 굶어 죽느니 차라리 전장에서 잘 먹다가 죽자고." 이 무슨 말인가? 개 대가리가 듣기에 언뜻 이해가 되지 않습니다. 처음 육군 맹호가 월남파병 모집 때는 죽기 싫어 서로가 피했다고 합니다. 파월 명령을 받으면 모두가 울었다고 합니다. 가면 죽는다고. 그러나 간 사람 소문 들으니 그곳에서는 전투수당이 나오고 밥과 부식이 고급이고 귀국 때 '귀국 박스' 만들어 오면 돈 번다고 했습니다. 오음리 훈련장에서는 혹시나 탈락될 까봐 '와이로' 주고 월남 간다고 했습니다.

"참 보신이는 어떡할거요?" 중대장이 물었다. 가슴이 덜컥 내려앉았습니다.

"애들이 복날 잡는다고 합니다."라고 인사계가 대답했습니다.

"인사계는 보신탕 하잖아? 나는 안 먹는데. 하긴 장교 회식 때는 티를 내지 않는다고 먹지만 개인적으로는 먹지 않아요."

"왜 보신탕 하지 않는 이유라도 있나요?"라고 인사계가 물었다.

사연이 좀 있다고 했습니다. 중대장 할머니는 시골에 살았는데 키우던 검둥이가 어느 날 쥐약 먹고 죽었습니다. 시내 사는 중대장의 아버지가 와서 머슴을 시켜 개를 강변에 묻었지요. 그러나 아버지는 밤에 회사직원들을 데리고 와서 개들 다시 딴 곳에 옮겨 묻었습니다. 촌사람들이 개를 파내어 먹을까 봐 그랬습니다. 중대장 아버지가 겉 정은 없어도 속내는 이렇게 깊었지요. 중대장 집에서는 세퍼드 한 마리를 15년 키웠데요. 이놈은 족보도 있는 명문 가문 출신이었는데 늙고 병이 드니 먹이도 못 씹고 뼈다귀 주면 빨기만 했습니다. 몸이 아파 밤마다 울었습니다. 나중에는 앉고 일어나는 일도 겨우 했습니다. 당당하던 모습은 어디 가고 똥개보다 못한 괴물이 되어 사람 가슴을 아프게 하고 있었지요. 가족들이 모여 '안락사시키자.' '그대로 두고 보자' 한참 토론하였지만 결론이 나지 않았습니다. 아버지의 주장대로 자연사를 결정하게 되었지만. 개는 죽을 때까지 가족들의 가슴은 시커멓게 멍들고 하고 있었습니다.

"나는 개를 무척 좋아하지만 이날 이후 개를 키우지 않아요. 인사계 이제 이해가 가요?"라고 물었습니다. 이 말을 듣고 인사계를 약간 당황하면서

"저야 뭐 가난해서 어릴 때 입대해서 개든 고양이든 뭐든지 먹어야 되는 군인 생활을 했지요. 특전사에 있을 때는 생 뱀도 먹고 쥐도 잡아먹었습니다. 저도 불교를 믿습니다만 개도 전생의 업보 탓이니 빨리 죽어야 좋은 곳에 태어나지 않겠어요. 하하하" 이야기를 정리해보면 지금 중대장이 있을 때까지는 나는 살 가능이 많겠다는 생각이 들었습니다. 미국 원조가 끝난 직후 가난한 한국 군인의 전방 생활은 이렇게 춥고 배고팠습니다. '형님들의 주린 배 채우기에 이 한 몸 도움이 된다면 기

꺼이 바치리라.' 이미 죽을 날을 받아 논 나는 이렇게 스스로 최면을 하면서 하루하루를 살고 있었습니다.

　가끔 담장 개구멍을 통해 외출합니다. 그 날은 어쩐지 예감이 이상했습니다. 여느 때와 마찬가지로 미군 부대가 있는 실개천을 한 바퀴 돈 뒤 농가에 있는 친구 '독구'와 여친 '메리'를 만나려고 기웃거려 봤지만 그들은 보이지 않았습니다. 둘이 돌아다닌다는 생각을 하니 화가 났습니다. 부대로 돌아오다 보니 이웃 부대 형님들이 행군해서 그들의 부대로 가고 있었지요. 호기심에 잠깐 그들을 따라가다 무심코 그 부대 안까지 따라가고 말았습니다. 치명적인 실수를 했습니다. 남의 부대로 간 개는 대게 그날로 목숨이 끝나니까요. '삐삐 선(군용 전화선)'으로 목 졸린 뒤 껍질은 된장 발라 구워지고 몸통은 보신탕이 됩니다.

　개죽음은 연기되고 있었습니다. 아마 부대에 검열이 나오거나 훈련이 계획되어 있는지 모르겠습니다. 빨리 부대의 지형지물을 파악해서 개구멍을 찾아야 내가 삽니다. 3대대는 연대보다 담장이 촘촘했어요. 한참 헤매었지만 허탕입니다. 하릴없이 하늘이나 쳐다보고 있었습니다. 아니 이게 왼 일인가? 전봇대 위에서는 우리 부대 통신대 형님이 전선 보수작업을 하고 있는 게 아닙니까? 애절한 목소리를 그를 불렀습니다. 짖고 또 짖었지요. 마침내 그 형님이 아래를 내려보다 나를 알아보았습니다. 통신병은 우리 전투지원부대로 하늘에서 전화선 연결해 내가 포로로 잡혀 있음을 알렸다고 합니다.

　중대장이 3대대 정문으로 들어서자 보초병이 내무반으로 연락을 했습니다. 개 임자가 왔다고. 그들은 침상 밑으로 나를 밀어 넣었습니다. 그 순간 문이 벌컥 열리면서 우리 중대장의 목소리가 들렸습니다.

　"우리 어디 있어 개 내놔"라고 고함치는 소리가 들렸습니다. 그러자 그들은 빙글빙글 웃으며 말했습니다.

"개는 무슨 개, 우리 전부가 땅개잖습니까? 하하하"하고 그를 놀렸다. 혐의는 있지만 증거가 없다. 장교가 병들에게 개망신당하고 있다. 하지만 중대장은 현명했다. 소리 높여 내 이름들 불렀다.

"보신아! 보신아!"라고 불렀다. 내무반이 조용해졌어요. 이제 개가 나타나느냐 마느냐라는 숨 막히는 시간이 흐르고 있었습니다. 내가 혼신의 힘을 다해 침상 밑을 헤치고 기어나갔지요. 나를 보자 우리 부대원들은 만세를 불렀습니다. 의기양양하게 나를 안고 돌아가는 우리 형님들에게 그쪽 형님들이 뻔뻔스럽게 말했습니다.

"중대장님. 그동안 개 길러 준 경비 주고 가셔야지요." 죽다 산 나는 당분간은 메리와 데이트를 하지 않겠다고 스스로 약속을 했습니다.

해는 바뀌고 서서히 복날은 다가오고 있었습니다. 사형수들은 법무부 장관이나 대통령이 바뀌면 교도관 발자국 소리에 밥맛을 잃는다고 합니다. 형 집행되는 시기이기 때문이지요. 나도 정해진 날이 다가오니 살이 빠집니다. 부대를 탈영할까도 생각해 봤지만 문밖을 잘못 나가면 그날로 생명이 끝나는 수도 있어 그 방법도 썩 내키지는 않습니다. 개나리, 진달래, 벚꽃등 색깔 있는 꽃들이 다지고 이제는 흰 꽃의 계절이 되었습니다. 밤꽃, 이팝나무, 조팝나무, 때죽나무, 아카시의 향연이 벌어집니다. 초여름이 된 거지요. 어떤 중대는 벌써 우리 친구들을 잡숫고 있다는 소문도 들립니다. 나의 운명은 중대장 뜻대로 되면 살 것이나 인사계의 뜻이 실현되면 죽을 것입니다.

부대 앞 논에 모심기가 끝나고 밤이면 개구리 울음소리 요란한 어느 날 밤.

"인사계 내일 실천합시다. 대신에 사복을 입으시오"

"네. 잘 해보겠습니다."라고 대답은 하였지만 인사계는 썩 내키지 않는 눈치다. 해가 뜨자 나는 인사계의 손에 이끌려 어디로 가고 있었지요. '부대 밖에서 나를 처치하는 보다'라는 생각이 들자 심장이 뛰고 전신이 오그라드는 느낌이 들었습니다. 한참 걷고 또 걸었다. 도착한 곳은 뜻밖에 '마지리' 시장이었습니다. 나를 처분하지 않고 팔러 온 것입니다. 군복을 입으면 개값을 옳게 받지 못할 것으로 생각이 되어 인사계는 사복을 한 것입니다. 반나절을 시들다가 드디어 한 사내에게 나를 팔고 인사계는 떠났습니다. 이제 어느 농가의 집 개가 되어 목숨이 연장될지 아니면 장터 식당의 수육이 될지 앞날이 궁금합니다. 인사계는 나를 판 돈으로 라디오를 한 대 사서 귀대했습니다.

7번의 긴 재판이 끝나고 또 개로 태어났다. 옥황상제께서 빨갱이 다리라도 한 번 물었으면 사람으로 태어나게 해줬을 텐데 하며 아쉬워하셨다. 그러나 전방에서 굶주리며 죽음의 공포 속에서 살았다는 점과 죽어서 형님들의 라디오 값이 되었다는 점이 평가가 합산되어 좋은 점수를 받았다고 한다. 그 덕에 부잣집 개로 환생을 했다. 보신탕 공포에서 완전한 해방이다. 판결을 기다리다 보니 부잣집에 살던 예쁜 개들은 주인들이 49재를 지내주어 극락왕생 판결받는 것도 보았다. 역시 금수저라야 업 그레이드 된 삶으로 태어나는 것이지 '가붕개'이면 그냥 그 상태로 윤회하는 것일 뿐이다. 역시 '조족지혈(鳥足之血)' 작가님의 말씀이 진리다.

룸살롱을 경영하는 최숙희 마담 집에 분양이 되어갔다. 최 마담은 미모에다 아름다운 여급들을 많이 확보하고 있어 단골들이 많았다. 홀로 사는 최 마담은 집에만 오면 나를 씻기고 안고 말을 걸어주고 그렇게 사랑해 줄 수가 없다. 전방 보병부대 형님 시절과 지금은 지옥과 천국의 차이다. 이름도 진화되어 촌스런 보신에서 '오드리(Audrey)'라는 럭셔리한 이름으로 불리 운다.

그러나 아파트 생활이 길어지니 괴로웠다. 하루종일 빈집에 혼자 있는 게 그렇게 힘들 수가 없었다. 발에는 신을 신겨 놓아 미끄러워 돌아다니기가 힘들다. 난방이 잘 된 집에 살고 있는데 옷을 입고 사니까 덥다.

꽃다운 이팔 소년 울려도 보았으며철없는 첫사랑에 울기도 했더란다 연지와 분을 발라 다듬는 얼굴 위에청춘이 바스러진 낙화 신세마음마저 기생이란 이름이 원수다연지와 분을 발라 다듬는 얼굴 위에마음마저 기생이란이름이 원수구나.

> 점잖은 사람한테 귀염도 받았으며 젊은 사람한테 사랑도 했더란다밤 늦은 인력거에 취하는 몸을 실어손수건 적신 적이 몇 번인고이름조차 기생이면 마음도 그러냐빛나는 금강석을 탐내도 보았으며겁나는 세력 앞에 아양도 부렸단다호강도 시들하고 사랑도 시들해진한 떨기 짓밟히운 낙화 신세마음마저 썩는 것이 기생의 도리냐
>
> (화류춘몽 花柳春夢)

최 마담은 자주 이 노래를 불렀다. 인물 좋고 돈 많은 여자가 왜 이런 청승맞은 노래를 울며 부르는지 까닭을 알 수가 없다. 인간과 같은 등뼈동물 젖빨이 과에 속하면서도 생각과 감정이 너무 다른 점이 많아 개

들은 죽었다 깨어나도 인간을 이해할 수가 없다. 개는 대게 이성과 먹이 외에는 별로 생각하지 않는다. 그러나 사람은 욕심과 성냄과 어리석음이란 악한 마음이 있어 그들의 삶을 복잡하게 만들며 산다. 또 살면서 적으로부터 지켜달라고 세금 주며 정부를 만들었는데 정부는 새로운 수탈자가 되고 공격자가 되어 국민을 착취한다. 이런 정부를 견제한다고 시민단체를 만들었는데 그 단체가 역시 어용이 되어 또 하나의 지배계급이 된다. 개인들의 삶도 이런 삶의 반복이다.

최 마담이 인물도 좋고 돈도 많고 매력이 많은 여자이면서 자주 화류춘몽을 부르며 우는 이유가 있다. 그녀를 착취하고 멸시하고 괴롭히는 존재가 있기 때문이다. 세상사는 알고 보면 모두가 슬픔의 강 위에 둥둥 떠다니는 부평초가 아닌가 싶다. 최 마담은 기둥서방이 있는데 큰 폭력 조직을 경영하는 건달 두목이다. 그는 부유하고 계집도 많다. 하지만 최 마담에게는 유독 집착이 강하다. 매일 이년 저년 바꿔가며 오입질하는 주제에 질투가 심해 최 마담에게는 일거수일투족에 간섭이 심하다. 최 마담도 그리운 남자가 있건만 건달의 애인이란 소문에 아무도 그녀 곁에 오지 못한다. 두목께서는 어떤 술 취한 날은 죄 없는 오드리도 내동댕이치며 발광을 한다. 이러다가 언제 비명횡사(非命橫死)할지 모른다.

어느 날 처음으로 최 마담의 룸 싸롱에 놀러 갔다. 전방서 부대 회식은 자주 보았지만 도회 부자들의 회식은 군발이의 그것과는 아예 질이 달랐다. 최 마담에 안겨 잠시지만 룸에 앉아 있어 보았다. 전원이 검은 양복을 입었다. 같은 공장 사람들인 모양이다. 한 사내가 큰 컵에 맥주를 따르고 이어 작은 잔에 양주를 따라 늘어선 맥주잔 위로 이 층으로 쌓은 뒤 그의 머리를 탁자에 쿵하고 박으니 작은 양주잔이 큰 맥주잔으로 기울어져 들어갔다. 그 술잔들을 부하들로 보이는 인간들에게 배급하였다. 일제히 '위하여'를 외친다. 술이 몇 잔 들어가자 간사하게 보이는 인간 하나가 큰 형님에게 말했다.

"지금부터 유두 주, 낙엽 주, 계곡 주를 차례로 제조하여 올리겠습니다." 그는 작부들과 함께 최선을 다하여 술 잔에 유두와 계곡을 거친 술을 받았다. 가끔은 낙엽을 넣기도 했다.

"사장님 국제전화 왔어요."하고 문이 빼끔 열렸다. 이 말은 '딴 방에 손님이 왔어요'라는 그들의 상용어다. 옆 방에서 최 마담이 만난 사내는 부티나는 영감이다. 방에 들어가자말자 그의 손이 최 마담의 가슴으로 들어갔다. 최 마담의 손은 그의 사타구니 사이로 들어갔다.

"아이 회장님 인사법은 변함이 없어."라고 짐짓 싫은 얼굴을 한다.

"그럼 바로 할까?"라고 회장이 말하자.

"회장님 너무 급하다. 아직 초저녁인데 애들도 보는데 너무 한 거 아니에요?"라고 그들의 일상적 말의 수작이 오간다. 또다시 국제전화가 오자.

"'아다라시' 하나 넣어 드릴게요."하며 최 마담이 나갔다. 전화가 일찍 끝났는지 최 마담이 회장 방으로 돌아왔다.

"회장님 애 마음에 드세요?"

"마음 들면 어떻고 안 들면 어쩔건데?"라고 투명스럽게 회장이 말하자.

"오늘 머리 얹어주셔요."

"난 당신이 있잖아 뭘 또 한다고 그래."라고 회장이 짜증을 냈다.

"저도 외로운 사람이 돼서 회장님 생각을 자주 해요. 몇 년 전 사모님을 잃으시고 큰 저택에서 사시는데 얼마나 외로우시겠어?"

"뭐 말을 그렇게 어렵게 하나. 내일부터 자네가 우리 집에 들어오면 되지."

"오늘부터 들어가면 안 될까요?"라고 마담이 선수를 치자 회장이 흠칫 놀란다.

마담이 나를 회장의 가슴에 안기며 말했다.

"저 보듯 이놈을 키우세요. 나중에 저도 따라갈게요."라고 하면서 눈시울을 닦고 있었다.

회장님 집은 고급주택가에 있었다. 이층집인데 일하는 사람들 외 가족들은 없었다. 회장님은 옛날 사람이어서 그런지 아니면 정말 개를 사랑해선지 나를 개처럼 키웠다. 마당에 개집이 있지만 나는 방에 살게 되었다.

"일단 개집 청소부터 하고 보자. 우선 방에서 며칠 살아라."라고 했는데 계속 방에 살게 되었다. 이 집에 오고 나서 양말을 신지 않고 옷도 입지 않았다. 개껌도 없었고 장난감 뼈다귀도 없었다. 정말 개 다운 개 대접을 받기 시작했다. 이가 근질근질하면 마당에 내려가 정원사가 벗어논 장화도 물어뜯기도 하고 그가 방금 물준 백일홍 나무에 나도 한번 오줌도 누어 본다. 가끔 밥하는 할멈이 촌에서 개 키울 때처럼 뼈다귀도 주고 남은 밥과 반찬 찌꺼기도 준다. 보신탕 공포에서 벗어나고 고독한 아파트에서의 유배 생활도 끝났다. 때로 회장님은 나를 차에 태워 도시 근교를 드라이브하기도 하고 농촌에 사는 친구 집을 방문하기도 했다. 사실 몇 가지 문화적 차이로 인한 트러블이 없진 않았다. 내가 마루 밑으로 신발을 물고 들어가다 정원사에게 꿀밤도 자주 맞았고 맨발로 마당을 다니다 방에 들어온다고 왜관 댁 아주머니에게 빗자루로 등을 맞기도 한다. 하지만 개는 고양이처럼 스스로 세수를 할 줄 모르니 발을 핥아 닦을 줄도 모른다. 맞아도 싸다. 옆집에 개 짖는 소리가 들리는데 언제 기회를 봐서 그놈과 대면을 할 작정이다.

　무지하게 더운 여름 복 전날. 회장님과 차를 타고 농촌에 사는 친구 집으로 놀러 갔다. 보통 때 같으면 나도 같이 내려주어 자연을 즐길 수 있도록 해주는데 그날은 문을 열어주지 않았다. 아마 볼일을 빨리 끝내고 가려나보다 생각했다. 하지만 문은 빨리 열리지 않았다. 시간이 흐르자 차 속이 가마솥이 되었다. 개는 땀구멍이 없으니 혀를 한껏 내밀어 열을 식혀보지만 새 발의 피다. 밖을 내다보니 회장은 그의 친구와 시원한 느티나무 그늘에 있는 평상에 앉자 바둑을 두고 있었다. 게다가 참외까지 깎아 먹으며 희희낙락한다. 짖어도 소용없고 발버둥 쳐도 소용없다. 드디어 정신이 희미해진다. 숨이 멎으려는 순간 문이 털컥하고 열렸다. 나는 마지막 기운을 모아 회장의 팔을 물고 다리까지 물었다. 그리고 목까지 물려다 회장 친구의 발길에 나가떨어졌다. 회장은 넘어진 나를 발로 밟으며 외쳤다.

　"이 개새끼 빨리 보신탕 해."

　나는 오 만원에 팔려갔다. 칠성시장 한켠 철둑과 담이 쳐진 곳에 온갖 개들이 모여 있었다. 그곳이 개고기 공장이었다. 내일이 복날이라 개장수들이 황구, 빨간 약 개, 식당 개 등 다양한 개들을 철망 안에 대기시켜 놓고. 한 마리 한 마리 열심히 작업하고 있었다. 물량이 넘쳐 다 감당을 못하자 나머지는 내일 새벽에 다시 시작한다고 했다.

　회장은 밤새 잠을 자지 못했다. 초저녁에는 정을 준 개한테 물린 것이 분해서 잠을 못 잤다. 시간이 흐르자 개를 물게 한 것은 자신의 실수라는 생각이 들자 잠이 달아났다. 갑자기 마음이 초조해졌다. 개장수에게 전화했다. 개의 행방을 물었다.

"칠성시장 개장에 팔았거든요. 빠른 놈들은 이미 끝났고 새벽에 다시 작업을 시작한답니다."라고 그가 대답했다. 새벽, 회장은 칠성시장으로 차를 달렸다. 엔간한 신호는 다 무시하고 미친 듯이 달렸다. 숨을 헐떡이며 개 공장에 도착했다. 어둑어둑한 새벽, 시장 한구석에서 묵묵히 작업이 진행되고 있었다. 그가 사장을 만나 어제 개의 행방을 묻자.

"이미 작업이 끝난 것 같네요."한다. 회장의 가슴이 쿵하고 내려앉는다.

"다시 한번 찾아보슈."라고 회장이 애원 조로 말했다.

"아니 저기 있네요."하고 사장이 손짓한다. 거기에는 막 다음 순서를 기다리며 오드리가 있었다. 개는 아는 체도 하지 않는다. 보신탕으로 팔아 놓고 또다시 나타난 '참을 수 없는 존재의 가벼움.'에게 함부로 정 주었다가는 또다시 개망신을 당할 수도 있는 우려 때문이다.

회장은 10만원 주고 오드리를 다시 샀다. 인간과 개는 한 차를 타고 귀가하고 있었다. 그러나 둘은 아무 말도 하지 않았다. 그곳에는 사람도 개고 없고 다만 진공묘유(眞空妙有)만 있었기 때문이다.

천출 '보신'에서 노블레스(Noblesse) 계급의 '오드리(Audrey)'로 환생하였기에 말투도 존댓말에서 반말로 바뀐 것입니다. 화자의 실수가 아닙니다.

적화통일(赤化統一)

경비실에 이 주사는 없고 박운서가 앉아 있다. 담배 피우러 온 모양이다. '의사라는 녀석이 아직도 담배를 끊지 못하다니. 한심한 놈이야. 게다가 선배를 봐도 인사도 하지 않고, 세상 말세야. 경비 이 친구는 또 어디 갔어?' 하며 끌끌 혀를 차며 손은 엘리베이터에 올랐다. 분위기가 이상했다. 원무과 창구에 평직원들은 없고 관리부장과 원무과장이 완장을 끼고 앉아 있다. 사람이 왔는데도 아는 체도 않고 앞만 보고 있다. '이 새끼들 또 이건 무슨 짓이야'라며 역정을 내려다 억지로 참고 가운을 갈아입는데 원내 방송이 나온다.

"전 직원들은 강당으로 모여주세요." 몇 번 같은 내용의 방송이 나온다.

　직원들이 다 모였다. 강단 탁자 앞에 원장은 보이지 않고 요양 병동의 여자 간병사가 서 있다.

　"일동 차렷. 원장님께 경례"하고 못 보던 사내가 외쳤다. 아니 그럼 저 탈북자 간병사가 원장이란 말인가!

　"직원 동지 여러분 기뻐합시다. 오늘 새벽, 우리나라는 드디어 꿈에 그리던 통일된 조국이 되었습니다. 여러분 박수. 동무들도 아시다시피 그동안 우리 남북은 낮은 단계의 통일을 유지했습니다. 그러나 남조선 당국자들은 무능하면서 부패, 타락까지 하여 인민의 지지를 얻지 못하였습니다. 그 결과 진정한 통일의 길로 가지 못했습니다. 이에 피 끓는 애국의 공화국 군인 형제들이 미 제국주의의 괴뢰정권을 타도하였습니다. 민주주의 인민공화국 만세. 조국 통일 만세." 원장 스스로가 박수를 치며 직원들을 선동했다. 처음에는 가만있던 직원들이 하나둘 박수를 치며 따라하다 나중에는 요란한 만세 소리까지 났다.

　오후에 회람이 돌았다. 바뀐 보직에 관한 내용이었다. 원장은 요양 병동에 근무하던 탈북 간병사였는데 알고보니 통일에 대비해 미리 남파해둔 여맹위원장이었다. 부원장과 관리부장은 북쪽에서 함께 내려온 당 간부였다. 간호과장을 비롯한 전 간호사들은 식당 조리사로 직책이 변경되었고 조리사들은 병실조무사로 근무처가 변경되어있었다. 간호사는 전부 이북 공립병원 출신들로 임명되었다. 의사들은 간병사와 청소부 그리고 영선실의 전기공, 보일러공 등으로 발령이 났다. 의사들도 전부 북쪽에서 온다고 했다. 추신은 직원들 내일 출근은 금호강 강창교 아래로 것이었다.

　아침 강변, 직원들이 불안한 얼굴을 하고 줄 서 있었다. 그들의 앞에는 전 병원장이 기둥에 묶인 채 서 있었다. 기둥 옆에는 '인민재판'이라고 쓰인 프래카드가 세로로 걸려 있었다.

"지금부터 악질반동 병원장 최가에 대한 인민재판을 시작하겠습니다. 먼저 검사의 기소문 발표가 있겠습니다" 검사는 경비실 이주임이었고 새 관리부장이 재판을 진행했다.

"원쑤 최가 놈은 애비 때부터 병원을 경영하면서 노동자들의 고혈을 빨아 서울 강남에 아파트를 열 채나 갖고 있다. 뿐만 아니고 일본에 골프 회원권. 하와이에 콘도, 그리고 경기도에 만 평의 농지, 외제 자동차, 억대의 주식 등의 재물을 축재하고 있다. 놈의 새끼들 중 첫째는 미국서 대학을 다니고 둘째는 서울의 외국어고를 다니고 있다. 이놈은 입으로는 반미 좌파 종북인체하고 떠들며 좌파 정부의 고관대작들과 코트가 맞는 양 위장하고 다녔다. 고관대작 놈들에게 정기적으로 금품을 상납하고 부정부패를 저지르는 정상 모리배 짓을 하였다.

놈이 저지른 반 민족적이며 파렴치한 이중인격적인 행동은 이뿐만 아니다. 본처와 첩 두 년에게 집을 사주어 두 집을 오가며 동거하며 시간만 나면 년들과 외국으로 유람을 다녔다. 놈은 낮에는 골프장, 밤에는 정치가, 자본가, 종교인들과 노름을 하고 주지육림의 룸 살롱에 가서 계집애들을 끼고 희희낙락하며 방탕한 생활을 하였다. 이놈은 대를 이어 인민을 착취한 죄와 우리 공화국 지도자 동지들의 명예를 더럽힌 죄 정말 크다. 이런 놈의 죄는 죽어 마땅하다. 이에 본 검사는 놈에게 사형을 구형한다," 여기저기서 큰 소리가 났다.

"옳소! 옳소!"

"다음은 판사 동지들의 판결문이 낭독되겠습니다." 병원 주변 상가 휴지수집인 오사장과 동네 양아치인 고사장이 판사였다.

"놈에게 사형을 선고한다. 직원 동지 여러분 이런 놈을 총알도 아깝습니다. 타오르는 분노의 돌과 몽둥이로 무자비하게 놈을 쳐죽입시다." 라고 판사가 판결문 쪽지를 읽어내렸다. 말을 마치자 말자 사회자가 고함을 지르며 큰 돌로 이사장의 정수리를 내리쳤다. 잇달아 직원들도 몽둥이로 몸통을 후려치고 돌로 머리를 내려찍었다. 이사장이 넘어지자 사람들은 그의 몸을 발로 밟기 시작했다. 아침 해가 강물을 붉게 물들이고 사람의 피는 강변의 모래를 붉게 물들이고 있었다. 하늘에는 우렁찬 행진곡이 퍼져 나갔다.

수령님께서 현지 지도차 청와대에 내려오셨다.
"당분간은 1국 2체제 형식이 되어야겠지요? 오랜 자본주의에 물든 인민들을 갑자기 교화시키면 반발이 커지지 않겠소?"
"옳으신 말씀입니다. 하지만 몇몇 원성이 높은 놈들은 일벌백계로 즉시 숙청해야 합니다. 이것은 수구꼴통들도 바라는 것이거든요."
"예를 들면 어떤 놈들이요?"

"최근에 남조선 S.N.S에 떠돌던 문건 하나를 소개해드리겠습니다. 제목은 '내가 대통령이 된다면'입니다.

  1. 군정체제 전환.
  2. 국회 해산.
  3. 종북세력, 친중세력 일망타진.
  4. 모든 시민단체와 전교조 해산.
  5. 새로운 역사 교과서 간행.
  8. 각종 흉악 범죄자들의 영원한 사회와 격리.
  9. 한미일 동맹 강화.
  10. 국회의원, 지자체장의 명예직 전환.
  11. 모든 판검사 재발령.
  13. 국방력 강화
  14. 여적죄 즉결처형.
  15. 여가부와 통일부를 폐지."

 수령님의 이해를 돕기 위해 이 문건을 요약해서 설명 올리겠습니다. 문장 속에 열거되는 쓰레기들은 우리 공화국의 참 사상도 모르는 인간들이며 그들의 가슴에 인민에 대한 뜨거운 피도 흐르는 놈들도 아닙니다. 우리 공화국을 빙자해서 놈들은 끼리끼리의 이익과 권리를 추구하는 파렴치한 인간 말종들입니다.
 먼저 노동조합 말씀부터 사뢰겠습니다. 현재 남조선 기업들이 노동자 인격을 무시하고 경제적 착취하고 있다는 노동조합의 주장은 억지입니다. 과거 악질기업인이 있었던 것은 사실입니다. 그러나 그 시절에는 전 세계가 그런 분위기였습니다. 남조선 정부나 인민들도 그들의 단점을 개량하고 체제도 민주화가 되어 과거 기업 현장과 현재는 전혀 다른 분위기입니다. 현재 노조는 정부보다 힘이 더 세어져 새로운 통치계급이 되었습니다. 놈들은 자신들의 권력 지향적이고 노동자 착취를 합리화하기 위해 옛날 현상을 새로 불러와 현재 진행형처럼 사기를 쳐 정치가와 힘을 합쳐 권력과 돈을 나눠 먹는 행위를 하고 있습니다.

지금 남조선에는 억대 넘는 대기업 귀족 노동자가 넘치며 노조 출신 국회의원과 장관이 한둘이 아닙니다. 심지어 어떤 대기업 노조의 간부들은 반 이상이 보직 없이 임금을 받고 심지어 제 자리를 자식에게까지 세습해주는 판국입니다. 귀족노조가 새로운 지배층으로 등장하여 노동조합조차 없는 수많은 가난한 노동자를 등쳐 먹는 세상이 되었습니다.

다음으로 전교조 선생들에 대한 말씀 사뢰겠습니다. 놈들은 우리 공화국에서 배운 수법대로 어린 학생들의 머릿속으로 들어가 또 다른 계급의 새로운 노예가 되도록 만듭니다. 동충하초 수법입니다. 우리 공화국을 마치 지상 낙원처럼 거짓 선전했습니다. 한때 이 수법이 크게 먹혀들어 갔습니다. 소련과 중국 공산당이 몰락하고 공화국에서 고난의 행군이 시작되자 똑똑한 20대들은 전교조의 허위와 위선을 간파하게 되었지요. 놈들은 주체사상에 대해 옳게 공부를 한 게 없으니 그들의 언동은 무슨 철학이 있는 게 아니고 다만 우리 공화국에 아부하기 위한 행동일 뿐이었습니다. 이것들을 교묘하게 여론을 충동질하여 그들의 목적을 달성하는 새로운 독재법을 사용합니다. 언젠가는 우리 공화국마저 배신하고 그들의 수법을 이용해 정권을 쟁취하겠다는 속셈을 들어낼 것입니다.

다음 예는 남조선 사람들은 물론 우리 공화국에서도 구역질 나는 인간들입니다. 얼치기 사회주의자들입니다. 남조선에서는 이것들을 '강남좌파'라고 합니다. 수령께서도 외국에서 유학하시며 보셨지요. 오렌지 좌파. 케비어 좌파. 놈들은 제 애새끼들은 다 미국에 살게 하면서 미국을 욕하는 위선 주의자가 한두 놈이 아닙니다. 놈들은 노련한 딴따라 극단의 연출가를 동원해 헤어 스타일서부터 복장, 가방, 신발까지 서민 코스프레를 해 우매한 인민들에게 감동을 줍니다. 우리가 이런 쓰레기들 다 받아들이면 스스로 체제가 붕괴될 수 있습니다

끝으로 시민단체 놈들을 말씀드리겠습니다. 이것들은 말로는 시민단체라고 하면서도 정부 돈을 받아 쓰거든요. 그런 탓에 놈들은 또 하나의 정부의 관변 단체가 되어 NGO가 아니고 GO 노릇을 하고 있습니다. 그것들은 정신대 할머니 돈까지 빼먹고 국회의원 되고 무식한 놈들이면서 정부 요직에 들어가고 땅 투기하고 언론을 장악해 국민을 속이는 후안무치한 쓰레기들입니다. 이런 부류들을 정리하시면 남조선 인민들은 우리 공화국에 감읍할 것이며 스스로 수령님에게 충성할 것입니다. 이런 조치만 실행이 되어도 우리 손에는 피하나 묻히지 않고 저희들끼리 삶은 소 대가리 잔당들을 일망타진할 것입니다. 그 결과 우리의 통일은 만대까지 흔들리지 않을 것입니다. 그래서 이런 쓰레기들은 당장에 청소가 되어야 할 것입니다.

"교수, 연예인, 종교인, 언론인들도 그런 가짜 사회주의자들이 많잖소?"

"수령님 그것들은 요란해서 그렇지 실제 숫자는 별로 많지 않습니다. 고것들은 두 종류가 있거든요. 생계형 간신들과 인격 파탄적 간신들로 구분이 됩니다. 요것들은 크게 손볼 것도 없습니다. 아까 간신모리배 무리만 먼저 소탕하십시오. 그리고 나머지 이런 오합지졸 잡놈들에

게는 귀쌈만 한방 때려 주고 푼돈이나 몇푼 쥐어 주면 얼씨구나 좋다며 우리 공화국을 위한 찬양의 노래를 소리 부르고 춤추며 충성을 할 것입니다. 그러면 도랑치고 가재 잡는 격이 될 것입니다.

"당신이 남조선 언론인 출신이니까 내게 느끼게 하는 바가 많소. 그 의견들을 존중하겠소. 오늘은 일단 큰 방향만 토론하고 마칩시다. 나중에 따로 삶은 소 대가리 문제를 자세하게 한 번 합시다. 당장 문제는 촛불 데모 때 일본으로 망명해 버린 '쥐 명박'이 문제예요. 얘는 남조선 놈들이 우리에게 상납한 외상 장부도 갖고 있으며 앞으로 망명정부를 세울 가능이 있어요. 한 반도가 통일이 되었으니 일본이 불안해졌지요. 걔들도 곧 핵무기로 무장을 하고 우리에게 노골적 적대감을 보일 것입니다. 이때 일본의 도움으로 남조선 망명정부라는 괴물이 등장할 것이라는 것입니다. 끝으로 오늘부터 초공장 문을 닫게 하시오."

정신병으로 입원했던 사람들은 다 귀가 조치 되었다. 기운 운동장에 흙수저로 태어나 착취당하고 천대받아 환자가 되었다. 이런 사람들은 잡아 갇혀놓고 치료를 할 것이 아니라 환경만 바꾸어 주면 해결된다는 논리였다. 그러나 사기꾼, 술과 마약중독자, 성범죄자들은 인간의 질이 나쁘다며 그대로 입원을 시켜두었다. 매일 새 환자들이 몰려들었다. 공무원 중 관리직에 있었던 사람들과 대기업의 중역들 그리고 신문기자, 교수들이 잡혀 왔다. 이 인간들은 인격장애자들로서 약물, 행동요법, 정신치료를 총동원해서 집중치료를 해야 되는 중환자로 분류되었다. 이런 소문을 듣고 많은 시민들이 잘한다고 환호작약(歡呼雀躍)했다. 온갖 규제를 만들어 중소기업을 괴롭히고 노동자를 깔보고 목에 힘을 주던 무리들. 곡학아세(曲學阿世)해 정부에 빌붙어 간신질 하던 교수들과 언론인들 이런 족속들이 '미친놈'으로 분류되어 입원했다니 시민들의 표정이 밝아지고 있었다. 처음에 적화통일을 두려워하고 심지어 적대적이었던 세력들도 하나둘 새 정권에 호감을 느끼기 시작해갔다.

초보 간병사 손정민의 하루는 고달팠다. 매일 아침 만나던 환자들이지만 의사에서 간병사가 되어 그들의 똥, 오줌 기저귀를 갈아 주기를 해보니 예사 어려운 일이 아니었다. 대부분 몸을 잘 못 움직이는 사람들이어서 간병사는 환자의 몸을 굴리고 뒤집어야 대소변을 받아주고 뒤처리를 해줄 수 있다. 아픈 사람 몸 굴리기가 여간 힘들지 않았다. 게다가 냄새가 역겨워 고통이 더 심했다. 의사들, 간호사들 지시를 받고 일한다는 것 또한 심적 고통이 심했다. 간병사들은 쉬는 공간이 없다. 쉴 때는 복도나 병실의 한 귀퉁이에 앉아 있다. 어느 날 밤 잠이 쏟아졌다. 환자의 침대 다리에 기대앉아 깜박 졸다 간호사에게 들켰.

"동무는 죽지 않는 것도 운이 좋은 거예요. 전에 이 병원에서 갑질하던 김갑진 의사 뒤 소식 들었어요? 인민 재판받고 죽었어요. 동무가 아직도 정신을 못 차렸다면 뒷일은 내가 책임 못져요. 내일 일단 자아비판부터 받읍시다. 여기 서명하시라요." 죽인다는 이야긴가? 자아비판은 봐주어서 하는 건가? 정민의 생각을 복잡했다. 토요일 오후 병동 직원들이 회의실에 모였다. 일주일 동안 잘못 저지른 부적격자들의 자아비판을 한다고 했다.

"저는 아직도 제정신이 아닙니다. 친애하는 수령님께서 너그럽게 봐주셔 일자리와 잠자리까지 주셨음에도 부르주아 시절 근성이 남아 남을 속이고 게으름을 부렸습니다. 우선 저의 정신머리를 고치겠습니다. 당에 충성하고 민중에 대한 참사랑을 저의 목숨보다 중히 여기겠습니다." 딴 사람들은 반성문을 여러 번 다시 썼다. 손정민은 한 번에 통과하였다. 진심으로 쓴 게 효력을 본 모양이었다. 병원 기숙사에서 생활하고 손전화는 압수당했기 때문에 아내의 소식은 모른다. 그는 설마 '죽기야 했을라고.' 하는 심정으로 스스로의 불안을 달래고 있었다.

군인일 때는 매일 '때려잡자 김일성, 무찌르자 공산당, 이룩하자 유신과업'을 외쳤다. 빨갱이라면 인간의 탈을 쓴 악마라고 치를 떨었던 손정민. 막상 이런 식으로 개, 돼지 취급받고 있으니 공산화된 한국을 한시라도 빨리 떠나고 싶었다. 모두들 동무라면서도 당이 인민을 지배하고 백두족이라는 이상한 인간들이 지배하는 독재국가. 유교식 공산국가. 하루빨리 아내를 찾아낸 다음 일본으로 밀항하는 것이 그의 계획이었다. 간병사 노릇이 문제가 아니라 언제 무슨 트집이 잡혀 목숨을 잃을지 모른다는 두려움 때문이었다.

전 직원 집합지시가 내렸다. 모두들 강당에 모여 텔레비전을 보라는 것이다. 화면에는 신나는 행진곡이 울리고 있었다. 잇달아 긴 인간들의 행렬이 보였다. 서울 종로에서 맨 앞줄 좌우에 '우리는 쓰레기입니다'라는 프래카드를 든 두 사람이 보였고 뒤로는 목에 각각 자신의 죄목을 쓴 팻말을 걸고 있는 사람들이 고개를 푹 숙이고 따라왔다. '사기꾼', '아부꾼', '화냥년', 양심불량, '땅투기꾼', '노름꾼'. '머저리', '미제 앵무새' 등등 죄목들의 단어는 이미 눈에 익은 것들이었다. 이들의 좌우로는 북한 특유의 노동 악대들이 무리를 따라가면서 꽹과리, 징, 북소리를 울리고 손풍금과 기타를 연주했다. 사이 사이에는 완장을 찬 당원들이 시민들을 선동하고 죄수들을 욕하는 함성을 유도하고 있었다.

시민들은 그들이 평소 그렇게 욕하던 인간들이 쓰레기가 되어 수거

되어 가는 모습에 너무도 감격하고 기쁜 나머지 춤을 추고 노래를 부르는 사람까지 보였다. 적화통일을 학수고대하던 공산주의 신봉자들은 물론이고 북괴라고 욕하던 수구꼴통들마저도 너무도 통쾌한 기분을 느꼈다. 화면은 무리들이 멀리 가는 뒷모습까지만 보여주고 중계는 끝났다. 소문에는 그들도 정신병원에 입원했다는 말도 있고 모두 처형당했다는 말도 있었다. 그들의 행방은 그 후로도 아무 발표를 해주지 않았다. 이날부터 길거리에는 새 정부에 대한 칭찬의 구호들이 빽빽이 나붙기 시작했다.

어느 날 시청에서 손정민에게 보건과로 오라는 지시가 왔다. 온갖 불안감이 가슴을 억누르고 있었다. 시청도 병원과 분위기가 비슷했다. 뭔가 어색하고, 뭔가 어울리지 못하는 직원들의 분위기. 그러면서 서로가 못 믿어 눈치 보는 분위기. 한참 두리번거리던 중 직원이 어깨를 툭 쳤다. 따라오라는 몸짓이었다. 그를 따라 이 층으로 올라가니 시장실 문 앞이었다. 노크를 하자 안에서 우렁찬 목소리가 들렸다.

"들어와" 보건과 직원이 손정민을 데리고 시장 앞에 서자

"소파에 앉으시라 해"라고 시장이 말했다. 왼 존댓말일까?

"하하하 손 선생 날 한번 쳐다 보시라요."라고 시장이 고함치듯이 말한다. 어디서 본 얼굴이다. 하지만 기억이 나지 않는다.

"에이 그렇게 총명하던 손 선생이 왜 그래요. 나 김윤규요. 금강산에서 만났던." 이게 왠 이란 말인가! 손정민이 적십자병원에 있을 때 남북이산가족 팀 닥터로 간 일이 있다. 그때 북쪽 보위부 소속 김윤규를 만났다.

"아이고 시장님 이렇게 만나네요. 우리 헤어질 때 통일되면 다시 보

자고 했는데, 정말 이렇게 만나네요.' 김윤규의 태도는 그때와 똑 같았다. 주위의 사람들을 의식하지 않고 제 기분이나 생각을 툭툭 털어놓으며 말했다.

이산가족 면회 첫날 밤 금강산 대연회장에서 남북가족들이 첫 만찬을 했다. 남북가족들이 사진들을 들고 얼굴을 보며 서로를 확인하고 부둥켜안고 울고 춤을 추고 했다. 이어 만찬으로 이어졌는데 남북 정부 관계자들도 서로가 섞여 앉아 '화기애애'하게 담소하라는 지시를 받았다. 손정민 테이블에는 남쪽 대표로는 간호사 둘과 통일부 여직원 하나가 앉았고 북쪽 대표로는 보장성 직원 하나. 기자 하나, 그리고 보위부원 하나가 있었다. 지금 딴 사람 이름은 다 잊었는데 김윤규는 잊혀지지 않는 이름이다. 식사 초 분위기는 살벌했다.

"선생은 왜 술을 마시지 않는거요?" 나중에 알고 보니 보위부 김윤규인 사내가 날카로운 눈빛을 하며 시비를 걸어왔다.

"아 네, 저는 체질이 술을 받지 않아 삼가는 편이지요."

"아무리 그래도 그렇지 이런 좋은 날 체질 운운하며 잔치 분위기를 깬단 말이오? 사내가 째째하게 시리" 보위부가 말하자 보장성이 말했다.

"원장이면 뭣해 원장이 원장다워야 원장이지" 성질 같아서는 저녁상을 뒤집고 싶었다. 하지만 적진에 와서 마음대로 할 수도 없는 일이다.

"원장 선생은 대구 어디에 살아요?" 기자가 물었다.

'이 새끼들 이거 너무 하는 거 아냐? 아예 갖고 노는군.' 속으로 욕이 나왔다.

"선생 대구 어디라고 말하면 알기나 하시오?"

"암 알다마다요. 동화사도 알고 약전골목도 알고 동성로도 알지요." 라고 기자가 대답했다. 가슴이 두근거렸다. 이 작자들이 아예 세세하게 다 조사를 해 두었구나하는 공포심이 들었다.

"기자 선생은 어떻게 대구를 그렇게 잘 아시오?"

"대구 유니버시아드 경기 때 취재하러 갔었거든요." 그 말을 믿어야 되는지는 몰라도 아무튼 기자가 서먹했던 분위기를 녹이기 위해 노력을 많이 했다.

"귀측은 한글 팔만대장경을 남측보다 먼저 발간하셨지요?" 손정민이 일부러 아부하는 말을 했다. 녀석들은 좋아했다.

"팔만대장경이래. 하하하" 그들은 큰 승리나 한 것처럼 크게 웃으며

"한글대장경이라고 해야지요."하면서 손정민을 가르치고 있었다.

"여성 동무들은 봉급 받아 어떻게 쓰시오?"라고 이제 간호사들에게 말을 걸었다.

"저 봉급은 저 통장에 따로 모으죠,"라고 간호사가 대답했다.

"아니 한 식구끼리 어떻게 두 주머니를 찬단 말이오?"라며 짐짓 분개하는 척하며 북측이 말했다. 이렇게 무해무득한 화재가 탁자에 오르며 일행은 결국 모두가 술을 취하도록 마시고 유쾌한 기분으로 그 밤을 즐겼다. 처음에는 가장 악질적으로 보였던 김윤규가 시간이 흐르면서 손정민과 가장 기분이 잘 통하는 사람이 되었다. 금강산 있는 동안 틈틈이 김윤규가 찾아와 안내도 해주고 사람들도 소개를 해주었다. 헤어지는 아침 둘은 기념사진을 찍었다.

"조국이 통일되면 이 사진들고 다시 만납시다."라는 말을 서로의 가슴에 안고 금강산을 떠났다.

대구시장 김윤규가 말했다.

"삶은 소대가리는 중국으로 호송이 될 것입니다. 놈은 너무 무능하고 비겁하고 게다가 뱃도 없는 놈 마냥 노골적으로 공화국에 아부하는 언동을 알아서 기었어요. 아침 '시다바리' 모임에서도 제 말을 못하고 남이 써준 글을 매일 읽는 머저리. 미제국주의의 앵무새는 당에서는 민족 화합을 위해 공개 처형하자는 방침이었지요. 하지만 중국과 미국과 일본이 국제여론을 의식해서 그의 목숨만은 보존해주기로 합의하였습니다. 대신에 공화국 주도의 통일을 인정해주기로 했습니다.

그 건 그렇고 당의 계획이 경북의대 부속병원과 대구의료원 그리고 적십자병원은 같은 공공의료기관이므로 동합 운영한다는 것입니다. 세 개 병원의 초대 통합원장으로 손 선생을 내가 추천했어요. 대구시장 발령이 나면서 당장 선생이 떠올랐어요. 적진에 와서도 자신의 의지를 굽히지 않던 사람. 성실하고 공정한 인간으로 느껴졌기 때문이지요. 국정원 존안 카드를 보니 유신 독재 때 데모하다 경찰서도 여러 번 잡혀갔더군요. 졸업 후는 시립정신병원을 창설했고 혼자 200명의 환자를 진료를 하였다는 기록도 봤어요. 적십자병원 원장 때는 7년간 일요일마다 외국인 노동자 무료진료를 했더군요. 평생을 공공의료기관에서 근무한 손 동지가 통합원장 적격입니다. 내일부터 임지로 출근하시오."

손정민은 시청 정문을 나서다 갑자기 뒤로 돌아섰다.

"수령 동지 만세, 민주주의 인민공화국 만세" 세 번 외쳤다. 이제 죽음의 공포로부터 해방이 되고 똥,오줌 걸레로부터 해방이다. 공화국은 인간을 알아주는 나라라는 고마운 생각이 들었다. 공공기관의 책임자로 근무할 때 돈 못 버는 무능한 원장이라며 정부가 온갖 구박과 인격적 모독을 했다. 권력화된 노동조합원에게서도 원장대접도 옳게 받지 못하였다. 아무리 봉사해도 기사한 줄 실어주지 않던 신문사와 방송국.

이제 수령 동지는 나를 알아준다. 이제 새 조국과 수령님을 위해 나는 신명을 다해 충성을 할 것이다.

옛집으로 돌아가면서 그는 수첩에 겉과 속이 다 빨간 토마토 빨갱이, 겉은 푸른데 속은 공산당인 수박 빨갱이 그리고 겉은 새빨간 공산당인데 속은 아무 색깔 없는 사과 빨갱이들을 분류해서 그 이름들을 적고 있었다. 손의 새로운 조국은 몇 년 전 사회주의로 노선을 바꾸었지만 아직도 공산주의다. 공산주의에 누가 될 쓰레기들의 명단을 자세히 적어 며칠 뒤 김윤규 시장에게 고발할 작정이다.

가슴이 뛴다. 통일된 새 조국에 뛰는 가슴으로 수령님께 복무할 생각을 하니 감격스럽다. 시청에서 되돌려 준 휴대전화를 받아 아내에게 전화하니 집에 와있다고 한다. 일본 망명은 생각하기 싫다. 며칠 전 꿩 잡다 발톱 빠지고 주둥이 부러진 어떤 여자가 했던 말이 떠오른다.

"꿩 잡는 게 매다"

2부

지랄 육갑 떨지 마

덜컹 철문 여는 소리가 나고 잇달아 날뛰며 발악하는 소리가 들린다. 또 한 놈이 들어오는 모양이다.
"야 개 씨발 놈들아. 왜 멀쩡한 날 또라이 소굴에 집어넣는 거야?
의사 그 새끼가 돈 놈이야. 새파란 애새끼가 반말 지껄이나 하고 맨발에 스리빠 신고
노랑 머리한 놈이 무슨 정신과 의사란 말이야."

로맨스 빠빠 **선생 죽이기** **귀신 이야기**
나는 시장이로소이다 **참치의 오오마(大間)** **바보들의 행진**
가을엔 떠나지 말아요 **지랄 육갑 떨지 마** **무서운 아이들**

로맨스 빠빠(1)

저 산 너머 (Über den Bergen)
"산 너머 저쪽 하늘 멀리멀리 찾아가면
행복이 있다고 말들 하기에/
아, 남들과 어울려 행복을 찾아갔다가
눈물만 머금고 울면서 되돌아왔네./
산 너머 저쪽 하늘 저 멀리
행복이 있다고 말들 하건만." -칼 붓세(Karl Busse).

1959년 말 신상옥 감독이 '로멘스 빠빠'라는 신작 영화의 주연 남자 배우를 공개 모집한다는 신문광고를 냈다. 강신영은 아직은 초보 배우학원생이라 감히 원서 낼 엄두를 내지 못한다. 분위기 구경이나 하겠다고 광화문의 조선일보 부근 면접 사무실로 갔다. 그는 수원 공군부대서 위관급 조종사로 근무하는 형 신구에게 빌붙어 살고 있었다. 그날은 한껏 멋을 부려 형이 가장 아끼는 빨간 티셔츠에다 공군 점퍼를 훔쳐 입고 그곳에 갔다. 비까지 부슬부슬 내리는데도 3,083명의 주연배우 지망생들이 모였다(다음날 조선일보 기사). 그들이 만든 길고 긴 행렬이 뱀처럼 돌고 돌아 '시민회관'과 '천마 교통'까지 감싸고 있었다. 신영은 비를 피해 처마 밑에 서서 그 행렬을 물끄러미 바라보고 있었다. 누군가 그를 툭툭 쳤다. 구두닦이 애였다.

"아저씨 저기 '취미 다방'이란 간판 보이죠? '라이반' 낀 어떤 사장님이 거기 좀 올라오래요."

다방에 올라가니 배레모에 검은 선 그라스를 낀 조폭 분위기의 한 사내가 목소리를 깔며 말했다.

"너도 배우될 생각 있나 보지? 아까부터 줄 곳 밖에 서 있던데, 나 신상옥 감독의 조 감독이야. 3시간 뒤 면접 사무실로 가. 거기서 신 감독님 만나."라고 말하며 그가 적은 메모지를 주었다. 폼나는 그 사내는 나중에 한국 영화계에서 이름을 날린 이형표 감독이다.

"저가 왜 신 감독님을 만나는데요? 저는 신 감독님의 얼굴도 모르고요." 조감독은 긴 설명을 하지 않았다.

"야 인마 무슨 말이 그렇게 많아 촌놈이. 까라면 까는 거지. 너 최은희는 알지? 그 옆에 앉은 사람이 신 감독이야. 나와 만난 이야기하고 이 메모드리고 감독님 말씀 들어봐."

3시간 동안 갈 곳이 없다. 귀찮아서 수원의 자취방으로 가버릴까도 생각했다. 하지만 앞으로 배우될 사람이니 이럴 때 거물들과 얼굴이라도 익혀 놓자는 생각에 시간을 기다렸다. 명동을 갔다. 다시 충무로를 거쳐 남산에 천천히 올라갔다 내려왔다. 그래도 시간이 많이 남았다. 을지로에서 종로로 마냥 걸어 다녔다. 광화문에 다시 돌아와 시계 있는 사람에게 물어보니 아직도 시간이 많이 남았다. 이제는 갈 곳도 없다. 비 오는 골목길에 마냥 서서 시간을 죽이고 있었다. 긴 기다림 끝에 신상옥 감독을 만났다. 그는 한동안 물끄러미 신영을 쳐다보았다.

"자네 나와 같이 일해볼 생각 없나?"라고 물었다. 어리둥절한 촌뜨기를 보고 감독은 다시 말했다.

"로멘스 빠빠'의 주인공이 될 생각이 없냔 말이다. 계약은 삼 년이야." 생각하지도 않던 소리에 깜짝 놀랐다. '조연도 아니고 주연이라니.' 그 때를 회상하며 신성일은 말했다. 지금이라면 환호작약하며 만세를 부르고 신 감독에 엎디어 수없이 절을 했을 것이다. 하지만 그때는 전차에 받힌 것처럼 머리가 하얗게 텅 비어 멍하게 앉아 있었다. 수천 명의 지원자들이 난로에 눈 녹듯 사라졌다. 지원하지도 않았던 한 인간이 새별로 탄생한 것이다.

애송이에게 신 감독은 몇 년 동안 알아 온 사람처럼 이야기했다.

"자네는 오늘부터 나의 성을 가져가 신가(申哥)가 되는 거야. 그리고 별 중에 최고의 별이 되어야지. 신성일(申星一)" 그 시각부터 강신영은 신성일 되었다. 신데렐라 이야기는 옛날 유럽에나 있는 전설이 아니었다. 광화문에서도 호박이 마차 되는 광경이 재현되었다. 강신구는 신성일로 로멘스 빠빠에 데뷔하고 영화는 1960년 설날 개봉되어 공전의 대히트를 치게 된다. 화려한 데뷔였다. 이날부터 신성일은 일생 동안 506편의 영화에 출연하게 된다.

수원 공군관사로 돌아온 밤. 강신영 아니 신성일은 온갖 생각이 얽혀

와 밤을 꼬박 세웠다. 행복을 찾아 아니 굶어 죽지 않기 위해 서울로 왔다. 기차표 살 돈이 없어 형 강신구 중위가 조종하는 공군 수송기 C-46을 타고 대구서 서울로 갔다. 추풍령 상공은 에어 포켓이 많이 생기는 곳이다. 신영이 가던 날도 그랬다. 비행기가 떨어졌다. 올라갔다 그리고 좌우로 흔들려 그의 몸도 여기 박히고 저기에 박히다가 정신을 잃고 말았다. 누군가가 비행장에 착륙했다며 그를 깨웠다. 눈떠보니 여자 공군 대위 누나의 품에 안겨 있었다. 그의 첫 여자는 군인이었다.

운 좋은 사람은 무지개의 뿌리를 만나 행운을 캐낸다. 행운은 네모, 세모, 둥근 것 등 여러 형태로 존재하며 그것들은 각각 '빨주노초파남보'로 색칠되어 있다. 그러나 화려한 보석들이라도 빛이 있어야 보인다. 무지개를 만나지 못한 사람은 물론 보석을 갖지 못한다. 그리고 보석을 캔 사람이라도 빛을 만나지 못하면 암흑만 손에 쥐어질 뿐이다. 무지개를 만날 때까지 그리고 보석을 캘 때까지 절망하지 마라. 노력하며 기다려라. 행운은 어느 날 고양이 발자국처럼 소리없이 다가온다.

신성일의 고향은 대구다. 은행지점장 둘째 아들로 태어나 수창초등학교, 경북중학과 경북고등학교를 다니며 돈과 명예가 기러운 줄 모르고 자랐다. 미남이자 공부도 잘하니 그를 갚을 친구가 없었다. 중학에 들어가서 드디어 임자를 만났다. 손용호다. 그의 아버지는 사업가로 큰 부자였다. 용호는 중앙초등, 경북중고등을 다니며 미남에다 공부를 잘했다. 주변에서는 '운동 잘하는 신영이 최고다', '노래 잘하는 용호가 제일이다' 하며 그들의 영웅을 비교하고 있었다. 공교롭게 둘은 고등학교 3년을 쭉 같은 반에서 공부했다. 아폴로디테가 헬레네를 파리스 손에 쥐어 주듯이 행운의 여신은 용호에게 먼저 미소를 짓는다. 1956년

용호는 서울 농대에 합격한다. 신영의 형은 공군사관학교에 떨어지고 신영은 서울 상대에 떨어진다. 60년에는 용호의 여동생 손미희자가 미스 코리아 진에 당선이 된다.

신영의 집이 망한다. 신영의 아버지가 폐결핵으로 일찍 병사하자 경북여고출신인 김연주 여사는 경북도청 공무원, 적십자사 등에서 생계를 위한 직장생활을 하였다. 하지만 여자봉급으로 두 아들을 키우고 대학에 보내기에는 버거운 수입이었다. 계를 만들어 '오야'노릇을 해 겨우 살림을 꾸려 나갔다. 어느 날 계꾼들이 한둘 돈을 떼어먹고 도망가는 바람에 계가 깨어졌다. 신영의 모친은 애들을 두고 야반도주를 했다. 공교롭게도 이 무렵 용호의 집안도 사업실패로 아버지는 자살한다. 모친도 계를 하다 쫄딱 망했다. 아테나와 아폴로디테의 싸움은 오랫동안 일진일퇴를 거듭한다.

고등학교에 다니던 형 신구와 동생 신영은 공납금은커녕 밥해 먹을 돈도 없었다. 빚쟁이들은 매일 와서 어머니를 찾아내라며 난동을 부렸다. 줄 돈이 없다. 두들겨 맞기도 했다. 형제가 굶어 죽지 않고 목숨을 부지한 것은 약국하는 친척이 약을 조금씩 건네주어 그것을 팔아 밥을 마련했다. 굶주림과 공포 속에서 살다 보니 공부할 겨를이 없었다. 형은 조종간부 후보생으로 입학을 하고 신영은 백수로 놀고 있었다. 용호는 그래도 집안에서 도와주는 사람이 있어 입에 풀칠이 어렵지는 않았다. 그는 서울 농대에 입학을 하고 이어 'KBS 노래경연대회'에 입상하여 가수로 데뷔했다. 미희자는 배우로 인기를 모았다. 인생 전반기는 용호가 앞서가고 있었다. 아테나가 응원하는 신영은 주춤하고 아프로디테가 응원하는 용호가 선두를 달렸다.

서울로 간 신영은 호떡 장사, 군고구마 장사를 했다. 호구지책에 별

도움이 되지 않았다. 굶주림보다 더 괴로운 것은 서울말도 못하는 촌놈, 돈도 없는 가난뱅이를 깔보고 개처럼 취급하는 주변 사람들의 괄시였다. 배신, 절망, 공포, 불안, 온갖 보석들이 두 형제를 감싸고 있었다. 형 신구가 공군 전투기 조종사가 되어 둘의 생계는 겨우 굶어 죽지 않는 정도가 되었다.

어느 날 진고개에서 신영에게 희미하게 빛이 밝아 오기 시작했다. 그날 저녁 무렵에도 신영은 서울로 와서 충무로를 무작정 배회하고 있었다. 내로라하는 멋쟁이들이 충무로에서 명동으로 흘러 들어가는 입구, 미남미녀들이 별을 꿈꾸며 고개를 들이미는 충무로 진고개 길, 그 언덕에 신영이 서 있었다. 멀리서 아래위로 하얀 옷으로 쭉 빼입은 멋쟁이가 오고 있었다. 양쪽으로는 가방을 든 '가방모찌'들이 보였다. 명동에서 계속 직진하면 미도파 백화점이 있다. 그곳은 신세계와 더불어 부자들의 쇼핑센터이고 지하에는 전국 최고급 나이트클럽이 있다.

세 명의 사내들은 나이트클럽으로 밤 공연하러 가는 눈치다. 그들이 가까이 오자 '맙소사! 이게 누군가? 손용호가 아닌가!' 1958년 작곡가 손석우를 만나 '검은 장갑'을 불러 외모와 미성으로 전국적으로 이름 날리고 있는 손용호 아니 손시향을 만난 것이다. 그들이 만난 59년에는 손시향은 '비오는 날의 오후 3시'라는 노래로 인기 절정을 누릴 때였다. 매혹의 달콤한 목소리 '한국의 짐 리브스'라는 칭찬을 듣고 있는 손시향을 만났다. 신영은 지옥에서 부처님 만난 기분이었다. 그를 와락 끌어안으려고 달려갔다. 용호도 그처럼 뛰어왔다. 하지만 허상이었다. "아. 신영이 아이가?" 하면서 손시향은 메마른 인사를 하고는 그에게 눈길도 주지 않고 어깨를 툭 치고 지나가 버렸다. '아니 이게 꿈이 아니란 말인가! 용호가 이럴 수 있단 말인가! 차라리 아는 체라도 하지 말지,

하나님 내 반드시 출세해 저 인간 내 앞에 무릎 꿇고 눈물 흘리게 하겠습니다.' 깨문 입술에서 피가 흘러나오고 있었다.

손시향이 간 미도파 쪽을 보며 한참을 서 있었다. 굉장히 긴 시간이 흘렀던 모양이다. 보다 못한 어떤 사람이 가다가 그를 툭 쳐주는 바람에 정신을 차렸다. 충무로 바닥에 낙엽 한 장이 날려가고 있었다. 그 낙엽이 그의 가슴에 차곡차곡 쌓여 분노와 슬픔의 비극적 감정으로 익어가고 있었다. 무작정 걸었다. 중부 경찰서쯤에 오자 '한국배우전문학교'라는 간판이 보였다. 원장에게 등록 신청을 했다.

"이번 학기 등록은 마감되었어. 여섯 달 뒤에 다시 오게"라고 김인걸 원장이 그를 보내려고 했다. 잠시 뒤 원장이 그를 불러세웠다. 말없이 등록 신청서를 주며 쓰라고 했다. 특별 입학을 시켜주었다. '김기영', '유현목', '김수용' 등 기라성(綺羅星)같은 감독들이 강사였다. 연극계에서 '박진', '이진순', '양광남' 등이 그를 지도했다. 훌륭한 지도자들이 그 제자도 우수한 인재로 만드는 것이다. 학원이 유명한 덕에 조연과 엑스트라 영화출연 교섭도 많이 받았다. 모두 거절했다. 앞으로 큰 배우될 사람이 조연같은 조무래기로 시작하기 않겠다는 오기였다. 1959년 8월 진고개에서 만나 손시향이 빛을 비추어준 덕에 강신영이 배우학원에 가게 되었고 결국 신성일이란 대 스타가 탄생하게 된 것이다. 그의 청년 시절 눈빛 속에서 반항적인 모습과 분노의 감정이 이글거린다, 건들거리고 이죽되는 그의 말투와 행동에서 승화된 고독과 절망의 냄새를 느끼게 된다. 전 국민이 그렇게 환호했던 매력은 그의 매끈한 외모와 단단한 근육 탓 만은 아닌 것이다. 춥고 배고픈 시절 자갈 속에 응축되었던 감정들이 빛을 받자 영화에서 보석으로 승화되어 빛나게 나타난 것이다.

  손시향은 60년 미국 플로리다주 마이애미로 이민갔다. 현지에 가서도 한동안 '리 손(Lee Sohn)'이라는 이름으로 가수 활동을 계속했다. 현지 교민회장도 하면 인기와 신망을 모으며 살았다. 노후는 넉넉하지 못했다. 잠깐 귀국하여 가수활동도 하였지만 빛을 보지 못했다. 다시 미국으로 가서 단학 공부를 하여 '공중부양'을 한다며 큰소리를 치고 다녔다. 그러나 아무도 공중에 뜨는 모습을 본 사람은 없다. 말년에는 생업으로 지붕 공사하는 일을 했다. 노래가 하늘로 뜨지 않자 하늘 가까운 지붕 위에서 일하고 있다. 트로이 전쟁은 끝나고 아테나 신이 승리했다. 헬레나는 다시 그의 남편 멜레라오스에게 돌아간다.

  강신구 장군은 승승장구하여 68년 전치범 대령(공사2기) 인솔하는 조종사 16명과 함께 미국으로 건너가 일 년간 F-4D(팬텀기) 조종 훈련을 받는다. 소련제 미그에 당할 전투기가 없어 한동안 전전긍긍하던 미국이 만든 회심의 전투기가 'F-4D' 이다. 별명인 '미그기를 잡는 도깨비'(미그킬러 팬텀)을 줄여 팬텀이라고 불렀다. 당시 최신예 전투폭격기인 이 비행기는 미국과 가장 친한 우방 3개국만 보유하고 있었다. 팬텀기 훈련 조종사들은 거의 다 공군사관학교 출신들인데 유일의 조종간부 출신(6기) 강신구가 있었다. 조종 훈련을 마친 이들은 미국대륙에서 3번의 공중급유를 받으며 한국으로 온다. 69년 8월 28일 마중 나간 후배 조종사들의 전투기들이 제주도 상공에서부터 팬텀기를 칸보이를 하는 가운데 15시에 팬텀기 8대가 태극 문양을 번쩍이며 대구 비행장에 착륙한다. 이날의 감격은 강신구는 영원히 잊지 못한다. 그는 소장으로 전역하여 말년에 동생이 국회의원이 되는 것을 보고 세상을 떠났다.

그동안 강신영의 주먹에 꽉 쥐어져 있던 이름 없던 돌들이 빛을 쪼여주자 신성일의 보석으로 빛나기 시작했다. 그의 데뷔 작 '로맨스 빠빠'는 공전의 히트를 치게 되고 무명의 촌뜨기 신성일은 스스로 전국을 비추는 별빛이 된다. 그 당시는 한국인은 외국 여행은 아무나 할 수가 없는 가난한 시대였다. 운좋게 신성일이 촬영하러 일본 요코하마에 간 일이 있다. 요코하마는 일본의 삼대 도시답게 만물이 그의 눈을 휘둥그레 하게 하는데 그중에 특히 눈에 띄는 것이 빨간 스포츠카 '포드 머스탱'였다. 그 차를 갖고 싶었다. 한국 최고의 스타가 가져야 될 자동차라고 생각이 들었기 때문이다. 귀국하여 밤낮으로 그 차를 손에 넣을 궁리를 하고 다녔다. 이미 돈은 흔전만전 쓸 수 있게 된 그였지만 외화는 쓸 수가 없었다.

어느 날 기회가 왔다. 당시 박정희는 수출을 위해서라면 어떤 일도 허용해 주었다. 대기업의 총수가 외화를 많이 벌면 외국차 한 대를 사게 해주는 특혜를 주었다. 대우 김우중 회장이 수출을 많이 했다고 외제 차 한 대를 사서 갖고 있었는데 그해 업적이 좋아 또 한 대 살수 있는 기회가 주어졌다. 이차를 신성일이 우격다짐하여 자신의 차로 만들었다.

경부고속도로가 서울서 부산까지 완전 개통 공사가 끝났다. 공식 기념식이 있기 전 박정희 전용차가 텅 빈 고속도로를 부산서 서울로 기운차게 달리고 있었다. 그의 차가 추풍령 부근을 통과할 무렵 서울서 빨간 외제 차 한 대가 고속으로 내려오고 있었다. 고속도로는 아직 모든 차 운행금지 상태였다. 대통령 차와 빨간 포드 머스탱이 서로 비껴 달려갔다. 이 지점에서 이런 교차는 신성일이 세밀한 계산하게 실천된 노름이었다. 놀라기도 하고 화도 난 박정희가 외쳤다.

"저 새끼 어떤 놈이야?" 경호원들이 고개를 들지 못한다.

"신성일 같은데요"라며 기어드는 목소리로 대답한다.

"오래 살라 그래" 박정희가 뜻 모를 지시를 한다. 욕한 건지 걱정한 건지 아무도 그 말의 속내를 정확하게 알지 못한다. 모택동이가 임표가 도망가는 날 똘만이들이 '어찌할 깝쇼?'라고 묻자 '비는 오고 엄마는 시집가네.'라는 말과 같은 뉘앙스다. 다음 날 중앙정보부에서 신성일이 된통 얻어터졌다는 말이 없는 걸 보면 박 대통령은 허허 웃고 만듯하다. 그는 아버지를 일찍 여읜 탓인지 나이 지긋한 남성들을 좋아했다. 지인들에게 속으로 4명의 남자를 아버지로 생각하고 살았다고 자주 말했다. 신성일은 박정희를 아버지처럼 생각해서 그의 통 큰 인격을 믿어 재롱을 떨었을 것이다. 대통령은 이미자보다 열 배 이상 세금을 내는 성일이 귀여울 수 밖에 없었을 것이다. 게다가 둘은 여성 편력에서는 형, 아우할 수 있는 능력자이며 동지들이 아니던가! 훗날 대통령의 혼잣말은 신성일은 이렇게 해석했다. '제임스 딘처럼 까불다 죽지 말고 운전 조심하고 오래 살라'는 따뜻한 충고였다고.

로멘스 빠빠(2)

　　　　1964년 11월 14일 쉐라톤 워커힐 호텔 예식장은 3,500여 명의 인파가 모여 문자 그대로 인산인해를 이루고 있었다. 500명이 들어갈 수 있는 홀은 이미 꽉 찼고 현관 축의금 접수대에도 사람들이 밀려들어 하객 일부가 연못에 빠지는 일까지 벌어졌다. 지방의 소매치기들도 대목을 노려 대거 상경했다고 한다. 결혼식은 그렇게 화려하고 거창하였다. 하지만 정작 신혼집의 달콤함은 그리 오래 가지 못했다. 시어머니의 며느리 구박이 시작된 탓이었다. 모친은 신여성으로 대구에서 내로라하고 뻐기고 살았다. 하지만 사실 남편은 이미 자식이 딸린 유부남이었다. 자신의 이런 마음의 상처 탓인지 아들의 여성 문제에는 지나치고 예민하게 간섭을 했다. 그러나 이미 신성일은 온갖 종류의 수 많은 여자들 속을 헤엄치고 다니고 있었다. 아들이 언제 무슨 사고를 칠지 몰라 날 만 새면 안절부절못하고 살았다. 어서 빨리 좋은 규수를 골라 아들을 결혼시켜야겠다고 서두르고 있었다.

이러던 중 일본에서 '공미도리'가 나타났다. 그녀는 '현해탄은 말이 없다'는 영화의 주인공으로 국내에 알려져 있는 재일교포 여배우로 신성일과 '현해탄의 구름다리'라는 영화를 찍기 위해 서울로 온 것이다. 예정대로 일주일 정도 촬영을 마치고 신성일은 딴 영화를 찍기 위해 지방으로 쫓아다녔고 미도리는 본 영화의 딴 부분 마무리 짓기 위해 신성일의 집에서 기거하고 있었다.

"신영아 미도리가 어떻노?"

"아 걔는 인물도 좋고 연기도 뛰어나지요." 아들은 어머니의 속내를 눈치채고도 짐짓 딴소리를 했다.

"내사 그런 거는 잘 모리겠고 니 색시감으로 그만한 처녀 없을끼다." 이미 엄앵란과 가까이 지낸다는 사실은 어머니도 잘 알고 있었다. 하지만 그녀는 결사반대였다. 일단은 그녀의 집안이 '딴따라'여서 기준에 미달이고 엄앵란 역시 막 굴러먹는다는 연예계에 몸담고 있으니 이 역시 좋은 조건이 못 된다는 것이다.

"미도리는 일본에서 일류대학을 나오고 집안도 양반 계급으로 어디 하나 나무랄 것 없는 규수다. 신영아. 이 기회에 날을 잡자."

성일은 어머니 생각과 정반대의 생각을 하고 있었다. 자신의 집안은 이미 몰락을 했고 자신은 대학도 다니지 못했고 태생도 정실의 자식도 아니다. 게다가 배우로서도 아직 자리를 잡지 못한 상태다. 여기에 비해 앵란은 명문 숙명여대를 졸업하였고 연예계에서도 이미 인기 정상의 선배이다. 무엇보다 앵란은 성격이 시원하고 외모도 매력적이다. 성일은 앵란을 사랑하고 있었다. 아들이 대답을 하지 않자 어머니가 단도직입적으로 물었다.

"신영아. 미도리가 니 마음에 안 드나?"

"예, 그 사람 너무나 조건이 좋고 사람도 좋죠. 인물, 집안, 성격 어느 것 하나 빠지지 않아요. 그런데 어머니 난 그런 완전한 조건이 싫어요. 엄마도 아시다시피 난 도시에서 막자란 탓에 규정이나 모범 같은 단어는 몸에 맞지 않아요. 그 사람 단점은 없지만 나와 맞는 사람은 아니에요." 모친은 깜짝 놀라 아들을 쳐다보았다. 분기탱천한 얼굴로 엄마가 아들을 노려본다.

"엄마. 사실은 앵란이가 내 애를 가졌어요."라고 성일 말했다. 거짓말이다. 성일은 사랑하는 앵란을 위해 특단의 조치를 취한 것이다. 이 말을 듣고 그의 모친은 실신해 버렸다.

이런 숨은 감정이 작용해 앵란에 대한 시모 괄시가 시작된 것이다. 영화출연도 하지 못했다. 하루종일 집 안에서 살림살이를 했다. 남편은 촬영 때문에 집에 오는 날이 드물고 게다가 수많은 여자들을 만나며 바람을 피고 다닌다고 한다. 이런 고통을 누구 하나 말 한마디 나눌 사람이 집안에 없다. 남몰래 많이 울었다. 결혼 후 엄앵란의 심신은 망가지고 있었다. 빛나는 눈에 갸름하고 매력적이던 얼굴도 둥글게 변하고 몸은 뚱보로 변해가고 있었다.

"가끔 집에 들르면 앵란은 퉁퉁 부은 얼굴에 웃는 모습은 볼 수도 없고 게다가 살이 쪄 매력이 없는 여자가 되어가고 있었다. 엄마는 화난 표정으로 날 쏘아보기만 하니 나의 마음은 쉴 곳을 잃고 있었다." 당시의 심경을 신성일은 그렇게 말했다. 신성일은 더 많은 여자들을 만나고 다녔다.

"신성일이가 어떤 여자를 어디서 만나고 무슨 짓을 하고 있다는 이야기가 마치 라디오 중계하듯 나에게 들려왔어. 그 사람은 내가 아무것도 모르는 줄 알고 집에 오면 천연덕스럽게 거짓말을 해. 하루종일 시에미에게 당하고 밤에는 남편에게 당하니 나는 죽고 싶은 마음밖에 없었어."라고 엄앵란은 말했다. 뭇 남성의 가슴을 설레게 하던 매력적 외모와 빛나던 지성의 여자별은 이미 지고 다만 살찐 한 사람의 평범한 주부가 되어가고 있었다.

'말 타면 마부 잡히고 싶다.'는 말이 있다. 돈 생기고 여자 생기면 정치를 하고 싶어 하는 것이 졸부들의 로망이다. 불감청 고소원(不敢請 固所願)으로 신성일이 정치에 입문하는 계기가 생긴다. 1978년 육군 중장 출신으로 내무부, 체신부, 교통부 장관을 한 박경원 장군에게서 연락이 왔다. 안 그래도 정치 거물을 한번 만나고 싶었던 차에 반가운 마음으로 달려갔다. 약속된 호텔에 가서 방문을 열었다. 서로 눈 마주치자 박 장군이 먼저 엎디어 큰 절을 하였다. 신성일도 엉겁결에 같이 큰 절을 하였다. 서로 수인사를 나눈 뒤 박경원은 일어나지도 않고 꿇어 있던 무릎으로 그대로 기어 왔다.

"신 동지 날 한번 도와주쇼."라며 그의 두 손을 잡으며 머리를 조아렸다. 아버지 같은 정치 거물이 자신에게 그렇게까지 애걸하자 그는 아무 생각도 더하지 못하고 그의 국회의원 선거에 끼어들게 되었다.

"신 동지 내년 3월에 10대 선거가 있소. 용산 마포구에 출마할 예정이오. 특별보좌관이 되어주시오. 언젠가는 신 동지도 정치를 하게 될 건데 미리 예습한다는 생각으로 같이 뜁시다. 그때 나도 최선을 다해 동지를 밀어드릴 것을 약속합니다."

"이 세상에 배우가 가장 신나는 일인 줄만 알았는데 야! 정치 이거 정말 신나고 좋더구만. 후보가 가는 곳마다 그의 이름을 연호하는 팬들이 운집하더라. 박수치고 만세 부르니 사나이로서 이보다 더 신나는 일이 어디 있겠나 싶어지더군. 마구 돈을 뿌렸어. 돈 주는데 싫어하는 놈 하나 없더군. 모두가 존경스런 눈빛으로 나를 쳐다봐. 나중에 알았지만 당시는 그게 돈 덕 인줄 모르고 나를 존경하는 모양이라고 자신을 착각하게 되더군." 이렇게 정치에 맛을 한번 들이자 자신이 생겼다. '까짓 박경원도 되는데 천하 신성일은 쉽게 국회의원이 될 거야.' 큰 소리치며 81년 서울 마포, 용산 선거구에 제11대 국회의원 선거에 나선다. 3등으로 참패를 한다. 하루 강아지 범 무서운 줄 모른다고 연예인 인기와 정치인 인기는 결이 다른 걸 몰랐다. 국회의원 선거를 영화 촬영으로 여기고 함부로 설치다가 큰 코를 다친 것이다.

79년 어느 날 신성일의 친구가 대구 향촌동에 대보백화점 개점을 하는데 식당을 해보라고 권했다. 이 무렵에는 텔레비전이 나와 한국영화계는 내리막길을 걷고 있었다. 엄앵란은 대농의 박영일 사장이 미도파 백화점에 커피 샵을 내라고 권해 막 사업을 시작하려고 할 때였다. 돈 벌기로 말하자면 당연히 미도파 쪽으로 가야 된다. 그러나 신성일은 정치에 뜻을 두고 있었으므로 대보 쪽을 선택한다. 서울서 참패한 선거를 고향에서 재기해야 되겠다는 생각에서 식당을 기반 삼기로 한 것이다. 그 무렵 대전에서 김지미, 나훈아 부부가 '초정'이란 식당을 하면서 번창을 하고 있었다. 신성일 부부가 찾아가 자문을 구했는데 나훈아 부부도 좋은 사업이라며 식당을 권했다. 결심이 선 그는 이태원에 있던 태평양 극장을 7,500만원에 팔아 79년 초가을 대보 백화점 이 층에 한식당을 개업했다. 하길종 감독이 '나들이 갑시다'의 대구말인 '나들이 가입시다예'를 줄여 "나드리예"로 상호로 지어주었다. 200평 규모의 한 식당은 비빔밥을 주 메뉴로 했는데 '신성일 식당이다, 엄앵란이 직접 요리를 해준다.'는 소문이 나자 손님이 미어터졌다.

그때 대구에서 출마했으면 국회의원이 되었을 것이다. 하지만 79년 10월 26일 박 대통령 저격 사건이 생기며 일단 그의 정치입문은 멀어진다. 긴 기다림 후 1996년 국회의원 선거에 출마했다. 지역에 살면서 기반도 닦아 놨겠다. 이름도 강신성일로 개명하고 자신있게 대구 동구에 출마한다. 고향이며 유명 배우이니 자신을 모르는 사람이 없을 것이다. 당선은 따놓은 당상이라고 생각했다. 하지만 또 떨어졌다.

선거는 아무리 후보가 유명해도 또 지역에 살아도 유권자를 관리하지 않는 사람에게는 표를 주지 않는다. 지역구 사람들의 대소사, 애경사에는 빠짐없이 가서 웃어주고 울어 주어야 표가 생긴다. 법무부 장관을 한 정해창이 그의 고향 김천에서 수사관 출신인 임인배에게 참패를 한 것이 바로 그 좋은 예이다. 전라도 출향민으로 형성된 성남시에서 경상도 출신 연예인 이대엽이 시장이 된 것도 그의 후덕한 인성과 더불어 평소 바닥의 인심을 닦아논 덕이었다. 아무리 신성일이라도 고향에 기여한 바도 없고 또 딴따라에 지나지 않는 사람에게 표를 줄 수 없다는 대구 특유의 고집이 작용한 것이다. 게다가 여당으로 출마를 해 유리한 입장이었지만 그때 대구는 자민련 바람이 불어 그의 낙선을 재촉했다.

연예계에서 왕처럼 군림했다. 말을 함부로 했다. 같이 출연한 여배우들과의 베드 신을 이야기하며 그녀들의 몸매 품평을 해 평론가들의 눈

총을 받았다. '정윤희가 잘못한 일이 있다며 뺨을 때렸다.', '도도한 장미희를 면 전에서 못생겼다고 면박을 준 적도 있다.'는 소문이 돌았다. 69년 부산 국도극장 개관 쇼에서는 대기실에서 조영남이 소파에 비스듬히 누워 신성일에게 말을 걸다가 두들겨 맞은 사건은 본 사람이 많다. 갑질하는 사람에게는 퉁명스러웠다.

하지만 약자에게는 항상 너그러웠다. 배우 김수미와 공연할 때 감독이 그녀에게 노출 신을 지시하자 어쩔 줄 몰라 당황하고 있었다. 신성일이 '새색시에게 갑자기 벗으라면 벗겠나? 촬영을 접자.'며 촬영을 끝냈다. 후배들이 서울서 돈 떨어지면 신성일이 집에 가라는 말들을 했다. 경북고등 야구부가 서울 오면 당연히 그의 정원에서 엄앵란이 불고기를 구워주었다. 신성일은 자신이 잘생겼다고 건방을 떨며 바람피고 다녔지만 나름대로는 기준을 세우고 살았다. 그는 항상 '맨발의 청춘' 주인공이라고 착각하며 산듯했다.

그가 국회의원 두 번 낙선하자 주위에서 사람들이 하나둘 떠났다. 돈이 없어 열심히 식당을 경영했다. 굽신거려야 사람이 모이는 식당을 하면서 인격이 숙성된다. 칠성시장에 가서 엄앵란과 식재료를 같이 사고 들고 온다. 주방에서는 요리사 보조도 한다. 시간 나면 파계사가서 참배를 했다. 서울서는 생각해보지 못한 일이 대구에서 일상사로 전개되고 있었다. 한번은 칠성시장에 가서 엄앵란은 장을 보고 자신은 차 안에 앉았다가 교통순경에게 적발되었다.

"사장님 정차 위반하셨습니다."하고 면허증을 보여달라고 했다.

"야. 내가 누군지 눈에 안 보여" 과거 같았으면 이렇게 호통을 쳤을 것이다. 차창 밖으로 면허증을 내밀며 말했다.

"미안해요. 우리 마누라가 저 가게에 잠깐 배추 사러 갔는데. 곧 와요. 선처 좀 해주쇼."

"아이고 신성일 선생 아니십니까?"하며 경찰은 딱지를 떼지 않았다. 그는 굽힐 줄 아는 사람이 되어 가고 있었다.

2,000년 제16대 국회의원 선거가 있었다. 신성일은 한나라당 공천을 받고 대구 동구에 출마하여 당선되었다. 경제적으로 어려워지고 사람들에게서 좋은 소리 못 듣고 나서 '상갓집 개' 경험을 하게 되니 그의 인격이 성숙하게 된 것이다. 그 결과가 당선이었다. 그러나 그 기쁨도 잠깐이었다. 대구 유니버시아드 때 간판업자가 그에게 돈을 주었다. 정치 초년생인 그는 후원금이라고 생각하고 쉽게 받았다가 실형 5년을 선고받고 교도소에 간 것이다. 돈 받은 것은 사실이니 그는 억울하다는 소리를 하지 않았다. 그제야 정치라는 게 어떤 건지를 알았다. 똑같은 일이라도 분칠을 어떻게 하느냐에 따라 선인도 되고 악인도 된다는 사실을 알았다. 정치가는 항상 교도소 담장을 걷고 있다. 거물 정치인의 보호를 받지 못하거나 기술이 없는 정치가는 언젠가 담장 안으로 떨어지게 된다. 정치가의 죄라는 것은 이름 붙이기에 달린 것이다.

"교도소에 가니 일반 잡범들과 같이 있으라는 거야"

"그래서요? 같이 있으면 안 되나요?"

"천하 신성일이가 그런 잡놈들과 어떻게 같이 있단 말이야. 못 있겠다고 버텼어." 교도관들이 난처하게 된 것이다. 결국은 독방을 얻게 되었다.

"독방으로 모실게요. 하지만 현재는 자리가 없고 방이 날 때까지 징벌방에서 지내 주십시오."라고 교도소에서 타협안을 냈다. 교도소 안의 교도소. 말썽꾸러기 죄인들을 처벌하는 징벌방에서 때를 기다렸다.

"방은 아주 비좁고 냄새는 나고 햇볕은 안 들어 컴컴했다. 속이 답답하고 가슴이 울렁거렸다. 하지만 신성일답게 살고 싶었다." 그 후 새로 배정된 독방에서부터 출소할 때까지 늘 운동을 하고 불경을 읽었다. 복역 2년 만에 출소했다.

절정기가 지나자 영화출연도 별로 못하고, 영화감독 노릇도 재미 못보고 안양에서 벌렸던 영화필름 공장도 망했다. 할 일 없어 집에 틀어박혀 있으니 말만 많아졌다. 언론들은 함부로 말을 해대는 그를 이용해 그들의 시청률을 높이고 있었다. 주제는 여자편력이었다. 엄앵란과는 1975년부터 졸혼 상태였다. 언론은 엄앵란도 이용해서 신성일의 여자 이야기를 쏟아 내게 만들었다. 이런 분위기 속에서 출판된 것이 신성일의 자서전 2011년 '청춘은 맨발이다."라는 책이다. 평생을 여자 문제로 아내를 애먹인 사람이 이제는 책까지 출판하여 엄앵란의 가슴에 못을 박았다. 그의 팬들에게 많은 미움을 받게 된다. 동아방송 아나운서였던 김영애는 신성일보다 11세 연하인데 아나운서일 외에 연극배우로 활동하여 동아 연극상까지 받은 재원이었다. 그녀는 1985년 41세 때 교통사고로 타계했는데 새삼 그녀를 들추어내' 생애 최고로 사랑했던 여인.'이라는 등 '애까지 가졌다가 지웠다'는 등의 감추어 두었으면 좋을 이야기를 스스로 공개했다가 만신창이(滿身瘡痍)로 공공의 적이 되고 만다.

2008년 우석(隅石) 신성일은 낙향한다. 그의 고향과 가까운 영천 괴연동에 '성일가(星一家)라는 한옥을 짓고 혼자 살았다. 소를 찾아 나선 (심우, 尋牛) 소년이 소를 찾아 타고 다니다 어른이 되어 소를 놓아주고 고향으로 돌아온 것이다(입전수수, 入廛垂手).

울도 담도 없는 청기와 집에 살았다. 집의 가운데는 마루 겸 부엌이 있고 왼편에는 서재와 침실 오른편에는 사랑방이 딸린 자그마한 한옥이다. 그는 아침, 저녁으로 사랑방에 모신 부친 강병오와 모친 김연주의 위패 앞에서 촛불과 향을 켜고 불경의 독송한다. 낮에는 하루 종일 음악을 크게 틀어 놓고 정원이자 농장인 앞마당에서 주로 정원수를 가꾸었다. 푸성귀는 키우지 않았다. 쉬는 시간에는 뒷산으로 개 두 마리와 산책간다. 낙향 초기에는 외제 차에다 말 두 마리까지 키우며 호사스럽게 살았으나 점점 살림이 줄어들어 외제 차와 말은 처분했다.

"저기 저 마당 가운데 미리 돌을 갔다 놨어. 이곳이 내가 묻힐 곳이거든. 그리고 그 옆에는 엄 여사가 올 곳이고." 신성일이 엄앵란의 호칭을 부를 때 그가 양가감정(兩價感情)을 갖고 있음 본다. 어떨 때는 '앵란'이라 부르고 어떨 때는 '엄 여사'라고 부른다. 이름을 부를 때는 연인이요, 존칭을 쓸 때는 동반자로 생각하는 것 같다.

"미쳤어, 내가 왜 거기가?" 남편이 자신의 무덤에 옆에 자리를 잡아 놨다는 말을 듣고 서울의 엄앵란은 그렇게 대답을 했다. 갈 리가 있나. 평생을 여자 문제로 속 썩이고 사업하다 말아먹고 영화 사업하다 망하고 국회의원 선거 때 죽을 고생시키고 제 혼자 고향 도망간 놈에게 내가 왜 따라간단 말이냐? 누가 들어도 맞는 말이다. 하지만 신성일은 그의 책에서 김영애와 더불어 엄앵란도 사랑한다고 말했다. 좋게 보면 공미도리를 버리고 자신을 택해 준 의리의 사나이다. 그가 바람이 나 돌아다닌 것 엄앵란이 싫어서가 아니고 철이 없고 어릴 때 굶주린 사랑의 허기를 채우기 위한 무의식적 행동이었다. 엄앵란은 신성일이 숱한 엉터리 짓은 했지만 '그와 나는 대한민국의 최고의 배우였다는 자부심과 그리고 둘은 동지였다'는 생각은 자주 말하였다.

2017년 어느 날 신성일의 기침에 피가래가 섞여 나왔다. 대구 파티마 병원서 암이라며 서울 큰 병원으로 보냈다. 서울서 그를 만난 의사가 말했다.

"이 사진에서 보시다시피 4cm 크기의 암 덩어리가 기관지 옆에 붙어 있습니다. 크기도 크고 위치도 좋지 않아 우선 방사선 치료를 해서 크기를 줄여준 뒤에 잘라냅시다. 용기를 내세요."

"매일 아침저녁 부모님 영정 앞에서 향을 한 시간 이상 피우며 기도 드린 것이 원인이 될까요?"라고 신성일이 질문했다.

"암이란 게 딱히 어느 한 가지 원인으로만 발병하는 것은 아닙니다. 그러나 향불이 크게 영향을 미쳤을 것은 틀림없습니다."

"대구서 진단받고는 당장 죽은 줄 알았는데 서울서 가능성이 있다는 말을 듣고 나는 살 수 있다는 생각이 들었다" 당시 이미 폐암 3기라는 진단이 나왔고 생존율은 40%라고 했다. 하지만 항상 자신만만한 신성일은 자신은 40%에 들어가는 사람이라고 큰소리쳤다. 2018년 10월에는 부산국제영화제에 겉보기에는 건강한 모습으로 참석을 하는 여유도 보여주었다.

그가 투병 중이라는 소문을 듣고 위로 격려의 말보다 비난 및 비판하는 댓글이 많았다. 그의 난잡한 과거 여성 편력이 문제였다. 간통한 적도 없고 성추행한 적도 없다. 하지만 최고의 별이었기에 사람들은 반듯하지 않는 그의 행적을 비난한 것이다. 무엇보다 엄앵란의 가슴을 아프게 한 것이 큰 죄였다. 그러나 정작 엄앵란은 그를 비난하지 않았다. 2016년 엄앵란이 유방암에 걸려 고생할 때 입원 때부터 퇴원 때까지 성심성의껏 병구완을 하는 그의 모습을 보고 나이든 팬들은 그의 마음을 이해했다. 사랑하는 아내로서는 먼 사이가 되었더라도 평생 동지로서 사는구나 하는 느낌을 받았다. 엄앵란도 실제로 그렇게 말했다. '우리는 동지야, 멋있게 살다 죽어야 해. 그래서 이혼하지 않는 거야.'라고.

   2018년 11월 4일 새벽 2시 30분 화순전남대병원에서 신성일은 82세로 세상을 떠난다. 장지는 그가 말년을 보냈던 영천 성일가 마당이었다. 평소에 점 찍어 두었던 그 자리다. 장례식에 참석한 엄앵란도 자신의 산소를 그의 옆자리로 잡아달라고 했다. 엄앵란만 한 여자는 없을 것이다, 모진 시집살이에도 불평 한마디 없이 자신을 희생했다. 남편의 수많은 여성 편력도 혼자 삭였다. 대구서 비빔밥 집을 운영하며 신성일의 경제를 전담해주었다. 선거에서도 모든 것을 바쳐 헌신했다. 마지막 신성일 치료비도 다 부담해주었고 마지막 가는 길도 동행하기로 했다.

   "신성일은 시시한 배우가 아니야. 그와 나는 친구이자 동지였어. 천하 신성일을 그렇게 외롭게 떠나보낼 수는 없어." 엄앵란 없는 신성일은 존재할 수가 없다. 멋있는 사내는 훌륭한 여인에게서 탄생하는 법이다.

선생 죽이기

　　사람을 죽이고 싶다. 지하철이나 버스 안에 서서 앉은 사람을 내려다보다 까닭 없이 정수리에 정을 올려놓고 망치로 내려치고 싶은 적이 자주 있다. 이런 상상은 가끔 일어나는데 주로 지하철 안에서다. 그 사내가 다리를 벌리거나 꼬고 앉아 있는 것도 아니고 누구랑 크게 떠들고 있지도 않다. 조용하게 반듯하게 앉아 있다. 그 사람에 대한 살의(殺意)는 전적으로 나의 병적 감정이지 그 사람 탓은 아니다. 사람의 머리뼈가 깨지고 뇌에 쇠 정이 꼽히면 죽는다. 나는 그의 머리뼈에 징을 박고 싶은 것이지 죽이고 싶은 것은 아니다. 그러나 결국은 죽게 되므로 '사람을 죽이고 싶다'고 표현을 한 것이다.

지하철에서는 신경질 나는 일들이 많다. 차가 선 다음에야 자리에서 일어나 천천히 출구로 나가다 타는 사람과 부딪치는 영감들, 큰 목소리로 전화하거나 저희들 끼리 떠드는 할멈들. 스마트 폰의 음악을 크게 틀어 놓고 듣고 출입구 앞에 서서 오르내리는 사람 방해하는 젊은 축들. 이들 때문에 내리려는 줄 알고 뒤에서 젊잖게 기다리다 못 내리는 경우도 있다. 때로는 반대로 밀치고 나가다 왜 내리는데 미냐며 짜증낸다. 다리를 꼬고 앉아 있는 사내도 가끔 있다. 차내 방송에서는 다리를 꼬거나 벌리지 마라고 그렇게 반복방송을 하는데도 다리 간수를 하지 않는다. 머리에 정을 맞을 사람들은 바로 이런 인간들이다. 그런데 이상하게도 그런 인간들을 보면 욕이 나오지 두 골을 파괴하고 싶지는 않다. 저급한 인간은 죽일 가치도 없으니까 말이다.

내 직업은 선생이다. 그 많고 많은 직업 중에 왜 하필 선생이 되었을까? 설명을 정확하게 할 수가 없다. 어쩌다 이렇게 되었기 때문이다. 상업고등학교를 나왔으니 은행이 제격이 있었을 것 같다. 하지만 초등학교 때부터 늘 변두리 인생으로 살았다. 아니 살게 되었다. 주류가 못되고 주변을 훑고 다녔다. 중학교 때 사상계를 읽고 을유문화사의 세계문학전집을 읽고 다니느라 학교 공부할 시간이 없었다. 친구들은 대게 손위의 형들이었다. 남들과 다른 길을 가다 보니 명문 중학을 졸업하고도 성적이 모자라 본의 아니게 상업 고등을 간 것이다. 고등학교 가서는 부기나 주판을 공부하지 않고 참동계를 읽고 단학선원과 태권도장을 다니며 심신을 연마했다. 운기조식(運氣調息)하여 신선이 되는 게 목표였다. 학교 공부보다 다른 짓을 하게 되니 주변에 모이는 친구들 또한 남다른 삶을 사는 사람들이 많았다. 그림 그리는 친구, 글 쓰는 친구,

운동선수들이 그들이다. 하지만 대게는 깡패들과 많이 어울려 다녔다.

어른이 되고 보니 나라 경영은 깡패들이 하고 있는 것을 알게 되었다. 대게의 폭력배는 공부를 하지 않고 또 운동도 게을리해 저질의 동네 양아치가 된다. 하지만 약은 녀석들은 운동해서 선수가 되거나 공부를 해서 변호사가 된다. 이치들은 정규적 코스를 밟지 않고 살아온 탓에 판검사는 되기도 힘들고 또 그들의 식성에도 맞지 않다. 제 마음대로 행동하는 변호사가 적격이다. 미국이나 한국의 대통령을 포함한 정치인들 중에 변호사 출신들이 많을 걸 보면 그 말이 증명된다. 변호사 증이 없는 인간들은 노동조합이나 시민단체에 들어가 또 다른 권력을 스스로 만든다.

이들은 정부가 준 합법적인 증명서를 갖고 패거리를 만들어 조폭 노릇을 하니 감히 덤벼들 자가 없다. 수틀리면 '나와바리(繩張)' 침범한 상대방에게 똘만이들 시켜 두들겨 패고 항복 받는다. 자유당 때는 주먹쓰는 정치깡패가 있었다. 최근에는 그것들이 진화해서 친위단체를 만들고 킹 크랩같은 도구를 이용하여 SNS를 장악하여 테러를 한다. 싸움꾼 모택동이도 정치가 전투처럼 잘 안되니까 홍위병 동원했다. 10년 동안 중국의 지식인과 사업가들을 두들겨 부셔 나라를 엉망진창 만들 것이 가장 유명한 예가 된다. 나도 처음 교원 노조 때 이 모임에 가서 얼찐되었다. 나중에 전교조가 생길 때도 같이 참여를 했다. 그때 그길로 맹렬하게 달렸으면 장관이나 국회의원 자리를 차지했을지도 모른다. 하지만 타고난 성격이 우유부단해서 시민단체나 정부 관변 단체의 언저리만 맴돌다 어영부영 좋은 세월을 다 보내고 말년인 이즈음에도 선생질을 하고 있다.

처음 발령을 받고 학교에 가니 맙소사. 그곳에 말 대가리가 있었다.

번들거리고 긴 검은 얼굴 그 선생이 있었다. 나는 짐짓 모른체했다. 그는 원래가 돌머리라 나를 알아보지 못했다. 아니 좋은 머리라도 까까머리 어린 애가 어른이 되었으니 알 리가 없다. 나이가 든 탓인지 학생들을 폭행하는 버릇은 없었다. 그러나 영감들 특유의 고집이 생기고 술주정이 심했다. 수구꼴통 중에서도 저질의 언동을 해 젊은 선생들 특히 전교조 교사들에게는 공공의 적 노릇을 하고 있었다.

"6.25사변은 김일성이 적화통일을 위해 일을 킨 '김일성의 난'이라고 불려야 돼. 그런데 오히려 북침했다고 우기는 놈들이 있으니 이거 세상 말세가 아니야?" 이런 말 할 때까지는 젊은 축들이 참는다.

"일본 놈들이 침략했다고 하지만 우리가 총 한 방도 안 쏘고 나라를 넘겨주었는데 왜 그게 침략이야. 합방이지. 그리고 그때 태어나 '고문파스(고등문관시험)'하고 판, 검사된 사람. 사관학교 나와 군인된 사람들이 왜 매국노며 친일파라고 해? 그 사람들이 태어나니 조국이 일본이었는데 공부 잘해 출세한 게 왜 친일이야? 조선 놈들 모두가 만주가서 독립운동을 했어야 돼?

"선생님, 쪽바리세요? 아님 그런 말씀하심 안되요. 여기 우리끼리 있으니까 말이지 딴 데서 그런 말씀하시면 토착 왜구로 몰려 맞아 죽습니다. 지식인들이 일본 관리가 된 거까지는 욕하지는 않아요. 그런 자리에서 동족을 학대하고 괴롭힌 사람을 욕하는 거지요." 이쯤 되면 대포집은 시끄러워진다.

"조국이 그 새끼 죽여야 돼. 제 딸이 시험 한 번 치지 않고 의과대학 입학했잖아. 표창장, 봉사일지를 위조해서 말이야."라고 말 대가리가 말했다.

"그래요. 선생님 말씀이 맞아요. 하지만 소위 우파는 어땠어요? 모두가 조국처럼 아니 더한 짓거리를 했지 않나요. 중고등 보결로 입학하고 스카이 대학도 돈 주고 들어갔어요. 그들은 모두가 병역 미필을 대물림했고요. 한국전쟁 때 죽은 고관대작의 아들이 있나요? 오죽했으면 66년부터는 모든 대학입학자들의 명단을 정부관보에 실었을까요? 이화여대 김활란 총장도 부정 입학문제로 쫓겨 나지 않았나요? 좌파의 비리는 새 발의 피예요." 모름지기 이데오로기의 다툼은 총칼로 해결되는 것이지 술집에서 토론으로 풀어지는 것은 아니다.

우파들이 고관대작으로 살고 있었던 것은 돈 많고 벼슬하는 집에서 태어난 것. 그리고 좋은 머리 덕일 것이다. 즉 운이 좋았던 덕이다. 그러나 그들은 자신들의 노력으로 그 자리를 얻게 되었다며 억지소리를 한다. 조선 시대 송시열이 사형당했다. 당파싸움에 진 탓에 사약을 받고 죽었다. 그가 부정 축재한 것도 아니고 살인한 일도 없다. 왜구에게 밀수하거나 나라를 반역한 일도 없다. 당파싸움에 졌기 때문에 목숨까지 잃은 것이다. 박근혜 패거리는 억울하다고 말한다. 정유라 말값을 이재용이가 대어준 것은 박근혜 후광 때문이다. 즉 대통령은 최진실과 경제공동체인 때문에 '진실'이가 받은 것은 '근혜'가 받은 것과 같다는 말이다. 근혜와 진실이가 부부관계인가? 경제공동체 이거 무슨 소린지 아무도 모른다. 그 말은 말도 안되는 소리이기 때문이다.

박근혜는 '억울하다. 나는 아무 죄없는 데'라고 하면 바보다. '분하다. 정쟁에 져서 이렇게 당했다'고 말해야지. 그녀는 운이 좋다. 옛날 같으면 자신은 벌써 사약을 받았고 지만이 근영이 김종필까지 전부 멸족되었을 것이다. 선생들의 술안주는 대게 이따위 별 영양가도 없는 소리를 지꺼리는 것이다. 말 대가리가 몸짓도 크고 목소리도 크고 눈알이 무서워 영악한 전교조도 함부로 덤벼들지는 못한다.

"야 이 새끼야. 내가 왜구라고? 이야기 한번 들어봐. 남인수는 일제 강점기에 돈이 없어 초등학교만 다녔어. 하지만 타고난 노래 소질이 있어 한국 최고의 가수가 되었지. 그런데 그가 레코드를 내면서 일본 찬양곡을 두 곡 부른 게 있어. 해방 뒤 그의 고향 진주에서 해마다 그의 천재성을 기리는 기념가요제가 있었는데 어느 날 빨갱이 정권이 들어서고는 매국노로 몰려 가요제는 살아졌어.

그와 맞먹던 가수 현인은 부산 부잣집 출신으로 서울서 경복고등 다녔고 일본 가서 음악전문학교를 다녔지. 돈 많고 빽도 좋은 탓에 그는 가난한 우리나라에 들어오지 않고 홍콩이나 중국을 돌아다니면 편안하게 돈 벌며 일제 강점기를 보냈어. 그 덕에 일본 찬양 노래를 부르지 않아도 되었어. 사실 질로 보면 남인수보다 현인이 더 친일적인데도 겉만 보고 남인수는 친일파로 몰리고 말았어. 지금도 영도다리에 가면 현인의 노래가 매일 울려 퍼지고 있잖아. 박정희때 나온 음반을 한번 들어봐. 음반마다 유신이나 군을 찬양하는 노래가 한 곡씩 들어 있지. 유명한 가수치고 그런 노래 한 곡 안 부른 놈 없어. 그런데 그 가수들은 왜 유신잔당이니 수구꼴통이라 욕하지 않는 거야?" 드디어 말 대가리는 술상을 엎어 버렸다. 노조 위원장의 머리를 한 대 쥐 박고 밖으로 나갔다.

스마트 폰에서 친구들이 보내 준 우파 유투브나 몇 개보고 세상 다 아는 양 억지 쓰는 말 대가리가 술집에서 떠드는 꼴이 밉다. 그의 말 중에 일리가 있는 것도 있다. 하지만 대게는 시대에 뒤떨어진 이야기이며 세상사에 균형이 맞지 않는 이야기들이다. 마음에 들지 않는 상대방의 의견도 들어가며 자기주장을 해야 된다. 하지만 그는 우격다짐으로 고함만 질러대니 말을 내용보다 그의 꼴이 보기 싫다. 내 느낌이 이런데 전교조 눈에는 어떻게 보일까. 저런 바보는 죽어야 한다. 스스로 죽는 게 제일 좋고 안되면 남들이 자살시켜 주어야 한다.

저질의 목로주점의 담배 연기 속에 홀연히 머리 뒤에 후광이 빛나는 목사, 신부, 승려 소위 말하는 성직자 무리들이 출현했다. 바로 저 치들이 말 대가리 대신에 자신이 순교하겠다고 나타난 모양이다. 그중 한 사람을 잡아 번제(燔祭)를 올려야겠다고 생각이 들었다. 이 사람들은 신학교를 졸업한 평범한 사람인데도 자신들이 하나님의 아들이니 하나님이라고 한다. 어떤 곳에서는 세 가지 보배 중의 하나라고 스스로를 추켜세우며 존경하라고 윽박 지른다. 이런 행동까지는 밉지 않다. 결혼도 하지 않고 쥐꼬리 보다도 적은 생활비만 받고 살고 있는 청렴결백한 생활을 보면 존경스럽다. 그래서 자신들이 붙인 그런 호칭 정도는 허용이 된다. 그러나 그들이 물질에 흥미가 없고 생명에 연연하지 않는다고 말하는데 그 게 본심인가를 확인하고 싶다. 그 마음을 확인하려면 그들을 위기 상황으로 몰아가서 대답을 들으면 될 것이다. 그 위기 상황이 목숨을 뺐는 것이다. 그들을 죽일 마음은 결코 없다. '내가 거짓말 했소'하면 기꺼이 내 계획은 취소가 될 것이다.

승려를 택하기로 했다. 선택의 조건은 종교의 교리와 관계가 없다. 승려의 맨머리에 정을 얹고 싶었기 때문이다. 즉 그 머리 형태가 선택의 조건이 된 것이다. 반들거리는 맨머리가 청결심을 나타내는 것 같아 보통은 그들을 만나면 외모만 봐도 저절로 두 손이 모아진다. 하지만 그런 내가 밉다. 성직자라면 덥수룩한 장발이라도 두 손이 모아져야 될 것인데 외모에 따라 내 존경심이 왔다 갔다 한다면 여자를 만나서 미녀이면 사랑스러워져야 되는 것인가?하는 의문이 든다.

술자리가 끝나고 시내서 멀지 않은 절간으로 갔다. 목적이 훌륭해선지 취중운전 단속은 없었다. 밤인데도 절 입구에 돈 받는 사람이 있어 그놈을 처치해버리고 싶었지만 모기에게 칼 뽑기 싫었다. 계곡으로 내려가 산길로 해서 절에 갔다. 대웅전에 먼저 들르기로 했다. 절집에 오면 가장 어른인 큰 수놈(大雄, 대웅)인 석가모니에게 인사를 먼저 드리는 게 예의다. 법당에는 생각 밖으로 촛불이 켜져 있었고 승려 한 사람이 가부좌를 틀고 앉아 있었다. 아마도 참선을 하고 있는 듯했다. 그 승려의 뒤에 앉아 그가 고개를 돌려 말을 걸어주기를 기다렸다. 그는 삼매경(三昧境)에 빠졌는지 장좌불와(長座不臥) 중인지 아무튼 제 자세를 계속 지키고만 있었다.

"마삼근(麻三斤)"하고 그의 귀에 대고 속삭였다. 반응이 없다.

"이 뭣고" 해도 반응이 없었다. 화가 나기 시작했다.

"할(喝)"하고 큰소리를 질렀다. 그제야 돌아보았다.

"무슨 일이야?" 그는 달마(達磨)인 것처럼 말을 했다. 하긴 내가 마치 신광(神光)처럼 행동했으니 그럴 만도 했다.

"스님은 죽음이 두렵지 않아?"라고 물었다.

"죽음 그 게 뭔데? 나에게 보여줘 봐"라고 그가 대답했다. 그 소리를 듣자 속이 확 뒤집어졌다. 나는 쇠 정을 그의 정수리에 올려놓고 물었다.

"이 게 죽음이야. 겁나지 않아?" 그는 미동도 하지 않고 말도 하지 않았다. 머리에 얹어 놓은 쇠 정에 힘껏 망치를 내려쳤다. 집에 돌아왔다. 망치와 정도 가지고 돌아왔다.

아침에 일어나 어젯밤 입었던 옷을 보니 깨끗했다. 가령 튀긴 핏자국이라든지 흘러내린 뇌의 일부라든지 그런 오물의 흔적이 보이지 않았다. 신문이나 텔레비전 뉴스에도 살인 사건 기사는 없었다. 오전 일과를 대충 버무려두고 그 절로 갔다. 대웅전 앞에도 폴리스라인 같은 비닐 테이프도 보이지 않고 경찰관들도 없었다. 법당에는 여느 때처럼 보살 할머니가 백일기도 불전을 접수받고 있었다.

"보살님 어제 절에 별일 없었나요?"하고 묻자 그녀는 그 게 무슨 소리냐는 듯이 나를 쳐다보며 대답했다.

"밤에 도둑이 들었던 가봐. 마침 복전함에는 돈이 별로 없었거든. 놈이 화가 난 모양이야. 저 연화대에 앉아 계신 부처님 머리를 망치로 때려 찌그려 뜨리고 갔어." 살인은 실패한 것이다.

그해 많이 가물었던 모양이다. 우린 담임 선생의 지시에 따라 수업도 하지 않고 교내에 있는 연못에서 물을 길러 어린나무에 부어주고 있었다. 말 대가리는 그게 무슨 대단한 일이라도 되는 듯 북한 강제수용소에서처럼 우리의 행동을 요리 감시하고 조리 고함치며 독려를 하고 있었다. 옳은 선생이면 가뭄에 말라 죽어 가는 생명에 물주는 행위는 숭고하다는 등의 이론을 세워 뻥을 치며 일을 시켜야 된다. 하지만 이치는 몽둥이와 고함으로 강제노역을 시켰다. 우리는 종 치기만 기다렸다. 드디어 수업 종료종이 울리자 우리 반 애들은 좋아라 하며 교실도 뛰어 갔다. 나는 양동이에 남은 물을 옆에 있는 큰 나무에 획하고 뿌렸다. 갑자기 눈앞이 번쩍했다.

"야 이 새끼야. 어린나무에 물주라고 했지. 왜 큰 나무에 물을 주는 거야? 왜 장난쳐!" 말을 하며 나의 뺨을 한 찰 더 때렸다.

"이 보슈. 물주기는 종 치면서 이미 끝난 거 아뇨?. 이제 내 물 내 마음대로 쓰는데 당신이 왜 간섭이야? 왜 어른이 어린 애들 폭행해 더구나 면상을 말이야." 어른이면 이렇게 대꾸를 했을 것이다. 그러나 그와 나는 바쁘게 헤어졌다. 다음 수업을 듣기 위해서다.

나의 이름은 안규민(安圭玟)이다. 고향은 영양이며 본관은 순흥이다. 한국 최대의 교회인 명성교회 김삼환 목사와 같은 학교 동기동창이다. 후배로는 대한민국 최고의 문필가 이문열있다. 이렇게 뼈대 있는 명문의 자손이며 영재였다. 그런 덕에 영양 중학 역사상 최초로 이런 명문고등에 입학하게 된 것이다. 이렇게 찬란한 내가 이 학교에 와서는 하류 인간으로 전락 되고 말았다. 우선 이름부터 개명이 되었다 무식한 담임 선생인 말 대가리가 이름 끝 자의 '옥돌 민(玟)자'를 바로 읽을 줄 모르고 '문'으로 발음을 했다. 그 바람에 졸업할 때까지 안규민이 아닌 안규문으로 살아야 했다. 그는 이름 바꾼 것 말고 '촌놈' 혹은 '영양 촌놈'이라는 별명도 하나 지어주었다. 일학년 내내 이름을 부른 것보다 별명을 부른 횟수가 월등 많다. 촌사람이라고 불러도 기분이 나쁜데 놈자까지 붙여 부르는 심보를 모르겠다. 규민은 나의 긴고아(緊箍兒)였고 영양 촌놈은 긴고주(緊箍呪)였다. 손오공 머리에는 둥근 금테(긴고아)가 쓰여 있었다. 오공이 말을 듣지 않으면 삼장법사가 주문(긴고주)를 외우면 금테가 좁아들어 손오공의 머리는 터질 것처럼 아파온다. 말 대가리가 바꾼 이름을 우리 반 친구들이 부를 때마다 쇠굴렁 쇠를 쓴 오공의 기분이었다. 말 대가리가 '어이 촌놈'이라고 부를 때는 삼장법사가 오공을 벌줄 때 외우는 주문같이 가슴이 조여들며 빠지듯 아팠다.

내 옆자리에는 대구 중학서 온 사재일이가 있었다. 어느 날 학교에서 오후에 문화 교실을 간다고 했다. 단체영화는 대게 재미가 없는 것들이다. 그러나 수업을 하지 않고 가는 것이 가장 큰 즐거움이다. 그날 오전은 반 애들 모두가 마음이 들떠 있었다. 수업 없는 오후를 생각하니 행복했다. 그러나 그 기쁨도 잠시, 점심시간에 반장이 교무실에 갔다 와서는 영화 구경은 안 가게 되었다는 것이다. 사재일이가 제 혼자 그 영화를 보러갔다. 학교에서 한번 추천한 영화니까 괜찮겠지하고 무심코 대구극장에 갔다가 잠복 중인 딴 학교선생에게 적발되었다. 다음 날부터 사재일은 매일 교무실로 불려가서 반성문을 썼다. 뭘 반성해야 되는지 궁금했다. 문화 교실가려고 했던 영화라면 처벌할 나쁜 내용은 없었을 것인데… 아니면 명령 불복종을 반성하는가 하여간 일주일 동안 매일 교무실에 가서 반성문을 썼다.

교무실은 박정희 때 경찰에서 운영하던 남영동 대공분실이나 보안대에서 경영하던 동빙고동의 '빙고 호텔' 같은 곳이다. 한번 불려가면 여러 선생이 보는 앞에서 엎어터지거나 꿇어 앉혀놓고 이 선생 저 선생이 오가며 꿀밤을 준다. 사재일은 악명 높은 그곳에서 매일 반성문을 썼다. 일주일 뒤 그는 처벌이 끝난 줄 알았는데 정학 처분을 받았다. 이런 인간이 어디 있단 말인가? 반성문 쓰기나 정학이나 둘 중에 하냐여야지 가중처벌이 말이나 되나 말이다.

손윗사람이 아랫사람을 훈육할 때 매질이나 손찌검을 할 때가 있다. 그런 신체 처벌은 하지 말아야 한다. 그러나 그런 시절에도 원칙이 있다. 절대로 얼굴이나 머리에는 손을 대지 말아야 한다. 그런 부위는 좋다고 만져도 기분이 나쁠 수 있는 예민한 곳이다. 말 대가리는 일부러 그런 곳을 때린다. 부위 불문이다. 높은 교단에서도 학생을 밀치며 때려 떨어뜨리기도 하고 어떤 때는 다리를 걸며 상체를 주먹질하는 바람에 학생은 맞고 뒤로 넘어진다. 이런 건 체벌이 아니라 폭행이다. 고기도 먹어본 놈이 먹는다고 아마도 말 대가리 자신이 학생 때 이렇게 매일 맞고 폭행을 당했음이 분명하다.

그 날은 비가 '논 날'처럼 따르고 있었다. 대포 집 안 허공은 주정뱅이들의 담배 연기와 그들의 고함소리로 꽉 차 있었다. 어떤 이들은 진정한 허공에 묘한 것이 있다고 한다. 연탄 불빛과 술에 얼굴이 붉어진 취객들로 꽉 찬 속에서 존재하는 묘유(妙有)를 그들은 보지 못했기 때문에 그런 무식한 소리를 한다. 이런 곳에 와보지 않는 사람들은 팽팽한 대포 집 포만 속에는 애환만 있는 줄 안다. 하지만 그날 일당은 받아 기분 좋은 노동자. 또 그 돈으로 색시 집가서 오입할 요량으로 가슴이 부풀어 있는 홀아비의 기쁨도 있다. 복권 사서 당첨을 그리며 웃는 머저리와 박정희 욕하는 동지를 만나 즐거운 패거리와 그리고 살인하고픈 계획에 마음 부푼 인간도 있다.

술이란 기분 좋을 때 마시면 더욱 기분이 좋고 슬플 때 마시면 더 슬퍼진다. 술은 자동차의 엑셀레이터와 같다. 밟아주면 음주 당시의 그 기분이 고조된다. 술 취하면 우는 인간들, 만취되면 헐레하러 다니는 놈, 폭행하는 사람들 그저 다 평소 불안한 제 감정 내 품 못하고 살았기 때문이다. 억압된 슬픔은 없애보겠다고 악쓰고 노래도 하고 계집질 아무리 해도 뿌리 안 뽑힌다. 우는 게 최고다. 하지만 폭행이나 살인도 권할 만하다.

그 곳에 말 대가리 앉아 있었다. 그날도 그는 기고만장해서 혼자 떠들어댔다. 같이 합석한 인간들도 고만고만한 부류들인 것 같은데 조용히 듣고만 있었다. 말 대가리가 전직 선생이어서 동석한 사람들은 그를 존중해 엉터리 훈시를 받아들이고 있는 눈치다. 나는 회식 때 외는 혼자 술을 마시지 않는다. 그날은 이상하게도 대포 한잔하고 싶었다. 굳이 이유를 따진다면 폭우로 쏟아지는 비 탓이 아닐까 아니면 잠시 후에 일어날 그 일을 하기 위한 하늘의 계시 탓인지도 모른다. 그는 나의 젖은 담요였다. 저지른 저질스런 행동 말고도 그의 외모부터 싫었고 게다가 그의 말투나 말 내용도 혐오감이 들었다. 술이 들어가자 말 대가리의 떠드는 소리가 더욱 싫어졌고 증오감이 증가했다.

소변을 보러 가며 그의 뒤를 지나치다 등 짝을 세게 후려칠 뻔했다. 겨우 참고 돌아와 내 자리에서 막걸리 한 사발을 들이켰다. 잠깐 마음이 진정이 되었다. 하지만 바로 적개심이 치솟아 올랐다. 그를 죽여야겠다는 마음이 솔솔 돋아나기 시작했다. 술집 밖에선 가끔 천둥 번개가 쳤다. 방법을 생각하노라니 술이 취하지 않았다. 적당한 방법이 떠오르지 않았다. 이럴 때는 무작정 저지르는 것도 한 방법이다. 긴 시간을 기다렸다. 술 집안에서 일을 저지를 수 없기 때문이다.

한참의 시간이 흘러간 뒤 말 대가리 일행이 있어 났다. 무작정 그의 뒤를 따라갔다. 일행들 중 한 사람이 붙잡혔다. 이차로 한잔하자고 그를 끌고 갔다. 나도 어쩔 수 없이 이차를 마셨다. 만약 이 집에서 별 일 없이 술을 마셨으면 사건도 일어나지 않을 수 있었을지 모른다. 하지만 부스터 샷이 접종되었다. 말 대가리의 주정이 시작된 것이다. 둘은 말 없이 술을 마시다가 느닷없이 그는 일행의 뒤통수를 내려치고 상대가 의자에서 미끄러져 넘어지자 발로 그를 찼다. 그 옛날 학교에서 우리에게 폭행하던 모습과 똑같은 행동이었다. 그는 난동을 부린 뒤 술집을 뛰쳐나갔다. 비틀거리며 빗속을 걸어가고 있었다. 만취한 그는 버스정류장으로 가지 않았다. 택시도 잡지 않았다. 무작정 걷는 모습이었다. 잠시 뒤 신천에 걸린 다리 위를 걸어갔다. 비는 더욱 세차게 내리고 천둥 번개는 여전히 여기저기서 번쩍이며 소리를 치고 있었다.

그의 뒤를 바짝 따라갔다. 다리 중간쯤 도달해서 사방을 돌아보았다. 가로등은 희미하게 빛나는데 행인은 아무도 없고 깜깜한 밤공기만

비에 젖어 들고 있었다. 그에게 다가가 부축하는 듯 아랫도리를 잡았다. 영문을 모르는 그는 그냥 가만히 있었다. 두 다리를 안고 다리 난간에 그의 몸을 밀어 올렸다. 무거웠다. 난간에 올린 다음 신천으로 밀어 버렸다. 갑자기 번갯불이 번쩍 비친 뒤 하늘이 깨어지듯 천둥소리가 났다. 다리 난간의 가로등이 벼락에 맞아 강물 속으로 떨어졌다.

귀신 이야기

　　우리 집은 일제 일제 시대 군수공장이던 건물 뒤에 붙어 있다. 군수공장은 일본인이 운영하던 것인데 지금은 생산품이 바뀌고 우리 아버지가 운영하고 있다. 이 층으로 된 공장 건물 앞에는 넓은 마당과 생산품이 나가는 정문이 있다. 공장 한 켠에는 기숙사가 있는데 타지에서 온 직원들이 생활하는 곳이다. 태평양 전쟁 중 공장이 번창할 때는 이 층 창고방도 직원들의 기숙사로 사용했다고 한다. 지금은 빈방으로 남아 있고 가끔 집 없는 친척들이 몇 달씩 살다 가기도 하는 곳이 되었다.
　공장 가운데는 재품의 재료가 들어오는 쪽문이 있다. 살림집 마당은 작은 연못이 있고 그 주변에는 석류나무와 대나무가 심겨있어 일본식 운치가 남아 있다. 살림집 식당에서 직원들이 식사를 하는데 타지에서 온 사람들은 삼시 세끼를 다 여기서 먹었다. 이런 풍습은 일제 시대부터 쭉 이어온다고 한다.

나는 밤에 자주 이 층에 올라갔다. 공장과 살림집 사이는 옥상구조로 연결되어 있어 그곳에는 평상이 놓여 있다. 누워서 밤하늘을 보면 별들이 쏟아져 내려와 눈앞에 반짝인다. 내려올 때는 무섭다. 사방은 조용한데 텅 빈 이 층 창고에서 계단으로 내려가자면 저 아래층 공장에 귀신이 보고 있을 것 같다. 이 층 창고는 무섭지 않다. 컴컴한 곳이 더 무섭다고 하는 사람들도 있었지만 나는 '귀신이나 나나 캄캄한 곳에서는 서로가 잘 보이지 않으니 무서울 것이 없다.'는 생각이다. 계단을 내려오면 불 켜진 쪽문 쪽이 늘 신경이 쓰이는 곳이었다. 안 무서운 척하느라 어떤 때는 노래를 부르기도 하고 가끔은 유도할 때 배운 기합 소리를 외치고 내려가기도 했다.

이 층에 올라갈 때 아예 공장 일 층의 전깃불은 다 끄고 올라가 보기도 했다. 무서움 증은 덜했지만 캄캄해 계단 오르내리기가 힘들었다. 모든 불을 다 켜고 올라가 기도 했다. 계단 오르내리기는 쉬웠지만 무서움은 더 했다. 귀신과 서로 마주 보는 경우가 생길 것 같아서다. 보통은 중간 불을 켜고 오르내린다. '왜 굳이 이런 무서움 증을 갖고 이 층을 오르내리냐? 안가면 만사가 해결되는데.' 남들이 그렇게 물으면 대답하기 어렵다. 밤하늘의 별빛을 만나는 황홀한 시간 때문에 간다고 하거나 또는 호연지기(浩然之氣)를 키우려고 간다고 이유도 댈 수 있다. 하지만 그것으로 충분한 설명이 되지 않는다. 뭔가 거역할 수 없는 힘이 나를 그곳으로 밀어 보내는 느낌이 들기 때문이다.

상면도 하지 않은 귀신 때문에 골머리 앓던 어느 날 밤이다. 그 날도 계단을 내려오며 예의 그 쪽문을 바라보았다. 뭔가가 휙 지나갔다. 아니 지나간 것 같았다. 가슴이 서늘했다. 너무 겁을 내니까 '이제는 드디어 헛것이 보이나 보다'라고 생각하기로 했다. 다음 날 안 올라가려다 그림자에게 지는 것 같아 억지로 올라갔다. 아무 일도 없었다. 그다음 날도 별일 없었다. '그럼 그렇지 생각이 헛것을 만들었단 말이야.'하며 계단을 천천히 내려오던 어느 날 드디어 '그 것'을 두 눈으로 확실하게 보았다. 그림자는 사내 모습이었다. 그는 천천히 닫힌 쪽문을 기름처럼 매끄럽게 스며들어와서 천천히 공장 안으로 구름처럼 흘러갔다. 귀신의 실수인지 도전인지 모를 일이었지만 막상 만나고 보니 예상보다는 그리 무섭지 않았다. 그 그림자는 꼭 쪽문에서 스며들 듯 나타나 어떤 때는 빠르게 어떤 때는 천천히 공장 속으로 흘러드는 모습이 자주 눈에 띄었다.

긴장된 고요 속에서 밤을 보내던 어느 날이다. 이날은 컴컴한 공장 속에서 쪽문으로 쓱 들어가 살아지는 그림자를 보았다. 평소 익숙한 그 그림자는 아니었다. 방향도 반대편이었다. 귀신이 둘이 있다는 말인가? 아무에게도 말하지 않았다. 대명천지에 귀신 이야기했다가 미친놈 소리 듣기 싫었다. 아직도 귀신이 아니고 공포가 지어낸 헛것들의 움직임이라는 생각 때문이기도 했다. 드디어 올 것이 왔다. 그 밤은 직원 누군가가 공장 전체에 밝은 불을 켜놓은 상태였다. 계단을 내려오며 아래를 보니 어떤 여자가 나를 빤히 쳐다보고 있었다. 밝은 불빛 속에서 서로가 마주 보고 있었다. 두려워하던 상황이 실제로 나타난 것이다. 심장이 얼어붙고 온몸이 굳으며 소름이 가득 돋아올랐다. 지지 않으려고 그 여자 귀신과 눈싸움을 하고 있었다. 갑자기 여자가 연기처럼 없어져 버렸다.

"어머니 우리 집에 귀신이 있어요."라고 내가 말했다. 가족들이 저녁 밥을 먹고 있던 시간이라 형제들과 부모님들도 같이 듣고 있었다. 부모님들이 나의 이상한 소리에 짜증을 낼 줄 알았다. 동생들도 모두 킬킬거릴 줄 알았다. 그러나 부모들은 아무 말도 하지 않았다. 아니 그렇게 얼굴이 굳고 놀라는 표정을 짓는 모습에 그들도 귀신을 본 사람처럼 느껴졌다. 동생들도 그때는 조용하게 있었다. 그 이후에는 꿈에도 귀신이 나타났다. 남녀 귀신이 함께 나타나기도 하고 혼자 나타나기도 했다. 그들은 아무 말도 하지 않았다. 대게는 구름처럼 날아다녔지만 가끔은 나와 눈을 맞추는 바람에 무서워 죽을 지경이었다.

"어머니 귀신이 꿈마다 나타나서 힘들어 죽겠어요."하고 하소연했다.

"그래? 그 것들인 갑다."하고 어머니는 뜻 모를 소리를 했다.

며칠 뒤 굿판이 벌어졌다. 요령을 흔들고 장구와 꽹과리 그리고 북을 치는 가운데 무당은 '미친년 널뛰듯이' 풀쩍 풀쩍 뛰어 대더니 나에게 대나무 막대를 잡게 했다. 어머니는 두 손을 싹싹 부비며 연신 절을 하고 있었다. 한참 뒤 막대가 흔들렸다. 연이어 이리저리 뛰기 시작했다. 무당이 내게 다가왔다.

"대답해라. 악귀야. 왜 매일 공장에 나타나 집안에 분란을 일으키냐 말이다. 못된 것들." 꽹과리 소리가 더 크게 울렸다.

"내 심정 아나? 내 심정 아나? 오죽 답답했으면 이 층에서 뛰어내려 원혼이 되었을까? 내가 무슨 못 할 짓을 한단 말인가!" 무당이 남자 목소리로 말을 했다.

"이놈아 언감생심(焉敢生心) 종놈 주제에 어디 감히 주인집 딸을 넘본단 말이냐? 결국 너는 귀한 남의 외동 딸의 몸까지 더럽혔잖아. 너 같은 놈은 투신해서는 안되고 할복해서 죽어야 할 놈이었어." 무당이 대답했다.

"보살님 마사코(正子)도 날 사랑했단 말이요. 내가 겁탈한 한 건 아니에요. 하지만 당신 말마따나 내 신분을 알고 우리 둘은 헤어지기로 했어요. 사카모토(坂本) 상이 시간을 주지 않았기 때문에 일이 커진 거지요." 귀신과 무당의 대화가 이어지고 있었다. 갑자기 여자 말이 들렸다. 셋의 대화가 이루어졌다.

"아오키(青木) 상은 내가 더 사랑했어요. 아버지가 둘이 떨어지라고 불같이 화를 냈을 때 그 감정이 나를 아끼는 것인지 자신의 감정을 존중하는 건지 나는 알 수가 없었어요. 무남독녀인 나를 그처럼 사랑했다면 내가 원하는 데로 해주는 게 옳지 않나요?"

"에이 무지한 잡귀들. 사람이 어떻게 지가하고 하고 싶은데로 하고만 살 수 있단 말인가? 나 위에는 가문이 있고 그 위에 국가가 있어, 인간은 그 큰 퍼즐의 한 조각에 지나지 않는 거야. 맨 밑바닥에 놓였을 때는 운명이거니 하고 무게를 견뎌야지 그래야 전체가 무너지지 않는 거야."

"아오키가 죽은 뒤 나도 죽으려고 동촌에 갔어요. 그날 하얀 능금 꽃이 구름처럼 강변을 덮고 있었어요. 그 아름다움에 더욱 죽고 싶었어요. 아픈 가슴을 달래는 방법은 지금 바로 금호강으로 뛰어드는 것이었어요. 잠드는 것이 가장 편안한 방법인 것 같았어요."

"야 이년아 넌 나중에 집에서 목메지 않았느냐? 죽으러 금호강에 갔으면 바로 뛰어 들었어야지. 어디 요망한 년이 이리저리 말장난하고 있어." 무당이 여자 귀신을 꾸짖었다.

"보살님 당신은 몰라요. 사랑하는 사람은 같은 장소에서 같은 시간에 죽고 싶은 거예요. 나도 공장 이 층에서 죽고 싶었어요."

"야들아. 더 세게 처라." 무당은 고함을 지르고는 더 높게 칼춤을 추며 뜀뛰기를 하였다.

둘의 사랑은 어느 날 갑자기 불이 붙은 것은 아니었다. 안동에서 농사를 짓다 마름에게 잘 못 보여 땅을 빼앗기고 김동국은 대구로 왔다. 그가 '아오키'라는 이름으로 군수공장에 취업할 때 이미 고향에 아내가 있었다. 그때 마사코는 사범학교 학생이었다. 마사코가 졸업한 뒤 동촌면 검사동 소학교에 교사로 취업할 무렵 둘의 사이가 깊어졌다. 어린 마사코가 어른이 되었기 때문에 이제는 아오키 오지상과 마사코 짱이 아니었다. 연인이 된 것이다. 둘은 만나고 싶어도 약속날짜를 잡기가 힘들었다. 직원식당의 식모 에이코(英子)를 통해 쪽지를 주고받아 약속 시간을 낼 수 있었다. 고향에 두고 온 아내에 대한 죄책감, 일본 여자를 사랑한다는 친구들의 손가락질 그리고 사장 사카모토(坂本)에 대한 두려움 때문에 아오키의 마음은 하루도 편하지 않았다. 마사코에 대한 사랑의 깊이에 비례해 그의 가슴은 납덩이처럼 무거워지고 있었다.

"아오키 상은 나를 사랑하지 않잖아요,"

"마사코 그게 무슨 말이야. 좋아하지 않는 여자를 왜 만나냐?"

"당신은 나를 만날 때 한 번만이라도 환하게 웃어본 일이 있나요? 늘 벌레 씹은 얼굴을 하고, 그게 나를 사랑하지 않는다는 증거지요. 난 당신의 놀이개에 지나지 않아요. 객지 생활하며 외로움을 달래는 장난감이죠. 진짜 나를 사랑한다면 우리 둘이 대구를 함께 떠나요." 동촌 강변 뚝 방에서 달콤한 사랑을 속삭여도 모자랄 시간에 엉뚱한 주제로 서로를 상처내고 있었다. 이 말을 하면서도 정말 둘이 대구를 함께 떠나야 되는 시간이 다가오고 있다는 사실을 그들은 모르고 있었다.

사카모토의 공장은 매월 한 번씩 숙직자 한 사람 남기고 사장 인솔하에 전 직원이 밤에 영화나 쇼 구경을 간다. 대게는 영락관, 호락관 인데 가끔은 더 비싼 키네마극장도 갔다. 그달에는 아오키가 자청해 숙직자로 남았다. 이날을 손꼽아 기다리던 두 연인은 이 층 직원 숙소로 올라갔다. 평소 마사코는 얌전하고 수동적인 여자지만 둘이 사랑을 나눌 때는 딴사람이 된다. 그날도 포옹을 하자 말자 마사코가 더욱 힘있게 껴안았다. 이런 행동에서 아오키는 마사코의 진한 사랑을 느껴 더욱 몸이 달아오른다. 둘이 함께 뒹굴 때는 마사코의 입술이 더욱 강하게 아오키를 빨아들이고 있었다. 둘이 육체와 영혼의 진한 결합에 몰두해 있을 때 이 광경을 한사람이 숨어 보고 있었다. 연인들의 모든 동작을 끝까지 다 본 뒤 계단을 내려가는 사람이 있었다. 마사코의 어머니 미츠코(光子)였다. 그들 사이를 의심하던 그녀가 병을 핑계로 그날 극장 구경을 가지 않고 그들의 깊은 관계를 확인한 것이었다.

사장 사카모토가 아오키를 불렀다.
"자세한 이야기를 하지 않아도 알겠지? 내 딸과 너와의 관계는 이 공장에 모르는 사람이 없어. 단 너희 두 사람만 빼고 말이야? 미츠코와 에이코에게 다 들었어. 넌 할복해야 해. 하지만 지금은 쇼군 시대도 끝나고 게다가 남자 하나라도 필요한 전시야. 넌 가미가제(神風) 특공대에 입대해. 마사코는 선산으로 전근시키기로 했어."
몇 주 뒤 사카모토 공장에서 아오키의 송별연이 열리고 있었다. 그가 일본 큐슈(九州) 남단에 있는 이브스키(指宿)의 지란(知覽) 카미카제 특공대 훈련소에 입대하라는 영장을 받았기 때문이다. 내막을 모르는 축들은 저마다 다른 말을 했다. 과연 황국신민다운 결단을 내렸다고 칭찬을 하는 직원들과 왜 남의 나라 전쟁에 자원해서 죽으러 가느냐고 비난하는 사람도 있었다. 사장의 일장 훈시가 끝나고 아오키도 형식적인 답사를 했다. 일동들은 저마다 다른 사연을 안고 모처럼의 음주를 과하게 하고 있었다. 평소의 회식 때처럼 의무적으로 돌아가며 노래를 불렀다. 나중에는 군가를 합창했다. 군인들도 아니면서 노래를 부르다 보니 모두들 자신이 만주서 뛰어다니는 관동군 용사처럼 느껴졌고 사이판에서 옥쇄한 장병으로 착각이 일어났다.

아오키를 위해 군가 '노영(露營)의 노래'를 불렀다. "갓테 구로조토 이사마시쿠 지캇테 쿠니오 데카라와(이기고 오겠노라 씩씩하게 맹세하고/ 고향을 떠나 왔으니/ 공을 세우지 않고 죽을까소냐/ 진군 나팔 울려 퍼질 때/ 눈동자에 서린 깃발의 파도" 그가 살아서 돌아올 수 없는 가미가제에 간다는 사실을 알면서도 일동은 '이기고 돌아오라'는 군가를 불렀다. 평소 내지인(內地人)임을 은근히 자랑하던 오시마(大島)가 다가와서 잔을 건넸다.

"넌 '야마토다마시이(大和魂)'로 똘똘 뭉쳐진 진정한 남자야. 가거던 귀축(鬼畜)의 항공모함 하나를 박살 내어다오. 그럼 무운을 빈다. 우리 동경의 야스쿠니(靖國) 신사에서 다시 만나자." 이 친구는 나의 죽음을 축하하는구나.

"야. 김동국이 나는 아무 할 말이 없다." 울진에서 온 남정희가 눈에 눈물이 가득한 채로 보고 있었다. 이 친구는 나의 죽음을 안타까워하고 있구나. 아오키는 갑자기 외로워졌다. 술이 깨는 기분이었다. 세상에는 나 하나 밖에 없다는 처절한 고독을 느꼈다. 고향의 아내도, 그동안 형제처럼 친했던 조선인 동료들도, 능금 꽃처럼 하얀 사랑 마사코도 모두가 존재하지 않았던 사람처럼 느껴졌다. '넌 할복해야 해'라는 사장의 말소리가 귀에 쟁쟁하게 반복되어 들렸다. '그래 난 죽어야 할 사람이야. 조상에 면목 없고 아내에게 죄짓고 이제는 마사코에게도 큰 상처를 주고 떠난다. 영원히 돌아올 수 없는 곳으로 나는 간다.' 사장이 옆에 와서 술을 한잔 따르며 농담인지 진담인지 한마디 했다.

"어때? 자살하러 가는 기분이…할복보다 명예롭지?"라고 했다. 아오키의 가슴은 거센 불길로 꽉 채워졌다.

"에라 이 새끼야 너나 죽어라."하며 아오키는 사카모토의 면상을 주먹으로 세게 내리치고 넘어진 그의 배를 힘껏 밟아 뭉갠 뒤 이 층으로 뛰어 올라갔다. 직원들이 그를 따라 뛰어 올라갔을 때는 김동국의 몸은 이미 골목 땅바닥에 널부러져 있었다.

"보살님, 아오키 상이 죽고 나서 나도 죽기로 결심을 했지요. 의리의 문제가 아니고 너무 고통스러웠기 때문이에요. 한솥밥을 먹었던 공장 곳곳마다 그의 냄새와 그림자 때문에 고통이 너무 심했어요. 자주 갔던 수성못과 동촌 강변으로 도망을 갔어요. 하지만 그곳은 더욱더 나에게 고통을 주는 곳이었지요. 내가 금호강이 아닌 우리 공장에서 목을 맨 이유는 그가 죽은 곳에서 같이 죽어야 같은 하늘로 갈 것으로 생각했어요."

"야. 이 년 놈들아 헛소리 작작하고 이곳을 떠나라. 일제 시대 귀신이 왜 지금 대한민국에서 와서 지랄이냐? 이 댁 주인 인심이 넉넉하여 이렇게 술과 안주를 장만하였으니 달게 먹고 이제는 떠나라"하며 무당 할매가 호통을 치며 재단 쪽으로 칼을 냅다 던졌다. 갑자기 대나무가 움직이지 않았다.

"떠났군. 떠났어."하며 할매는 내 머리를 쓰다듬어 주었다.

억울하게 죽은 귀신은 다 떠돌이가 되는 걸까? 억울하게 죽은 사람들을 생각해보았다. 나라가 못살 때는 쓰레기통에 버려진 복어 알을 먹고 죽은 가난뱅이 귀신. 여름에는 경부선 철로를 베고 자다 기차에 치어 죽은 귀신. 연탄 개스 중독으로 죽은 사람. 나라 살림이 좀 나아지니까 직원들 봉급 못 주어 자살한 사장, 부모들에게 맞아 죽은 어린애들. 뷔페 아르바이트가서 버릴 음식 급히 먹다 숨 막혀 죽은 대학생. 군대 가서 강간당해 죽은 여자부사관들, 차마 눈 못 감고 죽은 영혼들은 수없이 많다.

이런 귀신들은 왜 직접 자신들의 문제를 해결할 수 없는 건가? 괜히 잠자는 사또 방에 나타나 그를 놀라게 해 죽게 하거나 혹은 자손들의 몸에 병을 주어 괴롭히며 제 문제의 해결하려 할까? 대낮에는 왜 나타나지 못하는가? '귀신들은 참 나약한 존재다'라는 생각을 한다. 무당이 주는 떡 한 조각에 떠나고 그들의 이름이 적힌 종이를 태우는 소지를 하면 물러간다. 내려치는 칼 한 자루에 도망을 가니 말이다. 하지만 우리 공장 귀신은 나약하지 않았다. 그날 그렇게 긴 대화를 하고 융숭한 대접과 무서운 공갈 협박을 당하고도 도망가지 않았다.

"어머니 더 용한 무당 할매를 찾아야 할까 봐요. 이제 귀신들이 이 층에 올라가지 않아도 스스로 내 방에 찾아와요. 전에는 눈이 마주쳐도 멀거니 쳐다보기만 했는데 요즘은 무서운 눈으로 나를 째려봐요. 금방 무슨 일이 생길까 무서워요." 밤에 자주 내 방에 왔다. 벽을 통해서도 스며들 듯 들어오고 책상과 벽 사이에 틈이 없는 데도 올라온다. 달력에 사람 그림이 있으면 그 눈동자가 가끔은 움직인다. 때로는 팔다리의 위치도 변한다. 어린애들 '무궁화 꽃이 피었습니다'를 외울 동안 술래

쪽으로 몰래 한 발자국씩 다가가는 놀이처럼 귀신들은 내가 무엇을 하는 동안 위치를 바꾸고 있었다.

어느 날 퇴계 종택 재실에 혼자 살며 공부가 깊은 학승(學僧)이라고 외삼촌이 데리고 왔다. 그 스님이 말했다.

"몸에 난 종기를 낫게 한다고 그냥 쥐어짜다 보면 사람이 죽는 수가 생긴다. 종기가 익으면 가만두어도 저절로 터지고 상처도 낫게 된다. 무주고혼(無主孤魂)은 억울하게 죽었거나 사후에 재사를 지내 줄 후손이나 연고가 없어 외롭고 굶주린 귀신들이다. 그것들의 한을 풀어줘야지 무례하게 다루면 동티난다. 원한 맺히고 독오른 귀신을 따뜻하게 대접을 하지 않고 주효(酒肴)를 조금 차려놓고 배불리 먹으라며 칼을 들고 협박하고 물러가라고 하니 어찌 귀신이 쉽사리 항복하고 물러설 수가 있으랴"

"그럼 우린 어떻게 하면 좋을까요?" 어머니가 물었다.

"천도재를 지내줘야지. 배불리 먹인 뒤 공손하게 그것들의 한을 공감해주면 그 귀신은 한 많은 사바세상(娑婆世上)을 떠나 그들의 업에 따른 새 세상으로 스스로 떠나게 될 것이다." 내가 물었다.

"귀신이 정말 있나요?"

"귀신은 없다. 금강경에 '나라는 존재는 없다. 그리고 너라는 존재, 중생이라는 존재 모두가 없고 생명이라는 것도 없다'라는 부처님 말씀이 있다."

"없으면서도 눈에 보이는 것은 무엇인가요?"

"그 건 수지화풍(水地火風)이 모여 일시적으로 존재하는 그림자이지, 본성은 아닐지라도 그림자는 있으니 귀신이 없다고만 할 수는 없어 즉 있기도 하고 없기도 하지. 영화는 정지된 필름을 연속적으로 돌릴 때

산 것과 같은 동작이 보이지, 그러나 필름 돌리기가 중지되면 살아 있던 주인공들도 없어지지. 영사기를 돌리지 않으면 영화도 없는 거야.

그림자끼리 사랑을 하며 그것을 거머쥐려 했으니 마치 손으로 바람을 잡으려는 것과 같다. 저것은 그림자거니 하고 그냥 바라보기만 했어야 된다. 그림자를 잡아 소유하려 했으니 어찌 죽지 않을 수가 있단 말인가! 물질과 정신은 꿈과 같고 헛개비 같고 또한 이슬 같으며 번개와 같다"는 말을 해주었다.

자기 절이 없으니 아는 절에 가서 천도재를 지내주라고 말하고 떠나갔다. 땡초의 말이 이해가 되기도 하고 안되기도 했다. "있기도 하고 없기도 한 존재, 그 존재의 한을 풀어주면 된다는 생각이 들었다. 명태 한 마리, 과일 몇 개를 대접하고 칼로 공갈을 치는 것은 귀신들의 원한을 더 깊게 해주는 것이라 했다. 아까운 것을 남에게 줄 때 상대가 감동을 한다. 굿을 하면서 우리 공장에 귀신이 살게 된 연유를 알게 되었다. 그 귀신들이 눈물을 흘리며 감사할 수 있는 선물이 무엇일까 생각했다.

주유소에 가서 석유 한 말을 샀다. 이 층 바닥에 석유를 뿌리고 성냥불을 던졌다. 재빨리 계단을 내려오면서 쪽문 쪽을 보았다. 두 귀신이 나를 빤히 쳐다보고 있었다. 작은 불이 큰 모닥불이 되었다. 잠시 뒤 용처럼 거대한 불기둥이 되어 혀를 널름거리며 등천하고 있었다. 그 불은 처음은 미미했는데 끝은 창대하게 타오르고 있었다. 불꽃이 뿌린 작은 씨앗들이 하늘에서 춤을 췄다. 아름다운 불꽃놀이였다. 귀신들의 극락왕생(極樂往生)을 비는 거대한 천도재가 화려하게 진행되고 있었다. 처음 가운데서 보이던 작은 황색 불이 힘을 얻어 푸른색과 흰색으로 변했다. 이 불들이 붉은빛으로 변하고 이윽고는 검은색으로 기세를 올리며 동서남북을 타오르고 있었다.

나는 시장이로소이다

　시장(市長)이 자살하는 날이다. 경상감영 터에서 자신의 말에 책임 못 지는 사나이 최후의 모습을 보여주는 날이다. 커다란 무쇠솥이 걸려있고 그 아래 장작이 쌓여있다. 삶아 죽이는 팽형(烹刑)의 재현이다. 시장선거 때 당선되면 일 년 뒤 시민 일 인당 천만 원씩 나누어 주겠다는 호언장담을 하였고 실천 못 하면 죽겠다는 약속도 했다. 그 공약 못 지켜 죽는 것이다. 사실 시장 취임 후 꽤 많은 돈을 벌기는 했다. 하지만 일 년 내 시민 한 사람당 천만 원 공약을 지킬 정도로는 벌지 못했다. 사나이는 이럴 때 목숨을 내던진다. 좋은 소재를 만난 기자들이 신이 나서 이리 뛰고 저리 뛴다. 방송용 카메라가 돌아가는 소리도 요란했다.

"시민 여러분 약속을 지키지 못해 죄송합니다. 죽음으로 책임을 지겠습니다."라는 짧은 인사를 마치고 시장은 짐짓 비장한 표정을 지으며 솥뚜껑을 연 다음 천천히 그 안으로 들어갔다. 국악으로 된 진혼곡이 울려 퍼지고 있었다. 모여든 사람들은 침을 꼴깍 삼키며 이 광경을 보고 있었다. 사람 바보 만들기 달인 민현탁 시장 홍보 비서가 이 행사를 기획했다. 일이 안 될 때는 쇼가 최고다. 이윽고 솥 아래 장작에 불이 지펴지고 슬픈 음악이 고조되자 시민들은 저 인간이 이제 정말 죽나보다 하고 즐겁기도 하고 슬프기도 한 야릇한 마음으로 현장에 서 있다.

불꽃이 너울거리며 타오르고 해금은 슬픈 곡조를 한껏 뽑아 올렸다. 흑흑 우는 여자가 보였다. 고개를 돌리는 노인이 눈에 띄었다. 갑자기 천둥 번개가 쳤다. 일기예보를 보고 잡은 날이었는데 예보대로 진행되었다. 불길이 활활 타오르자 여기저기서 '그만 해요'하는 소리가 들렸다. 선창자는 시민 차림을 한 시장 비서였고 따라 고함치는 사람들 역시 사복을 한 시청직원들이었다. 비가 내렸다. 사람 살리라는 시민들의 외침이 들렸다.

"시민 여러분 하늘이 용서하십니다. 이렇게 폭우가 내리는 것은 시장을 죽이지 말라는 하늘의 뜻 아니겠습니까? 여러분들 동의하십니까?" 민 비서가 외치자 여기저기서 '동의합니다'하는 소리 들렸다. 성급한 사람이 장작을 들어내기 시작했다. 시나리오대로 일이 잘 진행되고 있다. 가마솥 속에서 얼마나 떨었는지 모른다. 혹시 계획이 어긋나 정말 곰탕이 되지 않을까 하는 심한 공포를 느꼈다. 누군가가 솥뚜껑을 열어 재쳤다. 나는 짐짓 태연한 체 가부좌를 하고 앉았다. 기자들이 사진을 찍고 유튜버들이 현장을 중계하고 있었기 때문이다. 솥에서 기어 나와 우는 시늉을 하며 말했다.

"여러분 죄송합니다. 약속대로 죽지 않게 되었으니 이제는 몽둥이로 박살 내주세요" 말을 하다 보니 스스로 감격해서 정말 울면서 말을 하게 되었다. 순진한 시민들도 모두 따라 흐느껴 울었다.

"아닙니다. 시장님. 우린 진심을 알았어요. 돈보다 인간이지요."라고 시민들은 '시장이 죽었으면 좋았을 텐데'하는 속내를 숨기고 마음에 없는 소리를 했다. 시장과 시민들은 서로 마음에도 없는 소리를 주고받으며 쇼를 끝냈다.

화전민이었던 할아버지가 죽자 논밭이 없는 아버지는 머슴살이를 했다 머슴은 직업이 아니고 짐승 반열에 있는 노예였다. 그 짓이 싫어 국민학교를 졸업하고 서울로 갔다. 도시살이가 농사짓기보다 더 힘들었다. 산골에는 농사지을 땅이 없고 도시에는 먹고 살 직장이 없었다. 겨우 청계천 봉재공장 '시다'로 취업했다. 돈 구경은 할 수도 없고 기아만 면할 정도였다. 밤에는 야학을 다녔다. 그곳의 전도사와 목사님 그리고 대학생 형님들은 우리가 이 꼴로 사는 이유는 가진 자들과 미국놈들 때문이라고 했다.

야학에서 교육받은 내용은 재벌은 제국주의 미국의 꼭두각시로 매판자본가라고 했다. 노동자들이 죽도록 노력해 벌어도 사장들이 쥐꼬리 봉급을 주는 것은 미국은 재벌들을 착취하고 재벌들은 노동자를 등쳐먹기 때문이라고 했다. 우리의 영혼은 친일로 먹칠 되어있어 또다시 미국의 식민지 노릇을 스스로 한다는 것이었다. "갓 쓴 놈 돈은 도리우치보(조타보,鳥打帽)가 먹고 도리우치 돈은 나카오리(중절,中折)가 먹는다" 왜정 시절 속담이 생각났다. 미국은 친일파 이승만과 짜고 조국 통일 전쟁을 방해한 승냥이같은 놈들이라고 했다. '가붕개'들이 강한 자들과 맞설수 있는 방법은 떼거리를 만들어 덤비거나 공부를 많이 해서 정부 기관에 취업하는 것이라고 했다. 검정고시를 준비하던 나에게는 고시를 치라고 형들이 권했다. 천신만고 끝에 사법시험에 합격하였다. 형님들은 어디서 무엇이 되어 살더라도 절대로 '위수김동'과 '친지김동'의 가르침을 한시도 잊어서는 안된다고 강조하였다.

판사로 발령 났다. 목에 힘을 주고 법원 근무를 시작했다. 그러나 날이 갈수록 목에 힘이 빠져갔다. 나라는 존재는 그림자에 지나지 않는다는 느낌이 들었다. 직원들의 수동적 무시가 느껴지고 선후배 판사들의 냉대도 괴로웠다. 쉬는 시간이나 회식할 때 공유할 이야깃거리가 없었다. 살아온 내력이나 배경과 그리고 생각이 그들과 너무 달랐기 때문이었다. 대법원에서도 찬밥을 먹였다. 뒷배가 있는 판사들은 그의 고향과 대도시의 법원을 오가며 근무를 하는데 나는 늘 지청과 지청 등으로만 뱅뱅 돌렸다.

청계천 형님들을 찾아갔다.

"형님 더 이상 못 해 먹겠습니다. 개새끼들이 저를 끼워주질 않아요."

"이 바닥이 원래 그래. 넌 성분이 나빠서 그런 거야. 개업해."

변호사 사무실을 열었다. 아무도 찾아오지 않았다.

"형님 굶어 죽겠어요. 고객이 없어요."라고 우는소리를 했다.

"찾아오는 사람이 없을 수밖에, 법원 말단에 잠깐 있었던 까닭에 전관예우를 받을 형편도 되지 못했고 다닌 학교도 없었으니 언놈이 널 찾아오겠어?"

 형님들의 소개로 '참여대대'라는 시민단체에 들어갔다. 죽을힘을 다해 활동가로 열심히 복무했다. 시위가 있거나 싸움판이 있으면 항상 달려갔다. 약자의 대변인 이미지를 심어 주기 위해서다. 사연 있는 변호사들이 모인 '사변'이라는 변호사 단체에도 가입했다.

 단체에 속하자 일감이 늘어났다. 도둑놈 사건은 변호는 하지 않았다. 수임료는 싸구려이고 형량이 생각보다 많이 나오면 사무실에 와서 난동을 부린다. 대신에 민사재판이나 노동문제에 끼어들면 뭉칫돈이 생긴다. 그 돈은 속해 있는 단체에 상납하면 고객이 불어난다. 정치인, 관리, 노조원들을 만나다 보니 나도 남들을 부릴 수 있는 능력과 큰돈을 모을 수 있는 소질이 있을 것 같았다. 시장선거 출마의 이유는 거기에 있었다.

 참여대대와 사변에 같이 일하던 동지들을 불러 모았다. 중화반점에서 도원결의(桃園結義)를 맺었다.

 "우리가 시를 장악하면 돈도 모이게 할 자신이 있다. 동지들이 힘을 합쳐 중원(中原)을 평정되면 각자에게 식읍(食邑)을 떼어주겠어. 평생 먹고살 돈을 준말이야. 나의 공약은 한마디로 모두가 잘 먹고 잘사는 대구를 만들겠다는 것이다. 우리 한번 잘해보자." 공약은 후배들이 다 만들었다. 골치 아파 읽어 보지도 않았다.

 "내 공약의 핵심은 시청이 주도해서 돈을 많이 벌고 임기 일년내 시민 일 인당 천만 원을 분배해준다는 것이다. 돈 준다는데 싫다는 인간 없다. 그리고 만일 이를 못 지키면 자살하겠다고 선전하자."

 "역시 형님이십니다. 약속해도 안 죽으면 되지요. 하지만 반드시 돈은 벌어야 해요. 우리도 가족이 있고 따로 쓸 돈도 필요하잖아요?" 남 불행을 나의 행복을 여기고 즐기는 게 인지상정이 아니던가? 공약이 발표되자 시민들은 열광했다. 그들은 꽃놀이패를 즐기게 되었기 때문이다. 공약이 성공하면 천만 원 생기고 실패하면 남 죽는 꼴 보는 재미가 있다. '일지매가 오셨다.' '그는 재림한 예수다.','돌아온 미륵이다'라는 소문이 나돌았다. 민 비서가 서부연합 주먹패들과 아르바이트생을 동원해 만든 유언비어였다. 옳은 목적을 위해서는 방법이 중요한 것은 아니다.

당선되고 드디어 공약을 실천하는 작업으로 들어갔다. 두류공원을 가요공원으로 이름을 바꾸었다. 여기에 기념관, 역사관, 체험관 등의 건물을 건축하고 산골짜기에는 가수 이름을 붙인 올레길을 만들었다. 이런 관광명소가 생기면 손님이 한둘 오는 게 아니고 버스 타고 무더기로 온다. 소문나면 외국에서 비행기로 모여온다. 공사를 하면서 업자들에게 받은 돈도 쏠쏠하다. 돈 들어오는 모습이 보이고 귀에 들린다.

역사관은 조선 시대 대구,경북의 대중음악의 변천사를 소개하는 곳이다. 대구의 대중음악은 조선 시대부터 시작된다. 한강 이남 최고의 웅도였던 만큼 경상감영의 위세는 대단했다. 전라도 전주에서 예선을 거친 국악인들이 대구에 와서 대사습의 결선을 거친다. 여기서 합격해야 소리꾼의 자격증이 주어지고 중앙무대에 가서 창을 부를 수가 있다. 감영 주변에는 이 대회를 위한 교습소가 즐비했고 선생들도 넘쳐났다. 사철 노래소리가 그치지 않았다.

조선이 망하자 경상감영은 문을 닫았다. 실직한 감영 소속 기생들과 교습소 선생들이 권번(券番)을 만들어 밥벌이와 후진 양성을 하게 된다. 이들이 돈 버는 것을 보고 민간인들이 주축이 된 권번이 또 하나 생겨나 두 개의 권번은 선의의 경쟁을 하며 전국 대중음악의 추진체가 된다. 경부선이 놓이면서 대구역 앞 향촌동 주변에는 수백 개의 요정이 생긴다. 주색은 음악을 먹고 발전한다. 옛날 권번 기생들이 요정으로 흘러 들어가서 현대 대중음악의 맥을 이어갔다.

인물관에는 대구,경북의 유명 가수들이 소개된다. 대구 최초의 유행가 가수는 1935년 활약한 장옥조라는 여성이다. 연도별로 보면 39년 백년설, 42년 나화랑, 46년 강남달, 47년 고화성, 신세영, 53년 방운아, 56년 도미, 58년 남일해, 손시향이 초기 가수들이다.

후기 가수들은 1964년생 김광석부터다. 65년 장호일, 70년 배금성, 서진필, 71년 이지연, 72년 이한철, 79년 양파, 79년 박규리, 83년 김미, 86년 민효린, 베이식, 87년 이센스, 88년 Jun. K , 91년 Key C, 샤이니, 레이즈, 92년에 가은, 이승현, 94년에 이승현, 94년 동호, 95에 스쿨스, 98년에 송유빈, 2000년에 예나, 2018년 '방탄 소년'의 슈가(민윤기), 뷔(김태형)가 활약 중이다.

사람들은 이름과 연대가 나열되면 싫어한다. 역사관에는 입담 좋은 해설가나 유명 가수를 배치해서 에피소드를 많이 소개해 관람객들의 흥미를 끌게 한다. 가끔은 슈가와 뷔도 오는데 이날은 외신기자도 올 정도로 관중이 미어터진다. 51년 여름. 당시 한국 최고의 작곡가 박시춘, 작사가 강사랑 그리고 가수 현인 셋이 '양키 시장(교동시장)'의 '강산 면옥'에서 점심을 먹고 나오다 박시춘이 갑자기 좋은 악상이 떠 올랐다며 '오리엔트' 다방(자유극장 옆 '남성 악기' 2층.)으로 강사랑과 현인을 끌고 올라간다. 다방 한구석에 군용 담요를 두세 겹으로 얼기설기 엮어 방음장치를 해둔 곳이 '오리엔트 레코드사'였다. 이날 이렇게 탄생한 노래가 '굳세어라 금순아'이다.

　가수들을 발굴하고 이들을 키우고 노래를 부르게 하는 역할은 지금은 회사가 따로 있지만 그 당시는 레코드사의 몫이었다. 1950년대는 한국전쟁으로 음반 시장은 최악의 침체기였다. 그러나 전쟁 전 1947년 이병주 사장이 대구에 설립한 오리엔트 레코드사는 호황을 누렸다. 이 회사에서 서울서 피난 온 작곡가, 작사가, 가수들과 스스로 발굴한 가수들로 주옥같은 곡들을 만들어 내고 있었기 때문이다. 신세영, 남성봉, 강남달, 고화성 방초향을 배출한 오리엔트는 주기적으로 신인 콩쿠르를 개최하여 도미, 방운아, 남일해 등을 발굴해내었다.
　오리엔트 사에 속한 작곡자들은 박시춘, 이재호, 손목인, 이병주, 이인권, 엄토미(엄앵란의 삼촌) 등이 있었고 작사가들은 강사랑, 손로원, 김다인, 나경숙(이서구), 임영일(이인권), 유호, 손석우 들이 있었다. 전속 가수로는 남인수, 백년설, 진방남, 이인권, 장세정, 심연옥, 현인, 백설희, 나애심, 신세영, 금사향, 이남순, 방초향 등이 있었다. 지방에 있는 레코드사가 이 정도였다면 놀랄 일이 아닌가!
　이 회사에서 발표한 노래들 중 '비 내리는 고모령', '신라의 달밤', '귀국선', '전우야 잘 자라', '태극기', '전선야곡', '아내의 노래', '굳세어라 금순아', '미사의 노래,' '아메리카 차이나타운', '럭키 서울'. '님 계신 전선', '이별의 탱고', '촉석루의 밤', '쌍가락지 논개' 등은 가요의 전설이 되었다. 총 80~90매의 음반으로 160~170여 곡을 발표하였다. 고화성이 '38선 야화', '꽃 피는 진주 땅'을 취입하여 한창 인기몰이를 하던 중

6.25 전쟁이 발발한다. 전쟁 중에는 대구의 오리엔트가 유일의 레코드 회사 노릇을 했다. 얼마 뒤 부산의 코로나 레코드가 생겨 우리나라 50년 가요의 맥을 잇는 주요한 역할을 하게 된다.

오리엔트가 승승장구할 무렵 평양에서 대구로 와 '상신 악기점을 하던 김철준, 영준 형제가 '유니온 레코드사를 설립하여 송민도의 '애수' 등의 음반을 출시한다. 1953년 유니온 레코드의 공동운영자였던 김영준씨가 백년설, 진방남, 이재호등을 영입하여 '서라벌 레코드'사를 설립하고 '방랑의 처녀(진방남)', '다방 아가씨(허민)', '해인사 나그네(백년설)'등을 발표하지만 1년여 만에 문을 닫는다.

한때 대구에는 오리엔트 말고도 유니온, 서라벌, 아카데미 등의 레코드사가 번창한 적도 있었다. 46년 한국 최초로 서울에 '고려 레코드'가 설립되었고 이어 '조선', '아세아가' 태어난다. 이어서 대구의 '오리엔트' 다음에 부산의 '코로나' 레코드사가 탄생한다. '고려 레코드'에서 남인수의 '가거라. 삼팔선'과 김천애의 '애국가'가 나온다. '아세아'에서는 이봉룡 작곡의 '우러라(울어라) 은방울', '달도 하나 해도 하나'가 발표되고 럭키 레코드에서 '신라의 달밤'이 나왔다.

화무십일홍(花無十日紅)으로 한때 대한민국 유일의 레코드사로 이름을 떨치기도 했던 '오리엔트 레코드'사의 사세도 점점 시들어진다. 나라 전체의 경제적 판도가 변화한다. 대구는 쪼그라드는 도시였고 서울은 욱일승천하는 도시였다. 레코드도 S.P에서 L.P로 전환되며 오리엔트도 1956년 '비 내리는 호남선'으로 L.P판을 내기도 하였지만 서울이라는 거대한 골리앗을 이기지 못해 1958년 문을 닫는다. 60년대 들어서며 '아카데미 레코드'사에 의해 한국의 본격적인 L.P시대가 열리게 된다. 이병주 선생은 서울로 올라가 '대한 레코드'사를 1년 남짓 운영하다가 재기하지 못하고 귀향을 하고 2013년 귀천한다.

관람객들이 지루할 무렵 유랑극단 변사 목소리의 해설가가 당시 가수들의 등용문이었던 레코드 회사의 콩쿠르 대회에 대한 에피소드가 소개된다. 오리엔트 레코드사는 51년에는 대구극장 콩쿠르 대회에서 개성고등 3학년이었던 도미와 방운아를 발굴하여 중견 가수로 성장시킨다. 54년 남산동 대도 극장 무대에서 대건 고등학교 3학년 정태호가 오리엔트가 주최한 신인가수 콩쿠르 대회에 나가 '로맨스 항구'라는 노래를 불러 특등(대상)을 했다. 그 후 서울로 올라가 작곡가 이병주의 문하생이 되어 본격적인 노래 지도를 받는다. 59년 남일해라는 예명으로 '비 내리는 부두'로 정식가수 데뷔를 하게 된다. 그는 중앙국민학교를 나와 손시향의 선배가 되며 대건중고등을 졸업한 가요계의 영재였다.

가수들을 좀 더 깊이 알기 위해 히트곡과 고향을 소개하는 부스도 있다. 대봉동 태생으로 35년에 등장한 대구,경북 출신 가요 가수 장옥조가 부른 대표적 노래는 38년에 녹음된 '신접살이 풍경'이다. 이어 등장하는 초창기 가수로는 39년 남인수, 현인과 함께 한국가요의 3대 거성으로 추앙받는 성주 출신 백년설(부인은 가수 심연옥), 42년 김천 출신 나화랑, 46년 강남달, 47년 고화성과 '전선야곡'으로 유명한 영남고등 출신 신세영이 있었다. 53년에는 '마음은 자유천지', '경상도 사나이', '인생은 나그네'를 부른 경산 출신 방운아, 56년에는 계성학교 출신 도미가 등장하여 경쾌하고 감미로운 목소리로 '청포도 사랑'과 '하이킹의 노래'로 전국을 떠들썩하게 했다. 경북고등과 서울대학을 졸업한 손시향은 1958년 서양식 발라드풍인 '이별의 종착역'과 '검은 장갑'을 불러

가요 팬들에게 한국의 팻분이라는 칭찬과 사랑을 한 몸에 받았다.

60년대로 들어서면서도 대구,경북 출신 유명 가수들은 계속 나타난다. 샹송가수인 곽순옥이 '누가 이 사람을 모르시나요?'를 불러 동명의 영화까지 나오게 하며 민족의 비극을 애절하게 표현하였다. 이 무렵 대한민국 최고의 가수는 한국의 '후랑크 나가이(永井)'라고 불리던 매력의 저음 천재 남일해이다. 61년 '이정표'를 불러 7만여 장의 음반 판매의 기록을 세운다. 잇달아 대박을 기록한 노래는 '빨간 구두 아가씨'이다. 70년대는 대륜고등 출신 여운이 '과거는 흘러갔다'로 유명세를 얻는다. 같은 무렵 시각장애인이면서도 항상 유머러스라고 명랑한 이용복이 한국의 레이 찰스라는 칭찬을 들으며 '그 얼굴에 햇살', '줄리아', '어린 시절'을 불러 대구 출신들을 또 한 번 유명하게 만든다.

대구 경북의 가요계는 가수만 있는 게 아니다. 유명한 작곡가도 많다. 대성고등학교를 나온 김희갑이 '향수', '킬리만자로의 표범', '꽃 순이를 아시나요?', '진정 난 몰랐네.'를 작곡하여 많은 가수들을 출세시켰다. 그리고 '울려고 내가 왔나?', '여고 시절', '내 곁에 있어 주', '그대 변치 않는다면', '마음 약해서', '잊게 해주오', '정든 배'등의 주옥같은 노래를 만든 김영광도 대구 출신 작곡가이다. 배호의 삼종숙으로 성광중을 나와 가수로 활약하다가 작곡가 된 배상태는 성주 출생으로 대구서 활약하다 서울로 가서 크게 빛을 보게 된다. '돌아가는 삼각지', '안개 낀 장춘단 공원', '능금빛 사랑' 등을 작곡하여 배호를 큰 가수로 만든다. 배호 노래의 절반 이상이 배상태의 곡이다.

체험관에서는 옛날 가수부분과 현대 가수 부분으로 나누어 모창 경연대회도 하고 새 노래 배우기도 한다. 공원의 산정으로 올라가는 계곡에는 유명 가수의 이름이 붙은 둘레길이 있다. 그 길은 걸으며 음악을 듣는 힐링 장으로 유명하다. 매일 유명 가수가 번갈아 자신 이름이 붙은 둘레길에 온다.

   이 사업이 성공하기에는 일 년이 너무 짧았다. 건축하고 홍보해서 막상 수입이 생기는 것은 일 년을 지나서 가능했다. 그 자살 소동은 처음 시간 계획을 잘 못 잡아 일어난 해프닝이었다. 이제는 대구시에 돈이 넘쳐난다. 시장이 죽을 일은 없어졌다. 떠들면 돈만 나누어 주면 된다. 돌고래 쇼는 꽁치로 이루어지지 않던가! 이제는 우리 도원의 형제들이 어떻게 목돈을 뒤탈 없이 나누어 먹느냐는 일만 남았다. 물론 그분에 드릴 돈도 챙겨야지.

참치의 오오마(大間)

　　쓰가루(津輕) 해협(혼슈, 本州와 홋카이도, 北海道 사이의 해협)을 건너온 차가운 칼바람이 오오마(大間) 항구를 통 채로 날려 보낼 듯 불어온다. 바람은 '아오키이치로(靑木一郎)'의 얼굴과 가슴을 밀치며 속을 후벼판다. 오늘도 동네 뒤 바위에 모셔진 '벤자이텐(변재천.辨才天, 불교에서 음악을 맡은 여자 보살. 일본에서는 어부의 수호신 역할도 함)' 보살에게 기도드리고 온다. 아내가 살았을 때는 그녀가 매일 하던 일이다. 몇 년 전에 100kg짜리 참치를 잡아 1억 엔을 번 적이 있다. 온 항구가 떠들썩했다. 그 돈은 오래 가지 않았다. 배 만들 때와 신형장비 사는데 수협에서 대출받은 빚 갚은 데 대부분 썼기 때문이다. 이제부터 돈이 모이겠다 생각했는데 그해 아내가 암으로 죽었다. 그 후 삼 년 동안 대물 참치(鮪)는 한 마리도 잡지 못했다. 참치잡이로만 살려면 최소한 한해에 작은 참치 20마리 정도 잡든지 아니면 100kg 넘는 큰놈을 몇 마리는 잡아야 먹고 살 수가 있다. 그때 큰놈 잡지 못했으면 기초 수급자가 될 뻔했다. 삶의 여정이란 산마루와 골짜기가 교대되는 느낌이다.

두 딸과 함께 산다. 며칠 전 맞이가 간호대학에 합격했다고 통지서를 보여주었는데 함께 내민 고지서를 보니 등록금 40만 엔이다. 매달 하숙비 5,000엔, 속으로 대충 계산해보니 연간 70만 엔이 필요하다, 딸은 왜 대학에 가는 걸까? 남의 집 딸처럼 시집가서 남편에 의지하고 해초 따고 조개잡이를 하던지 어시장에서 부업이나 하며 살면 될 텐데 하는 아쉬움이 있다. 하지만 그 말은 차마 하지 못한다. 딸은 엄마를 가족들이 잘 돌보지 못해 병들어 억울하게 죽었다며 간호사가 된다고 했다. 대물 잡은 아버지는 어디 가고 마누라 죽인 남편만 있다는 원망 같기도 하다. 흰 이빨을 드러내며 화난 듯이 밀어닥치는 찬 파도가 방파제를 넘는다. 튄 물방울에 옷을 적시는데도 피하지 않고 서 있다. 바다 건너에 있는 '닷피(龍飛)'와 '토오이(戶井)' 포구 쪽을 물끄러미 건너다본다.

아오키의 집안은 혼슈 북쪽 끝에 있는 '아오모리(青森)현 오오마(大間)'에서 삼대째 고기 잡는 어부로 살고 있다. 할아버지는 철 따라오는 물고기인 오징어와 방어, 넙치, 꽁치를 잡았고 아버지 때부터 참치를 잡았다. 쓰가루 해협은 태평양을 출발한 참치들이 혼슈를 따라 북으로 회유하는 곳이다. 참치는 10월부터 겨울철 한철에나 잡히는 고기여서 큰돈 벌기가 힘들다. 대신에 큰놈을 잡으면 오랫동안 걱정 없이 먹고 산다. 하지만 큰 참치만 고집하다 뜻대로 안 되면 살림살이가 어려워진다. 잡어를 잡는 편이 훨씬 더 안정된 생계 수단인데도 오오마의 어부들 중에는 굳이 참치잡이만 고집하는 사람들이 있다. 아오키이치로의 아버지 아오키미시마(青木參島)도 그런 부류의 한 사람이었다. 이 사람들은 참치잡이 어부야말로 진정한 어부이고 진짜 사나이라고 자나 깨나 외치고 다녔다. 동네 어떤 사람들은 이런 부류의 어부들이 제정신이 아닌 것 같다고 한다. 그러나 그들은 애써 모르는 체하고 산다.

아오키는 13살 때 혼자 아버지의 배를 몰래 타고 나가 새끼 참치를 잡은 적이 있다. 동네 사람들은 천재 어부가 탄생했다며 모두 내 일처럼 기뻐했었다. 중학교를 졸업하고 바로 어부가 되었다. 동생 '사토미(里見)'는 고기잡이에는 전혀 관심이 없었다. 중학교 다닐 때 공부를 뛰어나게 잘해 아오모리(青森)현의 유지들이 이런 인재는 키워주는 게 도리라며 도쿄의 고등학교로 보내주었다.
"사람은 제각기 타고난 재능이 있는 거야. 난 우리 '이치로'가 어부가 되어 정말 고마워. 우리 집안의 가업을 이을 수 있게 되었으니 말이지. 게다가 참치 어부가 되고 싶다니 정말 자랑스럽다. 넌 진정한 남자야."
이런 말이 맏아들을 위로하는 건지 아니면 진심인지는 몰라도 오야지(아버지를 친근하게 부르는 말.)가 좋다니 아오키도 좋았다. 동생은 게이오(慶應) 대학을 졸업했다. 현재는 효고(兵庫)현에서 판사로 일하고 있다. 사토미가 고시 합격하자 오오마가 떠들썩했다. 하지만 오오마 사람들은 아버지가 150kg의 참치를 잡았을 때는 더 떠들썩했다.
"판사와 어부를 비교해서는 안 된다. 그 건 개와 고양이를 비교하는 짓과 같은 거야. 어부는 어부끼리 판사는 판사끼리 비교를 해야지. 같은 것끼리 비교해서 우열을 삼고 그때 지면 우는 거야. 남자로서 자격이 없어. 사실 지고 이기는 건 본 문제가 아니야. 최선을 다했느냐가 문제지. '잇쇼겐메이(일생현명―生懸命 한목숨 바쳐 들이는 정성)' 정신과 '오도코(남자)'라는 사실을 잊지 말아야 되." '일생현명'과 '남자'라는 단어가 아오키의 가슴에는 그렇게 새겨졌다. 아버지의 배에서 몇 년 일했지만 고기잡이 기술을 가르쳐 주지 않았다. 어깨너머로 배우는 수밖에 없었다. 오야지는 말했다.

"오오마의 어부는 부자간이라도 기술을 가르치지 않는 게 전통이야. 남자라면 강인해져 스스로 알아서 제 삶은 닦아야 하는 거야. 우리나라에서는 한겨울에도 아들은 짧은 바지를 입혀 맨다리로 다니게 한다. 넘어진 애도 일으켜 주지 않는다. 울면 혼낸다. 이게 야마도다마시(大和魂) 정신이라는 것이다."

오오마는 같은 아오모리 현에 있는 닷피 어부와 쓰가루 해협 건너편 홋카이도, 하코다테(函館)시 토오이의 어부들과 경쟁자 관계. 닷피와 오오마의 참치잡이의 방법은 같다. 미끼를 낀 한 개의 낚싯줄을 던져 고기를 잡는 '외줄낚시'를 하고 토이는 긴 줄에 여러 개의 낚시를 달아 바다에 던져 잡는 주낙을 한다. 나가사키(長崎)현 이키(壹岐)와 오키나와(沖繩)에서는 릴낚시를 한다. 오오마는 '붓츠케 어업'이라는 집단 어업을 한다. 어부 혼자 탄 배들이 한꺼번에 나가 참치 떼들의 앞에 옆으로 선다. 이때 속도가 빠른 배가 가장 좋은 자리를 차지하므로 경쟁이 치열하다. 외줄 낚시를 바다에 던진 다음에는 동료를 배려해서 차례로 그 자리를 빠져 나가준다. 고기가 적을 때는 자유롭게 혼자 잡는다. 가끔은 먼바다에 나가 부표를 던져두었다가 고기를 건져 올리는 방법도 쓴다. 그러나 오오마의 가장 사나이다운 참치잡이는 외줄낚시다.

토오이의 주낙 배들은 선단을 이루어 오전 3시에 바다에 나간다. 선단 장이 어부 둘씩 탄 40척의 배를 0.8km 간격으로 옆으로 배들이 서도록 지시한다. 5시 30분이 되면 배들은 100개 정도의 미끼가 낀 낚싯줄을 10km 길이로 바다에 던져 넣는다. 참치가 걸려들면 손을 쓰지 않고 권양기로 감아올리는 방법을 쓴다. 시장에 출하할 참치는 오오마는 어부 개인의 이름표를 쓰지만 토오이 그들 지명만 붙이는 것도 다르다.

최근에 참치 회유가 줄어든 탓에 어획이 좋지 않다. 그런데도 오오마 참치 어부들은 기도하고 바다만 하염없이 바라보고 있다. 그런 모습이 아오키의 가슴을 답답하게 한다. 하지만 그들을 탓할 수만 없다. 만약에 먼 곳으로 갔다가 허탕을 치고 오면 기름값이 너무 부담된다. 안 그래도 허리가 휘는 빚이 있는데 더 늘어난다. 대부분이 배 만들 때부터 수협에 빚을 내었고 새로운 장비들도 대부분 빚을 내어 산다. 경비를 허비하는 출어는 모험이다. 참치 어부들이 참치 계절이 아닐 때나 흉어기에 살아남는 방법은 딴 어부처럼 넙치, 오징어 등 잡어를 잡거나 미역을 채취하기도 때로 공사장 잡역부 노릇도 한다. 아오키의 아버지도 대물 참치를 잡은 어부였었는데도 한때 생계비가 모자라 혼슈와 홋카이도를 잇는 해저 터널 '세이칸(青函) 터널' 공사장에서 도가다(노가다, 土方) 노릇을 한 적도 있었다. 부인네들은 매일 벤자이텐 여신에게 남편의 안전과 대물 잡기를 기도를 드린 뒤 해초를 따기도 하고 수협 위판장에서 잡일도 한다. 뜨문뜨문 찾아오는 관광객들에게 해산물과 기념품을 팔아 생계를 꾸리기도 한다.

"사람의 성공이란 첫째가 운수야 다음에는 둔해야 하고 마지막에 기술이지. 간단하게 운둔기(運鈍技)라고 생각해. 대물 참치잡이의 성공은 기술보다 운수야. 벤자이텐님이 점지해 주셔야 고기가 내 것이 된다. 결과는 운에 맡기고 '잇쇼겐메이의 정신과 오도코의 용기로 돌진하란 말이야. 참치가 물면 무식하게 달라 맺혀 끈질기게 고기와 싸우는 거야."라고 아버지는 밥상머리에서나 배에서 자주 말했다.

모험하기로 결심했다. '사나이.'라는 말을 되네이며 8시간 넘는 긴 항해 끝에 게센누마(氣仙沼)의 앞 태평양에 도착했다. 전에 한 번 와 본 일이 있는 곳이다. 가지고 간 미끼는 3종류, 산 오징어와 꽁치 그리고 죽은 날치다. 오오마에서 주로 오징어와 꽁치를 쓰지만 같은 곳의 참치라도 시간에 따라 식성이 달라지므로 날치까지 챙겨왔다. 아직 해가 지지 않아 시험 삼아 오징어를 던져 넣어 보았다. 곧 입질이 왔다. 당겨보니 별로 큰놈도 아니고 참치도 아니었다. 올라온 건 역시 상어였다. 기대한 것은 아니지만 재수 없다는 생각이 나서 약간 화가 났다. 상어 대가리를 몽둥이로 힘껏 때려주고 바다로 던져버렸다.

기운을 모아두어야 내일, 모래 이틀간의 참치와의 대결에서 이길 수가 있다. 미소 국에 밥을 말아 특별히 만들어 온 스키야키를 끓여 먹는다. 낯 설은 태평양, 하늘의 달은 휘영청 밝고 물결은 잔잔하다. 아오키는 가끔 밤바다에서도 조업했지만 달을 본 기억이 거의 없다. 보기야 했겠지만 일이 바빠 달이 눈에 들어오지 않았는지 감성적으로 둔감한 인간이어선지 모르겠다. 기자재를 점검해본다. 낚싯바늘, 낚싯줄, 미끼통과 어군 탐지기. 조류측정기, 무전기, 전기 충격기, 도르래, 권양기, 작살, 칼등을 둘러보고 한 번씩 닦아준다.

이틀째의 조업이 시작되었다. 오늘도 오징어를 써본다. 오전 내내 입질이 없다. 미끼를 꽁치로 바꾸어 던져 넣었다. 그래도 소식이 없다. 난간을 돌아다니며 새 떼를 찾기 시작했다. 어부들은 바다 위의 새 떼를 '새의 산(도리야마 鳥山)'이라고 부른다. 프랑크톤을 쫓아 온 작은 물고기들이 큰 놈들에게 쫓겨 물 위로 튀어 오를 때를 물새들이 노린다. 새 떼는 작은 물고기가 많다는 의미이고 그 아래에는 큰 물고기가 있다는 신호다. 저 멀리 새 떼가 보였다. 최고 속력으로 배를 몰아 다가갔다. 참치들이 뛰어오르고 있었다. 놈들의 앞에 배를 대고 미끼를 던져넣었다. 바로 낚싯줄이 팽팽해졌다. 참치가 낚싯바늘은 문 것이다. 엔진을 급발진시켰다. 잠시 줄을 느슨하게 풀었다가 획하고 낚아챘다. 입질이 올 때 바로 줄을 당기면 미끼의 대가리만 문 상태여서 참치가 빠져나가는 경우가 많다. 미끼가 온전히 입속에 들어갈 수 있도록 잠시 줄을 푼 것이다. 계획대로 바늘이 놈의 입 천정에 박힌 것 같았다. 이제는 당겨오기만 하면 된다.

손에 오는 감촉으로 볼 때 대충 7,80kg는 될 것 같다. 참치와 밀고 당기기를 계속한다. 오오마의 어부들은 고기를 억지로 당기지 않는다. 낚싯줄이 끊기지 않도록 하기 위한 이유도 있지만 '미야키(고기를 태우기.身燒) 하지 않기 위해서다' 물 위에 올라올 동안 너무 오래 물고기가 요동을 치도록 하면 근육에 열이 올라 맛이 없어진다. 미야기를 막기 위해 토오이 어부들은 고기를 잡아 올리는 도중에 피를 뽑기 시작한다. 갑판에 올라온 참치는 파이프로 머리 부분을 찔러 뇌를 뽑아 확실하게 죽인다. 미동도 못하게 하자는 목적이다. 오오마에서는 일단 고기를 갑판에 올린 뒤 즉시 꼬리를 잘라 피를 뽑고 아가미와 내장을 제거한다. 다음에는 피부가 긁히지 않도록 포대에 싸서 냉장고에 넣는다. 고기가 거대할 때는 그냥 항구로 싣고 간다. 이런 기술과 성의로 포장되었기 때문에 오오마와 토오이의 참치는 도쿄(東京) 츠키지(築地) 어시장에서 최고로 값을 받게 되는 것이다.

  놓았다가 당겼다를 반복한다. 갑자기 놈이 힘을 주어 당긴 다음 배 밑으로 들어가려고 애를 썼다. 낚싯줄을 배 밑바닥에 쓸어 끊기 위해서다. 참치는 머리가 좋아 대게 이런 수법을 쓸 줄 안다. 아오키는 당황했다. 줄을 느슨하게 풀어주었다. 그러나 놈은 아주 빠른 속도로 배 밑으로 들어갔다. 몇 번의 요동이 있은 다음 갑자기 텅 하는 소리를 내며 줄이 끊어졌다. 물고기가 승리하고 어부는 끊어진 낚싯줄을 들고 서 있었다. 이미 새 떼들은 없어지고 참치들의 도약도 보이지 않았다. 수평선에는 흰 구름만 둥둥 떠가고 있었다.

  마지막 날이다. 식량이나 식수 사정이 그것밖에 되지 않는다. 기상정보에 오늘은 비가 내리고 바람도 강해져 4,5m의 높은 파도가 칠 것이라고 했다. 날이 채 밝지도 않았는데 벌써 파도가 세게 쳐 오른다. 잘못하면 낚시를 던져보지도 못하고 돌아가야 될 것 같은 불길한 예감이 든다. 전에 이런 날 출어했다가 배가 전복한 일이 있다. 그때는 친구 배가 부근에 있어 목숨을 건졌지만 오늘은 나 혼자다. 불안감이 가슴에 가득 피워 오른다. 파도가 점점 높아지고 배가 심하게 요동치기 시작한다. 불길한 생각도 파도 따라 점점 높아간다. 고기가 잡힐 것 같지도 않고 설사 잡아도 배에 끌어 올리지도 못할 것 같다. 낚싯줄을 몇 번 더 던져 보고 귀항할 생각을 한다. 그러나 그건 사나이답지 못한 생각이다. 오야지가 가장 싫어하는 행동이다. 비가 심하게 내리기 시작했다. 이제 뿌옇게 흐린 바다는 악마의 이빨 같은 흰 파도를 더 거세게 쳐올리며 몸부림쳤다.

　탐지기에 새 떼가 보였다. 빠르게 배를 달려가 새의 산을 만났다. 꽁치 몇 마리와 함께 미끼 낀 낚싯줄을 던져 넣었다. 배가 하도 기우뚱거리는 바람에 고기가 바늘을 물었는지 안 물었는지도 모를 지경이다. 감으로 그냥 당겨본다. 몇 번 허탕을 쳤다. 갑자기 줄이 팽팽해졌다. 재빨리 엔진을 급가속했다. 약간 놓아주었다가 갑자기 줄을 휙 힘주어 당긴다. 숙달된 어부의 솜씨다. 제대로 바늘이 녀석의 목구멍에 박힌 것 같았다. 지금부터 참치와 진검승부(眞劍勝負)가 시작된다. 물고기 힘이 굉장히 세었다. 느낌대로라면 200kg 정도 될 것 같았다. 하지만 그 건 파도의 무게까지 합한 것이라고 생각했다.

　고기는 별로 지치지 않는 눈치인데 아오키는 힘이 빠지기 시작한다. 소리가 들렸다. '야 이 병신같은 놈아 내가 그렇게 말했잖아 죽어도 오도코답게 죽으라고 잇쇼겐메이 잊어 버렸어!" 오야지의 노한 음성이었다. 드디어 75m의 파란 매듭이 보였다. 다시 줄이 100m쯤으로 풀렸다가 50m로 다가왔다. 25m를 표시한 빨간 매듭이 보였다. 심장이 뛴다. 다시 줄이 100m나 줄줄 풀려나갔다. 놈은 전심전력을 다해 줄을 끌고 도망갔다. 70m 정도로 풀리자 배 밑으로 들어갔다. 아오키는 배전의 가운데서 앞쪽으로 옮기며 줄을 당겼다. '벤자이텐' 님 재발 저놈이 배 밑에서 나오도록 밀어 내주소서"하고 빌었다. 참치가 배 밑을 나와 길게 줄을 끌고 갔다. 놈도 힘이 조금 빠진 느낌이었다. 오오마의 사나이가 일생현명으로 줄을 당겼다. 이윽고 두 번째의 25m 매듭을 본다. 이때다. 전기 충격기를 넣고 스위치를 틀자 요란 경보음이 울렸다. 전기 충격기가 참치의 대가리에 닿아 전기가 잘 통하고 있다는 신호다. 갑자기 녀석의 몸부림이 확 줄었다. 전기에 감전되어 기절했기 때문이다. 재빨리 권양기의 줄을 감아올렸다.

일렁거리는 파도 속에서 놈의 허연 배때기가 보였다. 한 손에 작살을 들고 다른 한 손으로 참치를 끌어당겼다. 가까이 오자 참치의 눈 위 아가미를 작살로 찍었다. 붉고 진한 피가 솟아올랐다. 이제 참치는 기진맥진한 상태가 되었다. 갈쿠리로 고기의 아가미를 벌리고 밧줄을 넣어 입으로 빼냈다. 권양기의 도르래와 아오키의 팔이 합작해서 고기는 배로 오른다. 파도는 투정이라도 하듯 끈질기게 고기를 물로 다시 데려가려고 했다. 고기는 무겁고 파도는 배를 흔들어 한쪽으로 심하게 기운다. 기진맥진한 탓에 아오키는 제 마음대로 배를 조정할 수도 없는 지경이다. 배가 전복할 것 같았다. 권양기도 쉽게 줄을 감아올리지 못하고 헐떡이고 있었다. 일생현명의 정신으로 마지막 힘을 다해 고기를 배로 끌어 올렸다. 아오키는 간판에 널부러졌다.

세찬 비바람을 뚫고 아오키의 배가 귀항하자 두 딸과 어부들이 모여 있었다. 참치는 342kg이었다. 동료들이 만세 삼창을 했다. 실로 몇 년 만에 오마의 어부들은 300kg 넘는 대어를 만났다. 도쿄의 키쿠치 어시장의 '하츠세리(初競, 새해 첫 경매)'에서 토오이의 영광을 되찾을 수 있을 것 같다. 집에 돌아와 참치의 등지느러미와 심장을 아내의 영정 앞에 바치며 감사의 기도를 올렸다. 아내가 살아 있을 때는 이것들을 선왕대신(船王大神)에게 올리고 기도드렸다.

80여 년 된 도쿄 어시장 츠키지(地築地)에서 1월 5일 첫 경매가 시작된다. 이날 납품될 생선들은 작년 12월 31에서 새해 4일까지 잡힌 것들이다. 모든 생선들 중 단연 인기 최고는 참치다. 관람객 120명을 받아 경매를 시작한다. 이들은 새벽 5시까지 입장 완료되고 경매사들은 세계 각지에서 잡혀 온 참치의 겉모양과 피부 상태를 살펴보고 다음에는 꼬리 잘린 부분에서 신선도와 기름 함유량 그리고 육질을 만져보고 그 맛을 유추해낸다. 5시 25분이 되면 경매가 시작된다.

경매를 받는 사람들은 스시(壽司, 촛밥)식당으로 참치를 되파는 중간 상인이나 스시식당 주인들이다. 그동안 '이타마에(板前)' 즈시와 키요무라(喜代村)사의 스시 '잔마이(三昧)'가 합작을 해서 공동낙찰을 받았다. 올해는 두 회사가 따로 경매에 참여했다. 일본 전국은 물론이고 세계에서 몰려든 참치 중에 최고가는 해마다 오오마 산이었는데 작년에는 오오마가 토오이에게 선두를 빼앗겼다. 치욕적인 일을 당한 것이다. 일본의 스모(相撲)가 단순한 씨름이 아니고 신에게 축복을 비는 경건한 행사이듯이 참치 어부들의 고기잡이는 그들의 생계이자 하늘에게 올리는 예물 잡이다. 상대방에게 진다는 것은 신에 대한 경건성과 충성심이 부족함을 나타내는 것으로 해석이 된다. 패배는 죽음과 같은 해석을 할 수가 있는 것이다. 차라리 같은 현의 닷피는 몰라도 홋카이도의 토오이에게는 질 수는 없는 일을 당했다. 할복(割腹)할 일이었다.

참치 경매에서 가장 무거운 놈이 최고가로 팔린 확률은 높지만 반드시 그런 건 아니다. 무게만 치자면 외국산 참치들이 해마다 최고가가 될 것이다. 쓰가루 해협의 어부들 고기가 세계적으로 높은 점수를 받는 것은 정성 어린 마음과 특유의 어획 기술에서 나온 고기의 모양과 맛이다. 고기 겉면의 상처가 없고 살은 타지 않는다. 그래서 물건은 항상 싱싱하고 감칠맛이 나는 것이다. 오오마의 참치는 어부 그들의 자식이요 신에게 바치는 제물이다.

그날 출하된 530마리 참치 중 일단 아오키의 것이 최고로 뽑혔다.

경매가 시작되었다. 제시된 첫 가격은 500만 엔이다. 바로 750만 엔이 되었다. 재빨리 가격이 뛰었다. 1,000만 엔이 되었다가 1,500만 엔, 2,000만 엔으로 가파르게 올랐다. 쉴새 없이 많은 경매사들이 손을 든다. 1억엔, 평소 가격을 추월하였다. 2억엔, 드디어 예년의 첫 경매 가격을 훌쩍 뛰어넘자 관객들은 물론이고 경매사들마저 소름이 끼치기 시작했다. 마지막으로 3억4천318만 엔에 스시 잔마이가 손을 들자 장내는 쥐죽은 듯 조용했고 이제 아무도 손을 들지 않았다. 오오마의 아오키가 잡은 342kg 참치가 역대 최고가로 낙찰되었다. 보통 하츠 세리에서는 1억엔 좀 넘는 경우가 보통이었다. 이 놀라운 소식은 일본은 물론 세계 전역의 메스컴에 타전이 되었다. 스시 잔마이의 기무라기요시(木村淸)사장이 텔레비전 화면에 가득 줌 업 되었다. 만면에 웃음을 머금은 뚱뚱하고 키 작은 그가 경매가 끝난 참치를 시장 밖에서 모인 관람객들에게 손수 해체 쇼를 하고 있었다. 긴 칼로 대가리를 자른 다음 몸통에서 등뼈를 따라 꼬리 쪽으로 몸을 반으로 갈랐다. 주변에서는 사진 찍느라 난리였다. 쇼가 끝나고 식당으로 간 고기는 바로 스시로 만들어져 팔리는데 1피스(10-14g)당 대뱃살은 429엔 중간 뱃살은 321엔 그리고 붉은 살은 170엔을 받았다. 보통 때와 똑같은 값이다. (어떤 회사는 소비자에게 평소의 열 배 가격을 받는 곳도 있다.) 이것이 일본의 가진 자의 기마에(氣前, 희떠운 기질) 문화다. 새해 첫 경매는 축의 가격(祝儀價格)이라고 부르며 고기를 놀라운 가격으로 사서 어부의 기분을 화끈하게 해주는 행동, 손해 보아도 좋다. 돈은 살면서 벌면 된다. 사나이의 통 큰마음을 보여주고 싶은 것이 상인들의 자부심이다. 올해는 츠키지의 마지막 경매다. 내년부터는 토요스(豐州)로 옮긴다니까 기무라는 더 화끈하게 기마에를 쓴 것이다. 돈보다 마음, 그리고 우리를 먹고 살게 해주는 영웅적인 어부에게 우리도 생명을 바쳐 감사의 표시를 한다는 뜻이다.

오오마에서 이 소식을 T.V에서 본 아오키는 놀라운 사실에도 마음이 얼어붙어 무감동이다. 온 동네가 야단이 났다. 작년에 토오이에 빼앗겼던 명예를 되찾았다는 승리감에 모두들 만세를 외쳤다. 아오키는 벤자이텐을 찾아가 감사 기도를 올리고 이 보살님을 관리하는 스님에게 보시금을 들고 갔다. 아오키가 어릴 때 아버지는 1,000만원 짜리 참치를 잡았을 때도 스님을 찾아가 보시금을 드렸다.

'색즉시공(色卽是空) 공즉시색(空卽是色)'이라는 글씨를 써서 아버지에게 주었다.

"세상 물건들이란 있어도 있는 것이 아니고 없어도 없는 것이 아니다."라고 스님이 해석 해주었다. 무릎 꿇고 다소곳이 듣고 있던 아버지는 절간을 나오면서 중얼거렸다.

"땡초가 지랄하고 앉았네, 있으면 있고 없으면 없는 것이지, 무슨 저따위 말을 해. 참치도 못 잡는 주제에 주둥이만 살았어."라며 글씨가 적힌 문종이를 구겨서 쓰레기통에 버렸다.

그때 거액의 돈이 아오키의 집에 들어왔지만 집안 형편은 변함이 없었다. 반찬은 여전히 미소 국에 다꾸앙이나 우엉 조림, 생마, 김. 해초 가끔은 전갱이나 꽁치구이가 전부였다. 옷도 새로 장만한 건 없다. 배를 만들 때 빌린 돈과 생활비를 치르고 나면 큰돈도 오래 가지 못한다. 아오키는 희미하게 '그 스님 말이 맞네 돈이 들어왔는데도 돈은 여전히 없군.'이라는 생각이 들었었다.

'그동안 빚에 쪼들려 살았다. 그런데도 굶지 않고 살았다. 오늘 돈이 생겼지만 이 역시 없어지겠지.' 그 땡초는 오늘도 오야지에게 한 말을 또 해주었다. 벤자이텐 보살님에게 기도를 올리고 돌아오는 그 날도 황파(荒波)를 일으키며 쓰가루(津輕)를 건너온 겨울 칼바람이 아오키(靑木) 얼굴과 가슴마저 뚫고 지나가고 있었다. 동생 부부와 두 딸이 아오키의 혼잣말을 들으며 같이 걸었다 '오토상(아버지의 존칭), 오카상(어머니의 존칭) 해냈어요. 오도코답게, 잇쇼겐메이로 잡아 올렸어요. 저 정말 운이 좋았지요?'

바보들의 행진

하현달 어슴푸레한 초저녁, 완전 군장한 병사들이 줄 서서 실탄지급을 받고 있다. 지휘관들이 출동 목적을 말해주지 않는다. 목적지는 중앙청, '데프콘 2' 비상(전쟁 직전에 선포되는 비상)이 걸렸다는 것만 말해주었다. 9사단 29연대(연대장 김봉규 대령) 예하 3개 대대 병력과 30연대 1개 대대 등 2천 명 넘는 병력이 출동한다. 사단장(노태우 소장)은 사령부에서 병력을 지휘하고 있었다. 노 장군은 직속 상관인 1군단장(황영시 중장)의 지시를 받고 있다. 행군 선두에는 사단 헌병대 차량, 연대장 차 그리고 경화기를 적재한 지원 중대와 수색 중대 차가 줄지어서 있다. 그 뒤로 주력 부대인 보병 대대 병력들의 트럭이 이어진다.

"박쥐. 2555 9584 1652 2209(출동 준비 완료.)" 연대장이 사단장에게 보고한다.

"출발하라. 이기고 돌아오라."는 지시가 떨어졌다.

"부대. 출발" 김봉규는 45구경 권총을 세 발을 발사하며 외쳤다.

제1군단장 비서실장 소령 유창준도 행군의 대열 속에 있다. 보안대 정동석 중령이 선임 탑승을 한 지프 차 뒷좌석에 무전병과 그가 동승하고 있다. 정 중령과 장 소령의 임무는 출동병력의 동태를 감시 감독하는 것이다. 행군 중에 명령 불복종이나 행동이 수상한 장,사병을 발견하면 즉결 처분하라는 임무를 받은 상태다. 유창준은 오늘의 비상사태에 선택의 여지가 없었다. 군단장의 지시를 따를 뿐이다. 어기면 자신의 부대장에 의해 즉결처분될 것이다. 오늘 서울 입성에 실패하면 정부의 군법회의(군사재판)에 넘겨져 총살될 것이다. 사형대 말뚝에 묶여 있을 자신을 생각하니 온몸이 오싹하다.

"처장님 잘되겠죠?"라고 정 중령에게 질문했다. 정 중령은 말없이 권총을 빼들어 유 소령의 철모를 내리쳤다. 그는 실없는 말을 하지 말라는 수신호다.

서울 수도경비사 30경비단 사령부(단장. 대령 장세동)에는 국방부 군수 차관보(유학성 중장). 1 공수여단장(박희도 준장), 3 공수여단장(최세창 준장), 5 공수여단장 (장기오 준장) 등이 모여 측방교류의 오늘 밤의 작전계획을 마쳤다. 9사단 병력이 출동하는 그 시각에 공수여단장들도 모두 자대에 돌아와 그들의 병력을 출동시키고 있었다.

군단 지하 벙커 안에는 군단장과 전 참모들이 모여 있다. 작전참모와 정보참모가 무전으로 사단장과 협조하며 병력을 이끌고 있다. 헌병대장과 보안대장도 와있다. 헌병대장은 참모로 참석해 있지만 보안대장은 예하 부대장이 아닌데도 보안사령관(전두환 소장)의 지시로 그 자리에 있다. 이들은 벙커 내 참모들 중 거동수상자를 색출하는 것이 그들의 임무다. 군단장 전속부관(김호곤 대위)와 수석부관(황대곤 소령) 둘도 지하 벙커 한켠에 참모들과 함께 앉아있다. 그들은 군단장을 지키기 위해 권총에 손을 떼지 않고 있다. 보안대장 김부연 대령은 그들이 감청한 타 부대 간의 유,무전 통신과 중정에서 보내오는 군부대들의 동태를 정보참모 이재병 대령에게 전달해주고 있다.

"올빼미 여기는 박쥐다 감 잡았나? 3256. 5625. 4413. 0203. 9022. 7812.(현재까지 이상 없이 이동한다.) 오버" 연대장 통신병의 목소리가 들린다. 군단으로 보내는 무전이다. 서부전선의 통신은 북한군이 상시 감청하고 있다. 평소에도 전화할 때
"이 전화는 적과 간첩이 듣고 있습니다. 통신 보안 16번 인사처입니다"라고 한다. 매주 수요일은 음어로만 통화를 한다. 작전 때는 마땅히 음어로 통신을 해야 하고 여의치 않으면 최소한의 무전 통신용어를 써야 한다. 그러나 사태가 급박해지자 원칙은 무너지고 제멋대로 평어가 섞인 통화가 오간다.
"감 잡았다. 박쥐 응답하라. 현재 병력은 어디에 있나?" 행군병력이 봉일천 자대 검문소까지 무사통과했다고 한다. 그들의 지역이 끝나자 사단 헌병대는 돌아가고 군단 헌병대가 선두에 선다. 작전참모 김창식 대령이 지시한다.
"좋다. 검문소 삼거리에서 좌측에 관심을 가져라." 1사단과 25사단의 동태에 신경 쓰며 행군하라는 뜻이다. 1사단과 25사단은 9사단과

같은 군단 예하 부대이지만 배신을 할 수도 있다는 이야기이다.

"5253. 3265. 1104. 6263. 2113. 5022.(금촌에서는 제2기갑여단(군단 전차부대) 1개 대대가 대기하고 있다). 전차가 보이면 그것들을 먼저 출발시키고 그 뒤를 따르라." 김창식 대령이 작계를 다시 확인해준다. 불안한 행군 중에 추가 전차 출동 예고를 들은 장병들의 불안은 조금 진정된다.

"대자리 삼거리는 군단 지역이다. 군단 직할 포병과 공병은 신경 쓰지 않아도 된다. 이제 안심하고 서울로 들어가라. 그러나 경계는 멈추지 마라." 행군의 방해꾼은 없었다. 통일로 끝이자 서울의 입구인 군단 검문소가 보인다.

"올빼미 지금부터 조심해야 될 사항없나?" 김봉규 연대장의 무전이 들린다.

"현재 30사단(군단 예하 부대) 일부 병력이 배신하고 한강 다리에서 1공수에게 저항하고 있다. 놈들은 간단하게 조질 수 있다. 박쥐 앞에 대적할 병력은 소수의 경복궁 '칼 부대(수도경비사령부의 견장이 칼임.)'와 '검은 베레(공수특전사의 전투모)' 병력 밖에 없다." 김창식 대령이 자신있게 명령한다.

"두 부대의 사령부는 아측에서 기히 장악하고 있으니 걱정할 것 없다. 이상" 긴 행렬은 통일로를 나와 무악재를 넘는다.

"군단장님 경복궁이 보입니다. 병력들도 절대복종입니다."라고 비서실장 유창준 소령이 보고를 보냈다.

"수경사와 특전사 사령부 내에는 피아의 병력이 섞여 있다. 아측 병력이 수경사와 특전사 사령관을 체포할 것이다. 사단 병력은 중앙청 앞에서 대기한다. 아측의 계획에 차질이 있을 시 사단 병력은 즉시 경복궁으로 진격하라." 노태우 사단장이 김봉규 연대장에게 보내는 무전이 들렸다.

박 대통령 암살 뒤 전두환을 비롯한 하나회 소속 장교들은 불안했다. 육군참모총장 정승화가 그들의 세력을 약화시키고 있었기 때문이다. 그는 눈앞에서 대통령이 저격되는 대도 가만히 앉아있었다. 이런 인간이 군인인가? 김재규와 한패가 아닌가? 박정희의 키운 하나회 장교들은 두려웠다. 청춘을 바친 군에서 쫓겨나고 교도소에 가게 생겼다. 살아남으려면 정승화 일당을 제거해야 된다. 일단 중앙정보부를 장악했다. 수시로 모여 그들의 갈 길을 모의했다. 맨 먼저 총장을 제거하는 것이었다. 일을 순조롭게 진행하기 위해서는 대통령 최규하의 동의가 필요했다. 이와 동시에 정승화가 임명한 특전사령관(정병주 소장), 수도경비사령관(장태완 소장), 육군본부 헌병감(김진기 준장)을 제거하는 것이다.

12월 12일 계획대로 거사를 했다. 보안사 참모장(우국인 준장)이 사령관이 회식에 초대했다며 정승화와 장태완을 요정에 불러모았다. 만일의 경우를 대비해서 그들과 한패인 수경사 헌병단장 조흥 대령을 끼워 넣어두었다. 눈치 없는 두 사령관들은 요정에서 한가하게 앉아있었다. 이 시각 전두환은 최규하 대통령을 만나 정승화 체포 동의서에 서명하라고 협박하고 있었다. 한편 보안사 인사처장(허삼수 대령)은 합수부 수사관들과 수경사 33 헌병대(우경윤 대령) 병력 65명을 데리고 총장 관사로 갔다.

"총장님 저희들과 함께 가시죠"라며 허 대령이 팔짱을 꼈다.

"내가 왜 당신들과 함께 가?" 총장이 꾸짖었다.

"이 개새끼들이 환장했나? 니네들 북괴군이야?"라며 전속부관 이재천 소령과 경호 장교 김인선 대위가 권총을 뽑았다. 총격전이 벌어졌다. 이 소령과 김 대위가 총을 맞고 쓰러졌다. 체포조인 우 경윤 대령도 부상당 했다. 정승화는 체포되어 등 떠밀리고 발길에 차이며 서빙고 분실로 끌려갔다. 새벽에 최규하는 결국 정승화의 체포를 재가해 주었다.

요정에서 기다리던 장태완과 정병주는 전두환이 나타나지 않자. 무슨 사태가 벌어지고 있는지도 모르는 체 화만 내고 있었다.
"아 씨팔 보안대 끗발 좋기도 하네 사람 불러 놓고 제시간에 나타나지도 않고" 장태완이 씩씩거리고 있었다. 끝내 전두환이 나타나지 않자 그제야 눈치챈 그들이 황급히 자대로 뛰어갔다. 9공수여단(사령관 준장 윤흥기,)을 제외한 1.3.5 공수여단은 반란군 측이다. 수경사와 특전사 사령관들이 귀대했을 때는 이미 특전사 사령부는 3공수여단 병력에 의해 점령되어 있었다. 수경사 중령 박종규(15대대장)가 사령관 정병주의 등을 밀면서 그를 연행하자
"이 미친놈아 일개 대대장의 무고한 사령관을 잡아가는 놈이 어디 있어?"라고 장태완이 고함을 질렀다. 말없이 박 중령이 권총으로 그의 뒤통수를 한 대 쳤다.
"개새끼야 니가 군인이야?"라고 고함치며 비서실장 김오랑 소령이 권총을 뽑아 들자 즉시 반란군에 사살된다. 수경사에서도 비슷한 상황이 벌어지고 있었다.
사령관 장태완도 자신의 부하인 헌병단 부단장(중령 신윤희)의 주먹에 얻어터지고 끌려가는 수모를 당한다. 대한민국 국군이 이러했다. 3개 특전사와 보병 일개 연대가 수소를 이탈해서 수도 서울로 쳐들어오는데도 아무도 몰랐다. 가로늦게 30사단 일부가 한강 다리에서 1공수

를 막아서다 총 쏘며 돌격하는 반란군의 기세에 눌려 바로 항복한 것이 전부다. 총소리에 놀란 국방부 장관은 어느새 수소를 이탈해 도망가버렸다. 서울을 지키는 지휘관들이 총 한 발 쏴보지도 못하고 제 부하에게 줄줄이 끌려가는 어느 나라에서도 보기 힘든 하극상이 일어났다. 그 후 이건영 3군사령관, 윤석민 참모차장. 문홍구 합참의장 등도 서빙고 분실로 끌려가 구금되었다. 이 건 군대 조직이 아니라 바보들의 행진이었다. 반란군이 북한군이었다면 북남통일될 뻔했다.

1공수여단과 5공수여단은 육군본부와 국방부를 점령하고 9사단은 중앙청을 접수 완료하였다. 육군본부에 남은 최고 지휘관 육군참모차장(중장 윤성민)이 가로늦게 9공수 여단장(준장 윤흥기)에게 반란군을 격퇴하라는 명령을 내린다. 코메디가 따로 없었다. 승리자 전두환은 육본에 전화한다.

"차장님 1공수, 5공수가 육본과 국방부를 접수했고 중앙청 앞에는 9사단 병력과 군단 전차가 들어와 있습니다. 수경사와 특전사 사령부도 이미 보안대와 자대 병력이 그들의 사령관을 체포했습니다. 이제 9공수가 와서 그 소수의 병력으로 전투를 한단 말입니까" 전두환이 득의만면해 차장에게 공갈쳤다.

"전 장군 당신은 지금 하극상을 일으켰어요. 지금이라도 빨리 병력들을 원위치시키시오. 북괴라도 내려오면 어쩔 거요?"라는 한가한 소리를 지꺼렸다.

"지금 총장은 대통령 시해 사건에 연루된 피고입니다. 그자가 활개치게 둘 수는 없는 일이지요. 그게 하극상입니까? 총장도 이미 구금돼 상황이 종료된 마당에 국군끼리 혈전이 벌일 수 없는 일 아닙니까? 9공수 출동 명령을 거두어들이고 일을 끝냅시다."라고 잘라 말했다. 사태가 숙지막 해지자 미군 부대로 도주했던 국방장관 노재현이 돌아왔다. 그는 반란군에 협조를 지시한다.

반란군 첨병들이 경복궁 쪽에서 총소리가 들린다는 보고를 듣고 김봉규 대령은 병력 전원에서 공공화기와 개인 무기에 격발준비를 시켰다. 군단 전차들도 포를 정조준하고 다음 지시를 기다리고 있었다. 모든 병력의 긴장감으로 중앙청 앞은 쥐죽은 듯이 조용했다. 군단 상황실에서도 온 참모들이 무전과 전화에 온 신경을 곤두세우고 있었다.

"군단장이다. 역적 참모총장을 잡아넣었다. 육본, 국방부 그리고 특전사와 수경사도 우리가 다 장악했다. 국방장관과 참모차장도 항복했다. 전 병력은 원위치하라. 이상" 황영시 중장의 감격 어린 목소리가 들렸다.

"상황 종료다. 비상 해제하고 필수 병력만 중앙청 앞에 위치하고 나머지 병력 귀대하라." 노태우 사단장의 무전 지시도 들렸다. 군단 지하벙커의 모든 참모들은 일어서서 일제히 만세를 불렀다. 군단장이 리볼버 권총을 빼 들었다. 천정을 향해 한 발을 쏘고 목소리를 깔고 말했다.

"귀관들 수고 많았다. 이제 퇴근해." 시간은 어느덧 밤을 지나 아침이 되어있었다.

12.12 군사 반란 후 80년 5.17쿠데타에 성공한 전두환은 그들의 지지기반을 다진다. 노태우를 수경사령관, 50사단장 정호용을 특전사령관 그리고 중장 이희성 중앙정보부장을 대장으로 승진시켜 참모총장으로 임명한다. 반란군들은 군 국군 통수권을 완전 장악했다.

신군부가 정권까지 접수한 뒤 전두환은 대통령이 되었고 이어 노태우까지 대통령이 되었다. 황영시 장군은 참모총장까지 역임하고 군 생활을 마감했다. 퇴역 후 감사원장이 되었다. 유창준은 월남전에서 중대장으로 참전했다. 귀국 후 22사단 배속된 후 사단장이었던 황영시 장군과 인연이 시작되었다. 월남전에서 표창장 받고 온 내력을 듣고 사단장은 그를 전속부관으로 임명했다. 황영시가 1군단 부군단장으로 자리를 옮겼을 때도 대위 계급장을 달고 계속 전속부관을 했다. 그는 필수 수행 요원으로 황 장군이 군단장이 되었을 때 소령으로 비서실장이 된 것이다. 유 창준은 속으로 고민이 많았다. 전방 지휘관 경력이 있어야 진급이 되는데 장군 수행 요원으로만 따라다니느라 경력을 쌓을 수가 없다. 불만이 있어도 '나를 알아주는 사람에게 충성을 다 바친다'는 그의 신념 때문에 황 장군이 그를 놓아주기만 속으로 빌고 있다.

고생 뒤 낙이 온다는 속담처럼 쿠데타가 성공하고 나자 유창준의 앞날은 고속도로처럼 뻗어있었다. 참모총장이 된 황 장군을 따라 육본으로 갔다. 얼마 뒤 총장이 옷을 벗고 감사원장이 되자 그는 유창준을 국회의원 보좌관으로 추천해주었고 몇 년 뒤에는 비례 대표 국회의원까지 밀어주었다.

"유 의원 당신 그렇게 해서는 정치인으로 살아남지 못해." 어느 날 육사 선배인 한 의원이 충고했다.

"국회에 이상한 놈 많지? 의사 발언 때 전혀 말도 안되는 소리하는 놈, 낮 간지러운 아부성 발언하는 놈. 야당 발언하면 무조건 삿대질하고 고함지르는 놈. 답변 나온 장관이 의원들을 째려보고 무조건 말대꾸하는 건방진 놈도 있어. 초보 때 같은 당이라도 뭐 저런 것들이 다 있어? 하는 생각에 그것들 꼴 보면 구역질 나고 왜 저럴까 이상하게 느껴졌어."

"그러게요. 저가 지금 그래요. 왜 저 지랄들 하는지 이해가 되지 않아요."

"이젠 나중에 알았어. 여야 의원들이 원내총무 지시에 따라 몸싸움을 할 때 야당의원 몇 놈을 이단옆차기로 꼬꾸라뜨리고 업어치기로 날려버렸더니 난리가 났어. 진정으로 대통령에게 충성하고 당을 아끼는 사람이라고, 그래서 3선 의원까지 된 거야. 공천안 해주면 제깐 놈 아무리 똑똑해도 소용없어. 나는 아부성 발언이나 얍삽한 행동은 체질에 맞지 않으니까 특전사에서 단련된 육체를 쓰는 거야. 월남전에서 살아온 당신도 무얼 못하겠어."

오직 각하에게 충성해야 된다. 군에서 상관 모시듯이 해야 한다. 그거야 유 의원의 주특기가 아니던가. 군 생활을 온통 부관으로만 살았으니 말이다. 노력한 덕에 지역구 의원으로 공천해주었다. 의원 발언 시는 낯간지러운 발언을 골라 했다. 싸움에는 몸 아끼지 않고 항상 앞에 섰다. 오직 그분을 위해. 어느 날 청와대 민정비서실장이 연락이 왔다. 대통령이 그를 복지부 장관으로 입각시키라는 지시를 받았다고 했다.

김영삼 정권이 들어서자 하나회 출신 장교들은 일망타진 되었다. 노련한 김영삼은 군사정권의 완전한 소멸시켜 자신의 자리를 보전하려는 시도다. 전두환의 성공과정을 역이용해서 신군부 세력들을 소탕했다. 12.12 사태는 보안대와 중앙정보부가 모든 정보원을 장악했다. 다음 엘리트 장교의 모임인 하나회가 뭉쳐 반란을 일으켰다. 김영삼은 정보기관을 서서히 장악한 다음 기습적으로 하나회 장교들을 분산 해체했다 이 과정에서 아이디어를 내고 실천방안을 제시한 군부 세력들은 12.12 군사 정변에 나름대로 공헌을 했다는 축들이다. 그들은 논공행

상에 불만이 많은 축들이다. 이런 부류들이 새 정부에 접근해 그들을 푸대접했던 신군부의 주력들을 도려내는 데 크게 기여한다.

어느 날 갑자기 검찰 수사관들이 유창준 장관의 사무실에 들이닥쳤다. 스마트 폰과 모든 서류를 압수했다.

"당신들 뭐야?"라고 유창준이 한 놈의 멱살을 잡고 덤벼들었다. 그들은 영장을 제시하며 "그동안 잘해 먹었잖아. 이제쯤은 꺼질 줄 알아야지" 하며 그의 목덜미를 밀면서 구치소로 끌고 갔다. 검찰의 기소 내용은 건설업자들과 상습적으로 술과 여자 그리고 골프 대접받고 업자의 별장에서 난잡한 파티를 했다. 그리고 정기적으로 금전 상납을 받았다. 정부 기관에 압력을 넣어 낙하산 인사를 했다는 것이다. 다 사실이다. 하지만 그 게 잘못된 건가? 고관대작들은 다 그렇게 사는 것이 아닌가? 유창준은 억울한 생각이 들었다.

감방에 앉아 곰곰이 생각해보니 '이제 나의 날이 다 갔기 때문이구나'라는 현실을 직시하게 되었다. 억울하다는 생각은 없어지고 싸움에 진 게 분하다는 생각으로 바뀌었다. 싸움에 지면 죽는 게 군인의 도리다. 신군부 세력들이 몇 년 전 머저리 장군들을 '빙고 호텔(보안대 서빙고 분실)'로 보냈듯이 이번에는 자신들이 가고있는 것이다. 진 게임이므로 최선을 다해 협조했다. 검찰에서도 '개전의 정이 현저하다.'며 장관 자리만 내어놓고 다 끝내자고 제의했다. 모아둔 돈에 대해서는 손대지 않겠다는 신사협정을 하고 교도소에 들어갔다. 독방에서 모든 걸 내려놓고 앉았으니 세상에 이보다 더 편안할 일이 없었다.

출소 후 승려가 되어 여생을 보내기로 했다. 노후자금은 국회의원과 장관 시절 상납받아 숨겨둔 것으로 넉넉하다. 애들도 잘 키워놨다. 기여입학, 표창장 위조, 품앗이 스팩 등의 관리로 학교를 입학시켰다. 맞이는 입대 후 군대가 영 마음에 안 든다며 제 마음대로 무단 외출 나오고 걸핏하면 미귀하여 몇 번이나 탈영했다. 부대에서 알아서 휴가를 연장해주었다. 그 덕에 무사히 만기 제대했다. 둘째 아들은 마약에다 음주운전, 도박 등을 대놓고 해도 아무도 잡아가는 사람 없었다. 딸은 자격이 들통났는데 취소되지 않고 의사 노릇을 당당하게 하고 있다.

조선 시대 양반은 군대에 가지 않았다. 창준의 애들은 양반 정신이 살아있다는 증거다. 고귀한 신분에는 상것들이 손을 대지 않는다는 사실은 동방예의지국다운 미덕이 아닐 수 없다. 민주주의의 슬픔은 신분이 언제든지 변하는 것이다. 창준은 상것이 되기 전에 금전을 모으고 자녀들의 안정시킬 수 있었던 것은 참으로 현명하고 재치있는 행동이었다고 스스로 칭찬하고 있다.

고향 쪽에 산 좋고 물 맑은 곳에 있는 허름한 절 간 하나가 싼 매물로 나와 있었다. 주인 보살이 죽고 빈 절이 되는 덕에 쉽게 인수할 수 있었다. 두 부부가 구봉산 아래를 흐르는 강가에 서 있다.

"여보 저기가 바로 내가 산 땅이 있는 곳이요."

"절이 보이는 그 부근이란 말이죠? 그곳에 집을 짓겠다는 것이군요."

"그럴 필요 없소. 우린 절에 그냥 살면 되니까."

"아니 그 게 무슨 소리죠? 설마 당신이 중이 된다는 이야기는 아니겠지요?"

"왜 내가 스님이라도 되면 큰일이라도 난단 말이요?"

"이이가 미쳤나? 그럼 난 중 마누라가 되는 거고? 피땀으로 모은 돈은 중앙종단의 엉뚱한 놈들에게 다 갖다 바쳐야되고?" 창준의 아내는 흰자위만 남은 눈을 하고 남편을 노려보았다.

"여보 진정해. 내 말을 찬찬히 듣고 말해. 이 절은 태고종이야. 이 종파는 개인재산이 보장되고 중앙에는 분담금 소액만 주면 되. 승려도 결혼하고 싶으면 해도 된단 말이야." 가슴을 치며 서 있던 창준의 부인은 더 이상 싱강이를 하지 않고 그 자리를 떠나 가버렸다.

절 이름은 구봉산 학림사, 주지 법명은 휴지(休紙)다. 중생들의 고통을 두루마리 휴지처럼 닦아 주고 운수가 술술 잘 풀리게 해주는 스님이란 뜻이다. 사랑의 부처인 관세음보살을 주불로 모신다. 휴지 스님은 '이 뭣고! (시심마,是甚麽)'의 화두를 들고 밤낮으로 가부좌 틀고 앉아 있다. 가없는 중생을 다 건지고, 끝없는 번뇌를 다 끊고, 한없는 법문을 다 배우고, 위 없는 불도를 다 이루는 그 날까지 그의 용맹정진은 계속 될 것이다.

가을엔 떠나지 말아요

　　산 정상 부근인데도 계곡물이 많이 흐른다. 골짜기 몇 군데는 조그 마한 폭포까지 만든다. 수도산 청암사는 여승들 기도 도량이다. 선입감 탓인지 늦가을 물색 더 맑고 바람 소리 더 청량하게 들린다. 좋은 경치 는 정다운 이와 함께 보고 싶다. 풍경 소리 머금은 물소리와 불보살 모 습 일렁이는 물그림자 동영상을 김 교수에게 보냈다. 대웅전 앞에 서면 많은 산들의 행렬 맨 뒤에 멀리 해인사를 품은 가야산 정상이 보인다. 큰 산은 멀리서도 외로운 암자를 포근히 품어준다. 사람도 정이 깊으면 거리의 간격을 뛰어넘는 애정을 느낀다. 멀리서 은근히 생각하며 품어 주는 사람이 있으면 그는 행복하다.

"청암사 가고 싶어요"라는 김 교수의 카톡 대답이 왔다. 전보같은 짧은 글이다. 좋은 그림 고맙다는 이야기인지 사진 기술에 대한 칭찬인지 감을 잡지 못한다. '같이 한번 가자는 뜻'이라고 행간을 해석하고 만다. 김 교수는 말을 많이 하지 않는 성격이다. 좋게 말하면 깔끔하고 다르게 표현하면 쌀쌀맞다. 이 경우 문자나 전화로 물어보면 간단한 일인데도 연락하지 못한다.

"아이 선생님도 별 뜻 없어요. 그거 경치 좋다는 말이지"라는 남의 얼굴에 황칠하는 말을 차마 듣기 싫었기 때문이다.

그녀와는 선후배 사이다. 같은 대학병원서 수련을 받았고 교직에 있을 때 그녀는 전공의였다. 학교를 그만두고 부산에 오면서 둘의 인연은 일단 끝나는 듯했다. 그러다가 동문회 회장이 되면서 그녀와 다시 인연이 이어졌다. 선배들이 동문회장직을 강요하다시피 추천했다. 지방에 있어 못한다고 손사래를 쳤지만 동문들은 막무가내였다. 지금 병원 전체 위치가 딴 대학에 밀리고 있다. 정신과 의국도 분위기 너무 침체되어 있어 누군가 활기를 불어넣을 인재가 필요하다는 게 그들의 주장이다. 대신에 모든 것을 맡길 수 있는 총무를 붙여 준다며 소개해 준 사람이 김 교수였다.

동문회 일은 김 교수가 다 했다. 현명하게 행동을 했다. 내 이름을 내세워 남들에게는 자신이 들어나지 않게 일을 했다. 그 덕에 일 잘하는 회장이란 소리를 듣게 되었다. 동문회의 일로 그녀와 전화나 메일을 자주 주고 받았다. 어영부영하다가 회장은 연임하는 바람에 그녀와의 인연도 길어졌다. 서로의 성격 탓일까, 속내를 감춘 걸까 자주 연락을 하면서도 서로가 고맙다거나 고생한다는 말을 하지 않았다. 그녀는 가만있는 대신에 부회장들과 간사들은 동문회의 온갖 애로 사항과 불평을 나에게 쏟아부었다. 개중에는 좋은 충고와 아이디어도 함께 들어 있었다.

　단체 연말 송년회는 총회로 시작된다. 대게 총회의 의제는 박수로 통과되고 다음에는 회장, 원로 선배 연설이 있다. 그 후에는 일차 이차 다니며 가무음곡으로 정신이 혼미해져 각자 집으로 돌아가는 게 일반적 순서다. 총회 전에 회장단은 함께 앉아 짧은 회의를 한다. 이미 메일로 서로 다 주고받았던 내용이지만 다시 한번 확인하는 절차이다. 그녀는 공과 사가 지나치게 뚜렷하다. 해마다 회의에 참석하고 행사 사회를 주관한 뒤 식사 시간과 여흥시간의 진행은 후배에게 맡기고 또래들 테이블로 가버린다. 노래방 가서도 나에게 가까이 오는 법이 없다. 송년회 끝나고 회장단끼리 이차라도 갔으면 좋겠다는 생각을 늘 했지만 그런 일은 없었다.

　"선생님 안녕하세요? 스승의 날을 맞아 인사 올립니다. 언제나 후배들을 챙겨 주시고 늘 진심으로 맞아주시는 모습에 감동과 존경을 표합니다. 진정한 의국의 큰 스승님으로 항상 고마운 마음 잊지 않겠습니다. 늘 건강하시길 기원드립니다." 어느 해 스승의 날 생뚱맞게 김 교수가 보낸 편지다.

　그 후 얼마 뒤 그녀에게서 카톡이 왔다.

　"선생님 오는 토요일 시간 있으세요? 저 부산 가는데 뵈올 수 있을까요?" 그녀가 학위를 주었던 제자 초청으로 일요일 가을의 창녕 우포늪을 간단다. 그 후배는 부산에 처음 왔을 때 내가 밥도 사주고 안내를 한 적이 있는지라 셋이 만나도 낯설지 않다. 술을 겸한 저녁 식사를 했다.

노래방을 갔다. 그곳에 간 것은 술을 마시기 위해서였다. 처음으로 그녀와 함께 노래를 부르고 술을 마셨다. 밀렸던 숙제를 푼 느낌이었다. 그녀가 나에게 기대고 내가 어깨를 감싸고 찍은 사진은 아직도 간직하고 있다.

다음 날 셋이 늦가을의 우포늪을 거닐었다. 늪은 몇 개로 나누어져 있어 옳게 보려면 하루 종일도 모자란다. 벽창우인 나는 하늘을 보며 기러기, 쇠물닭, 논병아리, 백조 등의 철새와 텃새를 설명했다. 물가에 서서 생이가래, 마름, 가시연꽃의 이름을 가르쳤다. 자세히 봐야 늪에 온 보람이 있다며 열심히 너스레를 떨었다. 그녀들도 이젠 남을 가르치는 중견의 선생이 되었고 나보다 더 아는 게 많은데 현실을 파악하지 못하고 주접을 떨었다. 훗날 그때를 생각하면 아직도 얼굴이 화끈거린다. 푸른 가을 하늘이 좋고 맑은 강바람의 속삭임에 웃음짓는 일류 인간들에게 이류 인간이 그렇게 방해했는데도 고마운 체 내숭 떨었던 그녀들 정말 수준 높은 사깃꾼들이다.

청암사 이야기는 더 이상 말이 없었다. 몇 년 전 '우포늪의 사건'을 거울삼아 이번에는 꽤 괜찮은 계획까지 세워두었건만 뒤 소식이 없다. 혼자 헛물킨 모양이었다. 한참 뒤 문자가 왔다 '학교에서 코로나 때문에 아무 곳에도 못 다니게 합니다'. '전화로 말해주면 안 되나?' 혼자 짜증을 부렸다. 그 문자를 보고 청암사 이야기는 그냥 해본 소리가 아니었다고 자위를 해본다. '오면 오고 가면 가는 거지 단순한 일을 복잡하게 생각한다. 나 정말 속물인가보다.'

그 후 일 년이 흘렀다. 단문의 카톡이 왔다.

"주말에 부산 갑니다."라고 했다. 목적은 설명이 없다. 또 생각이 복잡해진다. '청암사 상처가 재발하나 보다'라는 생각이 들기도 한다. 도착시간이 문자로 왔다. 그제야 정말 오나보다는 확신이 들었다. 왜 부산에 온단 말인가? 나 혼자 만나는 건가 아니면 정신과 의국 동문들도 함께 보자는 건가?

혼자 끙끙대다 문제를 쉽게 풀기로 했다. 토요일에는 몇몇 의국 선후배를 모으기로 했다. 그 결정에 대해서 김 교수는 별다른 의견을 달지 않았다. 폐를 끼치기 싫다고 역에 내려 해운대로 혼자 온다고 했다. 조선호텔 로비에서 만나 그녀에게 아무 말도 않고 작은 선물을 주었다. 왜 선물을 주었는지 나는 모른다. 그녀도 아무 말하지 않았다. '왜 주냐'고 물으면 대답할 말이 없었기에 그 분위기가 좋았다. 해운대 중심에 있는 홍콩이란 중국식당으로 갔다. 바닷가의 바람이 춥다.

"춥지 않아?"라고 묻자 그녀는 자신의 목을 손가락으로 가르켰다. 몇 년 전에 내가 병원으로 부쳐준 푸른 바탕에 금색 무늬가 그려진 목도리였다. 그걸 산다고 온갖 고민 다 하다 결국 화가인 질녀에게 골라 달라고 부탁했던 그 목도리였다.

여럿이 모이고 보니 단둘이 해운대를 거니는 것보다 낫다는 생각이 들었다. 떠들썩한 분위기가 좋다.

"술은 뭘로 할까? 연태 고량주 좋아하잖아."하고 물었다. 보통 때 같으면 '아무거나 하세요'라고 했을 텐데.

"천진(티안진) 고량주로 주세요."라고 했다. 일행들이 의아한 얼굴로 반문한다.

"김 교수, 그런 술도 있어? 처음 듣는 이름인데"

"여태 그런 술도 모르셨어요? 푸른 꽃 글린 술이에요. 내가 좋아하는 술이죠. 선생님들도 앞으로 마셔보세요. 정말 좋아요." 그날 모인 선후배들은 김 교수를 성품을 잘 모른다. 원래 저런 활발한 성격이거니 하고 그렇게 받아들일 것이다. 그녀의 조금 튀는 태도가 회식의 분위기를 돋우어 처음보는 동문들도 쉽게 거리감이 없어진다. 역시 선생을 오래 하니 능구렁이가 되는구나 하는 미소가 지어지면서도 쟤가 저러다 실수하는 거 아냐라는 조바심도 들었다.

"선생님 요즘 건강은 어떠세요?" 그녀는 평소 나에게 깍듯하다. 말투도 군대식으로 하는데 그날은 그렇지 않았다.

"나야 뭐 건강하지 뭐"라고 대답하자.

"그럼 한잔 하세요"하며 술을 따른다. 모교의 소식에 목마른 동문들이 그녀에게 여러 가지 질문을 한다.

"내년에는 드디어 김 교수가 정신과 주임교수가 되네?"라고 한 선배가 묻자.

"순서는 그래요. 근데 그게 뭐 중요한 건가요."라고 심드렁한 소리를 한다.

"왜 교실 논문을 총괄하고 연구 방향을 정하는 자리인데, 교수들 인사권과 전공의, 석박사지도와 연구를 통제를 다하는 엄청난 권리와 의무를 갖는 직책이지. 군대로 치면 참모총장 자리잖아. 예전에는 그 자리하려고 학교를 옮기기도 하고 의국에서 싸움도 많이 했지." 그녀는 그런 말에는 전혀 관심이 없다. 다만 그날의 주인공답게 사뭇 활발하게 분위기를 만들고 있다. 선배들에게 거침없이 어린양을 부리고 후배들에게는 짐짓 어른 노릇을 한다. 이런 그녀의 모습에 모두들 기분이 좋다.

"선생님 건강은 어떠세요? 괜찮으시면 한 잔하세요"하며 똑같은 말을 반복하여 나에게 술을 따른다. 그다지 술을 좋아하지 않는 것은 그녀는 잘 알고 있다. 정신과 회식 때는 술을 잘 권하지 않는다. 많이 마시면 김 교수가 대신에 마시기도 했다. 건강 운운하며 장난스레 여러 번 술을 권한다. 남들의 눈치를 의식하지 않는 듯했다. '남들이 보면 내가 애주가여서 저런다고 생각하겠지. 왜 안 하던 행동을 하는 걸까?'

"나는 유니세프에 돈을 조금 보내는데 김 교수는 어때"라고 어떤 선배가 묻자 그녀는 정색을 하고 말했다.

"왜 유니세프세요?"

"우리가 한국 전쟁때 U.N에서 보내 준 우윳가루로 허기를 면하고 그 옷가지 덕에 얼어 죽지 않았어. 이제 우리가 그 빚을 갚은 거지"라고 선배가 말하자. 그녀가 짜증 어린 목소리로 말했다.

"그 돈 U.N으로 가는 줄 아세요? 중간에서 다 떼어먹어요. 저도 처음에는 그쪽으로 찬조했는데 소문이 이상해서 장부 열람을 신청했습니다. 여태껏 아무 소식 없습니다. 걔 네들 구린 뒤 구석이 있어요. 그래요. 돈 보내지 마세요." 베지테리언과 비건 이야기도 나왔다.

"동물만 생물인가? 식물도 생명인데 중들은 나물은 왜 거침없이 먹는 거야?"라고 내가 말하자 그녀의 얼굴에 모처럼 만에 옛날 웃음이 피어난다.

"역시 선생님이야. 하지만 그것도 안 먹으면 스님들 굶어 죽잖아요."라고 말했다.

"유목민들은 그들이 가족처럼 사랑하는 양이나 염소를 잡아먹고 살잖아. 대신에 최소한만 죽이고 고통 없이 빨리 죽이고 감사의 기도를 들이지, 식물도 최소한 죽이고 고통을 적게 주고 감사하며 먹어야 해." 모처럼 만에 그녀의 목소리의 감미로움과 똑 부러지는 이론이 나온다.

"그래요, 불교 엉터리 이야기 많아요. 딴 종교도 그렇지만, 환생도 웃기는 이야기에요. 왜 윤회는 짐승으로만 태어나나요. 민들레나 쑥갓, 벚꽃으로도 태어나야 되는데. 불교는 교리가 낡은 것을 고칠 줄 몰라요. 천주교는 아우구스티누스가 신 플라톤 학파의 이론을 도입하여 교리를 정비한 덕택에 살아남지 않았나요? 성직자 전부가 다 헛소리하는 사기꾼들이에요. 돈과 권력과 성을 밝히는 야비한 인간들입니다."

평소 그녀는 말을 적게 하고 자신의 생각을 내품하지 않는다. 하지만 그날 밤은 거침이 없다. 남들은 원래 그녀가 저렇다고 당돌하고 자기주장이 강한 사람으로 치부하고 있을 것이다. 맥주와 청하가 돌고 있는데 그녀가 또 그 푸른 꽃 그린 술을 시켰다. 모두들 이제 그 술은 몇 병이나 마셨으니 그만하자고 하는데도 고집을 부린다. 완전히 취한 모습이다. 결국 그 술은 내가 들고나왔다.

김 교수가 후배 여자 의사들에게 말한다.

"오늘 빨리 가야 해? 왜 니들은 남편과 애들에게 그렇게 봉사하니? 내 핑계 대고 좀 놀다 가. 애인도 좀 만나고 즐겨, 우리 노래방에 좀 들렀다 가자." 의국 회식 때 노래 방가는 것을 그렇게 싫어하고 가서도 노래도 잘 부르지 않는 그녀다. 해운대 밤바다는 사람의 억압된 무의식을 풀어내게 하는 힘이 있는 모양이다. 모두들 얼큰한 상태이고 또 비슷한 신분이라 노래방 분위기도 요란하기 그지없다. 노래 부르고 춤도 추다가 마시고 또 횡설수설도 한다.

"어이 박 원장 장사는 잘되? 근데 니들 어렵게 학교 나와 겨우 4차원 세계에나 살고 있다는 게 한심하지 않아?"

"그럼 교수님은 어디에 사는 데예?"

"아인슈트인은 9차원 세계에 살았다고 하데. 난 8차원 쯤, 하하하 야 야 노래 부르자. 사랑하는 선배님을 위한 노래 한 곡할게." 나를 불러내 팔짱을 낀다.

"센세. 와다시 시누요(선생님 나 죽어요)."라고 그녀가 일어로 말했다.

"나제?(왜)"

"난또 나꾸(그냥 그저)" 딴 사람들은 무슨 소리하는지 모르고 듣고 있었다.

미조라 히바리의 옛날 노래 '港町13番地(항구 13번지)' 반주가 시작되었다. '긴 여로의 항해가 끝나서 배가 항구에 머무르는 밤에 바다에서 힘들었던 것을 술잔에 모두 잊어버리는 마도로스의 술집, 아-아 항구의 13번지' 그녀가 일 절을 불렀다. 이 노래의 가사가 좋다. 2절을 준비하는데 그녀가 2절까지 불렀다.

'은행나무 가로수의 돌이 깔린 길을 그대와 걸어보는 것도 오랜만이네, 반짝이는 네온 불빛에 이끌리면서 선창가 거리를 왼쪽으로 돌아가면 아-아 항구 13번지' 김 교수가 일본노래를 부를 줄 아는 걸 처음 알았다.

"교수님 최고. 한곡 더 하이소"라고 후배들이 난리를 쳤다. 그녀는 사양 없이 다음 곡을 불렀다.

'Are you lonesome tonight? (오늘 밤 외롭지 않나요)' 엘비스 프레슬리의 노래를 불렀다. 옆에서 보니 불빛 탓인지 그녀의 눈이 축축하게 보였다.

잔치는 끝났다. 다들 떠났다.

우리는 미포에서 동백섬으로 바다의 뚝방 길을 따라 걷는다. 대한해협에서 달려온 파도는 육지로 오르겠다고 안간힘을 쓰며 기어오른다. 달은 밤바다 위에 조각조각 깨어지고 있었다. 만추의 밤바다는 익어가고 둘이는 아무 말이 없다. 침묵할 줄 아는 사이, 언어의 길이 막힌 관계(言語道斷)가 숙성된 인간관계가 아닐까? '김교수는 왜 부산에 왔을까?' 다시 화두를 든다.

"선생님 해마다 가을이면 슬퍼요." 어느 해 가을 그녀가 했던 말이 문득 떠오른다.

"연애 한번 해 보지 그래."라고 말하자

"그럼 더 우울해지잖아요? 선생님 좋아하는 금강경 이야기할게요.

> 약이색견아 이음성구아 시인행사도 불능견여래(若以色見我 以音聲求我 是人行邪道 不能見如來)-만약 색신으로써 나를 보거나 음성으로써 나를 구하면, 이 사람은 사도를 행함이라. 능히 여래를 보지 못하리라(제26 법신비상분: 法身非相分-제3구게:).

"왜 갑자기 부처님 말이 나와?"라고 묻자 갑자기 그녀가 깔깔거리며 말했다.

"선생님이 나에 대한 사랑은 모습이나 말로 구하면 안 된다. 모습이 가짜이고 말이 헛소리란 걸 알게 되면 그때야 진정 나의 참 모습을 보며 사랑하게 될 것이란 말이죠."

"왜 부처님 이야기를 그렇게 같다 붙여?"라고 말하자

"선생님 죽음에 이르는 병은 절망이다라고 키에르케골이 말했잖아요. 김형석 교수가 고독이 절망을 낳는데 소소한 일에서도 보람을 찾고 기쁨을 누릴 수 있다며 치료 방법을 제시했지요. 그거 말만 그런 거예요. 운명에 코 한번 꾀이면 백약이 무효한 것 같아요. 아무리 발버둥처도 더 깊이 수렁에 빠져들어요."

둘은 형체가 없는 바람처럼 바닷가를 스치고 있었다. 조선호텔이 가까워지자 후미진 곳에 늙은 사내 몇이 기타를 치며 '해운대 엘래지'를 부르고 있었다. 한참 보고 있다. 자리를 뜨며 만원 한 장을 기타 치던 영감에게 쥐어 주었다. 그녀가 나를 물끄러미 보았다.

"선생님 돈 많아? 당신이 그렇게 잘 낫어? 누가 더 불쌍한데. 나 한테도 그렇게 좀 줘봐!"라고 그녀의 눈빛이 말했다.

바다로 이어지는 조선호텔 뒷문에 도착했다. 인어상이 파도에 떨고 앉아 있었다. 방까지 따라갈까? 로비에서 차나 한잔 더 할까? 여기서 헤어질까? 생각, 생각이 이어지다가

"그럼 내일 10시에 올게." 예상치 못한 말이 저절로 튀어나오는 바람에 어쩔 수 없이 돌아서고 말았다. '잘자'라는 말도 못했다. 나는 바람이기 때문에 말을 하지 못한 것 같았다. 포옹하고 '좋아해'라고 말하고 싶었는지도 모르겠다. '부산에 왜 왔어?'라고 묻고 싶었는지도 모르겠다.

"에이 당신 겨우 이 정도였어? 이것 밖에 안되? 이 꼴 보려고 부산온 줄 알아? 날 원해? 다 가져, 그냥 다 줄게!"

"내 방으로 가, 그 게 네 원이잖아." 그 말이 나올까봐 두려웠다. 대리운전 차 속에서 하단에 있는 집으로 오며 괜스레 흐르는 눈물을 찍어내고 있었다.

이튿날 아침 호텔 로비에서 만난다. 약속 시간 15분 전에 그 자리에

갔다. 내 버릇을 잘 알면서도 그녀는 항상 약속 시간 정각에 나타난다. 나의 병적 강박증을 비웃기 위해 일부러 그런다는 의심을 자주 해본다.

"밤에 어제 주신 선물 보았어요. '황금 전화 고리 비싼 것 아니에요?" 고맙다는 인사말인 모양이다.

"순금이니까 좀 그렇겠지 하지만 그 건 작은 거니까 싸게 샀어. 어제 시간이 남아 돌아다니다가 버선 모양이 예뻐 한번 사봤어." 동문회장 때는 고맙다는 핑계로 꽃 화분을 가끔 선물했다. 어떤 때는 아무 말도 없고 어떤 때는 선물의 사진을 보내왔다. 응답이 없을 때는 쓸 때 없는 일을 했는가 자책도 해본다. 언젠가는 한 번 '하도 적적하던 차에 선물 받고 너무 반가웠어요'라는 의외의 답도 받은 적도 있긴 하다. 한 번은 꽃이 핀 난초 사진을 보내왔다. '심심풀이로 물만 줬는데 꽃이 피었네요'라는 예의 간단한 문자를 보내왔다. 서울 갔다가 부산 올 때 그녀에게 전화를 하노라면 말했다. '차나 한잔 하고 가실래요?'가 아니고 '언제 가세요?'라고 메마른 소리를 했다.

아침 동백섬을 한 바퀴 돌았다. '어느 쪽이 대마도예요. 오늘은 안보여요?' 라던가 '동백 꽃피기는 아직 계절이 이른가 봐요?' 등의 의례적 소리도 하지 않고 거리를 두고 묵묵히 걸었다. 바다 쪽에 별 관심이 있어 보이지 않았다. 가다가 멍하게 서 있기도 한다. 어제의 피곤이 아직 덜 가신 탓일까 아침에 보는 외모가 평소와 많이 달라져 있었다. 눈동자도 빛을 잃고 윤이 나던 얼굴이 푸석하다. 바람에 날리면 예쁘게 얼굴에 달라붙던 머리칼을 무질서한 섬유 다발처럼 느껴졌다. 콧소리 나는 목소리도 윤기가 없다. 가끔 마지못해 희미한 웃음을 보였으나 그것도 잠깐이었다.

해운대 산책을 마치고 태종대로 갔다. 계단을 한 참 내려가 등대가 있는 '자살 바위'에 섰다. 통쾌한 태평양, 뛰어들어 한 번 죽어볼 만한 바다이다.

"김 선생 여기서 뛰어내릴래?"라고 농담을 했다. 그녀가 내 손을 잡으며 물었다.

"같이?" 세찬 해풍이 둘의 등을 밀었다.

"그래. 함께"라는 대답을 못 해준다. 우리는 뛰어내리지 않고 걸어서 바다까지 내려갔다. 낚시꾼들이 대여섯 마리씩 달린 쥐치를 건져 올린다.

"어머 고기가 한꺼번에 저렇게 많이 걸리기도 하네요."하며 그녀가 잠깐 관심을 보인다. 잡아놓은 물고기와 돌문어, 고등의 회를 안주로 반주를 곁들인 점심을 먹는다. 주인이 '예쁜 서울 손님' 특별대접 한다고 동래 막걸리 한 사발 주었다. 그녀의 콧소리 음성이 되살아났다.

"사장님 고맙심데이, 한잔 더 줄 수 없어 예?" 어제 들은 부산말을 하자 주인이 웃으며

"아이고 역시 얼굴 예쁜 여자가 목청도 좋고 마음씨도 곱네."하며 표주박으로 그득 한잔 더 퍼준다. 단숨에 숭늉처럼 마신다.

"사장님 예, 내가 다시 못 오더라도 우리 사장님 잘해 주이소."라는 그녀답지 않는 농을 지껄인다. 다시 계단으로 올라와 차를 탄다.

"에이 아까운 술 다 깼네. 고량주 갖고 오셨어요? 서울 갈 때 준다고 했잖아?" 그 술을 찾았다. 조금 당황스러웠지만 한 꺼풀의 장막이 걷힌 느낌이다. 친해져 어린양을 부린다는 귀여움이 느껴졌다. 연달아 몇 잔을 마셨다. "아니 김 선생 왜 이러셔? 대낮부터 술타령하고 말이지."

"선생님. '사랑은 눈으로 오고 술은 입으로 온다.'고 예이츠가 말했잖

아요? 당신은 장님이며 벙어리야."

마지막 코스로 범어사에 들렀다가 역으로 가기로 했다. 대웅전에 올라가 부처님에게 그녀를 감싸고 있는 먹구름이 흩어지고 빨리 평소 모습으로 돌아오기를 빌고 나왔다. 그녀가 보이지 않아 한참 찾아보니 뒷산 산신각 앞에 앉아 있었다. 쓸쓸하게 보였다. -세상에 제 혼자인 것 같은 모습으로. 차를 타기 전에 그녀가 절 아래 가게를 들렀다 나온다. 작별 선물이라며 옅은 갈색의 목도리를 준다.

"추운데 몸조심하셔요. 정의, 성실, 의리 그딴 쓰잘 때 없는 것들 다 버리셔요. 버리겠다고 약속하세요. 안 그럼 내 서울 안 가요. 그거 선생님 장점이아니고 큰 단점이에요. 이론적인 삶 버리세요. 엉터리 책들 그만 읽고 사람 마음을 읽을 줄 아는 인간이 되세요. 선생님은 사랑을 모르잖아요, 그렇게 사시니 외롭죠?" 누나처럼 그녀의 사설이 길다.

"김 선생 왼 말이 그렇게 많아. 당신이나 잘하셔"

"그 목도리가 저 대신 항상 선생님을 따뜻하게 해줄 거에요. 하하하"

미끄러져 가는 기차의 차창으로 그녀의 모습이 보였다. 파란 목도리는 아직도 그녀의 목에 걸려있었다. 그녀가 가벼운 목례를 보낸다. 얼굴이 무척 창백했다.

사흘 뒤 새벽 4시. 평소보다 이르게 잠을 깼다. 습관처럼 전날의 카톡을 본다.

"슬픈 이야기를 전합니다.

우리 의국의 김민아 교수께서 어제 갑자기 별세하셨습니다.

애끓는 소식을 선후배 동문분들에게 전달합니다." 상주들 이름도 없다. 가족들이 부고장을 쓰지 않았던 모양이다. 의국 비서의 이름으로 조문 장소, 은행 계좌와 발인 날짜만 적혀있었다. 혹시나 해서 카톡을 뒤져보지만 딴 소식들은 없었다. 이틀 동안 찍은 사진을 보았다.

"위선자! 속으로 깔보며 겉으로 착한 체 적선한다. 악과의 전쟁? 지가 나쁜 놈이면서 누구와 싸운 데, 지성인이라고? 놀고 앉았네. 무식한 놈들은 짐승이냐? 미식과 계집 보면 침이나 흘리고, 돈과 명예와 권력 앞에는 굽신거리는 저질. 사랑 그거 얼마나 아픈 건지 알기나 하고 하는 소리니? 당신같은 인간이 제일 미워."

'망할 년'하며 카톡을 닫았다.

"나는 떠난다. 청동(靑銅)의 표면에서 일제히 날아가는 진폭(振幅)의 새가 되어, 광막한 하나의 울음이 되어, 하나의 소리가 되어/ 인종(忍從)은 끝이 났는가, 청동의 벽에 '역사'를 가두어 놓은 칠흑의 감방에서/ 나는 바람을 타고 들에서는 푸름이 된다. 꽃에서는 웃음이 되고 천상에서는 악기가 된다/ 먹구름이 깔리면 하늘의 꼭지에서 터지는 뇌성(雷聲)이 되어 가루, 가루, 가루의 음향이 된다." - 종소리 (박남수)

지랄 육갑 떨지 마

덜컹 철문 여는 소리가 나고 잇달아 날뛰며 발악하는 소리가 들린다. 또 한 놈이 들어오는 모양이다.

"야 개 씨발 놈들아. 왜 멀쩡한 날 또라이 소굴에 집어넣는 거야? 의사 그 새끼가 돈 놈이야. 새파란 애새끼가 반말 지껄이나 하고 맨발에 스리빠 신고 노랑 머리한 놈이 무슨 정신과 의사란 말이야." 발악하는 소리는 오래가지 못했다. 새 환자는 "지랄 육갑 떨지 마."라는 보호사의 거친 고함과 함께 안정실로 끌려들어 갔기 때문이다.

씨발 소리는 내가 해야 될 욕이다, 나야말로 억울하게 정신병원에 강제 감금되었고 일 년이나 지났는데도 집에도 못가고 있으니 말이다. 사악한 마누라와 멍청이 의사가 작당해 술 좀 마신다고 정신병원에 입원시켰다. 웃기는 인간들이다. 인류가 지구에 출현한 이후 지금까지 술 안 마신 종족이 있기나 하냐 말이다. 천주교 미사 때는 하나님이 자신의 피라며 인간들에게 술을 마시라고 지시한다. '술을 과다하게 마시니까 입원시켰지'라고 의사는 말한다. 그러면 밥을 많이 먹어 뚱뚱한 인간들은 왜 정신병원에 입원 안 시키냐. '취하면 억지소리하고 난동을 부리니까 그렇지'라고 한다. 국회의원들이 회의장 단상에서 쌍욕과 거짓말과 헛소리를 한다. 심심하면 저희들 끼리 목조르기. 니킥 등의 격투기를 하고 '빠루'로 문을 부순다. 어떤 치는 책상 위에서 공중부양을 한다. 이런 인간들은 왜 정신병원 안 보내나. 단군 할아버지부터 조선말까지 정신병원이 없었는데도 술주정뱅이들이나 정신병 환자들이 역모나 살인, 강간 등의 큰 사건을 저질렀다는 기록을 본 일이 없다. 힘센 놈들이 제 살기 편하기 위해 남의 인권을 유린한다. 유력무병 무력유병 (有力無病 無力有病)이다. 힘없는 놈들만 죄수가 되거나 미친놈 되는 세상이다.

    교장이 돈 한 다발을 주며 '좋은 말할 때 스스로 나가 주시오.'라고 했다. '일과 중 상습 음주와 미술실에서 수시로 여학생을 성희롱한 죄를 지었다.'며 '당신은 형무소 안 간 것만 해도 큰 행운일 줄 알아.'라고 생색을 냈다. '나가라면 나가야지' 등 떠밀려 교문을 나서니 갈 곳이 없었다. 길거리에는 지난 가을의 마지막 남은 낙엽들이 바스락 소리를 내며 굴러가고 있었다. 집은 이미 가출상태라 다시 들어갈 수 없다. '언젠가는 이런 날이 올 줄 알았어'라며 마누라가 비웃고 멱살을 잡고 난리를 피울 것이다. '저 마른 나뭇잎처럼 이 도시를 떠나야겠다.' 시외버스

정류장으로 갔다. 버스 한 대가 막 출발하고 있어 무조건 올라타 보니 포항, 죽변으로 가는 버스였다. 화두(話頭)를 들고 참선(參禪)을 하다 눈을 뜨니 칠포였다.

무작정 내렸다. 해수욕 철이 지난 갯마을은 횡한 모래벌판만 펼쳐져 있었다. 아직 남아 있는 허름한 샤워장 벽에는 빛바랜 요금표시가 쓰여져 있었다. 그 옆의 철골 안전 망루는 설치미술을 보는 것 같았다. 푸른 파도가 흰 포말을 이루며 검은 바위를 덮치고 있었다. 바다의 색깔과 파도 소리에 갯내음이 곁들여지는 조화가 마음에 든다. 겨울의 바다는 춥고 외로워서 좋았다. 검은 갯바위에 걸터앉아 참선을 몇 시간을 했다. '달마는 왜 서쪽에서 왔을까?' 실눈 사이로 곧은 수평선의 직선이 우둘두둘하게 변하는 게 보인다. 시간이 더 지나자 모래밭이 사라지고 멀리 보이던 작은 포구 마을들도 없어진다. 이윽고 파도 소리가 없어지고 바다도 없어졌다. 아무것도 없는 허공에 앉아 있었다. 달마가 동쪽으로 온 까닭은 '뜰 앞에 잣나무'였다.

중생들의 삶으로 끼어든다. 붉고 푸른색을 유치하게 칠한 양철지붕들의 골목을 지나 동네로 들어갔다. 판자 쪽 위에 '참'이라고 쓴 간판이 붙은 오막살이가 보였다. 팻말이 없었으면 짐승 우리나 창고로 보이는 판잣집이었다. 허리를 굽혀 들어가니 사내 몇이 낮술을 마시고 있었다. 옳은 식당도 되지 못하고 선술집인데 새참도 팔고 있었다.

"할매 여게 여관은 없어 예?"라고 밥을 먹으며 주인에게 묻자

"와 오래 있을기가? 지금은 여름이 아이라 여관같은 거는 안 한다. 우리 집에 며칠 지내든 동." 이렇게 해서 참 집 할매네 하숙생이 되었다.

밥만 먹으면 이젤을 들고 바다로 간다. 일단 소주를 한 병 마신다. 아침 바다는 색깔이 없다. 수평선에 고개를 내민 붉은 태양 빛에 반사되

어 온통 은빛으로 반짝일 뿐이다. 해가 하늘로 솟아오르면 은비늘들이 잦아들며 슬며시 푸른 빛이 나타난다. 멀리는 초록색이고 가까운 곳은 청색이다. 푸른 물결이 뒤집어지면 흰색이 된다. 청과 백은 근본이 같은 모양이다. 같은 물체가 시간에 따라, 움직임에 따라 각각 다른 색깔과 모습을 보여준다. 왜 파도는 하루 종일 뭍으로 기어오를까. 떠나 온 산골짜기로 되돌아가고 싶어서일까. 먼 산골짜기에서 내려왔을 작은 물줄기들이 모여 큰물의 품으로 수줍게 안기는 모습을 보면 정다운 연인들의 밀회하는 장면들 보는 것 같아 포근한 마음을 느낀다. 산다는 것 이것은 무엇일까?

"김 선생은 듣고 보이 미술 선생했다 카던데 와 여게 와서 술만 마시고 있는기요? 그라마 선생질은 때리치운 깁니꺼?" 밤낮 어부들과 어울려 참 집에서 술을 마신다. 그들은 선생이 훌륭한 인간들이라고 착각하고 있는 듯했다.

"기관장님. 나도 어부가 될라케요. 선생질 그거 아무나 못해요. 구역질 나서. 추잡은 직업이시더. 영악한 애들 눈치 바야지. 교장선생 눈치 바야지. 더 힘든 거는 전교조 애들 지랄 육갑하는 거하고 학부모들 유세 떠는 거 보는 거시더."

"에이 선생님도 그만치 배워서 우리같은 하빠리들이 하는 일을 하겠다니요. 그렇게 우리 놀리면 안되니더. 그래도 그렇지 어부보다야 선생이지." 한 어부가 정색을 하고 말을 한다.

"나는 말이시더. 어부가 판사를 부러워하고 의사가 어부를 깔보는기 정말 이해가 안되니더." 식도를 타고 내려가는 소주가 짜릿하게 느껴진다.

"와 그런기요? 우리 같은 놈은 면소나 수협에 가면 반말로 대하는 서기 놈 많아요. 눈길도 주지 않고 민원을 받고요. 대신에 라이방끼고 가다마이 입은 놈 가보이소. 말투부터 달라지고 눈웃음 살살치며 굽신거리지요. 얼마 전 검사 네 엄마가 죽어 동네 뒷산에 묻었습니다. 그날 인산인해 났어예. 지서 순사들도 모조리 나와서 교통정리를 하고, 면소 직원들도 조객들 안내하고 요란했어요. 우리 동네 것들 산일 할 때 지서 순경오니껴? 어림도 없어요. 면서기는 묘 쓸 때 나무 베었다고 고발하고, 불냈다고 고발하고 힘없는 인간들 팔 비틀기 하니더, 이 거 다 계급 탓이 아니니껴?" 목로주점의 수작은 밤이 깊어도 끝이 나지 않는다.

"선장 어른 그거 잘못된 생각이시더. 그거는 계급이 있어서 그러기 아이고요. 사람들의 인간성에 문제가 있어서 그렇고 또 생각이 잘못되서 그런 게시더. 왜 어부들은 판사나 지서장을 부러워 하는교? 어부들이 부러워해야 하는 거는 같은 어부끼리지요. 꽁치 잡은 어부는 꽁치 잡은 마리 수로 어부끼리 대결하고 고등어 잡는 어부는 고등어 잡은 톤 수로 동료들과 선의의 대결해야지요. 거게서 지면 부끄러워하고 분발하고 열심히 해야지 왜 어부가 양복쟁이하고 대결하고 그 힘을 부러워하는데요? 왜 야구선수가 축구선수를 부러워하는데요?

이런 거 다 교육이 잘못되서 그렇심더. 앞으로 우리나라도 선진국처럼 그 방면의 쟁이나 도사가 존경받는 날이 와야 되요. 어부 옷 입고 중앙청 가고 노동자 복 입고 시청가면 공무원들이 공손한 태도로 싹싹하게 말하는 날이 올끼시더." 마른 노가리를 안주한다지만 빈속에 소주가 가득해져 주기가 뇌까지 올라가니 중추신경 마비로 저도 무슨 소리 하는지도 모르면서 잘도 지껄이고 있었다.

원식이가 외출 갔을 때 몰래 숨겨온 밧줄을 창문 밖으로 던졌다. 각자에게 준 역할을 시작하라는 신호를 보냈다. 기완이가 홀에서 의자를 들고 바닥에 내리치며 고함질렀다.

"억울하다. 내 청춘을 보상해라. 또라이는 이런 감옥에만 살아야 하나!" 자주 이런 일이 있으니 직원들이 멀건히 보고 있다. 다음 동작을 하라는 신호를 보냈다. 옆에 어슬렁거리는 환자의 멱살을 잡고 업어치기로 땅바닥에 내던졌다. 간호사 보호사가 달려왔다. 병호에게 신호를 보냈다. 미리 대기하고 있던 딴 환자와 몸 싸움을 벌렸다. 두 곳에서 동시에 사건이 생기자 간호사와 보호사는 정신이 없다. 내려놓은 밧줄을 세 번 흔들었다. 잠시 후에 묵직한 밧줄이 끌어 올려졌다. 액체가 가득한 생수병 열 개다. 재빨리 침대 밑으로 숨겼다. 두 개는 고량주. 나머지는 전부 소주가 들어있다. 딴 병동에서 보호사 세 명이 왔고 노랑머리도 왔다. 난동부리는 세 녀석은 뒷골목에서 양아치 하던 놈들이라 연기를 꽤 한다.

내가 노랑머리 앞에 섰다. 알리바이를 만들기 위해서다.

"야 인마 너 면허는 있어? 너 하는 짓 보니 의대 보결로 들어간 것 같던데, 전문의는 맞아? 우리들은 너를 또라이라고 불러."라고 하자 모여든 환자들이 '옳소, 옳소'라고 환호성을 울리며 박수를 쳤다. 약이 오른 놈의 얼굴이 붉어지다가 결국은 새파랗게 변한다. 분노와 두려움에 부들부들 떨더니 이윽고 나의 뺨을 한 대 때렸다. 일부러 땅바닥에 넘어지며 소리친다.

"아이고 나 죽는다. 의사가 환자 죽인다." 환자들이 술렁대고 병호가 공중전화로 갔다.

"112지요? 여기 '청와' 정신병원인데요. 의사가 환자들을 폭행하고 있어요. 살려주세요." 평소 경찰관들은 결코 빨리 오지 않는다. 사건이 종료되면 그제야 면피용으로 천천히 온다. 그러나 이날은 총알같이 나타났다. 잘 먹고 잘사는 놈들을 으르고 혼내 줄 좋은 기회니까 말이다. 관리부장이 경찰관들을 달래고 노랑머리도 사태의 심각성을 눈치채고 굴욕을 참고 체면불구 용서를 빌어 상황은 종료되었다. 치밀한 술 운반 작전은 성공했다. 하지만 은폐 작전은 성공하지 못했다. 술 분배에 문제가 있어 내부 고발자가 있었던 것이다. 보호사들이 침대 밑을 뒤져 술을 찾아내었다.

"김 선생 당신은 벌써 10년째 우리 병원을 오가고 있잖아요? 선생 출신인데 남의 모범이 되지 못하고 어째 우리를 이렇게 못살게 해요. 앞으로 한 번만 더 이런 일 생기면 강제 퇴원시키고 딴 병원에서도 못 받게 사발통문 보냅니다." 병원 관리부장이 공갈을 쳤다. 컴컴한 보호실에 갇혔다. 관리부장의 약점을 잘 알고 있다. 언젠가 보복의 그 날이 올 것이다. 오늘은 일단은 고개를 숙여준다.

파도가 방파제를 넘어 도로까지 튀어 오르던 어느 날 참 집 할매가 심각한 얼굴로 말을 걸어왔다."김 선생요. 선생이 우리 집에 온 지도 3년이 되었지요. 오래됐니더. 우리 살림 어려운 거 선생도 아시잖니꺼?. 숙식비를 주지 않은지가 벌써 여섯 달이 됐니더. 이래 말씀드리기가 뭐 하니더만. 좌우간의 결단을 좀 내주소." 돈을 주든지 나가든지 하라는 말이다. 그동안 퇴직금 조로 받은 돈은 숙식비와 술값으로 다 나가고 말았다. 집이 없어 도시를 떠나 이곳에 왔는데 또 떠나게 되었다. 이참에 아예 지구를 떠나고 말아야겠다고 작정했다. 며칠 내리다지 소주를 마셨다. 햇볕 좋은 날을 기다렸다가 바다로 들어가야겠다고 계획을 했다. 삶이란 꿈이요, 허깨비요, 물거품이요, 그림자이다. 그리고 이슬이며 번개 불에 지나지 않는다. 마침 길일을 만났다. 그 날의 바다는 죽기에 딱 좋은 푸른 색깔을 띄고 있었다. 파도 소리 또한 분위기를 고조시키고 있었다. 일단 소주 한 병을 천천히 마시며 수평선을 바라보고 있었다. '달마는 왜 서쪽에서 왔을까?'를 되뇌이며 천천히 바다로 걸어 들어갔다. 멀리서 사람들의 고함소리가 들렸다. 계속 걸어 들어갔다. 갑자기 발아래가 푹 꺼지는 바람에 정신을 잃고 말았다. 누가 심하게 몸을 흔들어 눈을 뜨니 침대에 누여 있었고 곁에는 서울 사는 남동생이 서 있었다.

"김 사장님 형님은 폐에 물이 조금 남아 있습니다만 생명에는 지장이 없습니다. 자살시도자는 다시 일을 저지르게 되어있습니다. 이제는 정신과에서 치료를 받도록 하세요"라고 내과 의사가 동생에게 권했다. 이 날 이후 본인의 의사와는 전혀 관계없이 일단 정신과 안정실에 갇혔다, 벽에서 호랑이가 기어 나왔다. 사람 살리라고 고래고래 소리쳤다. 바닥에는 뱀들이 대가리를 들고 기어 다녔다. 침대에서 호랑이를 피하고 뱀을 피하느라 이리 뛰고 저리 뛰느라 정신이 없었다. 손은 심하게 떨리고 온몸에 땀이 비오듯 흐른다.

"김 화백님. 술 금단현상으로 나타나는 환시입니다. 걱정 마세요. 이것들 다 헛것이에요. 이 주사 맞으면 곧 좋아질 것입니다." 노랑머리 의사가 친절하게 설명해주었다. 이 인간은 처음에는 이렇게 인자했다. 내 동생이 대기업의 전무니까 그랬을 것이다.

가만히 있는데도 돈이 저절로 생긴다. 약 일 억원 정도의 돈이 모였다. 여덟 명의 또라이가 한방에 사는데 정신분열증, 주정뱅이, 조울증, 인격장애, 그리고 지적장애자가 있다. 사람들은 미친 사람들하고 한방

살아도 괜찮은지 걱정을 많이 한다. 걱정은 기우다. 정신병 환자들은 착한 사람들이다. 생각이나 감정을 자연스럽게 나타내지 못해 주변 사물이나 사람에 적응하지 못하는 것이 병이지 인간성이 나빠 환자가 된 것은 아니다. 정말 난치병 환자들은 술중독자들과 인격장애자들이다.

"선생님은 저한테 그림을 가르쳐 주시잖아요. 그래서 레슨비를 드려요. 저의 남편은 삼성의 이건희거든요. 삼성에서 매달 몇억씩 보내주어요." 옆방 여자 정신병 환자 정묘숙이가 자주 돈을 준다. 돈은 종이에 제멋대로 그린 수표인데 일정한 액수가 아니고 제 기분에 따라 들쭉날쭉한다. 이 돈이 모여 어느덧 일억이 된 것이다. 묘숙이가 제 기분 나는 대로 돈을 주다가 기분이 나쁘면 몇백만 원을 빼앗아도 간다. 그렇게 안 빼앗겼으면 이억 원 정도는 모였을 것이다.

"형님도 또라이라요. 과대망상 걸린 또라이 년 한테 종이돈 받고 좋아하다니 정신병원 오래 있으니 결국 미친놈이 되는군요. 노랑머리 그 새끼만 흉볼 것도 못되요. 형님 미친놈 되는 것 보면" 이놈은 향촌동 양아치 출신 인격장애자인데 딴 사람들에게 스스로 별이 네 개라고 자랑하고 다니며 담배도 빼앗고 치약이나 커피도 제 것인 양 갖다 쓴다. 힘없는 환자를 종처럼 부려 먹는다. 말이 청산유수라 다 속는다. 전부 거짓말이고 사기 치는 말이다. 제 꿈은 대통령이 되는 것이라 한다. 그런데 웃지 못한다. 어느 나라에서는 실제 그런 일이 있으니 말이다.

"원식아 향촌동 갈군이 아나?"

"알긴 하지요. 하지만 그 형님은 워낙 높은 분이라..."

"가는 나하고 국민학교 친구다. 나만 보면 꼼짝 못한다." 이런 말 덕에 놈에게 형님 대접을 받고 있다.

우리 방에서 가장 문제는 두 놈이다. 한 놈은 하루 종일 잠만 자고 말도 하지 않는다. 남이 보면 벙어리인 줄 안다. 내가 정신병원 처음 올 무렵에는 이런 치들은 전기충격요법을 많이 썼다. 그래서 재미보는 경우가 많은데 요즘 의사들은 이런 손 많이 가고 보기에 끔찍스런 치료를 피하고 있는 것 같다. 또 한 놈은 아무에게나 아무것이나 시비를 건다. 걸핏하며 파출소에 전화하고 인권위원회 편지 보낸다. 요런 놈은 옛날 같으면 직원들이나 환자들이 변소에 데리고 가서 흠씬 두들겨 패주면 좋아지는데 요즘은 손을 댈 수가 없다. 인권위원회가 무소불위다. 과정이나 동기를 보지 않고 결과만 본다. 환자 때리면 맞고도 직원이 인권 침해로 고발을 당한다. 정신과 직원들과 교도관, 경찰관은 예비범죄자라는 자조를 하고 산다.

매달 10일 되면 병실은 난리가 난다. 정부에서 수급비 주는 날이기 때문이다. 가난한 이들이 굶어 죽지 마라고 매달 기초수급비를 준다. 최소 30만원에서 100만원 넘게까지 준다. 환자들은 병원에서 먹여주고 옷주고 재워주니 수급비는 고스란히 남는 돈이다. 어떤 노랭이는 1,300만원까지 모아두고 있다. 주정뱅이들은 이 돈은 타서 술 마시고 온다. 어떤 얌체는 몸이 아프다며 119를 택시 삼아 불러 병원으로 타고 온다. 병원에 와서는 술주정해 밤새 온 병실 환자가 잠을 못 자게 만든다. 신경이 약한 사람은 정신병원에서 정신이 더 나빠질 수가 있다. 이런 곳은 여러 말 말고 빨리 빠져나오는 게 장땡이다. 꿩 잡는 게 매다. 노랑머리와 투쟁해봤자 나만 손해다. 작전을 바꾼다. 단주 모임에도 열심히 참여했다. 술을 끊기 위해서가 아니라 술을 마음껏 마시기 위해 온갖 쇼를 다했다. 노랑머리는 매우 좋아했다. 저가 치료를 잘해 나를 개과천선 시켰다며 큰소리치며 다녔다. 놈을 만나면 무조건 배꼽 인사를 했다. 인내는 쓰고 그 열매는 달았다. 천신만고 끝에 퇴원했다. 이제는 마음 놓고 마시는 것이다.

　아버지가 살았을 때 구멍가게 하던 아주 작은 방이 있다. 퇴원해서 그곳에 자리 잡고 미술학원을 차렸다. 학원에 애들이 몇 명 오지 않았다. 부근에 작은 한식당을 하는 친구가 있어 밥을 거기서 얻어먹었다. 하루에 몇 번 커피를 시켜 마시는데 찻값이 넉넉하지 않는 게 고통이다. 커피 주문의 참 목적은 끽다에 있는 것이 아니라 미를 추구하는 내가 예쁜 '오봉순이' 누이를 불러 노닥거리는 것이다. 어느 날 하늘이 무너지면서 큰 선물이 내게 떨어졌다. 친구가 국회의원에 출마한 것이다. 운동원들은 하루 종일 들락거리며 사무실 한 켠에 뷔페처럼 음식을 차려두고 식사를 때운다. 나의 숙식은 그렇게 해결이 되었다. 홍보부에서 선전 그림을 그리고 연설문을 작성하고 기자들을 상대하는 역할을 맡았다. 기자들이 개떼처럼 몰려왔는데 그들의 주량이 예사가 아니었다. 남녀불문 기자라면 밤낮으로 술을 마셨다. 이들에게 돈도 주고 술과 식사 대접도 하였다. 이런 행복한 날이 몇 달 계속되었다. 처음은 창대했으나 결과는 미미했다. 초반에 승승장구하던 선거는 자금이 모자라 참패하고 나는 또다시 주정뱅이가 되어있었다.

　화병이 난 걸까? 가슴이 벌렁거리고 밤에 잠도 오지 않았다. 빈속이면 속이 쓰리고 음식이 들어가면 속이 더부룩하고 소화가 되지 않는다. 약국에 가서 제산제나 소화제를 먹고 지탱하고 있었다. 어느 날은 배가 아파 약을 사 먹었는데 오히려 통증이 심해졌다. 나중에는 식은땀이 나며 통증이 심해 119를 타고 응급실로 갔다. 아직도 새파란 의사가 무표정하게 쳐다보며 반말로 물었다.

"아저씨 뭐하는 사람이요?"

"그림 그리는데요" 잘 보이기 위해 비굴한 표정으로 직업을 말했다.

"그럼 대학을 나왔겠네. 아저씨 지금 죽게 생겼어. 얼굴이 황달로 누렇게 뜨고 배에는 물이 가득해. 위장은 빵구났고. 고등교육 받은 사람이 더구나 화가라는 사람이 얼굴 색깔이 누렇게 떠도 몰랐던 거요? 배도 부피가 늘어났는데 그것도 모르고." 벌떡 일어나 앉았다. 이런 버러지만도 못한 놈에게 이따위 소리 들으니 두들겨 패주고 집에 가서 죽자고 생각했다. 벌떡 일어난 탓일까 정신이 가물가물해져 쓰러졌다. 병원측은 간 기능이 급속히 나빠져 간성혼수가 왔고 위장은 천공이 되었다는 진단이 나왔다. 간은 응급처치를 해서 급한 시간은 때웠지만 위장은 지금 빵구가 나있어 급히 깁는 수술을 해야 된다고 했다.

"수술하지 마세요."라고 소리쳤지만.

"형 이러다 큰일 나. 억지 부리지 말고 빨리 수술합시다" 동생이 달랬다. 더 이상 승강이할 수가 없었다. 정신이 혼미해져 대화를 이어나갈 수가 없었기 때문이다.

꽃길을 가고 있었다. 복숭아꽃, 살구꽃, 아기 진달래로 꽃 대궐을 이루고 있는 마을이었다. 기화요초(琪花瑤草)가 만발한 큰 저택이 보였다. 마치 기다리고 있었던 듯이 문지기가 나를 보자 반갑게 안으로 안내했다. 인자하고 품격 높게 생긴 나이 든 주인이 말했다.

"그동안 사바세상(娑婆世上)에 사느라 고생 많이 했오." 그제서야 퍼뜩 내가 죽었구나 하는 것을 눈치챘다.

"당분간 우리 집에 쉬었다가 갈 길을 가시오,"라고 명령조로 권했다. 지옥 행이 뻔한 나에게 조금이라도 늦게 가게 해주니 고맙다. 산과 바다에서 난 진기한 재료로 만든 식사를 주었다. 하루 종일 금으로 만든 잔에 향기로운 술과 기름진 안주를 대접했다. 밤낮 미녀들이 춤추고 애무해 주고 주물러준다. 그림도 마음껏 그렸다. 몇 년이나 머물렀는데 다음 길로 가라는 지시가 없었다. 슬슬 이런 생활이 싫어지기 시작했다. '듣기 좋은 꽃 노래도 하루 이틀'이라고 좋은 대접도 계속되자 고통으로 느껴졌다. 견딜 수가 없어 주인장을 만났다.

"인자하신 주인님. 이제 제 갈 길로 보내주세요. 여기는 더 이상 살 수가 없습니다. 매일 똑같은 일이 반복되니 죽을 맛입니다. 차라리 지옥가는 것이 낫겠습니다."라고 말을 했다. 눈이 둥그레진 주인이 대답했다.

"이 봐 당신 바보야. 여기가 지옥인데 또 어딜 간단 말이냐? 아마 넌 지옥이라면 칼 지옥이나 불 지옥만 생각하는가 본데 거긴 급수가 낮은 곳이야. 여기는 아주 악질들만 오는 최고의 지옥이지, 너의 업보가 끝날 때까지는 선택의 여지가 없어."

"얼마나 여기 있어야 되요? 그리고 복역이 끝나면 다음은 어디로 가나요?"

"여긴 기본이 천년이니까 자네도 그 기본 정도 산다고 보면 되겠지. 하지만 모범수 감형도 있고 또 같은 패거리가 지도자가 되면 형집행정지도 있는 거니까 참고 살아봐. 이 건 비밀인데 너의 환생은 개나리라고 판결 났더군. 쑥이나 원추리보다는 낫잖아. 짐승들에 뜯어 먹히진 않으니까 말이야."

"주인님. 환생하면 보통은 짐승이나 사람 혹은 부처로 태어나는 데 왜 저는 식물로 태어나요?"

"아 그거 요즘 규정이 많이 바뀌었어. 전에는 동물 위주의 판결이 많이 났지. 그 게 모순이야. 동식물 차별이 잘못된 거지. 최근에는 바뀐 규정에 따라 식물형도 많이 판결되고 있는 것이 이 바닥의 추세야. 전에는 개나 고양이의 환생도 큰 형벌로 쳤지만 요새는 빽쓰고 받는 판결이야. 보신탕 없어지고 반려동물 개념이 생기니까 개 팔자가 상팔자 아니겠어? 너도 향기 짙은 개나리로 살다 보면 반려식물이 될지도 모르잖아. 많은 생각하지 말고 지금을 즐기다가 가. 인생은 'Here and now'에 충실하라고 하잖아." 이거 웃어야 되나? 울어야 되나? 매우 혼동이 온다. 독한 양주 한잔을 홀짝 들이키며 악사에게 '케세라세라(que sera sera)'를 연주하라고 지시한다.

무서운 아이들

　　할아버지가 중앙국민학교를 다닐 때 이야기다. 옛이야기를 너무 자주 들어 신물이 난다. 이번 것도 줄거리는 대충 100번쯤 들은 것이다. 그러나 말도 자주 하면 기술이 느는지 이번에는 기승전결(起承轉結) 있는 단편 소설 같아 내용을 한번 옮겨 본다.
　　"나는 전쟁 때가 참 좋더라. 재미있고 즐거웠어."
　　"할아버지 전쟁은 많은 사람들이 죽고 마을이 다 불타고 부서지는 무섭고 비도덕적인 일이잖아요? 왜 그런 말씀 하세요?"
　　"그 건 어른들이 하는 말이고 애들은 그런 것 모른다. 나는 총 쏘고 사람 죽이는 것을 보지도 못했다. 전쟁이란 경기에서 항상 우리 편이 이긴다고 하니 기분이 좋았다. 동네에 멋있는 군복을 입은 사내들이 모여들고 폼나는 무기를 실은 차들이 돌아다니는 왁자지껄한 그 잔치 분위기가 좋았다. 대구는 공산군이 들어오지 않아 어른들이 말하는 전쟁의 참상이란 걸 알 턱이 없었다."

조용하던 하늘에 어느 날부터 온갖 모양을 한 비행기들이 꽉 차서 날고 길에는 군인들이 탄 트럭과 짚 차가 빽빽이 굴러다녔다. 낯선 외국 군인들이 나타났고 국군의 시가 행군이 많아지기 시작했다. 반짝이는 눈에 힘찬 군가를 부르며 동네 앞을 지나면 애들은 신이 나서 박수치고 고함을 질렀다. 이상하게 어른들은 박수는커녕 행진을 지켜보는 사람도 없었다. 신천 뚝방이나 신암동 변두리의 뒷산에 가보면 처음 듣는 말씨를 쓰는 사람들이 판자나 천막으로 집을 만들어 살고 있었다. 시간이 지나자 피난민들은 시내까지 몰려왔다. 시청 앞길에는 지게꾼들이 지게에 걸터앉아 하루 품을 사줄 그들의 고용주를 기다리고 있었다.

먹을 것 파는 장수들도 꼬여 들었다. 피난민들의 천막 식당에서는 깡통에 구멍을 뚫어 냉면도 뽑아 먹고 빈대떡도 부쳐 먹었다. 모두 처음 보는 음식들이다. 가끔은 동네 빈터에서 개도 두들겨 패서 잡아먹었다. 미군 부대서 돼지죽용 찌꺼기를 갖고 오면 장사꾼들이 그것을 사 손질해서 되판다. 소시지, 햄 등을 골라내어 이빨 자국을 칼로 깡총하게 잘라낸 뒤 좌판에 놓고 판다. 마른 쓰레기에서는 식빵을 골라 테두리의 검은 부분을 따로 분리해 팔았다. 건더기가 정리된 죽은 끓여서 팔았다. 값도 싸고 처음 보는 서양의 향기에 끌려 돼지 대신에 사람이 사 먹었다.

"맛이 좋았겠네요."

"야 무신 소리고? 맛본 적이 없다."

할아버지네 가족은 고향서 양반 소리 듣고 살았다지만 정작 소작 부쳐 먹을 땅이 없어 풀뿌리와 나무껍질로 생명을 지키고 살았다. 대구 와서 겨우 입에 풀칠하고 살게 되었다고 한다. 비록 도시 쌍놈은 되었지만 "인간이 짐승의 죽을 먹어서는 안 되며 또한 양놈들 한테도 부끄럽다."며 어른들이 꿀꿀이 죽 파는 근처에도 못 가게 했다. 그 후 그 꿀꿀이 죽이 지금까지 부대찌개라며 팔리고 있는데 그 음식의 기원을 생각하면 얼굴이 화끈거리는 음식이다.

"그때 애들 간식은 어떤 것들이었어요?"

"야. 화려했다. 양놈들이 짚 차 타고 가며 뿌려준 것도 있고 양갈보가 화대로 받아 판 것도 있고 어떤 건 아예 미군 부대 들어가서 훔친 것도 있어 하여간 전쟁 전에는 보도들도 못한 초콜릿, 비스킷, 사탕, 껌. 커피 등의 기상천외한 먹을거리가 많았지.

"서양 군인들이 가면 애들이 그 뒤를 따르며 '할로야 끔 좀 도고, 쪼고렛또 도고 하며 외친다.' 군인들이 과자를 땅바닥에 던지면 닭 떼처럼 우르를 몰려가 그것을 줍지."

"양반 자손 할아버지는 물론 그런 행동 안 하셨겠지요?"

"암 그렇다 말다. 요즘 양반 쌍놈 없다고 하지만 아직도 엄연히 존재하고 있지, 어떤 치는 고관대작이 되어서도 비굴하고 얍삽한 소리하는 거 보면 한번 쌍놈은 영원히 쌍놈으로 사는가 봐. 사실은 그렇게 모인 간식을 동네 애들이 공터에 몰려 앉아 나눠 먹을 때 나도 같이 먹었어. 하지만 그런 고급 간식은 어쩌다 한 번이고 밥조차 제대로 못 먹고 사는 애들이 많았지."

초등학교에 입학했다. 공평동에 있는 학교는 미군에게 징발을 당해 못 들어갔다. 도립 병원(경북의대병원) 앞에 있는 공터에 임시로 만든 판자 교실에서 수업했다. 교실이 모자라 한 교실에 두 반이 동시 수업을 하고 그나마 오전반 오후반으로 나누어 수업했다. 4학년 이상은 그 교실도 모자라 신천 뚝방, 공장 창고, 부잣집 마당 등등 좀 뻐꿈한 곳이 있으면 아무 곳에나 끼어들어 수업을 했지.

애들은 아침이면 오후반도 오전반과 함께 학교에 온다. 걔들의 부모들이 돈 벌러 가버리고 집도 천막이나 판잣집에 사는 애들이라 딱히 갈 곳이 없어 놀러 학교에 온다. 점심은 어차피 굶을 거니까 다시 집에 갈 필요도 없다. 오전 내내 학교 주변에서 놀다가 오후 수업에 들어온다.

중앙학교 가교사와 도립병원 사이에는 작은 실개천이 흘렀다. 상류 쪽은 좁고 하류 쪽으로는 그 폭이 넓었다. 오후반 사내애들은 줄을 서서 이 개천을 뛰어넘기를 하고 논다. 용감한 녀석들은 넓은 곳에서 뛰고 겁많은 애들은 좁을 곳에서 뛴다. 가끔은 뛰다가 물에 빠져 울면서 집에 가는 애들도 있었다. 계집애들은 공터에 모여 고뭇줄 놀이나 공깃돌 놀이를 하고 오후를 기다린다.

"우리 담임 선생님은 엄격하게 우리를 교육시켰다. 약속시간은 반드시 지킬 것, 교과서와 눈은 30센티 이상 간격, 책장을 넘길 때는 손으로 책 맨 위쪽 귀퉁이를 잡고 넘길 것. 한 시간 책보면 잠시 먼 산을 보거나 푸른색을 보면서 눈을 쉬게 할 것. 책은 종이로 꺼풀을 할 것 등등을 지시했다.

집에 갈 때는 시내 쪽에 사는 애들은 선생님이 차 길까지 따라와 같이 길을 건넌 뒤 우리를 보내주었다. 우리는 거기서 '선생님 안녕히 계십시오.' 이미 교실에서 한 인사를 또 하고 헤어졌다. 일평생 단 한 분의 여자담임이었다. '세 살 버릇이 여든까지 간다'는 속담이 있지?". 나는 지금까지도 그때 그 선생님의 지시를 따르고 산단다.

"할아버지 지금 세월이 얼마나 변했는데 그런 케케묵은 소릴 하는 거예요. 그때는 인권, 평등, 기회균등은 가르치지 않았잖아요. 변함없는 진리란 없어요. 그때마다 달라요" 한 가족인데도 이렇게 철학이 다르다.

아무튼 신나는 국민학교 시절이었다. 매일 동촌 비행장에서 날아오른 전투기와 폭격기, 수송기, 낙하산 비행기들이 북으로 줄지어 날아갔다 오곤 했다. 그것들을 쳐다보는 게 좋았어. 지금도 비행기가 날아가면 한참 서서 본다. 동인 로타리부터 태평로 끝까지 철로 옆에는 수천 개의 드럼통이 쌓여 있고 군수물자 보관창고도 수백 채가 서 있었다. 그 풍성함에 늘 가슴이 든든했다.

육군본부가 시립병원 앞에 있었는데 그 앞의 길을 건너야 집에 올 수 있는데 군인들 차가 하루종일 수도 없이 다녀 사고가 많이 났다. 우리 아버지는 절대로 그리로 못 다니게 하고 담임선생이 건너 주는 길로만 오라고 했다. 그곳은 형무소 긴 담을 끼고 돌아와서 시간이 많이 걸려 싫었다. 가끔 몰래 육군본부 쪽을 건너오면서 폼나는 헌병이 정문에 서 있는 모습을 구경하는 재미와 규정을 어기는 스릴을 즐기기도 했다. 한번은 참모총장 관사와 붙어 있는 일본식 절인 관음사 스님이 집에 가는 나의 아랫도리에 깡통을 들이대었다.

"여게 오줌 좀 누고 가래이" 하고 말했다. 아마 약에 쓰려고 한 것 같은데 그때는 고추 떼려는 모양이다 싶어 죽을힘을 다해 도망쳤다. 그 후로는 육군본부 쪽은 군용차 말고도 스님이 나타날까 무서웠다.

"니 혹시 '장 꼭도'라는 사람 아는지 모르겠다만 그 사람이 쓴 단편이 있어 '무서운 아이들(Les enfants terribles, 앙팡 테리블)' 전쟁을 치르며 전쟁의 본질을 모르는 애들이 마냥 즐겁게 산다. 상대방을 죽여야 내가 산다. 감정이 고착되어 자신의 못된 일에 아무런 양심의 가책을 느끼지 못한다. 전쟁의 희생물이 된 아이들이다. 전쟁은 사람의 목숨뿐만이 아니라 영혼까지 그렇게 병들게 하니까 무서운 거야. 지금 철이 들고 보니 우리가 그런 애들이었어"

군인이 있는 곳에는 술과 여자가 있다. 미군들이 도립병원과 중앙학교에 주둔하고 있어 우리 동네는 서양군인 상대 위안부들이 많이 살고 있었다. 역전의 해방 골목이 우리 군인들과 민간인들이 주 고객인 것과 대비가 된다. 이상하게도 해방 골목 매춘부들은 아무도 놀리거나 비웃는 사람 없었는데 외국인 상대 위안부는 유독 '양갈보'라고 부르며 미워했다. 아무 것도 모르는 우리도 동네 형들과 어른들을 따라 그녀들을 욕하고 놀렸다. 양장하거나 스타킹에 빼딱구두(하이힐)를 신었으면 무조건 양갈보라고 불렀다.

"자 저기 양갈보가 온다. 준비."하며 동네 큰 형이 지휘한다. 모두들 돌맹이나 진흙 덩어리를 쥐고 담장 뒤에 숨어있다가 목표한 여자가 오면 일제히 '양갈보다' 하며 제 손에 든 것들을 집어던지고 도망을 갔다. 양장 여자들이 먼저 도망갔으니 애들은 도망갈 것도 없었지만 양심이 있어 그랬던 것 같다. 서양 군인들은 키도 크고 자신있게 걸어 다녔다. 항상 껌을 씹거나 크래커같은 것을 우물거리고 다녀 멋있어 보이고 부러웠다. 이런 모습에 대한 질투의 분풀이가 양갈보 돌던지가 아니었을까? 하는 생각도 해본다.

학교에 구호물자들이 자주 들어왔다. 색칠된 고무공, 요요, 쇠 팽이, 무늬든 구슬, 체크무늬 남방셔츠, 청바지 등 화려하고 멋있는 장난감과 옷들이다. 선생님들은 나에게는 한 번도 그런 것들을 나눠주지 않았다. 공부 잘하고 착한 우등생인데 왜 주지 않는 걸까? 의문을 푸는 데는 오래 걸렸다. 탈지분유는 모든 애들에게 다 나누어 주었다. 옷이나 장난감 그리고 우유 같은 것은 부자 나라에서 남아서 우리한테 주는 것인 줄 알았다. 철이 들고 보니 U.N과 여러 나라 국민들이 자기들도 아껴 모아 보낸 것을 알았다. 그 덕에 전쟁 중에도 우리 애들이 굶어 죽지 않았던 것이었다.

"그때 진 빚을 갚기 위해 요즘 U.N에 매달 얼마씩 돈을 보낸다. 그리고 친구들에게도 그러자고 권한다. 그러나 별로 내 권유를 따르는 친구가 없다. 우리나라 사람들은 보은할 줄 모른다. 한마디로 배은망덕한 족속들이다. 16개국에서 우리 전쟁에 참전하여 피를 흘려 주었다. 하지만 우리는 남의 나라에 싸우러 가지 않으려 뺀질거리며 피한다. 간다고 해도 죽지 않는 곳을 골라 면피만 하고 있다. 가까운 필리핀, 태국서부터 저 멀리 뉴질랜드나 에티오피아에서 한국전에 참전했다가 팔다리를 잃은 노인들을 볼 때가 있다. 그런데도 우리는 돈 한 푼 보내줄 줄 모른다.

얼마 전 우크라이나 대통령이 국회에 영상으로 호소를 했다. "당신네들도 70년 전 여러 나라에서 군인과 무기를 도움받았잖아. 우리도 그렇게 좀 도와주시오."라고 그 연설하던 날 국회에서는 300명의 국회의원 중 50여 명만 모여 앉아 스마트 폰 보거나 졸거나 혹은 잡담하는 파렴치한 행동을 보여 세계적인 조롱을 받았다. 우리나라가 언제부터 이렇게 예의, 염치가 없는 나라가 되었을까? 왜 이렇게 되었을까? 정말 연구감이다.

1953년 7월 27일 전쟁이 끝났다. 육군본부는 서울로 갔다. 피난민 학교도 문 닫고 중앙학교에 통합되었다. 하늘은 텅 비고 길 위의 군용 자동차도 줄어들었다. 대구역의 드럼통도 줄어들기 시작했다. 마음이 허전해졌다. 외국 군인들도 별로 보이지 않고 양공주들도 줄어들었다. 잔치가 끝났기 때문에 피난민들도 고향으로 돌아갔다. 하지만 이북사람들은 가지 못하고 대구사람이 되었다. 피난민들이 만든 양키 시장은 교동시장이란 이름을 갖고 정식시장이 된다. 중앙학교는 가교사를 동덕학교라는 새 학교에 주고 본교로 돌아왔다.

　보통 초등학교 애들은 대개가 비슷한 환경인데 비해 중앙국민학교는 완전히 색다른 두 집단이 반반으로 나누어져 기형적인 구조를 하고 있었다. 한쪽은 법원, 검찰청 등 정부 기관이 많은 공평동과 고급주택이 많은 삼덕동과 동인동 쪽의 애들로 공무원과 돈 많은 집 아이들, 다른 한쪽은 피난민이 주로 사는 동성로와 역전의 양키 시장과 해방 골목 아이들이었다. 대화 때도 경상도 말과 북쪽 말이 서로 섞이지 않고 오가고 있었다. 피난민 학교 학생들이 중앙학교로 편입된 뒤로는 더욱더 이런 양분화 현상이 심해졌다.

"가교사에서 본교로 이사 왔을 때 우리는 4학년이었어. 담임 선생님이 공부도 잘하고 착한 애 하나를 반장으로 임명을 했어. 여기서 문제가 시작된 기라. 덩치 크고 아버지가 판사인 애와 비슷한 몸매에 이북 말을 쓰는 부잣집 애 둘이 선생님의 결정에 불만이 생긴 거지. 야들은 저거 둘 중 하나가 반장이 될 줄 알았는데 생각지도 못했던 아가 되니 실망이 컸던 기라." 할아버지가 당시 분위기를 자세히 말해주었다.

"창민아 우리가 점 마 말을 들을 수가 있나? 니 생각은 어떻노?"라고 대진이가 물었다.

"그래 니가 반장이 되었어야 되는데 담임이 돌았어. 앞으로 니가 반장 노릇해" 대진이가 말했다.

"그 기 무신 소리고? 반장이 정해졌는데."

"우리가 앞으로 분단장을 따로 임명하고 우리 반을 이끌고 가면 되는 거야. 지금 반장은 약해서 대구학교 놈들이 쳐들어와도 쪽을 못 쓸 거야. 중앙학교를 지키기 위해서도 니가 반장을 해야지."

이게 무슨 소리냐면 말이지 수시로 대구학교 애들이 중앙학교로 쳐들어와서 싸움을 걸고 저학년 애들이나 여학생들을 괴롭히는 거야. 당시 애들은 괜히 서로 남의 영역으로 들어와 괴롭히고 가곤 했어. 서로가 조선 시대 왜구같은 짓을 하고 다녔다. 말하자면 반장들은 저희 반 애들을 지키기 위해 딴 학교 애들이 쳐들어왔을 때 그것들을 막을 수 있는 능력도 있어야 한다는 거지.

둘이 이런 의논이 있을 다음부터 우리 반은 서서히 두 쪽으로 갈라졌어. 담임선생이 임명한 반장을 따르는 애들과 스스로 반장처럼 행세하는 애를 따르는 애들로 나누어졌어. 창민이파들은 '백골단'이라는 집단의 이름도 지었어.

"어이 대진아, 너거 동네 동성로에서 사진 재료상 하는 집 아 있잖아. 가 한테 내일 사진 인화지 큰 거 몇 장 갖고 오라 캐라."

"그걸로 뭘 할 거야?"

"백골단 애들은 각각 이름들 지어주고 신분증도 만들끼다. 이름의 가운데 자를 뺀 것을 우리 파들의 이름으로 한다. 그것을 인화지에 연필로 쓴 뒤에 햇볕을 쪼이면 검게 타지. 그걸 개시 고무(고무 지우개)로 지우면 연필로 쓴 자리가 하얗게 남지."

"그러면 너 이창민은 이 민이라는 이름이 되는군. 그런데 그 인화지를 다시 햇볕으로 갖고 가면 전부가 검게 되잖아?"

"그렇지 검게 되지, 그러니까 신분증을 잘 간직해야지. 그 기 우리 백골단의 멋 아이겠나? 검은 종이에 흰 이름이 쓰여진 신분증" 백골단은 전부 새로운 이름이 쓰여진 이 신분증을 갖고 있게 되었어.

시간이 지나자 우리 반 애들 대부분이 백골단이 되었다. 이제 반장 파들은 소수만 남게 되었다. 창민이는 대진이와 반 애들을 데리고 대구 학교로 원정 싸움도 하러도 다녔어. 그 학교는 대구서 제일 오래된 국민학교이면서 가장 큰 학교였지. 중앙학교와는 길 하나 건너 있어서 자주 마찰을 했었다. 사실 가장 오래된 초등학교는 중앙이었는데 일제 강점기에 일본인 전용 학교라고 역사에서 그 기간을 빼버려 학교 역사가 짧은 것처럼 변했지. 두 학교는 학생들 숫자나 역사 등에서 서로 비등한 세력이어서 자주 싸움을 하였다. 그렇다고 감정적 갈등이 있는 것은 아니고 그 시절에는 사나이의 명예를 갖으려고 했지.

야구로 대결하는 경우도 자주 있었는데 가장 야구가 센 학교는 경주 황남국민학교, 칠성국민학교, 대구국민학교들이 있었어. 돈이 좀 있는 애들은 양키 시장에 가서 헌 야구 글러브를 사서 갖고 다니기도 했다.

"야 대진아. 이번에 칠성하고 한판 붙자"라고 창민이가 지시하면 수업이 끝나면 동네 길거리에서 야구 시합을 했어. 이기면 야구공 두,세 개 내기였지. 하지만 더 중요한 건 학교의 명예였어. 할아버지는 운동에 전혀 소질이 없었지만 집에 야구 글러브가 있어 싫어도 시합마다 출전했어. 시합 때 글러브가 없어 애들 반은 맨손으로 했다. 가끔 계집 애들이 응원할라치면 사내애들은 신나서 죽기 살기로 시합을 했어. 가끔은 아구사이(야구사이)도 했는데 이 경기는 맨손으로만 하는데 말랑말랑한 고무공을 손으로 때려 야구처럼 하는 경기였지. 나이가 어리거나 애들 숫자가 적을 때 했는데 요즘 말로 하면 이부 리그 같은 성격이었지. 여기서 잘하면 야구 본팀으로 오게 되.

"창민아 요새 혹불 학교(대구학교 별명) 애들 간덩이 커졌어. 우리 학교 안까지 와서 애들 때리고 계집애들 고무줄도 끊어간다. 한번 조져주자" 이렇게 대진이가 건의하면 피난민 애들이 주축으로 된 싸움꾼들이 동원된다. 결투의 방법은 서부영화의 건 맨들과 같다. 양측은 일정한 간격을 두고 선 다음 구령과 함께 돌 던지기를 한다. 이 싸움은 돌만 던진다. 많이 다친 쪽에서 손을 든다. 투석전 뒤에 화난다고 몸싸움을 한다든지 아니면 딴 도구를 사용한다든지 하는 신사답지 않다고 그런 짓은 하지 않는다.

백골단이 계집애들도 보호하고 연약한 동무들의 등,하교 길도 편하게 해준다는 긍적적인 소문이 돌았다. 여학생들은 고무줄이 악당들에게 잘리는 경우도 줄어들고 치마 들리는 일도 없어져 갔다. 하교 길에 대구학교 애들에게 손찌검 당하면 백골단 애들이 다음 날 보복을 해주었다. 수업이 끝난 후 운동장 한구석에서 백골단 모임이 수시로 있다. 최근에 있었던 자신의 사나이다운 행동에 대한 보고가 자주 주제가 되기도 했다.

"어제 나는 송죽극장을 닷지(숨어들기) 먹었어"라고 이북 애가 말했다.

"야 니 재주도 좋다. 우째 그래 공짜로 극장에 들어 갈수가 있노?"

"변소 창문으로 들어가지, 가끔은 어른 따라 함께 들어가기도 하고."

중국집에서 짜장면 먹고 도망 나온 이야기 등 무용담은 끝이 없다. 그러나 그 중에서 가장 사나이답다고 단원들에게 존경받는 이야기들의 주인공들은 피난민 애들이 많았다.

가장 멋있는 모험담은 미군 부대 철조망으로 들어가 쓰레기통 뒤져 치즈, 소시지, 햄, 식빵 조각 등을 주워 오는 애들이다. 개중에는 들어간 김에 미군물건 훔치다 들켜 흠씬 두들겨 맞고 온 애, 심지어는 온몸에 캐첩을 발린 뒤 밖으로 쫓겨 나온 애도 있었다. 다음 순위는 먼 동촌까지 걸어가 풋사과, 오이 등을 서리를 해 온 애. 철공소 들어가 쇳조각 줍다가 손가락 잘린 애. 등이었다. 가끔 단원들은 미군의 C-레이션에서 나온 커피를 끓여 마셨다. 전쟁 중에는 국방색 봉지를 찢어서 우윳가루만 털어먹었는데 전쟁이 끝나 물자가 귀해지자 쓴 커피가 나와도 아까워 깡통에 끓여 나눠 마셨다. 할아버지는 어린 나이에 이미 블랙커피를 마셨다고 자랑을 하였다.

창민이는 가끔 제 돈을 써서 걸뱅이 극장(육군중앙 극장)으로 우리를 데리고 가기도 했다. 이 영화관은 군인들 전용 극장이지만 민간인들도 돈을 내면 입장이 가능했다. 영화 보는 학생들은 주로 기차 통학하는 중고등학교 애들이었다. 그러나 돈이 워낙에 없으니까 대게는 영화는 못 본다. 기차 시간까지 공회당 광장만 돌아다니다 차를 탄다. 그 극장은 미군들이 자기네들이 보는 영화를 국군들 보라고 보내주므로 자막이 없다. 하사관(부사관)이 변사로 영화를 해설하는데 그 사람도 영어를 모르니까 눈치 보고 대충한다. 어떤 때는 주인공을 죽었다고 하다가 다시 살아나는 바람에 관객들에게 항의받기도 한다. 가끔은 딴 볼일 보고도 온다. 그땐 해설이 없어 관객들이 고함질러 댄다. 그러면

방귀 뀐 놈이 화낸다고 뒤늦게 나타난 변사가 오히려 '조용히 하라'고 꾸중도 했다. 일반 영화관에서는 미국서 개봉한 뒤 2,3년이 되야 우리나라에 들어오는 영화가 육군중앙극장에서는 몇 달 만에 미국의 신작 영화를 볼 수가 있었다. 영어할 줄 아는 사람에게는 귀중한 기회였다고 한다.

시작이 있으면 끝이 있는가 보다. 늦은 가을 어느 날 백골단이 드디어 최후의 시간을 맞았다. 담임선생이 일찍 수업을 끝내고 교실의 앞뒷문을 단단히 걸어 잠궜다. 창문도 꼭꼭 닫게 했다.
"그동안 몰랐는데 이번에 사건이 생기고 나서 우리 반에 백골단이라는 모임이 있었다는 것을 알았다. 지금부터 이름을 부르는 놈들은 교탁 앞으로 나온다."
최초로 불려 나온 백골단 졸개급 애들부터 몽둥이로 엉덩이를 맞기 시작했다. 반장도 맞았다. 걔는 엉엉 울면서 말했다.
"선생님 예 저는 억울합니다. 창민이와 대진이가 강제로 백골단에 가입시켰는데 저는 피해자라예, 왜 맞아야 합니꺼?" 담임선생은 아무 말 하지 않고 그만 때렸다. 마지막으로 창민이와 대진이가 불려 나갔다. 긴 시간 동안 맞았다. 사나이들이었다. 아무 소리않고 꼿꼿한 자세로 매를 이겨내고 있었다.

며칠 전 오후 중앙학교와 대구학교가 중앙학교 서문 앞 큰길에서 큰 패싸움을 벌렸다. 전쟁이었다. 돌맹이 던지기가 아니고 처음부터 아예 몽둥이와 몸싸움을 총동원하여 죽기 살기로 싸운 것이다. 대구학교 애들이 중앙학교 운동장까지 들어와 줄넘기하는 여학생 고무줄 끊고 공깃돌과 오자미를 뺐고 남자들 구슬과 야구공 빼앗았다. 중앙 남학생 몇이 이놈들을 엎어치기로 던졌고 백골단 애 하나가 넘어진 두 놈을 발로 밟아 주었다. 첫 마찰은 일단 이것으로 끝났는데 방과 후 대구학교가 대규모 떼거리를 만들어 쳐들어왔다.

싸움판이 커진 것이었다. 큰 전쟁에서 대구학교 애들이 일방적으로 두들겨 맞는 게임이었다. 중앙학교는 본토라는 이점 덕에 동원된 싸움꾼들이 많았고 용사들의 면면도 양키 시장, 해방 골목에 사는 이북 출신들이 많았다. 양 학교가 전쟁 상태가 되자 피난민 학생들 전부가 가세한 덕에 기술이나 힘이나 숫자로 대구학교는 처참하게 패하고 말았다.

"할아버지 그날 동성로가 난리 났겠어요. 애들이 많이 다치고 가게 유리창도 다 깨지고 그만큼 요란했을 테니까 학부모와 시민들이 가만 있지 않았을 것 같은데요?"라고 내가 말하자 할아버지는 빙그레 웃으며 말했다.

"그래 요즘 같으면 그랬겠지. 하지만 아무도 그날의 싸움 결과에 대해 화내는 사람이 없었어. 오히려 칭찬하고 격려를 해주었지. 다친 애들 부모들은 만나 서로 사과를 하고 대포 집에서 한잔하고 헤어졌어. 아마 전쟁 끝난 지가 얼마 되지 않아서 애들 전쟁은 장난으로 생각을 하는 분위기였던 모양이야. 사내애들 기죽이면 나라가 약해진다고 어른들이 너그럽게 참고 넘어간 거야."

"그럼 담임 선생님은 왜 그렇게 화를 내셨나요?"

"단체에는 계급과 질서가 있고 그것을 지키기 위해서는 희생과 복종과 인내라는 전제가 필수적이야. 담임선생은 단체를 이끄는 지도자로써 그의 제자를 국가와 공동체에 조화를 이루며 적응하는 인간을 만들어야 하는 의무가 있지. 선생은 그 의무를 위해 사랑의 매를 든 것 같

아. 창민이와 대진이 아버지들이 다음 날 학교에 왔어. 담임선생이 고맙다고 하며 중앙학교 선생님 전부를 불러 양키 시장 강산면옥에서 불고기 잔치를 해주었지."

"할아버지 그 아이들은 나중에 어떻게 되었나요?"

"그 이튿날 백골단은 해산되었어. 중앙학교 졸업 후 창민이는 아버지 따라 서울 갔고 나중에 대법관이 되었어. 대진이는 대학 때 서울로 갔고 삼성전자 사장이 되었지. 일일이 다는 모르겠다만 초등학교만 졸업하고 버스 운전한 애. 월남전에서 죽기도 하고 북파공작원하다 전사한 애, 향촌동에서 조폭 두목된 아이, 교동시장서 금은방 하는 애. 색시 장사하는 애 여러 직업인으로 살았다. 이제는 대부분 놀고 있지. 이미 산에 누워있는 사람, 나무 밑에 누워있는 사람도 많아."

"할아버지는 잘된 거예요?"

"국무총리했으니까 잘된 거지. 하지만 부끄럽다. 네 애비를 군대 빼주고 의사 만들기 위해 스팩 품앗이하고 허위 봉사증, 표창장 위조한 거 정말 잘못했다. 게다가 내로남불하고 갈라 치기하는 대통령 밑에서 야양 떤 거 더욱 창피하다. 백골단 보다 못한 인간들하고 산 거 참회 할란다. 죽어 조상님 앞에 떳떳이 서고 싶어 며칠 뒤 스스로 자수하고 교도소 갈란다." 지루했나요?

3부

강둑 위의 오두막집

오두막에 한번 가 봐야겠다고 오랫동안 벼르기만 하고 지금껏 한 번도 가 본 적은 없다.
그쪽으로 가지면 십여리 길을 한참 돌아서 가야된다. 귀찮다는 게 이유지만 사실은 그 집에 대한
이중 감정 때문에 안 가는지도 모른다. 따뜻한 사람들이 행복하게 사는 곳이라는 생각도 들고
머리에 뿔난 도깨비들이 살거나 떼강도들이 모여 사는 집 같기도 하다.
가까이 가면 저주의 독기가 뿜어져 나올 것 같은 불길한 예감도 든다.

나가사키는 오늘도 비가 내렸네	두 남자 이야기	금강산의 결투
큰 형님의 권총 세발	시체실에서 생긴 일	질투의 동산	염소 이야기
강둑 위의 오두막집	왕잠자리의 추억	피라미의 탄식

나가사키는 오늘도 비가 내렸네

원자탄 패트맨(뚱뚱이)을 실은 미국 폭격기 B-29 '복스카'가 고쿠라(小倉) 상공을 선회하고 있었다. 기장 '척 스위니' 소령은 매우 초조하다. 30분 이상을 떠다녀도 구름 가득 덮힌 도시 위에서 원자탄 낙하할 장소를 찾지 못했기 때문이다. 시간을 더 끌다가는 일본 전투기들이 올라올 수가 있고 티니안 기지로 되돌아갈 연료도 모자랄 수가 있다. 때맞춰 사령부에서 제3의 목표로 가라는 지시가 왔다. 복스카는 20분 뒤 나가사키(長崎)상공에 도달했다. 그곳도 구름 때문에 아래가 보이지 않았다. 몇 번 선회한 뒤 마지막 한 번 더 돈 순간 둥글게 구름이 없는 곳이 보였다. 스위니는 기지로 "판사님 출근하십니다"라는 폭탄 투하의 암호 무전을 보낸 직후 팻트맨을 그 둥근 공간으로 투하했다. 1945년 8월 9일 11시 2분이다. 형무소, 의과대학 그리고 우라카미(浦上) 성당이 모여있는 상공에서 원자탄이 터졌다. 인구 24만이었던 도시는 7만3천884명을 한꺼번에 잃게 된다. 복스카는 교범대로 폭탄 투하 후 60도 각도로 급회전 상승한 뒤 기지로 돌아갔다. 이미 8월 6일 미국은 B-29 '에노라 게이'로 히로시마에 원자탄 리틀보이(소년)를 투하하여 14만의 사람들을 희생시켰다. 일본은 아무 반응이 없었다. 종전이 성급해진 미군은 확인 사살을 위한 두 번째의 원자탄을 이곳에 내리꽂은 것이다. 8월14일 일본은 드디어 항복했다,

피폭자들은 주로 경상도 출신이었다. 종전 후 대부분 귀국하였고 가족이 없는 사람들은 합천에 모여 공동생활을 한다. 나가사키 현의 적십자사는 해마다 대구와 합천을 방문하여 피폭자 실태를 조사하고 환자들 상태를 파악하고 간다. 대구적십자 병원과 합천 요양원 근무자 그리고 서울 소재 대학병원 내과 의사들을 나가사키로 초청해 교육도 하고 재일 한국 피폭자들의 실태를 파악하게 해준다. 내가 적십자 대구병원에 원장이 되었을 때도 이런 행사가 계속 진행되고 있었다.

일본 적십자 관계자들이 떠나기 전날 저녁 그동안 고생하고 고마웠다고 내가 그들을 식사 초대를 했다. 적십자 나가사키 병원 부원장 모리, 의과대학 오쯔루 내과 교수, 야나기 미쯔꼬 정신과 여자 교수, 현청 담당관 쿠사바, 그리고 병원 간호과장 마유미 등이었다. 그들은 몇 년 동안 왔어도 이런 대접은 처음이라고 하며 놀란다. 성의는 고맙지만 규정을 어기는 것이라고 한사코 손사래를 치며 모임을 거절하였다. 일본은 풍습은 계급 높은 사람이 지시하면 무조건 따른다. 비록 그들의 상

사는 아니지만 나의 직함을 존중해 결국 자체 규정을 어기고 초청에 응해 주었다.

회식 자리에서 내가 쓴 책 두 권씩을 선물했다. 장편 소설 "녹슨 철모(鐵帽)"와 논픽션 "아름다운 사람들"이다. 식사 후 노래방까지 갔다. 그들은 또 놀란다. 오야붕(親分)인 원장이 꼬붕(子分)들을 불러 밥 먹고 노래까지 부르는 것은 파격적인 행동이기 때문이다. 모리 부원장은 '노란 샤스입은 사람', 미쯔꼬 교수는 '해도 하나 달도 하나"를 우리말로 불렀다. 나도 답례로 '나가사키는 오늘도 비가 내렸네'를 일본어로 불렀다' 원장의 이런 일탈적인 행동에 그들이 감동했는지 본국에 돌아가서 양쪽 적십자병원이 자매결연을 하자는 제의를 해왔다. 현청의 쿠사바가 작업을 진행해 드디어 나가사키에서 조인식을 하게 되었다.

조인식은 나가사키 의사회관 강당에서 거행되었다. 강당에 딸린 작은 방에서 그쪽 병원의 신도원장과 나는 자매결연 협약서에 서명했다. 매스컴에서 외국인과 문서에 사인하고 서로 주고받는 모습만 보다가 막상 주인공이 되고 보니 정신이 없었다. 기자들이 들락거리니까 더 흥분이 된다. 조인식이 끝나고 옆방으로 자리를 옮기자고 했다. 관계자 몇이 다과회나 하는 줄 알았다. 막상 문을 열고 보니 그곳은 커다란 강당이었고 수백 명이 모여 있었다. 사회자의 권유로 내가 먼저 축사를 했다. 계속해서 나가사키병원장의 답사, 시장과 시의사 회장, 원폭연구소 소장 등등의 축사가 이어졌다. 연설이 끝나자 강당에 모인 모든 사람들이 큰소리로 만세 삼창을 하면서 의식은 끝이 났다.

다음 날부터 현장 견학과 이론 강의와 실습이 시작되었다. 원자탄이 형무소의 약 500m상공에서 폭발할 때 죄수 134명 전원이 즉사했다.

그 폭심에 평화공원이 있었는데 공원에는 커다란 청동으로 만든 남자 기념상이 앉아 있었다. 오른팔은 옆으로 벌리고 있었는데 원자탄의 위험을 상징하고 왼팔은 하늘로 뻗어 평화를 기원하는 상징이라고 했다. 공원 바로 아래에 기념관에는 실물 크기도 만든 국방 색칠한 모형 원자탄 패트맨이 걸려 있다. 보기만 해도 몸이 오그라든다. 벽에는 11시 2분에 멈춘 시계들이 걸려 있었고 온갖 참상을 다룬 사진이 빽빽하게 전시되어있었다. 모두가 잊지 못할 사진들이었지만 그 중에서도 불에 데어 온 몸의 피부가 홀랑 벗겨진 사람. 죽은 동생을 업고 화장순서를 기다리는 8세쯤 되는 고아 소년, 수업받다가 죽은 의대생들이 검은 그림처럼 나란히 땅바닥에 눌어붙어 있는 모습 등은 아직도 뇌리를 떠나지 않는다. 폭심 부근에 있던 무라카미 성당도 홀랑 날아가 버렸는데 기적적으로 쭈그러진 종과 기둥 몇 개가 부서지지 않고 남아 그곳에 보관하고 있었다. 지하에서 지상으로 올라오는 벽면에는 수많은 작은 분수들이 솟아오르고 있다. 화상으로 죽어가며 물을 달라고 외치던 원혼들에게 지금이라도 원없이 많이 마시라고 물을 주며 달래는 위령 분수들이다. 한국말 잘하는 정신과의 야나기 미쯔코 여자 부교수가 밀착 안내를 해주었다. 그녀는 작년에 대구서는 한국말을 하지 않았느데 지금은 유

285

창하게 한다. 덧니가 없고 얼굴도 예쁘게 생겨 일본 여자같지 않다. 국적을 묻고 싶었지만 참는다.

공식 일과가 끝난 첫날 야나기 미쯔코 교수가 특별 서비스를 한다며 그녀의 승용차로 이나사(稻佐) 산으로 데리고 갔다. 169m로 별로 높지 않는 산이나 시내의 중심지는 대게 다 보인다. 산으로 둘러싸인 도시가 온통 산호, 호박, 금강석, 마노, 오팔 등의 보석 더미 속에 던져진 것 같다. 좌우 산동네 전부가 반짝인다. 도시의 한 가운데 바다가 끼어있으니까 그림은 더 운치가 있다. 전망대에서 그녀가 팔을 나의 팔에 가볍게 끼었다. 모르는 척 그녀의 허리를 가볍게 손으로 감았다.

"일본에는 삼대 유명 야경지(夜景地)가 있다지요?" 미소를 자주 띠는 그녀의 표정이 낮과는 전혀 다른 분위기다.

"여기 나가사키와 효고의 코오베 그리고 홋카이도의 하코다테라고 흔히들 말하지요. 사람에 따라 나가사키 대신에 오사카를 넣기도 한답니다."라고 설명한다.

"저기가 테지마 와프같은데요?" 항구 옆에 있는 작은 유흥가를 가르치며 물었다.

"아이고 선생님은 역시 머리가 좋으셔. 객지의 밤 풍경인데도 어떻게 잘 아실까?" 이런 식 일본 예의가 싫다. 지능이가 80만 되어도 알 수 있는 일을 이렇게 칭찬한다. 식당에 가서 더듬거리며 일본어를 하면 "역시 의사 선생이라 머리가 좋은가 봐. 어쩜 일본말을 그렇게 잘하세요." 라고 낯 간지러운 칭찬을 한다. 소위 말하는 그 다테마에(建前, 입으로 하는 인사)가 너무 싫다.

"미쯔코 선생. 새로운 학설 하나 발표해도 되요?"

"기대돼요. 어서 말해보셔요."하며 빤히 쳐다보는 밤 여자의 얼굴이 육감적이다.

"저기 보이는 불빛들이 크고 작은 차이 외는 전부 똑같이 둥글고 반짝거립니다. 그러나 가까이서 보면 그것들은 둥근 것은 거의 없고 대게가 거리의 길쭉한 가로등, 옆으로 길거나 네모난 간판, 글씨 쓰인 네온사인과 기업체의 사무실과 가정집 창문 불빛 등 모두가 모양과 크기가 각가지로 다른 발광체입니다. 이런 각개 다른 불빛들이 우리 눈에 멀어지면 어느 순간 모두가 둥글게 보이게 됩니다. 그리고 그 거리가 되면 신기하게도 그것들은 반짝이게 됩니다. 인간의 눈이란 이런 거예요. 같은 모양을 가까이서 보는 것과 먼 곳을 보는 것이 다르게 느껴진단 말입니다. 신기하지 않으세요?"

"나루호도네(역시네요)," 일본말을 한다. 놀란 모양이다. 빗방울도 운성도 공 모양이다. 물건이 변하지 않는데 우리 머리는 '둥근 것이야말로 안정된 모양이다'로 입력이 되어있다. 변별이 어려운 곳의 발광체는 둥글게 느끼고 반짝거리는 것으로 착시를 일으키는 원리가 바로 이런 뇌의 안정 추구 버릇의 탓이다. 엉터리 이론을 흥미있는 체 경청하고 있는 그녀의 동공에 나가사키의 밤 보석빛이 어른거리고 있어 가벼운 성욕을 느낀다.

"인간끼리의 감정과 사고도 이런 거 아닐까요? 상대를 그냥 바라보는 것과 몸을 접촉하는 것과의 차이."라고 미츠코가 말한다. 그녀의 이해력이 돋보인다. 그녀가 내 손을 더 세게 잡으며 그렇게 말했다. 혼네(本音, 참 마음)라는 뜻이겠지.

"바다 건너 바로 보이는 저 산은 무슨 산이에요?"
"아, '가자가시라' 산이라고 합니다. 한국말로 풍두산(風頭山)." '산이라고 합니다'라든지 일본어로 명사를 말해놓고 한국어로 반복 설명하는 태도, 이런 식의 일본 말투도 싫다. 미쯔코는 어쩌면 한국인지도 모른다. 일본식 한국 말하는 사람과 한국식 한국 말하는 사람이 같은 생각을 할 수 있을까? 하는 걱정을 해본다.

"저 동네 가고 싶어요. 지금."

"갑자기 왜 그러세요?"

"저렇게 보석이 반짝이는 곳에 가서 보석을 한 움큼 쥐고 싶어요."

"스바라시네(좋아요.) 급할 때는 일본말로 한다.

이나사 산 카페에서 갑자기 가자가시라로 가게 되었지만 그녀가 소녀처럼 좋아해서 커피보다 더 향기나는 데이트가 된다. 가자가시라 산으로 올라갔다. 산꼭대기에는 호텔이 있었다. 차를 주차하고 동네를 돌아 다녔지만 보석은 없었다. 골목으로 들어가 보석을 찾기 시작했다. 산동네 전형적인 빈민촌이었다. 구차한 민가의 창문 불빛이 희미했고 구불구불한 골목에 가로등만 환하게 켜져 있었다. 어떤 골목에 들어서니 거칠고 큰 여자 목소리가 들린다. 경찰관들과 이야기를 하고 있다. 내용은 모르겠지만 무슨 사건이 생겨 그 과정을 설명하는 모양이었다. 그녀는 선녀는 아니었다. 여기가 무지개의 뿌리가 아닌 것을 실감이 간다. 땅은 그냥 평범한 흙이었고 어디에도 보석이 박혀있지 않았다. 그녀는 땅바닥에서 코를 박고 무엇을 하나 줍더니 손에 꼭 쥐어 주었다. 차안에서 손을 펴보니 자그마한 돌이었다. 이나사 산 쪽을 보니 이제는 거기에 화려한 보석들이 빛나고 있었다.

"코리안 칼 부세 님 이쯤하고 그만 내려가요. 피곤해요" 미안한 마음에 저녁이나 먹고 헤어지자고 했다. 산을 내려와 신치추가가(新地中樺

街,차이나 타운)에 있는 짬뽕집으로 갔다. 1899년 중국인 진평순이 그 요리를 개발한 식당 시카이로(四海樓)로 가고 싶었다. 그녀는 "그곳은 이름보다 맛이 별로예요 하며 고집을 부려 코잔루(江山樓)로 갔다. "이 집도 1946년에 문을 열었으니 역사가 만만치 않아요."하며 식당으로 들어간다. 듬뿍 올린 숙주나물과 그 사이에 섞여 있는 돼지고기와 흰색에 분홍 테두리가 된 가마보코가 나가사키 짬뽕의 특징이다. 냄새 고소하고 야채 많아 맛있지만 우리 입에는 짜다. 미쯔꼬에게 요령을 배웠다. 볶음밥을 시켜 짬뽕과 같이 먹으니 서로 조화를 이루어 맛이 정말 환상적이다. 식사 후 배를 꺼지게 한다며 시내로 걸어갔다.

"나가사키에서 유명한 다리 두 개가 있는데 아세요?"

"메가바시(眼鏡橋)는 아는데."하며 걷는데 사람들이 붐벼 어깨가 부딪친다. 어느새 식당과 패션과 쇼핑의 거리의 번화가가 나왔다. 이제는 늘 그랬기나 한 것처럼 자연스러운 자세로 팔짱을 꼈다. 자그마한 다리 위에 섰다. 思案橋(사안교)라고 다리 이름이 기둥에 새겨져 있다.

"이 다리가 유명한 두 번째 다리예요. 선생님 여자 필요하세요?"라고 뜻 모를 말하며 그녀가 크게 웃었다.

"무슨 소리요. 당신은 남자야?"라고 짜증 어린 소리를 했다.

"옛날에는 이 다리 너머는 유곽과 요정의 거리였어요. 오입장이들이 이 다리에 서서 한참 고민했대요. 여자를 사야 하나 아니면 참고 그냥 집에 가냐고 말이죠. 호호호 그래서 생각하는 다리 즉 사안교라는 이름을 얻었대요." 그녀가 찾아간 곳은 花月(카케츠)이라는 간판이 걸려 있는 긴 이층 집이었다. 현재도 영업을 하고 있었다. 짐짓 그녀는 머뭇거리는 나를 잡아끌고 그 집으로 들어갔다. 마침 종업원은 나오지 않아 그 틈에 그곳을 급히 떠나왔다.

"우리 저거 타고 가요." 하면서 그녀는 전차로 올라갔다. 100엔 균일이다. 버스는 거리에 따라 요금이 다르면서 전차는 균일이다. 밤 전차에서 농익은 여인과 흔들리는 나무 의자에 살을 데고 앉아 있으니 살짝 기대고 있는 미쯔꼬를 꽉 안고 싶다. 로마의 휴일의 그레고리 팩이 된 기분이다. 오드리 햅번을 데리고 호텔에 갈 생각을 해본다. 눈치챘는지 호텔 앞에서 그녀는 "오늘 당신 덕에 즐거웠어요. 내일은 재미있는 곳으로 안내할게요. 오야스미나사이"하고 도망치듯 가버렸다.

금요일 각자 전공 분야의 연수 시간이다. 미쯔코 교수는 그녀가 근무하는 나가사키 의과대학 정신과로 나를 데리고 갔다. 주임교수와 인사를 나누고 전공의들을 만나 봤다. 그후 병실을 건성으로 둘러본 뒤 공식 일과를 끝났다. 전공 연수의 날이 아니고 데이트의 날이 된다. 미나미야마테쵸(南山手町)에 있는 구로바 엔(Glover園)으로 간다고 한다. 공원 가는 골목길에 기모노를 입은 여자가 조각되어 있는 길고 큰 동판이 보였다. 몰락한 사무라이 딸 15세 게이샤(기생) 초초(나비)가 점령군 미 해군 대위 핑거튼에게 속아 사기 결혼을 한다. 미국으로 전출 간 그를 기다리며 노래를 부른다. '어느 개인 날/ 우리는 볼 수 있을 거야./ 수평선 저 멀리/ 피어오르는 연기 한 가닥을/ 그리고 흰 배가 나타날 거야.-어떤 개인 날. 푸치니 오페라 나비부인의 단골 여주인공. 미우라 다마키(三浦環)가 동판에 새겨져 있다. 해외를 다니며 2,000여 회나 프리마돈나 역할을 하며 불렸던 프리 마돈나. 나라는 미국에게 원자탄 맞아 망하고 소녀 기생은 미군의 양갈보가 되어 죽는다.

"흠 미쯔코 교수보다 더 아름다운 여자군."이라고 어설픈 농담을 했다.

"아니 선생 눈에는 그렇게 밖에 안 보여요. 결과만 보지 마셔요. 과정도 보고 속도 보고 좀 고루고루 봐주세요." 눈을 살짝 흘기며 노려본다. 일본의 개항 시절 영국의 무기상 글로버, 그린거, 구오르트 등을 포함하여 거부들의 가옥 8채를 시청이 사서 동산에 옮겨 서양식 공원으로 만들었다. 집들은 서양 영화나 다큐멘터리에서 자주 보던 것이어서 눈에 익었다. 방에서 정원을 내다보니 기화요초(琪花瑤草)로 꾸며놓은 정원은 꿈속의 풍경이다. 정원에 앉아서 보는 바다에는 항구를 드나드는 작고 큰 배들이 눈높이에서 미끄러지듯 오간다. 향기로운 바람은 뺨을 간지르고 입으로는 달콤한 라므네 한 모금씩 마시며 벤취에 앉아 있다. 미쯔코의 표정이 진지해진다.

"선생님과 몇 시간 다니다 보니 좋아지기 시작했어요. 바람피고 싶어요." 하며 큭큭 웃는다. 여자들의 말은 우리나라에서도 해석을 잘못하는 나이기에 더구나 일본 여자 말은 전혀 감을 잡을 수가 없다.

"작년 대구에 갔을 때 당신은 눈매가 날카롭고 말속에 칼이 들어있어 호감이 가지 않았어요. 하지만 존경하는 마음은 들었지요. 격주 일요일 외국인 무료진료를 하고 미전향장기수(사형선고 받은 간첩)들과 친구가 되어있었고 윤락녀, 노숙인, 문제 청소년들을 위한 진료와 상담소 등을 운영하고 있더군요. 적십자병원이어서가 아니고 당신의 인생관이 담긴 병원을 운영하고 있었어요. 일본에서도 적십자병원은 영리 추구하는 병원으로 전락한 지 오래 되었어요. 근데 일본서 당신과 가까이 지내면서 보니 또 다른 면이 보이네요."

"그쯤 합시다. 이제 당신의 이야기를 듣고 싶어요." 벼르고 있던 화재로 말머리를 돌렸다.

"난 자이니치(在日교포)예요. 한국 이름은 최애자. 야나기 미쯔꼬는 결혼 후 받은 성이지요. 시댁은 일찍 귀화한 조선인. 할아버지가 나가사키 앞바다에 있는 하시마(端島, 군함도)로 징용을 온 게 우리 가족의 이곳과의 인연의 시작입니다. 아버지는 가미가제(神風)특공대에 자원 입대해서 이부스키(指宿)에서 훈련 중이었고 삼촌은 남양군도 팔라우에서 사병으로 입대해 싸우고 있었지요. 두 형제가 죽기 전에 종전이 되었습니다. 원자폭탄이 터질 때는 할아버지는 지하갱도에 있어 살았고 아버지는 훈련소에 있어 살았습니다."

"할머니는?"

"대학병원 청소부로 일하다 원자탄에 흔적 없이 사라졌어요."

"고생 많이 하고 살았겠군요."

"아니 별 고생하지 않았어요. 아버지는 야쿠자 생활을 하며 파친코 가게를 열었어요. 돈 있고 힘 있으니까 아무도 우리 가족에게 이지메(왕따) 하려는 사람은 없었어요. 조총련이 세운 학교에 다녔어요. 북조선은 우리같은 노동자, 농민의 나라라고 그쪽으로 갔지요. 치마 저고리 입고 다니느라 주위 시선에 마음고생 많이 했죠. 학교에서 가족을 부르면 아버지가 왔는데 팔뚝에 문신을 하고 나타났으니 부끄러워 죽을 뻔 했어요. 운전하고 온 꼬붕들은 최 경례(90도 경례)를 하니 친구들은 그걸 흉내 내며 나를 놀렸지요."

"삼촌은 북조선에 살아요."

"그 건 또 왜?"

"삼촌은 형과 같이 야마구치파 나가사키 지부에 속해 있던 중 사람을 칼로 찔러 죽였어요. 그때 마침 자이니찌 북송이 한참이었죠. 일본은 골치 아픈 센징을 청소해 좋고 북조선은 체재 선전용으로 이들을 이용하였지요. 누이 좋고 매부 좋고 해서 이 사업이 한동안 진행되었어요. 우리 총련 소속 애들은 자주 니가타 항구에 동원돼 공화국 가는 만경봉

호에 손을 흔들어대었지요. 삼촌은 이 배를 타고 합법적 도주를 한 거죠. 선생님 이제 그만해요."

"아니 더 듣고 싶소. 나도 할 말이 있으니 계속하쇼"

"우리 가족은 조신 인으로 사느냐 일본인이 되느냐 꽤 오랫동안 고민을 했지요. 우리 고향이 대구 경산인데 그곳에는 아무도 살지 않아요. 짐승처럼 머슴살이하다 온 할아버지는 고아였거든요. 만약에 경산에 우리 피붙이가 산다면 결과를 달라졌을지도 모릅니다. 우리는 북조선을 고국으로 정했습니다. 총련계 학교 다닌 덕에 조선말을 잊지 않고 하게 된 겁니다. 남쪽이나 북쪽이나 소위 조국은 우리에게 아무런 도움을 주지 않았습니다.

원폭 때 그 많은 한국인들이 죽었지만 기념 공원에 가보세요. 남북 어느 쪽에서도 그 흔한 위령비 하나 세우지 않았어요. 보다 못한 일본인들이 위령비를 만들어 주었지요. 공화국이나 한국 어느 정부도 피폭자인 우리 자이니치에 관심 가져 주는 나라는 없었어요.

오사카의 시민운동가 이찌바(市場) 여사가 우리를 보고 바보라고 했지요. 왜 피해 보상을 옳게 받지 못하냐고요. 나는 진작에 귀화한 시댁을 따라 일본 국적을 취득했습니다. 남편도 우리 대학 외과에 근무하고 있어요. 북조선도 한국도 나와는 관계없는 곳입니다." 그녀를 안고 입술을 볼에 닿았다. 거부하지 않고 살며시 기대었다. 정원수에 앉아 있던 붉고 파란 털을 가진 새가 자지러지게 우지진다. 수학여행 온 학생들이 몰려오자 우리는 포옹을 풀었다. 새도 조용해졌다.

"일본서 같이 지나면서 당신의 본 모습을 보았어요. 대구서 본 모습과 다른 면을 보았어요. 여자를 무시하는 태도. 남들에게 쌀쌀맞게 구는 모습. 틀리지 않으려고 애를 쓰고 지지 않으려고 안간힘 쓰는 행동

이것들은 다 그림자였어요. 당신은 여자에게 사랑받고 싶어하고 남들을 안아주려는 게 본 마음입니다. 그러나 당신은 그 본 마음을 감추고 어렵게 살고 있어요. 내가 그것을 알게 되니 당신을 안아주고 싶어진 거예요.

게다가 아버지와 같은 대구말을 하니 더욱 호감이 가요. 성격도 닮았고. 당신 그 거 생각나요?. 일본 온 첫날 함께 길을 걷는데 나에게 어떤 꽃을 가르키며 이름을 물었지요. 대답을 못하자 당신이 무슨 말 했는지 기억 나세요? '교수가 그 것도 몰라요?'라고 했어요. 얼마나 무안했는지 몰라요. 어쩜 우리 오야지와 그렇게나 닮았는지 호호호." 그녀가 파란 하늘을 올려보고 눈을 볼 수가 없었다. 그 꽃은 히간바나(破岸, 파안의 꽃)였다. 우리말로 상사화. 그 꽃이름 처럼 우리의 만남도...

"그럼 이제부터 난 당신의 애인이 되나요?"라고 웃으며 말했다. 그녀가 화들짝 놀란다. 잠시 후 다시 평정심이 된 후 말했다.

"일본서 애인(愛人, 아이진)이란 말은 불륜의 대상을 말해요."

"그럼 사랑하는 사람은 뭐라고 불러요?"

"연인(戀人, 고이비또)이라고 부른답니다." 그녀가 화재를 돌렸다.

"선생님 기억나세요? 내가 대구서 불렀던 노래."

"남인수의 달도 하나 해도 하나를 불렀잖아? 속으로 빨갱인가 라는 생각을 했어요."

"당신은 나가사키는 오늘도 비가 내리네."를 불렀잖아요"

"구라바엔은 맑은 날은 맑은 데로 달콤한 곳이고 비 오면 또 그렇게 슬프면서 안온할 수가 없는 곳이에요. 비 오는 날이면 난 여기에 혼자 와서 노래를 많이 불렀어요." 마침내 눈물을 글썽이며 그녀가 어깨를 기대고 나지막하게 콧노래를 부른다.

"뺨에 흐르는 눈물은 비에 섞여/ 목숨도 사랑도 다 바쳤건만/ 마음이 마음이 심란해서/ 마시고 마셔 취해보아도/ 술에게는 원한이 없는 것을/ 아 나가사키는 오늘도 비가 내렸네.

"그 노랜 누구에게 배신당하고 부른 노래요? 애인? 아님 연인?" 괜한 심술이 나서 물었다.

"당신 날 그렇게 만만하게 보지 마세요. 내가 인물이 모자라요?. 공부가 모자라요?. 난 패배하지 않는 여자랍니다. 이렇게 만나니 오랜만에 푸근해요. 행복해요. 우리 내일도 만나요. 하우스 텐보스에서 청춘을 즐겨요."라며 눈을 맞추며 내 뺨을 쓰다듬었다.

토요일은 일행 모두가 종일 자유시간을 가졌다. 미쯔꼬는 나가사키 현 사세보에 있는 하우스텐보스(숲속의 집)로 나를 데려갔다. 두 시간쯤 자가용을 몰아야 했다. 온 가족들이 즐길 수 있도록 만든 공원이었다. 바다의 크루즈 여행, 낚시, 카약 타기 등도 즐겁고 뮤지엄과 미술관도 품위 있는 볼거리다. 캐널 크루즈 배가 급커브를 돌자 갑자기 그녀가 휘청하며 물속을 기우뚱한다. 깜짝 놀라 그녀의 상체를 안았다. 그녀가 내 가슴에 파고 들며 웃는다.

"하하하 당신은 내가 죽는 건 싫어하는군요" 하며 "당신의 사랑을 실험해 본 거예요."한다. 작은 배를 내린 다음 온갖 색깔의 크고 작은 꽃으로 뒤덮힌 작은 네덜란드 속으로 들어간다. 이제 튤립은 지고 장미가 눈부시게 동산을 덮기 시작하고 있다. 그녀 쪽으로 관심이 이동한 탓인지 경치 감상보다는 벤치에 앉아 아이스크림을 빨거나 둘이 이야기하는 것이 더 즐거웠다. 아침 일찍 오느라 벌써 배가 고프다. 그녀에게 기억에 남을 점심을 대접하고 싶었다. 공원 안에 호텔이 있길래 그녀의 손을 잡고 그쪽으로 걸음 옮겼다. 호텔 로비에 들어서자 마음이 바뀌고 있었다. 카운터에 가서 빈방 있냐고 물었다. 조금 떨어진 곳에서 식당 예약을 기다리던 그녀가 다가와 귀에 대고 조용하나 엄숙하게 속삭였다. "난 아직 그런 기분이 아니예요. 아직 준비되지 않았다니까."라고. 부끄럽고 화가 났다. 인근 레스토랑에서 시킨 스테이크도 먹지 못하고 앉아 있다. 나왔다. 무안당한 뒤 산책이고 구경이고 다 시들해져 시내로 일찍 돌아왔다. 시내로 들어와 그녀가 하얀 이를 들어내고 웃으며 말한다.

"당신 기분 좋지 않아요? 이럴 때 특효약이 있는데" 그녀는 애교 부릴 때는 당신. 평소 대화에는 선생. 기분이 좋지 않으면 원장이다. 당신이란 호칭에 미쯔꼬가 삐진 것이 아니라는 신호를 보내는 것으로 해석하고 그제야 안심이 되어 대꾸한다.

"혹시 뽕이라도 주려는 거요"

"바로 그거예요. 잘도 아시네. 우울할 땐 단 음식이지요."라면서 카스테라 가게로 안내했다. 상호가 福砂屋(후쿠사야)라고 되어 있었다. 자리에 앉자 심술이 덜 풀려 시비를 걸었다.

"나가사키 카스테라라면 세계적으로 분메이도(文明堂)인데 왜 이딴 이름 없는 집에 온 거요?"

"아이고 선생님도 모르시는 것이 있네, 호호호 후쿠사야는 1624년에 창립된 카스테라의 원조예요. 1681년에 쇼오켄(松翁軒)이 생겼구요. 분메이도는 1900년에야 문을 연 애송이예요. 그 치들이 유명한 건 맛이 아니라 선전술이 뛰어났기 때문입니다. 아시겠어요. 센세." 그녀는 말차와 카스테라를 먹으며 설명을 이어나갔다. "일본에는 1,000년 넘는 기업이 7개, 200년 된 기업이 3,000개, 100년 된 기업이 5만개 넘어요. 야마나시에 있는 여관 게온칸(慶雲館)을 52대에 걸쳐 1,300년째 운영하고 있습니다. 분메이도는 아직 유아인데 뭐 그렇게 맛이 있을까?" 보기 좋게 한 방 먹었다.

해단식을 마치고 호텔로 돌아왔다. 전화 벨이 울린다. 직감으로 미쯔코란 걸 안다. 혹시 호 텔 로비에 와 있는 걸까? 가슴 두근거리며 전화를 받았다.

"선생님 내일 마지막 날이잖아요. 아름다운 활화산 운젠산(雲仙岳)으로 데이트가요. 내일 아침 올게요. 도착 전 전화합니다. 오야스 미나사이."하고 전화가 급히 끝난다. 아침 그녀가 청바지에 보라색 티셔츠 차림으로 호텔로 왔다. 볼록한 가슴을 보니 교수가 아니라 물장수처럼 보인다. 시가지를 떠나니 속이 후련해진다. 운젠산 가다 넓은 바다가 내려도 보이는 곳에서 잠깐 쉬며 그녀는 색안경을 끼고 나의 팔짱을 끼고 함께 사진을 찍었다. 그녀의 입술에 키스하였다. 그녀도 혀로 반응해주었다. 케이블 카로 산정에 도착하니 1,485m의 산은 공기가 너무 맑아 산 전체가 다이몬드처럼 빛나고 있었다. 나는 산새도 없고 그것들의 울음소리도 없다. 텅 빈 공간, 그 속에서 가득히 충만 된 그 무엇이 느껴진다.

화구 주위를 도는데 발아래가 흔들거리는 느낌이다. 착각인가 생각했다. 더 크게 땅이 흔들렸다. 뒤이어 유황 냄새 잔뜩 품은 화산 연기가 자욱하게 피워 오르고 자갈들이 튀어 나왔다. 우리는 대피소로 뛰어 들어갔다. 누가 먼저인지 모르게 서로를 부둥켜 안고 있었다. 천둥 울리는 소리가 들렸다. 그녀가 가슴을 파고들었다. 머리칼에서 은은한 향기가 피어 나오고 있었다. 가슴이 가볍게 두근거렸다. 귀에 입을 갖다 대고 "곧 끝날 거야 걱정 마."라고 속삭였다. 화산 연기가 더욱 자욱해져 이제는 밖이 내다보이지 않았다. 큰 바위가 콘크리트 지붕에 쿵하고 떨어지는 소리가 들렸다. 밖은 암흑이 되었다. 숨길이 가빠졌다. 그녀의 귓밥을 잘근잘근 씹었다. 입술은 귀를 떠나 그녀의 목으로 내려갔다. 혀는 목을 핥았다. 그녀가 밀착해 왔다. 붉은 용암은 보이지 않았으나 작고 큰 돌맹이들이 대피소 콘크리트 지붕을 우박처럼 때렸다. 심하게 떨어질 때는 저절로 몸이 오그라들었다. 서로는 힘차게 입술을 빨며 혀는 서로의 것을 감고 돌리고 있었다. 침이 줄줄 흘러내렸다. 미쯔꼬의 복숭아같은 두 유방을 헤메이던 손이 어느새 아랫도리로 내려갔다. 흥건히 젖어 있었다. 미쯔꼬의 손도 바지 속에 들어와 꽉 쥔 채 앞뒤로 흔들고 있었다.

　화산 폭발의 공포는 이미 증발해버렸다. 진공 속에서 둘은 짐승처럼 으르렁거리며 서로를 공격하기 시작했다. 그녀의 손이 단단한 그곳을 꽉 움켜쥐고 비틀었다. 붉은 용암이 우리를 덮쳤으면 좋겠다는 생각이 들었다. 서로의 상하체가 거꾸로 맞대어 애욕을 표시하고 있었다. 그녀의 검은 화구에 고개를 파묻고 그 심연에 혀를 밀어 넣었다. 그녀도 가랑이에 입술을 들이대고 단단해진 그것 물고 빨며 흔들어대고 있었다. 서로의 육체는 용암보다 더 센 폭발력을 보이고 내뿜기 시작했다. 서로가 지르는 합창 소리는 컸지만 화산 폭발 소리에 묻혀 들리지 않았다. 둘은 다시 얼굴을 마주 보는 자세로 바꾸었다. 한쪽은 밀어 넣고 상대는 벌려 받아들여 때로는 부드럽게 때로는 굳고 힘차게 서로에 충돌하고 있었다. 짐승처럼 신음하며 딩굴고 있었다.

한 번의 화산 폭발을 끝냈다. 성이 차지 않는다. 그것은 전희에 지나지 않았다. 애정의 표시가 또다시 시작되었다. 격렬했던 몸짓이 이번에는 부드러운 행위를 변한다. 처음 결합을 하는 것처럼 수줍은 듯 서로를 부드럽게 정성스럽게 애무한 뒤 입술을 서로 물었다. 그녀의 혀가 입속에서 상어처럼 힘차게 헤엄치고 있었고 다리는 하체를 센 힘으로 감고 좌우로 흔들고 있었다. 많은 양의 물로 가득 채워져 있는 깊은 연못에 빠져 나는 빠르고 힘차게 접영을 반복하고 있었다. 아래위로 많은 양의 침과 애액이 흘러넘치며 질퍽거리는 긴 시간의 교접이었다. 감정과 사고가 육체라는 통로에 의해 깊은 교감을 나누는 시간이었다. 둘은 같은 방향으로 가기 위해 성심성의껏 그리고 힘차게 육체의 전 부분을 밀착하고 꿈틀대며 용처럼 날뛰었다.

강과 약 여러 번의 파동이 끝나고 둘은 지쳐 누워있었다. 밖이 밝아져 있었다. 화산 폭발이 잦아든 모양이었다. 화산재도 올라오지 않고 자갈도 튀어 오르지 않았다. 간혹 묽어진 연기만 문득문득 피어오르고 있었다. 콘크리트 대피소를 나와 조용해진 화구 앞에서 서성이고 있었다. 어디선가 기계음이 들리더니 케이블카가 올라왔다. 노란 옷을 입은 구조대원들이 내렸다. 그들은 주위의 딴 대피소도 더 둘러본 뒤 우리를 데리고 아래로 내려갔다. 미쯔코의 차는 화산재로 덮혀 있었고 창문은 다 깨어있었다. 둘은 나가사키로 돌아오며 한마디도 하지 않았다.

2년 뒤.
소포 꾸러미를 한 개 받았다. 속에는 일본어로 된 책 두 권과 손편지 한 통이 들어있었다.
"선생님 그동안 잘 지내셨어요. 오랫동안 인사 못 드렸네요.

운젠산 갔다 온 뒤 이혼했습니다. 차는 온통 화산재를 뒤집어쓰고 창문은 돌들에 찍혀 깨어져 있었으니 남편이 가만있을 수 없었겠지요. 집에 와서 T.V를 보니 산은 붉은 용암이 홍수 물처럼 흘러내리더군요. 그 것들이 우리 쪽으로 흘렀으면 얼마나 좋았을까 하는 생각이 들더군요. 당신이 일본 오셨을 때 내가 먼저 선생님 쪽으로 다가갔어요. 눈치채셨어요? 왜 그랬을까요? 당신이 그때 물었던 꽃 이름은 상사화였지요.(히간바나(彼岸의 꽃) 그 꽃은 잎과 꽃이 피는 시간이 달라 한 몸이면서 서로가 보지 못하는 비극적인 꽃이란 걸 그때 처음 알았어요. 나는 이곳 차안(此岸)에 당신은 저곳 피안(彼岸)에 있는 걸까요?

그 해의 안식년은 무척 힘들었어요. 화두 참선을 시작했습니다. '남전참묘(南泉斬猫 남전이 재자 조주에게 물었다. 내가 왜 고양이를 칼로 베어 죽였을까?)' 화두를 풀었냐구요? 알아 맞춰보세요. 어느 날 우연히 선생님의 '녹슨 철모'를 뒤적거려 보았습니다. 아마추어 냄새가 풀풀 나는 소설이었습니다. 흔한 군대 이야기였어요. 자세히 읽어보니 내용은 연애소설이더군요. 여자를 갖고자 하다 실패해 죽는 신파 쪼의 이야기. 그 게 저의 흥미를 자극했습니다. 심심파적(心心破寂)으로 몇 페이지 한국어 번역을 해보았지요. 생각보다 쉽게 번역이 되었습니다. 내친김에 한권 전부를 번역하였지요.
주변 지인들이 재미있다는 소리를 듣고 어리석게도 출판사에서 원고를 보냈습니다만 전부 거절당했고 오기가 생겨 자비출판을 했습니다. 그 해는 화두 풀이 참선과 소설번역이 그 한해의 주된 일이었습니다. 다음 해는 강의와 진료가 시작되었습니다만 한 해 동안 버릇 들인 번역 습관이 나를 그냥 두지 않았습니다. 퇴근하고 집에 와 거의 매일 밤 한두 시간씩 '아름다운 사람들'을 번역했습니다. 지금 생각하니 집착이 심했던 것 같네요.

  모든 건 흘러갔습니다. 과거는 흘러가서 없고 앞날은 오지 않아 없습니다. 우리에는 다만 현재만 있지요. 하지만 현재도 없다는 경지에 달하면 우리는 자신을 발견한 것이겠지요. 구라바 엔에서 우리는 에리히 프롬의 말을 했지요. '인간은 소유의 삶을 추구하다 병이 들고 불행해진다. 행복한 삶이란 존재의 삶을 추구하는 것이다.' 그 사람의 주장은 석가모니의 말을 인용한 것 같아요. -맞닿음에서 갖고자 하는 욕심이 생기고 그래서 사랑을 하게 된다. 그 결과 상대를 가지려고 한다. 가진 탓에 존재가 있게 된다. 그 존재 때문에 인간은 늙고 병들고 죽는 일이 생긴다.

  당신과 나 아무런 사이도 아니에요. 우린 애초부터 만난 적이 없으니까요. 안녕 원장님."

> "한밤의 마루야마(丸山)들 찾아가 봐도/ 싸늘한 찬 바람만 몸에 스며드네/ 사랑스런 사랑스런 그 사람은/ 어디에 어디에 있는 걸까/ 가르쳐 주오. 가로등이여/ 아 나가사키는 오늘도 비가 내렸네.
>
> – 나가사키는 오늘도 비가 내렸네. 노래 마에카와 키요시(前川 淸)

두 남자 이야기

올봄 아파트 베란다의 난초(蘭草)가 꽃을 피웠다. 종자(種子) 탓인지 기술 탓인지 꽃은 희덕스레한 노랑색이고 향기도 별로 없는 그저 그런 실망스런 모양이었다. 꽃 핀 다음 날 새벽 베란다 문을 열다가 흠칫 놀랐다. 은은한 꽃향기가 가득 차 있었기 때문이다. 밤새 난초 향이 모인 모양이다. 인간이나 식물을 겉모습만 언뜻 보고 평가한다는 것은 정말 경거망동(輕擧妄動)한 일이라는 것을 느끼게 되었다. 새벽 베란다에서 난초꽃의 암향(暗香)을 맡으며 서 있노라니 성심성의껏 물을 주고 자주 쳐다보며 애정을 기울이면 이런 선물을 받나보다 하는 고마운 생각이 들면서 지금 가까운 주변 사람의 뿜는 향기를 느끼지 못하고 있는 것은 아닐까 하는 의구심도 들었다.

팔공산(八公山) 아래 지묘동에 농사짓고 사는 두 남자가 있다. 지주 최 부자부터 소개해 보자 본관이 경주인 그는 임진왜란 때 선조 할아버지가 이곳에 입향(入鄕)한 뒤 지금까지 18대째 살고 있다. 최 씨는 대구 사람이라고 하지만 그곳은 그가 태어날 때는 달성군에 속했던 심심산골이었다. 최씨는 공산면 생기고 노태우 장군 이후 두 번째로 경북고등을 입학하여 면 명예를 크게 높인 수재라고 이름나있다. 국립대학교를 졸업한 뒤 농협조합장 몇 번 하고 그 후로는 줄 곳 농사만 짓고 서예와 유학 공부를 하며 산다. 농막에 앉아 그의 막힘없는 문사철(文史哲) 강의를 경청하고 있노라면 그 옆을 흐르는 동화천 냇물 소리와 더불어 흩어지는 도리앵화(桃李櫻花)의 향기는 여기가 무릉도원(武陵桃源)임을 실감케 한다.

또 한 사람은 소작인이다. 이 사나이는 파평 윤씨 성 가진 사람으로 시내 수창동에서 태어나 SKY대학까지 나온 금수저 출신으로 나이 들어 사업체를 아들에게 맡기고 귀농했다. 말이 귀농이지 이 동네까지 흘러들어 온 진정한 속셈은 친구인 최 부자와 동무하여 여생을 재미나게 살고 싶다는 것이다. 그는 소작인이면서 지주를 부려먹는 소위 '을이 갑질'하며 산다. 예를 들면 그는 아예 농기구가 없다. 모종도 지주에게 얻어서 심는다. 밭갈이도 지주의 트랙터로 친다. 마치 추수 전문 농사꾼처럼 농사짓는다.

최 부자가 경영하는 농장은 넓디넓다. 주 농장인 채마(菜麻) 밭 외에 능금나무와 포도나무가 수 백주씩이나 심겨있는 과수원도 있다. 농장 구석에 있는 농기구 창고에는 기본 농기구는 물론이거니와 경운기 그리고 트랙터까지 덩그렇게 도사리고 있는 걸 보면 영화 '자이안트'의 록 허드슨네 택사스 농장을 연상케 한다.

농장이 거대하다 보니 이른 봄철만 되면 여기저기 온갖 잡놈들 몰려와 지묘동을 시끄럽게 한다. 그들은 언필칭 평소부터 최 부자의 학식과 덕망을 존경하던 터라 가까이 모시고 싶어 찾아왔다고 한다. 하지만 진정한 그들의 속셈은 저마다 땅을 소작료 없이 분양받으려고 최 부자 집 문 앞에는 시장을 이루는 것이었다. 이런 아사리 판에서 승리하는 방법은 학연, 지연, 혈연을 끌어댈 수밖에 없다. 하긴 그런 연줄이 아니면 무슨 수로 이 개 때처럼 모여온 인총(人叢)들 속에서 적절한 소작인들을 가려낼 수가 있을까?

약 빠른 사람은 '절간에 가서도 새우젓을 얻어 먹는다.'고 한다. 예의 그 윤 씨는 지주 최씨와 이웃에 살며 또한 경북고등 동기라는 막강한 인연을 내세워 해마다 넓은 땅을 쉽게 '하사(下賜)'받는다. 빌린 땅 일부는 저보다 또 약한 이들에게 재소작을 주기도 한다. 최 지주(地主)는 큰 땅을 무료 배분하면서도 입 한 번 뻥끗함 없이 조용한 반면 윤 소작인(小作人)은 모기 눈알만 한 땅뙈기 하나 나눠 주면서도 온갖 변설(辨說)과 오만(傲慢)으로 생색을 낸다.

나는 소작할 땅을 얻지 못해 대처로 나와 도시빈민(都市貧民)으로 전락한 양반 가문의 후손이다. 그래도 성은 안동(安東) 권가(權哥)라 자존심 하나만은 지키고 살고 있던 중 선조의 명예를 추락시키는 사건이 생겼다. 근무하던 정신병원이 환자 재활센터를 만들었다. 주위 관계자들에게 환자 재활치료에는 농사가 제일이라며 그쪽 일은 나에게 맡기라며 큰소리쳤다. 내심 친구인 윤 소작인을 믿은 탓이다. 일은 예상외로 잘 진행되지 않았다. 윤이 난색을 표하고 최 지주마저 거절했기 때문이다.

"어이 권 원장 니도 생각해 봐라. 정신병 환자들이 뭘 끝까지 할 수 있는 사람들이 아니잖나? 농사짓다 중도 파이 할 것이 뻔한데 땅 주만 뭐 하노? 그리고 농사라는 게 니 생각처럼 그렇게 쉬운 일이 아니데이"
이해가 가는 말이다.

"그래 병효야. 창준아 너거들 말 다 맞다. 그러니까 땅을 빌려주어야지." 두 사람의 눈이 휘둥래졌다. 고차원 대화를 이해 못 한다.

"환자들은 습성이 그런 거 맞다. 그런 약점 때문에 환자들은 병이 나아도 직업을 갖지 못하고 사회 경쟁의 탈락자가 된다. 너거들이 이런 약자들의 단점을 낫게 거들어 줄 수 있단 말이다. 즉 농사로 훈련을 시키는기다. '노브레스 오브리주'가 뭐고. 이럴 때 한번 본때를 보여봐라." 고두삼배(叩頭三拜) 후 충성맹세하고 더불어 절대 중도 자퇴하지 않겠다는 서약서까지 쓰는 '지묘동의 치욕'을 치르는 겪은 후 농토를 분양받았다.

농사는 생각보다 훨씬 더 어려웠다. 직원들은 도시에서 자라 학교만 다닌 탓에 호미가 뭔지 곡괭이가 뭔지 이름조차 구별할 줄도 모른다. 환자들은 야외에 나오면 놀러 가는 것이지 농사지으러 간다는 것은 생각조차 하지 않고 있다. 서툴 뿐만이 아니라 어느 때 무슨 씨앗을 뿌려야 되는지도 모르겠고 어떤 비료를 줘야 되는지도 모른다. 물은 어디서 끌어쓰고 언제 어떻게 주는지도 모른다. 지주나 소작인에게 지금이라도 반성문 쓰고 농장을 떠나고 싶은 생각이 간절했다. 그러나 내가 누군가? 안동 권가가 아니던가? 아무리 몰락을 했기로서니 이렇듯 경주

최씨와 파평 윤씨 앞에 또 무릎 꿇고 빌 생각을 하니 죽은 조상님들의 얼굴이 떠올라 울며 굴복하기 싫었다.

울면서 곡괭이를 잡고 땅을 팠다. 하지만 왼 놈의 땅이 그렇게나 단단한지 내려찍는 연장은 땅에 박히는 것이 아니라 하늘로 튀어 오르기만 한다. 뿌린 씨앗보다 잡초가 더 우거진다. 그놈들은 뽑아도 나고 뽑아도 또 난다. 어떨 때는 우리가 뿌린 농작물인줄 알고 남의 농산물을 뽑아가다 지주와 다른 소작인들에게 '역시 또라이는 또라이야'라는 소리를 들으며 혼난 적도 한두 번이 아니었다. 최 지주와 윤 소작인이 미웠다. 땅을 분양할 때 괴롭혔고 농사에 미숙하다고 또 희롱질이다. 그들은 고양이 심뽀다. 잡은 쥐를 바로 먹어 치우면 될 것을 짐짓 놓아주는 척 도망가게 했다가 다시 잡아 목덜미를 물고 잡아 던진다. 자다가 벌떡 일어나 지금이라도 농업대학에 입학하여 '저 놈들 보다 나은 농업 기술을 익히리라. 두 놈 다 지옥 가라' 허공에 소리치며 저주도 해보았다.

어느 날 밤 거센 바람과 함께 소나기가 창문을 때리고 있었다. 큰일 났다는 생각이 났다. 어제 낮에 고랑에 뿌려 논 씨앗이 다 떠내려가게 생겼다. 날이 밝자말자 지묘동 농장으로 달려갔다. 아니 이게 무슨 조화일까? 우리 밭 긴 고랑에는 하얀 문종이가 가득 뒤덮여 있는 게 아닌가?

"아이고 이 사람아 어제 보이 내일 비가 올 것 같더란 말이다. 그래 가주고 우리 둘이 집에 가기 전에 글씨 연습했던 문종이를 내다가 너거들 밭고랑에 덮어 주었다. 아이가. 그래야 씨가 안 떠내려가지. 그래서 내가 농사 아무나 못 짓는다고 한카더나." 나보다 더 일찍 나와 하늘을 쳐다보고 있던 두 사람은 짐짓 무표정한 얼굴을 하며 도사같은 소리를 했다. 속으로 외쳤다. "아이고 형님들 감사합니다. 정말 이 은혜는 잊지 않겠습니다.

    난초 꽃향기를 두 사나이에서 느끼기 시작했다. 그들은 문종이 사건 뒤 밭도 트랙터로 갈아 주고 거름도 넣어 주고 무슨 씨 뿌려라, 어떤 모종 사 와라, 지시도 해주고 잡초가 너무 우거지면 제초제도 뿌려주었다. 스프링 쿨러도 돌려주었다. 살다 보니 우리와 두 사내와의 관계가 서서히 뒤바뀌고 있음을 알게 되었다. 어느새 우리가 지주가 되어 있었다. 많은 수확물은 대부분 우리 것이 되어 가고 있었다. 환자들은 봄이면 파, 시금치, 여름에는 고추, 가지, 오이, 방울토마토, 들깨 잎, 감자, 고구마 등을 얻어간다. 가을에는 감. 사과. 포도, 야콘, 옥수수 등 작물을 수시로 따가고 수량이 모자라면 지주나 소작인의 것들을 거두어 간다. 농장의 온갖 열매와 푸성귀가 우리 센터의 것이 된 것이다. 작년 가을에도 우리가 뿌린 배추가 모자라 지주와 소작인의 배추를 뽑고 또 무까지 뽑아 김장 담궈 불우이웃돕기를 했다. 겨울도 농사는 계속되었다. 파와 양파와 시금치를 싹 틔워 봄에 수확하는 기술도 배웠다. 평소 시골길을 지나다니며 텅 빈 줄 알았던 언 땅, 겨울 밭에도 온상이나 비닐하우스를 하지 않아도 푸른 채소들이 자랄 수 있다는 사실을 처음 알았다.

    지주(地主)네 농장 모퉁이에는 여섯 마리의 검은 염소 가족이 살고 있다. 부부 염소 그리고 새끼 염소 네 마리였다. 봄기운이 들기 시작하자 춘정(春情)을 이기지 못하여 암수가 서로 부르고 화답(和答)하는 그 매끄러운 콧소리들로 농장이 소란하였다. 아비 염소는 항상 위엄 있는 울음소리와 행동으로 마누라 염소와 그리고 네 마리 새끼들에게 모범을 보이며 살고 있었다. 특히 석 달 전에 출생한 막내 두 마리 들은 아직 철부지들이라 특히 이놈들에게 신경을 많이 쓰며 지도하였다. 환자들은 농사보다 이놈들에게 풀을 뜯어주기 바빴고 특히 환자들이 새끼들은 보면 좋아서 펄쩍펄쩍 뛰고 했다.

작년 가을부터 농원이 아파트 업자에 팔린다는 소문이 돌았다. 지주는 농사지을 딴 곳을 찾아다니고 있다고 했다. 지주의 농장 출입이 줄어들었고 농사도 건성으로 조금 지었다. 그 바람에 염소 가족들은 배곯는 날이 많았다. 가끔 지주가 던져 주는 푸성귀와 마른 풀로 겨우 목숨은 이어 가지만 항상 배가 고팠다. 아비 염소는 가슴앓이를 많이 하였다. 새끼 네 마리가 배고프다고 울고 보챌 때면 당장 울타리를 때려 부수고 달려나가고 싶었다. 하지만 그럴 힘이 없으니 억장이 무너지는 심정이었다. 다행히 화요일과 금요일은 정신보건센터 직원들과 회원들이 농장 방문하는 날이어서 염소들은 굶어 죽지 않고 있었다. 환자들이 오면 염소들에게 건초를 듬뿍 넣어 주고 작년에 뽑아 먹다 남은 배추를 뽑아다 염소에게 주기도 하였다. 배추가 동이 나자 냉이, 쑥, 민들레, 씀바귀 등 이제 막 봄을 맞아 돋아나는 새 풀을 뜯어다 염소들에게 주었다. 한 줌의 건초로 겨우 목숨을 잇는 염소 가족들로서는 정말 황홀한 식사가 아닐 수 없었다.

"이번 일요일 염소 두 마리를 잡는다고 하네."하고 풀을 주던 센터 직원 중 한 사람이 말했다. 아비 염소는 처음에는 이게 무슨 소린가? 하다가 가만 듣고 보니 제 부부 죽는다는 이야기가 아닌가.

"가축들은 잡아서 바로 먹으면 맛이 없고 2, 3일 정도 숙성을 시켜야 맛있다고 하던데."라고 한 직원이 말했다.

"그럼 이 염소 부부 두 마리는 오늘쯤 잡게 되겠군."하고 센터 직원들이 말을 계속했다.

이 소리를 들은 아비 염소는 너무 놀란 나머지 털썩하고 자리에 주저앉고 말았다. 아직은 사람의 말을 알아들을 수 없는 새끼들은 제 아버지가 식사 중 털컥하고 앉아버리니 아비가 먹던 풀을 자신들의 것이 되었다고 좋아라 뛰어와 먹어대기 시작한다.

"여보 우리 이렇게 죽으나 저렇게 죽으나 힘이나 한번 쓰다 죽어요." 하며 엄마 염소가 울며 말했다. 잠시 뒤 아비 염소 부부는 죽을힘을 다하여 우리를 뿔로 들이박고 밀어 대기 시작하였다. 평소에도 좀 허술했던 울타리이기도 했지만 커다란 두 마리의 염소가 죽기 살기로 부수기 시작하니 울타리가 무너지지 시작하였다. 갑작스런 염소들의 공격적인 행동에 놀란 센터 직원들이 몽둥이로 염소들을 때리며 위협도 하고 판자를 갖고 와 무너진 울타리를 막기도 하였다.

"그러지 마세요. 선생님 염소들 보내주세요." 멀거니 바라다보고만 있던 환자들이 일제히 고함 질렀다. 한 사람이 소리치자 모든 환자들이 소리를 지르며 직원들을 가로막고 어떤 이는 판자를 뜯어내는 사람도 있었다. 작년에는 농장의 개 두 마리가 사라지고 올해는 염소 두 마리가 없어질 차례였다.

"최 부자님 독구와 해피 모녀는 어디 갔어요?" 작년에 개가 없어졌을 때 환자들이 지주에게 질문했다. 그들끼리 호랑이나 늑대가 물어갔다느니 스스로 도망갔다느니 하고 서로들 우겼다.

"우리 친구들이 팔공산 등산 갔다 와서 잡아먹었단다.'라고 말을 못하고 "늑대들이 물어갔어."라고 지주가 대답하자.

"거봐 내 말이 맞잖아. 여기 늑대들 많다니까"라고 한 환자가 답을 맞혔다고 으스대며 말하자 여자 환자들은 울었다. 올해는 염소 두 마리가 최씨 친구들을 위한 재물이 된다. 재실 다천정(茶川亭)에서 수육과 탕으로 변신 될 계획이었다. '염소의 난'이 있던 그 날 환자들은 농작물을 손대지 못하고 빈손으로 귀가하였다. 내가 급하게 병원으로 돌아가자고 재촉했기 때문이다. 지주가 염소들이 돌아다닌다는 동네 사람들의 소문 듣고 달려왔을 때 염소 우리는 텅 비어 있었다. 우리의 판자는 깨끗이 다 뜯어져 있었다. 최씨와 윤씨는 서로의 얼굴을 물끄러미 바라보았다. '그리고 아무 말도 하지 않았다.'

금강산의 결투

휴전선의 큰 철책 통문이 서서히 열렸다. 가슴이 두근거렸다. 이산가족 상봉 차 북한 초청으로 가는 평화적 행렬이다. 철책선과 철모 쓴 군인들을 보자 그들의 모습에서 청춘 시절 이런 GOP 철책선에서 근무하던 육군 장교 시절이 투영되고 있었다. 통문 넘어는 처음 와본다. 가이드가 길 한가운데를 가르켰다. 꾸부정하고 가는 작대기가 하나 꽂혀 있었는데 그곳이 휴전선이란다. 북한지역으로 들어섰다는 이야기다. 경치가 달라진다. 풍경이 갑자기 천연색에서 흑백영화로 바뀐다. 산에 나무가 전혀 없다. 달나라에 온 느낌이다.

통일원에서 교육받았던 지침을 다시 외워 본다. "이북에 가면 양측에서 합의한 단어를 쓰셔야 합니다. 일단 사진을 찍지 마세요. 화장실은 위생소, 뱃지는 휘장, 북한은 귀측 혹은 북측. 우리측은 남측이라고 부르세요. 그리고 절대로 그들의 고위층을 비난하거나 관계되는 물건을 훼손(毀損)하면 안됩니다. 우리나라에 못 돌아옵니다." 왜 그들의 용어를 써야 하는 걸까? 왜 맨날 끌려만 다녀야 될까? 짜증나는 일이다.

오래지 않아 양측의 세관 역할을 하는 CIQ(출입국관리시설)에 도착했다. 입경 수속과 함께 소지품 검사를 받고 휴대폰은 보관시켰다. 생전 처음 북쪽 땅에 발을 내딘다. 안내하는 군인들이 여럿 보였다. 아주 짧은 동안 혼란이 왔다. 저들을 때려눕혀야 하는가 아니면 도망을 가야 되는가. 군 복무 삼 년 동안 매일 아침 '무찌르자 공산당, 때려잡자 김일성' 외치던 예비역 장교가 적을 만나니 잠깐 현실감을 잃는다. 그곳 병사들은 우리 중 학생만한 체격이었다. 손님들에게 위화감을 주지 않으려고 일부러 소년병들을 동원한 줄 알았는데 나중에 보니 그곳 병사들은 전부가 고만고만한 크기였다.

우리가 타고 온 버스는 남쪽에 남고 CIQ 북쪽에서는 현대에서 내어 온 버스로 갈아탔다. 안내양이 앞으로 지켜야 될 주의 사항을 말한다.

"북측 땅에 가서 지켜야 할 일 몇 가지를 설명합니다. 여러분들이 규정을 어겼을 때는 병사가 호각을 불면서 붉은 깃발을 들 것입니다. 그러면 여러분들은 그 자리에 꼼짝 말고 서야 됩니다. 만약 이를 어기면 사격을 당합니다. 연행하게 될 때도 말없이 따르셔야 합니다.

미리 교육을 받으셨겠지만 공화국과 그리고 수령님이나 장군님에 대한 불손한 언사를 하거나 예의에 어긋난 행동을 하면 남쪽으로는 다시 가지 못할 것입니다." 등등 의시시한 주의를 들었다. 10여 대의 버스가 비상 등을 켜고 긴 행렬을 짓고 가는데 환영하는 주민들은 보이지 않았다. 간혹 밭매는 농부가 보였는데 땅만 보고 일을 했다. 철둑에서 노농적위대라는 젊은이들이 무리 지어 작업을 하고 있었는데 이들도 우리 쪽에 눈길도 주지 않았다. '우리는 하나'라고 외치며 그렇게 한민족을 강조하는 이 사람들이 이렇게 손님을 냉대하다니 섭섭하다기 보다 이해가 되지 않았다.

    금강산은 그리 멀지 않았다. 일동은 바다 위에 건축해서 현대가 운영하는 해금강호텔과 그 부근의 팬션 스타일의 건물에 짐을 풀었다. 잠깐의 휴식 뒤 남북가족상봉이 있다고 했다. 광장에 둥근 반원의 온정각이란 건물에 커다란 공연장과 기념품 가계가 있었다. 면회소는 가계의 물건을 들어내고 임시로 상봉 장소로 개조해놓았다. 테이블 위에 번호 푯말이 서 있고 식사와 다과가 차려져 있었다. 일행이 자리 잡자 남북적십자사 회장의 인사말이 있고 이어 사회자가 양측 가족들에게 식사하며 담소를 나누시라고 한다. 가족들은 서먹서먹해서 말없이 서로 쳐다보기만 했다. 양측의 의료진들은 노령의 가족들이 많아서 혹시 충격으로 졸도라도 할까 장내를 둘러보았다.

    북한 의사와 간호사가 보였다. 반가워서 앞에 있던 간호사에게 악수를 청했는데 손은 내밀다가 의사 얼굴이 이지러지자 손을 놓았다. 의사에게 인사말을 하며 악수를 청했는데 휙하고 딴 곳으로 가버렸다. 째째한 인간이다. 제 뜻인지 지시를 받는지 괘심한 생각이 들었다. 가족들은 형제나 부모 사이가 아닌 사람들은 덤덤했다. 또 가까운 혈연이라도 세월이 너무 흘러선지 그렇게 정다운 분위기도 아니고 더구나 눈물 짓는 이는 거의 보이지 않았다. 양측 정부가 진정으로 이산가족들에 대한 진정한 배려심 있는 작자들이라면 이런 번거로운 쇼를 하지 말고 개성에 일년 내내 면회소를 운영하면 된다. 편지도 교환하게 하고 나아가 서로의 거주지까지 방문하도록 하는 것이 진정한 인류애가 될 것이다. 사회자가 정부측 인사들도 앉아 2시간 동안 담소를 하라는 권유인지 지시인지를 했다.

 우리 쪽은 간호사와 통일부 여직원 그리고 나 함께 셋이 앉았다. 북쪽은 험상궂은 얼굴에 큰 체격을 가진 남자와 나이가 들어 약간 순해 보이는 기자 완장 찬 남자가 앉아 있었다. 이 사나이들은 시작하자 말자 말없이 소주병 뚜껑을 딴다.
 "원장 선생 먼저 한 말씀 하시라요." 하며 기자가 술을 따르며 말을 건다. 모두가 술잔을 들었지만 우리는 셋은 술잔을 입에 대고 입술만 추겼다. 나는 얼굴이 붉어져 그들에게 약점을 보이는 것 같아 마시지 않았다. 그들의 안색이 변했다.
 "원장이 원장다워야 원장이지." 저희들 끼리 하는 말처럼 시비를 건다. 어색하며 쌀쌀한 시간이 느리게 흘러가고 있었다. 말하다 보니 험상궂은 사나이는 정보부 사람이었다.
 "원장님은 어디서 오셨어요?"
 "대구서 왔는데요?"
 "대구 어디에 사시나요?" 포로 신문하는 분위기다. 짜증이 났다.
 "어디 산다고 말하면 알기나 하나요?" 하고 쏘아붙였다.
 "아. 그럼요. 내 동화사도 알고 동촌도 알고 달성공원도 가봤어요." 가슴이 서늘하다. '이치들이 정체를 미리 다 알고 왔구나' 하는 두려움이 들었다.
 "어떻게 그렇게 샅샅이 잘 아세요?"

"유니버시아드 할 때 대구에 취재하러 갔거든요. 그때 여기저기 다녀서 몇 군데 알아요."라고 기자 완장 찬 사나이가 말했다. 그래도 반신반의다. 그러나 그 사나이가 노력해서 분위가 조금씩 풀려가기 시작했다.

"북측에서 남측보다 먼저 팔만대장경을 한글 번역하셨지요?"라면서 그들이 듣기 좋아할 이야기를 끄집어내었다. 그들의 얼굴빛이 풀어지며 "흥 팔만대장경이래."라고 약간 비웃는듯한 말투로 저희들 끼리 술잔을 기우리며 말을 나누었다.

"원장 선생 여기서는 한글대장경이라고 부릅네다."라며 으스대는 표정을 한다. 그들은 술이 아주 센 사람들이었다. 저희들 끼리 주거나 받거니 잘도 마셨다.

"김 소월 선생은 남측에서 아직도 영원한 시인으로 추앙받고 있답니다. 이승만 대통령이나 김구선생님도 북측 분이잖아요. 우린 뗄 수 없는 한 민족지요" 아부의 말씀을 건넸다. 이들도 공통된 화재를 만들었다.

"두 여성 동무들은 다 결혼하셨갔죠?" 여자들은 매우 위축된 모습으로 그렇다고 겨우 대답했다.

"그럼 두 분은 봉급을 타서 어떻게 쓰나요?"

"저는 남편과 각각 자신이 번 돈은 자기가 관리하지요." 둘이 같은 대답을 했다.

"아니 그 기 무시기 소리요? 부부가 각자 딴 주머니를 차고 있다니…"

"원장 선생도 그렇게 하시나요?"

"아니요. 봉급 타면 몽땅 내가 알아서 관리하지요. 집사람은 내가 주는 돈으로 생활비도 주고 세금과 공과금도 내지요."라고 그들의 예상답을 말해주자 그들은 매우 기뻐하며 "저래야지, 남측 여자들은 대가 세군요." 술도 얼큰해지고 나도 그들이 그렇게 미워할 부르조아만이 아닌 걸 알았는지 그들은 나와 한패가 되어 남한 여성을 비난하며 우호를 돈독하게 하고 있었다. 산적 두목같은 정보요원이 더 친근감을 보였다. 그동안 적십자 일로 중국 공산당 간부들과 일본 정부 관리들과도 몇 번 만난 적이 있다. 그들과 처음에는 매우 어색했으나 결국은 친해졌다. 성실과 사랑이 밑바닥에 있으면 만나서 대화를 하다 보면 서로 통하게 된다는 사실을 알게 되었다. 그날도 도중에 당장 때려치우고 일어서고 싶었지만 헤어질 때는 서로가 아쉬워하고 있었다. 상봉이 끝나고 딴 테이블에서는 두 시간 동안 말 한마디도 안하고 헤어진 팀도 있었다. 우리 테이블은 그런대로 무난하게 끝을 맺은 모양이었다.

다음 날 가족 개별 상봉한다고 한다. 그날은 북쪽 가족들이 우리 쪽을 초청하는 형식이라 그들이 운영하는 금강산 호텔에서 모임을 한다고 했다. 점심때 만나는데 아침부터 바쁘다. 그쪽에 가기 위해 인원 점검을 해보니 한 사람이 모자란다. 방에 가보니 가족 한 사람이 술이 덜 깨서 갈 수가 없다고 한다. 밉다가도 얼굴도 모르고 촌수만 아는 가족이니 뭐 그리 만나고 싶었겠나 하는 생각이 들었다. 북쪽 가족들에게 주는 선물은 달러가 최고라고 한다. 소문에는 우리 측 가족들이 주는 돈은 정부에서 반 이상 빼앗아 간다고 돈을 배로 주라고 했다.

"원장님 점심용으로 즉석라면 갖고 가세요" 자주 이북에 드나드는 정부 측 직원 하나가 말했다.

"아니 그곳에서 점심을 주지 않나요?"

"뷔페식으로 한식을 차려 주는데 먹을 게 없어요."

"에이 무슨 말씀을 그렇게 하시오. 어제저녁 만찬 때 나온 음식들 크게 좋은 것들은 아니었어도 그런대로 괜찮았잖아요?"

"그 건 항상 그렇게 줘요. 전 세계 기자들이 취재를 하잖아요. 그리고 양쪽 가족들과 정부 측 사람들이 다 함께 만나니까요. 오늘은 가족들은 각자 그들의 호텔 방에서 식사합니다. 우리 정부 측 사람들은 따로 식사를 주니까 반찬 가지 수도 몇 개 안되요. 전에는 찬밥을 주었다니까요."

"찬 밥이라니오? 설마"라고 반문하자.

"처음에는 평양에서 밥과 반찬을 만들어 오느라 그랬던가 봐요. 요즘 밥은 여기서 만드니까 따뜻하지만 반찬은 가서 보세요. 욕이 나옵니다."

북측에서 운영하는 금강산 호텔 앞에서 버스를 내렸다. 우리가 묵고 있는 해금강호텔에 비해 규모가 크고 화려했다. 마이크에서 '복순이네 집 앞을 지날 때'와 '반갑습니다'라는 노래가 반복해서 울려 나오고 전 호텔직원들도 밖에 나와 박수치고 노래를 부르며 웃음지며 환영했다.

우리 측 가족들은 그들의 북쪽 가족들이 머무는 방으로 안내되어 들어갔다. 우리 정부 직원들은 면회가 이루어지고 있는 방들의 가운데 있는 홀에 앉아 있었다. 북쪽 직원들도 그들대로 자리를 잡고 우리 쪽을 물끄러미 바라보고 있었다. 이들은 자주 만나는 사이여서 서로 만나 이야기하고 시간을 보낼 줄 알았는데 예상외로 냉랭하고 차라리 살벌한 분위기로 간격을 두고 서로 노려보고 있었다.

점심시간이 되자 남북 정부 직원들은 각자 지정된 그들의 식당으로 들어갔다. 정말이었다. 뷔페 음식을 차린 상에는 김치, 나박김치, 산나물 무침, 고추와 오이와 생 된장이 놓여 있었다. 후식코너에는 껍질을 깎지 않은 사과와 과자 두어 가지가 놓여 있었다. 맛도 없었다. 성의가 없어선지 아니면 돈을 더 달라는 표시인지 몰라도 불쾌했다.

식사 후 베란다로 나갔다. 혹은 서서 혹은 앉아서 바로 옆에 우뚝 선 금강산의 기슭을 바라보고 있었다. 조금이라도 산을 가까이 보기 위해 베란다에서 몸을 굽혀 산을 올려보고 있었다. 맑은 산 공기가 햇볕과 섞여 다이아몬드처럼 눈부시게 빛났다. 흡인된 공기가 가슴속에서 반짝거리는 느낌이었다. 한 참 산 경치를 둘러보다가 이상한 것들이 눈에 띄였다. 군데군데 정으로 음각을 하고 붉은 글씨로 덧칠한 온갖 구호들이었다. '당이 명하면 우리는 한다.'라는 말도 있었고 '천출 김정일 장군 만세.'이라는 구호도 색여져 있었다. 두런두런 말소리가 들려 바라보니 반대편 식당에서 북쪽 관리들도 밥을 먹고 베란다로 나오고 있었다. 그들과 우리는 섞이지 않았지만 말소리는 알아들을 사이로 가까워져 있었다.

"이 새끼들 정말 낙서하는 버릇은 변함이 없어"라고 낮은 목소리를 우리 쪽 사람들이 속삭이는 소리가 들렸다.

"게다가 천출 김정일이란 천한 출신이라는 말로 해석될 수도 있잖아."

"그 건 우리 식 해석이고 걔 네들은 하늘이 내주신 김정일이라는 뜻 이겠지" 갑자기 욕하는 소리가 들렸다.

"야 이 종간나 새끼들 너들 지금 뭐랬어? 천한 출신이라고?" 어느새 북쪽 요원 한 놈이 나타나 우리 요원의 멱살을 잡았다. 둘 다 무술깨나 하는 사람들인 것 같았다. 먼저 얼굴을 가격당한 우리 쪽이 북쪽을 엎어치기로 땅바닥으로 내리쳤다. 이러자 양쪽 요원들은 일제히 태권도. 유도 등 각종 무술의 격투기가 벌어졌다. 어금 버금 실력들이 쉽게 우열이 가려지지 않고 있었다. 격투가 쉽게 끝나지 않자 탕하고 총소리가 들렸다. 우리 측 요원이 쏜 것이다.

"야 이 새끼들아! 우리끼리 말했는데 왜 니들이 우리 대화를 엿듣고 시비 질이야. 오늘 몇 놈 죽이고 말거야. 평소부터 이상한 새끼 몇 놈 있었어. 그런 놈이 없어져야 양쪽에 분란이 생기지 않아." 그래도 양측 정보부 요원들의 집단 난투는 계속되고 있었다. 이 작은 남북 전쟁에 끼어들어야 하는지 말아야 하는지 망설이고 있는데 갑자기 획하는 호각 소리가 나자 북쪽은 어느새 살아지고 없었다.

"저놈들은 굽히고 들어가면 짓을 내서 더 기고만장해져요. 빨갱이들은 어느 나라라도 저런 습성이 있어요. 일단 시비를 걸어 약하면 덤벼들고 강하면 도망가지요. 우리 정부 고위층도 맨날 쌀 퍼고 주고 돈 보내주지요. 놈들이 하자는 대로 하니까 항상 그들이 주도권을 잡는 거죠"

"오늘 당신 네들을 보니 눈물 나도록 행복했습니다. 현 정권이 들어서고 북남통일이 되었다고 생각했지요. 언제 남북 고위층이 서로 만나 통일선언만 하면 끝난다고 항상 조마조마하게 생각하고 살았지요. 그런데 오늘 여러분들 보니까 안심이 되네요."

"선생님. 고위층들은 어떤지 몰라도 대한민국의 하부조직은 아직은 단단합니다. 걱정하지 마세요. 절대 놈들에게 밀리지 않습니다."라고 국정원 직원이 말했다.

점심 후에도 가족 개별 면회는 계속되었다. 선물을 좀 사려고 이층 매점에 가니 아무도 없어 두리번거리고 있었다.

"원장 선생 뭐하고 계세요?"라고 어제 만난 북측 정보부 사나이가 다가오면 말을 걸었다. 아직은 본심을 알 수가 없는 상태다.

"원장 선생 뭐 사시려고요?"

"점원이 안 보이는데요"라고 하자 그가 재빨리 어디 가서 여점원을 데리고 온 뒤 제 갈 길로 가며 말했다.

"이 봐 이 손님 잘 모셔."

"여기 소주 몇병 사려는데 규정상 두 병밖에 못 산다는데…"라고 말을 흐렸다. 그녀가 물었다.

"정부 요원이세요? 가족이세요?" 적십자 직원이라고 말하자.

"규정은 그래도 정부 요원은 관계없습니다. 한 박스 사도 되요."라고 말한다. 공산주의는 계급을 타파하는 것이 그들의 장기가 아닌가? 누구는 두 병만 되고 누구는 무제한이라니 이해가 안된다. 예쁘장한데 말도 싹싹하게 잘한다. 정보부 사나이가 소개한 것도 그녀의 친절의 한 이유도 되겠지.

"아까 호텔에 들어올 때 당신네들이 줄을 서서 '반갑습니다'라는 노래를 불렀잖아요? 모두들 환하게 웃으며 우리를 환영해주어 참 기뻤어요. 그런데 개 중에 몇몇 여직원은 하나도 안 반가운 얼굴로 노래만 부르던데요."라고 물었다. 뭐라고 대답하는지 떠보려고 질문했다.

"아 걔 네들은 새내기들이 돼서 그래요. 여기 온 지 며칠 되지 않았거든요. 안 반가운 게 아니고 어색하고 수줍어서 그런 거예요."라고 대답했다. 이어서 "금강산 담배 몇 보루하고 탄산 단물과 들쭉술도 좀 사시라요."하면 마치 남대문 시장 상인과 같은 말투로 상품을 권했다.

"예쁜 아가씨가 권하니 다 사야지. 그런데 아까 그 직원은 뭐하는 사람이요?"

"그 건 말할 수가 없어요."라고 딱 잡아뗀다.

다음 날은 삼일포로 야유회를 갔다. 그곳은 원래 바다였는데 양쪽 산의 흙이 바다 입구를 메꾸어 호수가 된 곳이라고 한다. 금강산과 해금강 그리고 삼일포가 삼대 절경이라 한다. 김일성 부자도 놀러 온 적이 있다고 한다. 북한 적십자사에서 모든 사람들에게 점심과 간식이 든 자루 하나씩 주었다. 안을 보니 도시락 외에 사이다. 과자, 사탕 등이 들어있었다. 과자와 사탕은 50년대 우리나라 시골 장터에서 팔던 것과 똑같은 것이다. 추억의 물건이어서 반가웠다. 양쪽 가족들은 자리를 펴고 그 선물을 펴서 먹으며 이야기를 하고 있다. 어떤 노인은 훈장을 쭉 펴놓고 자랑을 하는데 가까이 가보니 우리 어릴 때 갖고 놀던 양철로 만든 계급장들이었다. 조잡한 훈장을 펴놓고 앉아 있는 모습을 보니 눈물이 난다. 아무리 그래도 그렇지 저런 양철 장난감을 남들 앞에 펴놓고도 부끄럽지않는 백성들이 불쌍했다.

미녀 안내원을 만나 기념사진도 찍으며 시간을 보내다 기념품 가게로 갔다. 뭔가라도 살 작정이었는데 정말 손이 가는 물건이 없다. 왜 저러는 걸까. 아무리 엉터리 나라라도 손재주 있는 사람은 있을텐데 예쁜 공예품이라도 만들어 팔면 안 되나? 어린이들도 사지 않을 이상한 물건들만 갔다 놓은 것이 이해가 가지 않는다. 옆방에 가니 그림들이 걸려 있었다. 그림에 문외한이지만 시골 이발소의 그림보다 못한 그림만 잔뜩 걸려 있었다. 초라한 점퍼를 입은 몇 사람들이 자기들의 그림이라며 사달라고 한다. 명색이 화가들인데 마치 구걸하는 사람같아 보여 마음이 아프다. 그 사람들이 한쪽을 가리키며 저 그림을 한번 보라고 한다.

"저 그림은 북측에서 정말 유명한 화가가 그린 겁네다. 사가셔도 손해 보지 않을 거예요." 그림 자신들은 엉터리 화가들이란 말인가. 속이 답답해서 매점을 뛰쳐나오고 말았다.

한참을 돌아다니니 다리가 아팠다. 앉을 곳을 찾아봐도 자리가 없다.

한참 돌아다니다 보니 네모난 까만 돌이 눈에 띄였다. 그 바위에 앉아 아픈 다리를 쉬고 있었다. 누가 급하게 잡아당긴다.

"원장 선생, 빨리 저리로 갑시다." 눈익은 정보부원이었다.

"왜 무슨 일이 생겼나요?" 그 사나이는 대답하지 않고 나를 끌고 야산으로 올라갔다.

"그 자리는 우리 수령님 부자가 삼일포 오신 기념으로 만든 기념 비석이에요. 누가 봤으면 선생은 고의든 아니든 관계없이 총살감입니다. 빨리 저를 따라 오세요." 그가 나를 데려간 곳은 삼일포를 둘러싸고 있는 야산 등선인데 일반인 금지구역이라고 했다. 군인들이 군데군데 서서 아래를 내려보고 있었다. 이들은 이 사나이에 익숙한지 우리에게 눈길도 주지 않고 아래만 바라보고 있었다.

"여기가 가장 경치좋은 곳입네다. 우리 들켰으면 탄광으로 가야되요." 그제야 둘은 금강산 담배들 나눠 피며 영광의 탈출을 자축하고 있었다. 그 사나이가 좋아지고 있었다. '이러다 간첩이 되나보다'하고 속으로 생각하며 웃었다. 남북 장관회담 때 이규호 장관이 선물 받아 온 금강산 담배를 피워 본 적이 있다. 그때는 필터가 없었는데 그 새 필터가 붙은 고급으로 변해있었다. 등이 땀으로 축축하게 젖어 있었다. 유신정권이 기승을 부릴 때 이북으로 도망이나 갈까 생각한 적이 있었던지라 오늘 하는 꼴을 보니 만정이 다 떨어졌다. '별 거지 같은 나라가 다 있네. 그때 안 오길 정말 잘했어.'라고 혼자 속으로 중얼거리고 있었다.

떠나는 날이 되었다. 북쪽 가족들이 먼저 떠난다고 해서 급히 배웅하러 갔다. 텔레비전이나 신문에서 보고 얼마나 가슴이 뭉클했던가, 차마 헤어지지 못해 움직이는 버스 차창의 안팎으로 손바닥을 맞대고 우는 모습. 떠나 버린 버스 뒤에 퍼 질고 앉아 몸부림치는 광경. 잊혀지지 않는 장면들이었다. 그러나 그날 많은 평양행 버스들은 시간도 덜 되어 떠나버렸고 출발하고 있는 버스에도 모여든 가족은 별로 없었다. 그냥 맹숭맹숭하게 떠났다. 정부와 언론이 민족의 비극을 과대 포장해서 국민들을 속이고 있다는 생각이 들었다.

금강산에 와서 금강산 구경은 해보지도 못하고 떠난다. 매일 새벽 장전항구로 산책갔다. 해변의 끝에 가면 나무로 만든 산책로가 끝난다. 그곳에 연두색 철망이 가로 막혀있다. 그 항구는 원래 군용항구였는데 금강산 관광이 시작되면서 어항과 해수욕장으로 개조되어 있다. 산책로 끝의 철조망은 바다 쪽으로는 터져있다. 산책로를 내려 모래밭으로 걸으면 항구로 갈 수가 있다. 항구 부근에는 육군부대도 있었다. 산에서 숲에서 군인들이 밤낮으로 우리를 주시하는 눈길을 느낀다. 산책로 끝에 오면 등이 쭈빗 쭈빗하다. 한 발자국 잘 못내 디디면 총알이 날아올 것이다. 언제가 군대 경험이 없는 관광객이 이 자리오면 총 맞아 죽을 일이 생길 것이라는 예감이 들었다.

출국 수속 때 큰일이 생겼다. 나의 이름이 없다고 통과시켜주지 않는다. 그동안 그들이 언동에서 '반동분자임을 꿰뚫어 보고 있었구나' 속이 뜨끔했다. '아오지로 가는 모양이다'하는 생각이 퍼뜩 떠올랐다.

"없긴 뭐가 없어 여기 맨 위에 이름이 있잖아!"라고 우리 정보부 요원이 북측의 장교에게 고함을 질렀다. 그러자 그는 아무 일 없었던듯이 통과하라는 손짓을 보냈다. 그들은 항상 이런 수법을 썼다. 될 일도 괜히 비틀고 겁준다. 그냥 봐도 될 일을 째려본다. 그러면서 늘 말한다. "우리는 하나"라고. 휴전선을 넘어 고성에서 대구로 오는 길에 온갖 색깔이 칠해진 조잡한 간판들과 찌그러진 시골집들이 그리 반가울 수가 없었다. 흑백 무성영화에서 총천연색 시네마스코프 영화로의 전환이다. 혼란과 다양성이 이렇게 좋은 줄 처음 느꼈다.

큰 형님의 권총 세 발

최근 오 소위는 해만 지면 안절부절못한다. 그의 눈에는 뽀얀 피부에 긴 속눈썹의 혜란이만 어른거린다. 외출 갈 나갈 시각만 기다리고 있다. 얼마 전 부대 앞에 영남루라는 중국집 하나가 문을 열었는데 초라한 바라크 건물로 시골에서 흔히 보는 식당이다. 그 식당의 꽤죄죄한 몰골의 짱깨의 딸이 애비와는 달리 매력적으로 생겼다. 옷도 허술하고 얼굴에 분칠한 흔적도 없는데 오히려 손 안된 그 청초한 모습이 참 예쁘다. 애비는 주방에서 음식을 만들고 딸은 배달도 하고 홀 서비스도 한다. 그들 부녀가 직원의 전부다.

보병대대 말단 소대장은 바쁘다. 하루종일 '부랄에 요령 소리' 나도록 뛰어다녀야 한다. 새벽 점호 후 구보로 시작된 하루가 종일 훈련과 평가 그리고 공사 등에 앞장서야 되고 가끔은 며칠씩 남파 게릴라를 잡으러도 다닌다. 사병들은 일과는 끝내고 쉬는 시간에 소대장들은 대대본부의 참모 회의가 끝나기를 기다리고 있다. 중대장들이 돌아와 인사계와 소대장들에게 회의내용을 전달한다. 늘 해오는 하루 마지막 일과였지만 요즘 오 소위는 그 시간이 그렇게 길게 느껴질 수가 없다.

회의가 끝나면 불이 나게 영남루로 뛰어간다. 이 시간이면 식사 손님들은 거의 없고 마지막 술손님이 한두 팀이 남아있다. 평일 둘의 데이트 시간은 이때 밖에 없다. 분위기상 두 연인이 달콤한 대화를 나눌 수도 없다.

"오늘 손님 많았어?"라면서 손을 은근히 잡거나 "안 피곤해?"라는 등 그저 바라보고 별 의미도 없는 소리를 몇 마디 하는 정도다. 이런 짧은 만남이 둘의 애정에 더욱 불을 붙여준다. 일요일 오전이 되면 그제야 둘의 시간이 마련된다. 조그만 동네를 팔짱 끼고 다닐 수도 없고 숨어 앉을 보리밭도 없다. 그들의 애정의 보금자리는 미군이 주둔할 때 우후죽순 마냥 지어진 여인숙이 이들의 사랑의 물레방앗간이 되어 주었다.

"오 소위님 우리 앞으로 어떻게 돼?"라고 혜란이 물었다.

"어떻게 되긴 우리 둘은 결혼을 하는 거고 난 참모총장이 되는 거지"라며 오 소위가 대답한다. 그 말을 하면서도 자신이 없다. 중대장에게서 둘은 만나서 안 된다는 경고를 받았기 때문이다. 부대 정문을 나올 때면 항상 머리 뒤 꼭지에서 뭔가가 당기고 있는 듯한 불쾌감을 느낀다. 전방 장교들의 동태는 항상 보안대나 헌병대서 점검, 주시하고 있다. 아무리 은밀하게 만나도 숨어서 보는 눈은 피할 수가 없었다.

통신대장 박 소위는 전출 올 무렵부터 부대 전체에 꼴통으로 소문난 인물이다. 사병도 그만큼 군기가 빠진 사람은 없었다. 장교라는 사람이 부대 위치를 상세히 적은 편지를 가족들에게 보냈다가 보안대에 적발되었다. 대대에 오자 얼마 되지 않아 연대본부로 호출되었다. 전투복을 챙겨입고 가지 않고 상의는 체육복 차림으로 갔다. 박 소위는 통신 보안을 지키지 않는 죄보다 허술한 복장으로 나타나 상급 부대를 깔보았다는 죄로 인사과 심 소령에게 흠씬 두들겨 맞고 왔다. 덜 맞고 온 탓인지 박 소위는 개과천선(改過遷善)보다는 앞으로 최선을 다해 상급자를 애먹이겠다고 다짐을 하게 되었다.

통신병들에게 지시하였다.

"대대장이나 보안대서 전화 신청하면 통화 중이라고 뻗대 버려."라고 지시했다. 전보다 전화접속 속도가 느려져 수상하게 여긴 대대장이 어느 날 몰래 통신대 교환실을 들여다보고 있었다. 신호가 오는 데 교환병이 '통화 중.'이라고 말하고 송화기를 놓는다. 화가 치민 대대장을 교환실 문을 박차고 들어갔다.

"야 이 새끼야 여기 아무 곳도 코드 꽂혀 있지 않잖아? 그런데 왜 통화 중이라는 거야"하면서 군호 발로 사병의 등짝을 내리찍었다. 통신대장을 불러 세웠다.

"통장 너 오늘 밤부터 매일 부대 외곽 초소 순찰을 한 바퀴 돌고 21시에 나에게 전화 보고해"라고 명령하고 돌아갔다. 대대장은 속으로 '통장 새끼 매일 밤 한 시간씩 순찰돌고 나면 항복하겠지' 생각했다.

'대대장 바보 새끼가 매일 밤 한 시간씩 순찰돌고 나면 내가 항복하겠다고 생각하겠지? 어림도 없어.'하며 통신대장은 미소를 지었다.

다음날 통신대장 자신의 원외 숙소로 전화선을 깔았다. 초소 순찰은

커녕 누워서 빈둥대다 21시가 되면 그는 이불에 기대어 누워 보고한다.
"전투! 대대장님께 보고합니다. 전 초소 이상 없습니다."라고 군기가 바짝 든 목소리를 내었다. 대대장은 득의만면(得意滿面)한 미소를 짓고 통신대장 또한 회심(會心)을 미소를 지으며 서로의 통화를 끝낸다.

대대장의 심기를 뒤틀리게 하는 삼총사 장교 중 또 한 사람은 부관(인사참모)인 장 중위다. 그의 직책은 대대장을 보필하고 부대원들의 인사 관리와 부대 행사와 회의를 주관하는 것이다. 그는 대대장의 까탈스런 성격을 맞추지 못해 하루종일 욕 얻어먹는 게 그의 주된 업무처럼 되어 버렸다. 부대 행사 때도 오와 열이 맞지 않는다며 대대장은 그 사병들의 상급자를 탓하지 않고 지휘봉으로 부관의 가슴을 찌르며 욕을 한다. 회의 때도 참석자 하나가 늦게 와도 대대장은 그에게 벽력처럼 화를 냈다. 삼사관학교 생도 때는 유도유단자이며 지휘능력이 있어 생도 대장도 하고 전도유망하다는 소리를 들었던 그가 이 부대와서는 천하 바보처럼 천덕꾸러기 노릇을 하고 산다. 회의 때 전원 집합되었다고 대대장에게 보고한다. 그러면 또 시비 걸린다.
"부관 오늘 점심 안 먹었어?. 차렷 자세는 왜 그 모양이야! 보고 목소리가 왜 그따위로 패기 없어?"라고 한 소리가 있은 뒤 회의가 시작된다.

대대장에게는 이 세 사람의 중,소위들이 마치 대한민국 육군장교의 공공의 적처럼 그의 마음에 각인되어 있다. 보병대대의 장교들은 출신이 가지가지다. 육사 출신은 몇몇 되지 않았지만 자존심 하나는 높아 독야청청이다. 대부분이 ROTC 출신들이다. 이들은 단기복무자이고 숫자가 많으니까 좋게 보면 생각도 자유롭고, 여유있지만 나쁘게 보면 대대장의 말을 건성으로 들어 부대의 군기를 흐리게 하는 경우도 많다. 이 들 틈에 삼사 출신과 간부 후보생 출신들이 몇이 섞여 있었다. 이들은 소수인데다 교육과정도 짧은 사람이라 쉽게 기가 죽어 지낸다. 대대장은 육사 출신인데 성격과 행동이 소위 F.M(야전교범)이라고 하는 사람이다. 그는 자신의 철학에 맞지 않는 삼사 출신 장 중위와 오 소위 그리고 ROTC 출신인 박 소위 등은 출신 성분부터 그의 마음에 썩 들지 않는 무리다.

　대대장이 무조건 사람을 싫어하는 것은 아니고 잘 썬 무처럼 각이 서 있지 못할 때 그 사람은 죽을 고생을 한다. 대대장 증오 대상에 예외는 있다. 5중대장이다. 그가 간보 출신인데 워낙에 통제 불가능한 사람이라고 치부했는지 아니면 전 부대 장교들이 모두가 '큰형님'이라고 떠받들기 때문인지는 모르지만 하여간 5중대장이 욕먹는 것을 본 사람이 없다. 그는 인간적이고 통이 커서 아무에게나 술밥 가리지 않고 잘 사주고 자신도 잘 얻어먹는다. 사병들에게도 농담을 하며 얼굴 한번 찡그리는 법이 없다. 중대장이 이러니 소대장들은 사병들에게 막 대하지 못한다.

　"어이 본부중대장 오늘 밤 한잔 어때?"라고 5중대장이 시동을 건다.
　"형님 오늘 주번 사령이시잖아요?"
　"아, 그런가? 한잔하고 하면 되지 뭐. 기분 좋게 일을 해야 북괴의 침투와 사병들의 탈영도 잘 막아낼 수가 있단 말이야. 내가 그래서 월남에서 살아남았잖아." '전투에 지는 군인은 용서되어도 방어에 소홀한 군인은 용서받지 못한다'는 군인 격언이 있다. 전방에서 밤 지휘관인 주번 사령이 음주하면 군법회의감이다. 전시에는 사형이다. 더구나 부대에서 좀 떨어진 곳까지 가서 마시면 위수지역 이탈죄까지 덤터기를 쓰게 된다. 기어이 그들은 부대에서 좀 떨어진 색시 집에 가서 얼큰하게 취해서 귀대했다. 그런 날은 용케도 사단이나 연대에서 주번 사령을 찾지 않는다. 정말 운 좋은 사나이다. 어느 날 큰 형님이 의무대에 나타났다.

"군의관 나 말이오. 신체 어디에 이상 있다는 진단서 좀 써 줄 수 없소?" 군의관이 놀란다. 딴 장교들은 신체검사 때 이상 소견이 나올까 조마조마하는 판인데 이 사람은 거꾸로 가는 이야기를 한다. 또 어떨 때는 이런 이야기도 한다.

"군의관 엠블란스 좀 빌려주쇼."

"중대장님 왜 응급환자 발생했나요?"

"그게 아니고 지금 우리 부대에 추계공사용으로 시멘트와 철근이 와있잖소? 그거 팔아먹으려고요" 어리숙한 군의관이 묻는다.

"그런 것들은 트럭에 싣고 가서 팔아야지 왜 구급차가 필요하지요?"

"에이 너무 모른다. 트럭에 싣고 가면 헌병들이 가만 놔두나? 저희들도 좀 나눠달라고 할 텐데. 엠블란스는 헌병들이 안을 들여다보지 않아. 그러니까 물건 빼돌리는 데는 딱이지. 에이 그거 다 농담이야." 가짜 진단서 발급 이유를 댄다.

"나는 출신 성분이 나빠 높게 진급할 수가 없다오. 몇 년 해보니까 난 군인이 적성에도 맞지 않아요. 대대장에게 전역하겠다고 해도 지휘관 숫자가 모자란다며 사단 사령부에서 허락해주지 않는데요. 얼마 전 우리 중대원 중 사병 두 놈이 장기복무 신청했지 뭐요. 게다가 사단서 실시한 사병들의 소원 수리에서 날 칭찬하는 골 빠진 놈들도 있었대 그 바람에 사단장이 표창을 준다고 하네. 사병들의 사기를 높이고 전투력 향상에 뛰어난 능력을 보였다는 등 뭐 그런 이유라고 해. 이제 더 빼도 박도 못하고 군에 더 있게 되었소. 나 좀 도와주구려." 주번 사령 때 음주해도 적발되지 않는 사람이다. 월남전에서는 군수품은 그렇게 팔아 먹어도 형무소 안 가고 총알도 피해 갔다고 하니 '이런 사나이가 진짜 사나이다. 군대에 더 있어도 되겠다'라고 군의관은 생각해본다.

부대 앞 구멍가게에 중,소위들이 모여있었다. 그날은 ROTC출신 장교들과 삼사관학교 출신들이 같이 섞여 있었다. 누군가가 오 소위 문제로 모이자고 연락을 한 것이다.

"그러니까 오 소위 말은 대대장이 이혜란과 만나지 말라고 하는데 자신은 헤어질 수 없다는 거 아니야."

"이 중위님 저는 혜란이와 결혼하면 좋겠거든요."

"그렇게 하면 되지 않나?"

"대대장이 그런 천박한 창녀와는 만나서도 안된다는 거지요. 사병이라도 그럴 수가 없다고 했습니다. 그래도 막무가내로 며칠 뒤까지 관계를 정리하고 보고하라는 겁니다."

"그런 게 어디 있어 걔는 저희 아버지 식당 종업원일 뿐이고 작부도 아니잖아? 설사 술집 계집애라도 대대장이 끼어들 문제는 아니야."

ROTC 출신들은 말을 그렇게 쉽게 한다. 평생을 직업군인을 하려는 사람들은 생각이 그렇지 않다. 상급자에게 잘 못 보여 놓으면 외톨이가 되고 의무근무 기간이 끝나면 더 이상 진급도 못하고 집에 가야 된다.

"선배님들 전 어떡할까요?" 오 소위가 진정으로 묻는다.

"빌어먹을 대대장 말들을 필요 없어. 한 방 터뜨려 버려. 그래야 정신 차리겠지" 선배들은 그냥 '참고 지내자'라는 말을 이렇게 에둘러 표현했다.

　오 소위는 외로웠다. 모처럼 만에 동기와 선배 장교들에게 무슨 뾰죽한 수라도 있을까 모임을 가졌는데 비현실적인 말만 듣고 말았다. 차라리 안 만남보다 못했다.

　어느 일요일 오 소위가 카르빈 총을 메고 부대 밖으로 나갔다. 단순한 외출인데 무장을 하고 더구나 탄창까지 끼고 나가니 행정병이 중대장에게 수상하다고 보고했다.
　영남루에 들어간 오 소위는 혜란을 불렀다.
　"혜란아 우리 도망가자," 난데없이 아침에 나타나 도망을 가자니 무슨 말인지 이해가 되지 않는다.
　"부대장이 너같은 똥치와는 헤어지란다. 우리는 이 동네에서 살 수가 없어. 먼 곳으로 떠나자"
　"명구 씨 지금 갑자기 무슨 말도 안 되는 소리를 하는 거야. 내가 떠나면 우리 식당 문을 닫아야되요. 나이 든 아버지는 어떻게 돼? 가도 같이 가야죠. 가봤자. 당신은 탈영병으로 군 형무소로 가고 우리 부녀들은 어떻게 될까요?" 이 말을 듣자 오 소위는 그녀가 진심으로 자신을 사랑하지 않는다는 생각이 들었다. 평소에는 만날 때마다 멀리 도망가서 오순도순 행복하게 살자고 그렇게 졸라대던 말이 다 거짓이었단 말인가!
　"오 소위 우리 딸 손대지 마. 걔 없으면 나 굶어 죽어. 서울서 병든 마누라 죽고 빚 얻어 여기까지 왔는데." 억지로 혜란의 손목을 잡고 식당을 나가는 오 소위 뒤에서 짱깨가 소리 질렀다. 문들 열어보니 중대장과 인사계가 서 있다. 오 소위는 카르빈 총으로 혜란을 쏘았다. 그리고 가슴에 달고 있던 수류탄의 안전핀을 뽑았다. 중대장과 인사계는 재빠르게 엎드려 화를 면했으나 오 소위와 혜란의 아버지는 폭사하고 말았다. 잇달아 주방으로 튄 파편이 화재를 일으켰다. 부대원들이 불이 꺼진 잿더미에서 핏물로 얼룩진 여자시체 한 구와 몸통을 찾을 수 없이 조각난 남자시체 둘을 수습했다.

사건 다음 날 비상 참모회의가 열렸다. 사단에서 이번 사건에 대한 전말과 원인, 책임자들의 처벌 범위와 사후 대책에 관한 보고를 하라는 지시를 받고 모인 것이다.

"구보와 사격을 잘해 선봉 부대였던 부대가 왜 이 꼴이 되었나 말이야. 사병들은 빌빌거리는 놈들만 모였고 중,소위 놈들은 장교는커녕 거지같은 것들 뿐이야. 중대장 녀석들도 무능한 놈들만 모였으니 이 꼴이 난 거 아니냐 말이다."

"우리 사병들이 질이 낮은 것은 연대인사과 심 소령의 장난이 크게 영향을 끼칩니다. 그는 고졸 이상의 병력들을 우리에게 주지 않습니다. 무학자, 깡패, 절도 등의 전과자 그리고 데모하다 쫓겨 온 사병들이 주로 우리에게 배정이 됩니다. 인사의 공정성을 건의해야 됩니다." 인사장교가 그렇게 말하자. 대대장이 주먹으로 탁자를 치며 큰소리 질렀다.

"대한민국 딱총 대대가 다 그렇지 왜 그게 우리만 그렇다는 거야."

"아닙니다. 딴 부대서는 지휘관이 연대 심 소령에게 금품도 전해 주고 수시로 접대도 한다고 들었습니다."

"그럼 이 새끼야 오 소위 사건도 심 소령 탓이란 말이야. 7중대장이 소대장들 관리를 잘못해서 그런 거지. 보안대와 헌병대서 오 소위의 지저분한 행동을 여러 번 첩보로 통보를 받고 중대장에게 시정 지시를 내렸잖아. 그럼에도 불구하고 그냥 두고 보다 이 꼴이 난 거 아니야." 그의 말은 계속되었다.

"본부중대장도 마찬가지야. 통신대장 그 새끼가 처음 올 때부터 멍청이 짓을 하여 우리 부대 꼴을 우습게 만들었지. 그런데도 중대장이 그런 애송이 하나 장악하지 못해 그 새끼는 일과 중에도 체육복 차림으로 다니고 만나는 사람마다 내 욕을 하고 다니잖아."

그는 전 참석자들에게 전원 기립을 명했다. 그리고 차례로 얼굴을 주먹을 때리기 시작했다. 기합이 아니고 폭행이 벌어지고 있었다. 특히 인사참모와 7중대장 그리고 본부중대장들은 그들의 정강이가 대대장의 군홧발도 차이고 주먹으로 복부까지 가격하였다. 아무도 말리지 않는 대낮의 폭행이 벌어지고 있었다.

이때 큰 고함소리가 났다.

"개새끼야 그만 때려 너가 뭔데 대한민국 장교들을 개 패듯 폭력을 쓰는 거야. 북괴 포로라도 이렇게 하면 안되는 거야. 비겁한 놈아. 사건의 최고 책임자는 바로 너란 말이다. 진급 길이 막히고 교도소가게 되었으니 그 화풀이를 우리에게 하는 거 아냐!"라며 큰 형님 즉 5중대장이 대대장의 복부를 가격했다. 대대장은 그 자리에서 푹 쓰러졌다 일어나며 권총을 뽑아 들었다.

"야 인마 너야말로 부대의 최고 부적격자였어. 하지만 사단의 평가가 좋아 눈감아 주고 있었던 거야. 너 날 배신하는 거야?" 하며 총을 쏘았다. 5중대장이 연병장으로 도망갔다. 대대장은 권총을 쏘며 그를 따르고 중대장은 결사적으로 도망을 가고 있었다. 본부중대장이 대대장실의 무기고로 뛰어가 탄창을 꺼내 자신의 권총에 끼웠다. 5중대장이 그의 앞으로 뛰어왔다.

"형. 이거 받아."하면서 장전된 권총을 던져 주었다. 손에 총을 든 큰 형님이 갑자기 도망을 멈추고 뒤로 돌아섰다. 대대장은 사태의 역전에 깜짝 놀라 제자리에 섰다. 탕하고 중대장의 권총이 발사되자 대대장을 비틀거리며 서 있었다. 다시 한 발 떠 쏘자 그는 연병장에 쓰러졌다. 다시 한발의 사격을 더 한 뒤 큰 형님은 땅바닥에 넋을 잃고 털썩 주저앉았다. 장교들이 그의 주위로 모였다. 중대장들이 기진한 그를 가슴에 안고 물을 먹였다. 연병장에 빽빽히 모여 있던 600여 명의 병사들이 유령처럼 조용히 서 있었다. 하늘에는 흰 구름 한 덩이가 서쪽 하늘로 서서히 흘러가고 있었다.

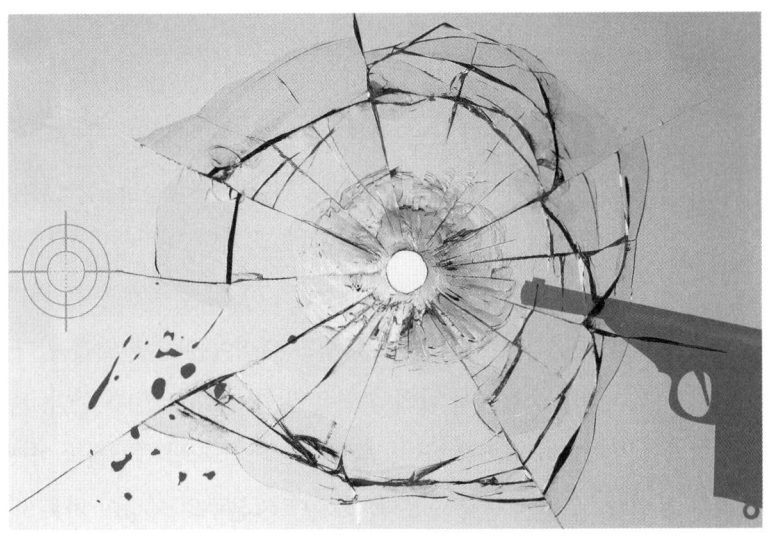

시체실에서 생긴 일

　　명동 빌딩 숲 사이 뒷골목 허름한 주점에서 막걸리를 마신다. 기본 안주는 무 깍두기 한 접시다. 조심해서 먹지 않으면 눈 깜짝 사이에 없어진다. 막걸리 한 주전자 더 마시기 위해 빈대떡은 참는다. 한복남이 '돈 없으면 집에 가서 빈대떡이나 부쳐 먹으라'지만 대학생인 나에게는 그마저 버겁다. 졸부와 정상 모리배들은 그들의 정부(情夫)를 데리고 코스모스 백화점가서 샤넬 향수 몇 병과 다이아몬드 몇 알을 산다. 그리고 지하 나이트클럽에서 밤의 향연을 위한 전희(前戱)를 한다. 중소기업가들은 미도파 백화점 나이트클럽으로 가서 직업 댄서들과 아랫도리를 부빈다. 우울한 생각이 든다. 하지만 자본주의 세상이 바로 이런 거 아닌가? '억울하면 출세해라, 출세를 해라.'고 박용만은 노래 불렀다. '사노맹' 들어가 세상 뒤집지 말고 자본가 계급 될 때까지 참는 쪽을 택한다. 오색 등불 찬란한 도회의 한가운데 이런 '하꼬방 술집'이 있는 것만 해도 감지덕지하며 산다.

의과대학에 들어가 교수들의 신언서판(身言書判)을 보니 만 정이 떨어졌다. 저 치들이 우리를 가르치는 선생이 맞나 하는 회의가 들었다. 쥐뿔도 없는 인간들이 제 딴은 뭘 많이 아는 줄 착각하고 교단에서 떠드는 게 우스웠다. 그들은 무식했다. 전공 분야만 겨우 몇 가지 알뿐 그 외는 아는 게 없다. 독서나 사색을 해 본 일 없으니 뭘 알 턱이 없다.

해부학 선생이라도 '좁은 문'쯤은 알고 있어야 하고 내과 교수가 협심증(狹心症) 강의하다 존 스타인 백의 '분노의 포도'로 헛길 나가면 운치 있는 일탈(逸脫)이 아닐까? 장미 다방에 앉아 전공인 생화학은 잊어버리고 번스타인이나 카라얀 이야기 좀 하면 안 되나? 간혹은 신경외과 의사가 칼을 좀 놓고 국립극장에서 제자들과 연극 '고도를 기다리며' 같이 보면 어디가 덧나나? 그들이 아는 게 의학 기술뿐이라면 학원 선생들처럼 기술교육만 시켜라. 아니면 자신이 마치 성인군자나 만물박사처럼 행세하지 말란 말이다. 그런 행동 정말 밉다.

천주교서 운영하는 의과대학에 들어갔다. 개신교보다는 조용해서 좋았다. 유신독재에 대항하는 신부들도 있어 그것도 마음에 들었다. 신부 결혼하지 않는 것 정말 멋있다. 그러나 그들에 대한 호감은 거기까지였다. 같이 살아 보니 돈과 명예에 목말라 하고 계집에 껄떡거리는 신부들도 많았다. 그런 점은 수행의 원동력이니까 욕하지 않는다. 원초적 욕구를 극복하여 승화시키는 것이 성직자의 목표니까 말이다. 문제는 지도자급의 성직자들이 초심자처럼 곁눈질하고 다니는 것이다. 가장 큰 병폐는 교리를 곡해하고 자신의 분수를 모르고 신의 아버지가 된 듯 행동하는 것이었다. 자신들은 무노동으로 부자에게 공짜 돈을 받아 성당을 증축하고 가난한 이들에게 밥해주면서 부자를 욕한다. 게을러 거지가 된 자를 착취당해 하층으로 전락했다며 그들을 변호해준다. 신부 옷 벗고 국회의원 나가거나 M-16 총 들고 도시 게릴라가 되면 될 텐데 왜 성당에 숨어 정치 이념 펴나가는지 모르겠다.

'우상 숭배 마라'는 야훼의 지시이다. 그러나 교회의 성직자와 신자들은 중요한 이 계율을 어기는 사람이 많다. 선과 악, 남과 우리를 분별하여 노선이 다른 상대는 박멸(撲滅)한다. 원리주의에 빠지고 예수에 무조건 집착하고 매달리는 것은 예수에 황금 옷 입혀 우상화하는 것이다. 성경에서 보는 예수의 인간적인 행동이나 생각은 뭇 사람들을 감동시킨다. 사랑을 외치면서도 세금장이와 바리세를 욕하고 다니는 모순된 행동. 율법을 어긴 천한 여자를 가까이하고 사랑하는 선생답지 않는 행동. 로마의 앞잡이인 세금장이 삭게오의 집에 가서 술밥을 얻어먹는다. 성전 앞 광장에서 비둘기파는 잡상인과 환전상들이 성전을 더럽힌다고 욕하고 판매대를 다 부셔버렸다. 안식일도 어기고 환자를 치료하고 다녔다. 가장 멋있는 장면은 십자가에서 '엘리 엘리 라마 사박다니(Eloi Eloi lama sabachthani)'를 외치는 것이다. 죽음을 앞둔 인간으로서의 분함과 억울함에 대한 절규, 이런 행동이 마음에 들었다.

같은 일에 나와 똑같이 희로애락을 느끼고 행동하는 예수 그분이 바로 하나님이라는 사실이 나를 감격시키고 부활의 희망을 준다. 회개하고 서로 사랑하면 우리 자신의 몸속에 하나님이 존재한다는 사실을 알려준다. 예수가 이 땅에 온 목적이 그것이다. 타락한 나에게 희망을 주는 이가 예수였다.

대통령은 교향악단의 지휘자다. 그는 앞줄의 바이올린, 비올라, 첼로 등의 현악기들로부터 가운데의 오보에, 플롯, 색소폰, 바순 등 관악기와 뒤편의 트럼펫, 트롬본 등의 금관악기와 타악기의 기능에 익숙하고 이들을 어울리게 해서 작곡가의 본뜻을 관객에게 전달하는 것이다. 지금 청와대에 있는 한국 교향악단의 지휘자는 악기 배열도 두서가 없고 각 악기의 기능도 잘 모른다. 조화는 커녕 불협화음을 연출해서 관객들이 그 소음에 죽을 지경이다.

참다못한 관객들이 야유를 보내자 검은 점퍼에 '라이방 낀 놈'들은 온 나라에 대량으로 풀어 제 기분을 해치는 자는 시도 때도 없이 잡아간다. 여차하면 목숨까지 잃는다. 국민들 서로가 무서워하고 의심하는 세상이 되었다. 상대가 중앙정보부 끄나풀인지 언제 밀고할지 모른다는 불신의 세상이 되었다. 뚝 아래 있는 우매한 자들은 강 위에 있는 선지자들을 무조건 따르라고만 했다. 나라는 바야흐로 소돔과 고모라의 세상이 되고 있었다.

그날은 비가 내렸다. 안주는 역시 무 깍두기, 씹는 대상은 교수, 성직자 그리고 군사정권이었다. 아무리 술 취해 호기롭게 욕은 하지만 주변을 살피며 떠든다. 술집에서 떠들다 중앙정보부 끄나풀들에게 끌려가 혼난 사람이 많다. 앞에 앉아있는 친구도 믿지 못한다. 밀고하는 사람이 있으니 말이다. 술집, 다방, 택시 속에서는 매우 조심해서 말해야 한다. 보통은 잡혀가도 피라미들이라 하루쯤 뒤에 석방되어 온다. 흠씬 두들겨 맞고 온 탓에 어디 갔다 왔냐는 질문에 말도 못하고 히죽히죽

웃기만 한다.

　수업 끝나면 시경 앞에서 신촌행 버스를 타고 하숙집으로 간다. 그날은 나처럼 학문에 취미가 없는 낭인(浪人)들끼리 중국대사관 쪽 골목에서 술을 마셨다. 자금이 넉넉지 않아 모임은 일찍 파했다. 육체는 배불러도 영혼이 배고파서일까? 성당으로 올라갔다. 성당 문을 열고 예배보는 의자에 한참 앉아있었다. 신부들 미워서 신자가 되지 않는다. 사랑하는 천주님은 가끔 이렇게 혼자 독대를 한다. 언어를 초월한 교류에서 그이의 깊은 사랑을 느낀다. 오줌이 마려워 성당 아래 작은 변소에 갔다. 볼 일을 마치고 아무 생각도 없이 시체해부실로 가봤다. 밤에는 처음 와 본다. 카다바(Cadaver. 실습용 시체) 들이 밤에는 어떻게 지내는지 궁금해서다.

　컴컴한 건물 앞쪽으로는 성욕과 물욕으로 충만 된 명동 유흥가가 즐비하다. 그곳에서 풍겨 나오는 멋쟁이 신사들의 음경(陰莖) 냄새와 아름다운 엘레나들의 소음순(小陰脣) 냄새가 조화를 이룬다. 하늘에는 술취해 돌아가는 전광판과 오색의 네온의 박카스가 반짝인다. 아무도 모른다. 이 환락가의 한 찌그러진 건물 속에는 가난으로 묻히지도 못하고 태워지지도 못한 가난한 인간들이 의과대학의 실습 용품으로 누워있다는 사실. 신기하다. 어떻게 인간의 삶이 이렇게 차이가 날까? 가로등이 있어 시체실 안을 대충 볼 수가 있었다. 실험실 시체실에는 낮에 본 풍경 그래도 시체들이 앵글의 칸막이에 가지런히 잘 누워있었다. 내부를 보고 돌아서려는 순간 느낌이 이상했다. 무슨 소리가 들리는 듯했다.
　보관 중인 '카다바' 하나가 칸막이에서 내려오고 있었다. 약간은 어두운 조명이지만 형체는 볼 수 있었다. 취중이어선지 무섭기보다 궁금했다. 먼저 내려온 카다바가 있었다. 나중에 내려온 카다바는 먼저 돌아다니던 카다바 옆에 서서 같이 다니기 시작했다. 시체는 낮의 역할이고 밤에는 저렇게 다닐 수 있는 게 그들의 자유이긴 하지만 기분이 나빴다. 저게 바로 귀신이라는 걸까? 알코올성 환각증일까? 더 오래 있다가는 무슨 꼴을 볼까 두려워 마치 아무것도 못 것처럼 명동파출소 쪽으로 내려갔다. 미도파 백화점 쪽으로 가며 왜 그것들이 걸어 다녔을까? 아무리 생각해도 해석이 되지 않는다.

얼마 전 개 한 마리가 대낮에 사람의 다리 하나를 물고 다니다 경찰관이 그것을 빼앗은 적이 있다. 엽기적 살인 사건이라며 언론이 호들갑을 떨었는데 알고 보니 어떤 의과대학 시체실에서 나온 다리였다. 하지만 어떻게 개가 그 다리를 구해 물고 다녔는지는 아무도 알아낼 수가 없었다. 그 대학에서도 오늘처럼 카다바가 돌아다니다 개한테 다리를 물어뜯긴 것일까? 매우 찝찝한 기분으로 하숙집에 돌아왔다. 다음 날 해부 실습시간에 자세히 보아도 카다바들은 평소처럼 일렬로 잘 누워있었다.

의사들은 시체 해부하던 첫날은 평생 잊지 못한다. 본과 1학년 해부학 실습시간, 열 구의 카다바가 해부대에 누워있었다. 한 바퀴 둘러 보

앉다. 이런 행동하다 주임교수에게 들키면 박살(撲殺) 난다. 자신의 귀중한 신체를 제공해준 고인에게 실례된다는 말이었다. 시커면 피부만이 죽었다는 것을 알려 주는 것 외 외모는 산 사람들과 다름이 없었다. 목에 심한 밧줄 자국이 남은 사람은 자살한 건지 교수형 당한 사형수인지 모르겠다. 어떤 사람은 약을 먹고 죽었는지 외모가 멀쩡한 사람도 있었다. 가끔은 고통으로 이지러진 얼굴도 있었는데 임종 때 무척 괴로웠던 모양이다. 어떤 이는 입원비가 없어 죽으면 해부용으로 쓰라고 손도장 찍은 인주 묻은 손가락을 보니 슬프다. 배에 수술실이 그대로 남아있는 시체도 있다. 대도시의 밑바닥에 기어 다니며 인간이라기보다 유사한 인간 즉 '유원인(類猿人)'같이 존재하다 죽은 사람들. 이 광경보다 더 가슴 아픈 소설이나 연극을 본 일은 없었다. 젊은 여자가 있었다. 예쁜 얼굴에 화장했던 희미한 흔적이 있다. 부검과 시체고정 과정에서 지워진 모양이었다. 손에 칠한 메니큐어가 뚜렷하게 남아있어 그녀가 생전에 멋쟁이였다는 표시를 남겼다. 이 여자는 남산에서 자살했으므로 우리 대학에서 부검했는데 무연고자여서 실습용이 되었다 한다. 그녀는 명동의 바걸이었거나 남산 아래 회현동이나 양동의 여인이었을 것이다.

양 팔과 두 다리에 학생 둘씩 붙는다. 8명이 한 조가 되어 해부 실습을 한다. 첫 시간 '자 시작하세요'하고 교수가 지시했는데도 모두를 멍하게 서 있다. 사람 몸에 칼을 들이대자니 징그럽고 미안해서 엄두를 내지 못한다. 잠시 후 내키지 않는 피부 절개를 한다. 시체 해부 시작은 피부를 벗겨 정맥의 분포를 관찰하고 기름기를 걷어 내고 피부 아래 보이는 근육들을 분리해서 책에 그려져 있는 그것과 같은 것을 확인하고 그 이름을 외운다. 돈이 없는 학교에서는 일제 강점기처럼 시체를 포르

말린 탱크에 담궈두고 실습 때마다 꺼내 쓴다. 형편이 나은 곳에서는 정맥으로 방부제를 주입하여 미라처럼 고정해 쓴다. 미라 식으로 처리된 표본을 해부하는 것이 징그럽지도 않고 실습자의 손도 버리지 않는 장점이 있다. 미라 식 실습용 카다바들은 철재 칸막이로 앵글을 만들어 넣어둔다. 의과대학에서는 시체를 카다바(Cadaver)'라고 말한다.

어느 쉬는 시간 문을 나가는데 갑자기 고함소리와 함께 귀방망이 맞는 소리가 들렸다. 해부학 주임교수가 노발대발하여 내지르는 소리였다. 학생 하나가 미쳐 실습실도 나가기 전에 담배를 빼어 물다 교수의 눈에 띈 것이다. 고인들은 모독하는 행동을 하였다는 것이다. 죽은 자들의 희생에 대한 엄숙한 교수의 인본주의에 감동이 되었다. 술주정 외는 단점이 없는 도덕적이고 원칙적인 신사임을 다시 한번 보여준 것이다.

근육을 하나하나 헤집고 그 이름들을 외우고 확인하면서 그 사이를 지나는 신경과 동맥들을 눈여겨 봐야 된다. 이런 시간을 소홀히 하면 중간고사 실습 시험 때 실제로 근육 속으로 통과하는 신경이나 동맥을 묶어 놓고 이름을 쓰라는 문제가 나올 때 답을 쓸 수가 없다. 눈알의 좌우와 그것을 움직이는 근육 여섯 개의 이름도 자주 시험에 난다. 혈관

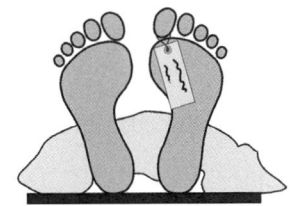

과 근육, 신경 등의 해부는 일 학기에 끝난다. 이 학기가 되면 배를 열고 내장으로 들어간다. 심장, 폐, 췌장, 간, 지라, 신장 그리고 소장, 대장, 직장 등을 분리해서 각각의 세부구조를 관찰한다. 학년 말이 가까워질 무렵에는 실습이 끝난 상하지는 모두 몸체에서 분리되어 실습실의 한구석에 쌓여 진다. 카다바는 머리와 등뼈와 갈비만 남은 이상한 괴물을 형태가 된다. 학년 말쯤 되면 마지막으로 머리통을 몸통에서 분리한다. 이때는 반 토막 된 카다바를 앉혀놓고 톱질을 한다. 비위 약한 친구들은 일년내내 구경만하고 칼을 잡지 않는다. 특히 눈알을 뽑거나 머리를 톱으로 자를 때는 아예 자리를 피하고 없다. 뇌를 끄집어내어 큰골, 작은 골, 연수 등을 관찰하고 이들을 얇게 자른다. 학기 말 시험에는 여려 내장의 구석쟁이를 잘라 그 이름을 묻거나 편육처럼 된 뇌 조각에 이쑤시개를 꽂아 놓고 부위를 묻는다. 마지막 시간에는 몸통에서 두 골이 분리되어 나간 빈 통의 두골과 갈비뼈와 등뼈만 남는다. 이로써 해부학 한해의 실습은 끝난다.

카다바가 걸어 다닌 걸 본 뒤로 자주 그곳에 갔다. 대부분 명동에서 술 마신 뒤였다. 처음에는 카다바 둘이 걸어 다니는 걸 보았지만 계속 가보니 자세한 내막을 알게 되었다. 그들은 모두 보관소에서 내려와 집단으로 춤을 췄다. 어떤 이는 한물간 트위스트를 추었고 어떤 이는 지금 유행하는 고고 춤을 추었다. 처음에는 그들의 행동이 춤으로 생각했다. 밤에는 그들도 자신들의 시간을 즐길 수 있으니 말이다. 그러나 조각날 시체들이 뭐가 좋아 춤을 춘단 말인가? 라는 생각이 들기 시작했다. 그들은 나름대로 산자에 대한 항의로 데모를 하는 것인지도 모른다. 아니면 이승에서 저승으로 가는 외로운 그들끼리 스스로 치르는 장례식 행사라는 생각도 들었다.

어느 날 실습실의 문이 열리고 있었다. 반대편 창문에 서 있는 나에게는 그 사람 등 뒤에 가로등이 켜져 있어 어떤 사람인지는 잘 알아볼 수는 없었지만 가운 입은 여자인 것만은 알 수 있었다. 그녀는 능숙하게 방의 한구석으로 왔다. 그리고 들고 온 담요 같은 천 자락을 바닥에 펴고 있었다. 이어 가운을 벗고 천천히 능숙하게 상의도 벗고 잇달아 하의도 벗었다. 브래지어와 팬티만 입는 상태가 되었다. 상상조차 할 수 없는 장면이 실제로 눈앞에 벌어지고 있었다.

더욱 놀라운 장면은 다음에 일어났다. 다시 문이 열리고 가운 입은 남자가 들어오고 있었다. 어둠에 익숙해진 그가 누군지 쉽게 알아볼 수 있었다. 해부학 주임교수였다. 그는 여자가 기다리는 곳으로 가서 맨몸이 되었다. 누운 여자의 얼굴이 보였다. 해부학 전임강사였다. 둘은 재빨리 한 덩어리가 되어 딩굴었다. 이 시각에는 귀신이 나타나지 않았다. 머리 속은 온통 거미 줄같은 하얀 망상들이 실타래처럼 엉켜 다른 생각을 할 수가 없게 되었다. 저 헐떡거리고 있는 두 물체가 정말 우리 해부학 선생들일까? 아니면 또 다른 귀신들일까? 저 여자는 지금 사랑을 하는 걸까? 성 상납을 하는 걸까? 더 이상 그 자리에 서 있을 수가 없었다.

다동의 백병원 앞 벤치에 앉아 숨을 고르고 있었다. 그들의 정사 때 귀신들은 왜 나타나지 않았을까를 생각해본다. 귀신들은 약하고 수줍어하는 존재들이다. 낮에는 귀신들이 돌아다니지 못하는 걸 보면 그것들이 겁보임을 안다. 기껏해야 밤 공동묘지 부근이나 호젓한 시골길 아니면 낡고 큰 저택에 출몰한다. 자신을 죽인 놈 앞에는 직접 나서지 못하고 엉뚱하게 밤에 사또의 방에 가서 호소한다. 무덤에 물이 들어오면 직접 자식들에게 현몽하여 말도 못하고 여러 가지 고통을 주어 간접적으로 뜻을 내 품한다. 할머니 식칼에도 객귀가 도망가고 무당이 칼춤을 춰도 도망간다. 복숭아나무만 보아도 무서워 못 온다. 부검하는 법의학 의사들이 그가 난도질했던 시체들이 꿈에 나타난 적이 없다고 한다. 결론은 해부실습실 귀신들도 겁쟁이들이다는 것이었다.

남녀의 밀회 시간은 대충 정해져 있었다. 수요일 7시쯤이었다. 분노가 솟아 올랐다. 여자 조교수에 대한 배신감인지 교수에 대한 질투심 때문이지 왜 화가 났는지도 모른다. 그러나 의식적 분노의 이유는 정당했다. 헐벗고 굶주리며 서울의 밑바닥을 헤매다 병들어 죽은 시체들. 온몸이 남김없이 조각나 흔적도 없이 세상에서 사라지는 존재들. 이 앞에서 그들이 벌이는 향연은 용서가 되지 않는다. 그날도 그년 놈들은 그렇게 시시덕거리고 있었다.

휘발유를 시체실 주위를 돌며 충분하게 부었다. 마지막에는 잠겨지지 않는 문으로 조심스럽게 들어가 휘발유를 천천히 다 부었다. 밖에서 성냥을 그어 불을 땅바닥에 던지고 나왔다. 문을 나오다 계성여고 쪽에서 오고 있는 낯익은 신부를 만났다. 인간의 냄새가 풀풀 나는 겸손한 하나님의 아들이다. 일부러 그를 찾아가 만나기도 하는 사이였다. 깨끗한 그를 야훼의 번제물로 쓰기로 했다. 불타는 건물로 데리고 갔다. 바야흐로 불이 커다란 꽃을 피우며 타오르고 있었다. 문을 열고 성호를 긋고 있는 신부를 세게 밀어 넣자 그는 기름에 미끌어 넘어졌다. 문을 닫았다. 불이 확하고 크게 타오르고 이윽고 천정이 무너지기 시작했다.

다음날 신문에는 짧고 감동적인 소설 한 편이 실려 있었다. 요약하면 다음과 같다. "해부 실습이 끝난 시신들의 잔해물을 밤늦은 시간까지 주임교수가 손수 전임강사와 함께 그것들을 정리하고 있었다. 그들은 고인의 천국행을 빌기 위해 명동 성당에서 따뜻하기로 소문난 신부를 모시고 기도를 올렸다. 행사 중에 전기합선으로 불이 났다. 세 사람은 불길을 이기지 못하고 소천하였다. 목조건물이고 시체들도 방부제를 넣어 불에 취약한 상태였다. 그런 취약점 때문에 쉽게 화재가 발생하고 삽시간에 건물과 사람이 전소된 것이다.

화재 터에는 뼛조각들만 남아있어 보는 이의 가슴을 아프게 했다. 진정한 스승의 사표이며 모든 의사들이 본받아야 할 히포크라테스가 거기 있었다. 한밤중에 시체실까지 가서 영혼들에게 축도를 한 사제 또한 산 예수님이라고 부르겠다. 이들은 소천하여 하나님의 오른쪽에 앉을 것이다."라고 되어 있었다.

질투의 동산

얼마 전 천지창조를 갓 마친 뒤라 나는 그 동안 밀린 피곤에 지쳐 곤한 낮잠에 골아 떨어져 있었다. 하지만 그 단 잠도 오래가지 못했다. 누군가가 나를 잡아 흔들고, 소리 질렀기 때문이었다.

"아저씨, 좀 도와주세요. 저 혼자 문제를 풀 수가 없어요." 내가 눈을 떠 소리의 주인공을 쳐다보니 소리의 주인공은 내가 창조한 인간 중에 수컷이었다. 나는 혼자 혀를 찼다. 만들기는 했으되 아직 마무리가 덜 되었다는 느낌을 받았기 때문이다. 우선 이 놈이 날 부르는 호칭부터 귀에 거슬린다.

"얘야, 넌 나를 아저씨라고 부르면 안 된단다." 내가 애써 성질을 참고, 남자에게 가벼운 꾸중을 하자 "그럼 당신을 뭐라고 부르면 되요?" 하고 남자가 물었다.

"음 난 너를 만들었으니까 아버지라고 불러도 좋고 혹은 너의 주인이니까 주라도 부르던지 아님 내 사는 곳이 하늘이니까 한울님이라고 불러도 돼."라고 내가 대답을 하였다.

"아버지 그럼 우린 뭐라고 불리나요?"

"이 세상 사물들은 서로를 구별하고 부르기 위해 이름이란 게 있는 거야, 너는 호적상에 인간으로 기록되어 있고 세분해서는 남자로 등록되어 있어. 그리고 앞으로 인간이 많아질 경우를 생각해서 너는 개인적으로 '웅서' 란 이름을 갖고 있어. 그리고 너의 짝은 여자이고 '자운'이라고 불러. 근데 얘야 네가 내게 묻고 싶은 건 뭐지?"라고 내가 물었다.

그러자 웅서는 "아버지 저와 자운이의 문젠데요. 저희들은 어디서 짝 짓기를 하며 또 얼마에 몇 번씩 하면 돼요?"라고 되물었다. 참 이해가 되지 않는 소리다. 저 많은 짐승들은 인간보다 지능이 모자라도 저희들끼리 잘도 알아서 하건만 더 고급으로 만들어진 인간들의 자생력이 이렇듯 더 떨어지다니 알다가도 모를 일이다. 하지만 다시 생각해보니 그건 전적으로 그들만의 잘못은 아닌듯하다. 일반 동물들은 내가 미리 발정기를 입력해준 덕에 때가 되면 저절로 성 호르몬이 분비되어 흥분한 암수가 서로를 찾게 되고 다음으로 교미가 이루어진다. 하지만 인간들은 잘 만들었기 때문에 스스로 알아서 할 줄 알고 발정기를 따로 만들어 주지를 않았다. 그 바람에 잘 만든다고 만든 창조물이 딴 것들보다 오히려 그 기능이 떨어지는 결과가 되고 만 것이다.

"음... 그건 너희들 하고 싶은 데서 하고 싶을 때마다 마음대로 하면 돼. 근데 무엇보다 중요한 건 사랑이야. 니들이 서로 사랑하기만 하면 모든 게 다 잘되게 되어있어. 그러니까 짝짓기 전에 서로 먼저 사랑을 하는 게 가장 중요한 거란다."라고 대답 하였다. 하지만 머지 않는 훗날 한 사건이 생기게 되자 나의 이런 충고가 다 헛것임을 그제야 알게 되었다. 그 때 가서야 후회했지만 때늦은 것이었다. 이제 세월이 꽤 흘렀지만 나의 불찰에 대한 깊은 후회감과 자책감이 아직도 남아있다.

인간들이 사는 태백동산 옆 나라에는 신들의 귀양처인 '시빌래'라는 곳이 있었는데 여기에는 하늘나라에서 범법행위를 한 말썽꾸러기 신들이 쫓겨 내려와 일정 기간 수양하는 곳이었다. 여기 사는 신들은 나 같은 조물주와 같은 족속이므로 모양이나 기능이 나와 거의 같았다. 사람들도 나와 비슷하게 창조되었으므로 이 신들과 외모나 감정, 사고도 닮은 점이 많았다. 하지만 이 신들의 눈에는 사람들이 하는 모든 것들이 우습고 한심스럽게 보였다. 특히 암수가 만나 교미를 한답시고 용을 쓰곤 하지만 그들이 보기엔 우습기 짝이 없는 짓이었다. 인간들의 교미란 사랑과 쾌락은 없고 다만 종족 번성을 위한 기계적인 운동밖에 하지 못하고 있었기 때문이었다. 이런 현상을 보고 '시빌래'의 신들은 태백동산의 조물주는 지극히 교활하고 의심이 많아 자신이 창조한 피조물을 믿지 못해 일부러 이렇게 만들었을 것이라는 의심을 하고 있었다. 피조물들이 똑똑해지고, 나중에 패거리까지 많아지게 되면 조물주에 대한 경건한 마음이 없어지고 그러면 피조물들은 그들 주인의 말을 잘 듣지 않게 된다. 그러다가 나중에는 반항하고 세상을 뒤엎는 하극상도 있을 수도 있다고 생각해서 일부러 그렇게 만들었을 것이라고 생각하고 있었다.

태백동산에는 여러 가지 과일나무가 자라고 있었는데 동산의 맨 꼭

대기는 사람들의 출입금지구이고 거기에는 사과나무가 있었다. 인간들은 그들의 주인이 하지 말라니까 순진하게도 그 명령을 잘도 따르고 있었다. 그 사과나무는 조물주 혼자만 먹기 위해 재배되고 있었기 때문에 인간들의 접근을 막고 있는 것이었다. 바로 이 열매와 인간들의 멍청함에는 밀접한 인과관계가 있었다는 것을 시빌래의 신들은 알고 있었다. 조물주도 활동을 하기 위해서는 적당량의 먹을거리가 필요하다. 하지만 아래 것들처럼 이것저것 마구잡이식의 식사가 아니고 며칠에 한 번씩 사과 한 알이면 족했다. 이 사과는 신체의 활동에도 필수적이었지만 지능, 감정의 형성에도 절대적으로 필요한 먹을거리였다.

조물주는 사람들에게는 절대로 이 지혜의 열매인 사과를 못 먹게 하여 자신과 인간과의 능력의 차이를 두고자 하였다. 인간은 이 사과를 먹지 못하므로 현명하지도 못하고, 자연스런 감정을 느끼지 못하여 진정한 사랑이 무엇인지도 모른체 살고 있다고 시빌래 신들은 판단하고 있었다. 그 들 중에는 언제 기회가 있으면 인간들에게 저걸 한번 먹여 봐야겠다는 장난기 많은 신도 있었다.

태백동산에 봄철이 왔다. 산과 들은 한동안 온통 연한 초록으로 덥히는가. 했더니 얼마 뒤는 분홍, 노랑, 하양 등의 아름다운 꽃들의 색이 그 초록과 조화를 이루어 생물들의 눈을 부시게 한다. 그리고 그것들의 색욕을 자극한다. 새들은 하늘에서 짝 찾기 노래에 목청을 높이고, 땅에서는 모든 짐승들이 한껏 멋을 내고 그것들의 교미상대를 찾아 나서 유혹의 소리를 외치고 다닌다. 들판의 풀과 나무도 마찬가지로 꽃과 향기로 상대를 부른다. 짝을 만난 것들은 서로 껴안고 가쁜 호흡을 하며 교미에 열을 올린다. 그러나 같은 생물 중에서도 유독 웅서와 자운만은 이런 광경들이 이상하기만 하고 어색한 기분이 된다. 왜들 저렇게 흥분하고 소란을 떠는지 그들은 도무지 이해가 되지를 않는다. 가끔은 그들도 딴 짐승처럼 흉내를 내어보나 그것들처럼 신음 소리도 나지도 않고 호흡도 가빠오지를 않는다.

어느 날 들에서 나물 캐고 있는 자운의 등 뒤에서 인기척 소리가 들렸다. 뒤를 돌아보니 처음 보는 잘생긴 남자가 하나 앉아 있었다. "난 부류라고 하는 데 옆 나라 시빌래국에서 왔어. 그런데 당신의 이름은?" 하고 그 남자 묻는다. "전 자운이라고 해요."라고 여자가 대답했다.

"자운이 넌 잠자리 때 왜 남편과 저 원숭이처럼 서로 부르고 부둥켜안고 입술은 부비고 소리 지르고 뒹굴고 그러지 않는지 알아?"라고 그 남자가 말했다.

"..." 자운은 이게 무슨 말 인가하고 물끄러미 그 남자의 얼굴만 쳐다보고 있다.

"자운이 넌 웅서와 함께 멍청해서 이렇게 좋은 시절에 앉아 남의 쾌락만 구경하고 있는 거야. 이 봄날의 짝짓기는 새끼를 낳기 위함이라고 하지만 그건 하는 소리이고, 사실은 그들의 육체를 통해 서로의 사랑을 확인하고 나아가서 그 사랑을 육체적 쾌락으로 전환시켜 저렇게 부둥켜 않고 황홀한 쾌락을 즐기는 거야. 그 결과 사랑의 열매가 생겨 뚝하고 땅에 떨어지는 것이 새끼의 탄생이지."

"그렇다면 왜 난 저것들처럼 사랑도 할 줄 모르고 또 저렇게 즐기지도 못하고 이렇게 바보 노릇을 하고 있는 거예요?"라고 자운이가 물었다. 그러자 그 남자는 대답 대신에 자운이의 손목을 끌고 숲속으로 들어갔다.

부류는 먼저 자운을 누인 뒤 입으로 그녀의 입술을 부드럽게 핥았다. 그리고 그의 혀를 그녀의 입속으로 하나 가득하게 들이밀었다. 다음 귀볼을 빨면서 말했다. "이게 바로 사랑하는 것이야."라고... 자운은 처음에는 얼떨떨하다가 자기도 모르게 숨결이 가빠짐을 느꼈다. 그 다음 그는 손으로 자운의 유방을 애무하다가 이윽고 그녀의 아래 깊은 골짜기를 부드럽게 더듬기 시작하였다. 자운은 난생 처음으로 사랑이라는 이름 아래 전희의 달콤함과 교미의 황홀함을 느끼기 시작하였다. 그들이 숲을 다시 나왔을 때 자운은 마치 딴사람이 된 기분, 다시 태어난 상쾌한 기분이었다.

"여보 당신도 이렇게 한 번 해봐!"라며 그 날 밤 자운은 웅서에게 낮에 그 남자와 가졌던 자세를 취해보고 또 그런 애무를 요구하였다. 하지만 그는 서툴렀고 대충 그런 자세가 되어도 자운은 그 남자에게서 느꼈던 그런 황홀함을 느끼지 못하였다. 그 후부터 자운은 이웃나라 '시빌래'에서 찾아오는 부류와 자주 만나게 되었고, 나중에는 그녀 쪽에서 간절히 부류가 오기를 기다리게 되었다. 태백동산 조물주의 의도적 미완성의 탓에 아직 양심이란 부분이 만들어지지 않았으므로 자운은 조금도 양심의 가책을 느끼지 못하며 옆 나라 나들이를 하였다. 시간이 지나면서 자운의 마음이 이상하게 흔들리기 시작하였다. 어쩐지 웅서가 싫어지고 옆 나라 '시빌래'의 그 남자가 좋아지기 시작한 것이다. 처음 육체적 쾌락의 대상이기만 하던 그 남자가 하루 종일 생각나고 보고 싶어진 것이다.

"아버지 제 얘기를 좀 들어 보세요. 요즘 자운의 태도가 이상해졌어요." 또 웅서가 와서 보챈다.

"그래 뭐가 달라졌는지 자세하게 말해 보거라."라고 내가 말했다.

"근데 말이에요. 요즘 제가 자운의 몸에 손을 대면 곈 눈이 게슴츠레 해지며 숨을 가쁘게 쉰단 말이에요. 때로는 몸을 비비 꼬며 신음을 하는데 혹시 간질 그런 건 아닐까요? 어디 아픈 게 아닐까요? 그리고 잠자리할 때도 전과 다르게 제가 위로 올라가기도 하고 절 물어뜯기도 하구 야단 지랄인데요?"

"그래서?"

"전 무서워요. 자운이 무슨 병이 든 거 같아요. 저렇게 아프다 정신이 돌거나 혹은 죽을까도 겁나고요. 어쩐지 자운이 날 싫어하고 있다는 의심도 들어요. 아버지는 부부는 서로 사랑만 있으면 다 된다고 하셨잖아요? 그래서 전 사랑하는 자운을 위해 과일도 많이 따서 집에 갖고 오고 때로는 힘들게 짐승도 잡아 와서 불고기 해먹이고 아주 잘해주고 있거든요. 그런데도 자운은 날 사랑하는 것 같지 않아요. 누군가와 나 모르게 숨어서 만나는 것 같은 예감이 들어요." 얘기를 듣다 보니 뭔가 잘못돼 돌아가는 것 같다는 느낌이 든다.

"얘야! 네 얘기를 들으니 뭔가 일이 좀 이상하게 되어가는 느낌이구나. 네 말은 다 알아 들었으니 일단 가서 기다려봐. 내가 자세히 조사해 보고 널 다시 부를 것이다."하고 나는 일단 웅서를 돌려보냈다.

내가 직접 이웃나라인 '시빌래국'을 찾아가서 자운과 자주 만나는 남자 신의 인적 사항을 조사해보았다. 놈의 이름은 '부류'이며 죄목은 간통이었다. "역시나..."하고 나도 모르게 신음이 울려 나왔다. 하지만 나는 좀 더 놈의 행동을 더 관찰한 다음에 대책을 세우기로 하고 시간을 두고 이것들의 행동을 주시하기로 하였다. 시간이 지남에 따라 부류와 자운의 만남은 점점 늘어갔으며, 그들의 애정 표시도 노골화되며 또한 짙어지고 있었다. 이제 이들은 육체적 쾌락의 상대에서 점점 서로 사랑하는 사이로 변질되어 가는 분위기였다. 가만두면 애써 만들어준 웅서네의 가정이 파괴될 것이라는 위기감마저 들었다. 나는 '시빌래국'의 최고 책임자를 만나 부류와 자운의 불륜을 고발하고, 부류를 단속하지 못한 그에게 강하게 항의를 하였다. 이것들을 불륜은 각자 속한 나라의 규정대로 처벌하기로 합의를 하였다.

"이봐 자운이, 내가 널 사랑하는 걸 잘 알고 있지?" 어느 날 느닷없이 부류가 물었다.

"아니, 자긴 왜 새삼 그런 질문을 하는 거야? 왜 내가 싫어졌어?"라고 자운이 넘겨짚으며 물었다.

"그런 시시한 소린 집어쳐. 내 말 잘 들어. 이건 내가 널 사랑해서 하는 소리니까 말인데. 사실 네 남편도 그렇게 못난 놈은 아냐. 네 조물주가 워낙에 교활해서 그 치를 바보로 만들어 두었을 뿐이지." 부류의 목소리나 표정이 전과 같지 않음을 느껴 어쩐지 자운의 기분은 어리둥절하기만 하다.

"태백동산 꼭대기는 너희들의 출입금지구역으로 되어있지? 왜 그러는지 알아? 그건 너희들이 모르는 비밀이 있단다. 거기에는 사과나무가 있기 때문이야. 그 사과를 너희들이 먹게 되면 똑똑해지거든. 똑똑해져야 참 사랑이 뭔지도 알게 되고, 정상적인 감정을 느끼게 되고 자연스런 사고를 할수 있게 되는 거지. 그런데 질투심이 많은 너희 한울님은 혼자 똑똑해져 온갖 생물들을 지배하기 위해 너희들에게 그걸 못 먹게 하는 거야. 자운이 너 오늘 가거든 웅서에게 그 사과를 따서 먹여 봐.

그럼 너희 부부에게도 좋은 일이 생길 거야. 즉 진정한 사랑이 시작될 거란 말이야."라고 말을 마친 뒤 부류는 전에 없던 격렬한 몸짓으로 자운의 육체를 탐하였다. 부류는 이것이 그의 마지막 작별인사였으나 자운은 뭣 모른 체 몸이 달아올라 함께 몸부림치고 있었다.

 달밤이다. 도둑질하기에 아주 적합한 시각이다. 바람은 따뜻하지만 둘은 떨고 있다. 양심은 없어 도둑질은 양심에 가책을 받지 않지만 뭔가 이런 행동이 한울님의 심기를 건드릴지 모른다는 것에 대한 막연한 두려움 때문이다. 무섭다. 하지만 한번 해보고 싶다. 부류가 가르쳐준 사과란 것을 한번 따먹고 싶다. 낮에 미리 봐둔 사과나무에 다가갔다. 처음에는 구별이 되지 않던 잎과 열매가 한참 들여다보니 서서히 구별이 된다. 자운이 웅서의 옆구리를 쿡 찌른다. 사과를 따라는 신호다. 하지만 웅서는 덜덜 떨며 사과에 손댈 생각을 못하고 있다. 아무리 권해도 웅서가 떨고만 있으니 참다못해 자운이 달빛을 받아 반짝이는 사과 하나를 비틀어 딴다. 생각보다 쉽게 따진다. 먼저 자운이 웅서의 입으로 사과를 가져간다. 그는 조심스레 한 입 베어 먹어 본다. 상상외로 맛이 좋다. 여태 것 먹어 본 과일 중에도 이보다 더 좋은 맛을 느껴 본적이 없다. 물기도 많고 아삭아삭하며 달고 새큼한 게 씹는 맛이나 향기가 너무 좋다. 이제 용기를 얻은 웅서는 사과를 하나 따서 크게 입을 벌려 사과를 베어 문다. 이윽고 둘은 한 개씩 더 따서 순식간에 다 먹었다.
 사과를 다 먹고 나자 갑자기 웅서가 자운을 사과나무 아래에 난폭하게 누인다. 입을 포갠다. 그리고 입술을 거칠게 빨아들인다. 전에 보지 못하던 웅서의 애정 표시이다. 이런 웅서의 행동에서 처음으로 자운이 성욕을 느낀다. 가슴이 요동치기 시작한다. 둘은 원래 벗은 몸이라 쉽게 한 몸이 되어 뒹군다. 달밤에 두 나체가 격렬하게 요동친다. 이 곳 태백동산에도 천지창조 후 야밤에 처음으로 사람의 감창이 울려 퍼지고 있었다.

격정의 순간이 지나고 숨을 고르며 웅서가 새삼 자운의 눈을 들여다 본다. 정말 초롱초롱하고 맑다고 느낀다. 입술을 만져본다. 촉촉하고 보드라운 감촉이 전해 오며 잇달아 가슴이 따뜻해진다. 이런 감정은 처음이다. 그의 손이 저절로 그녀의 어깨를 감싸준다. 전에 없던 행동이다. 자운이의 눈이 저절로 감긴다. 웅서의 손길이 이토록 감미롭게 느껴지는 것은 처음이었다.

"음, 그래 맞아. 여태껏 아버지가 우릴 속인 거야. 우릴 사랑하기는커녕 오히려 경계하고 의심하고 있었던 거야. 당신도 먹어봤잖아? 그 사팔 왜 우린 못 먹게 한 거야? 우릴 맨 날 초근목피만 먹인 탓에 우린 바보가 되어 서로 사랑하면서도 표현할 줄도 몰랐고, 영감장이에게 속고 있으면서도 우린 그 영감 없으면 죽는 줄 알았잖아. 그래 옆 나라 부류 녀석은 생긴 건 뺀 질한 게 밥맛없게 생겨도 고마운 친구야. 난 한 때 네가 왜 그 녀석을 만나러 다니는 줄 몰랐어. 하지만 이제 전부 이해가 되네. 하지만 당신은 그 치를 정말 사랑하는 것은 아냐, 그러니까 앞으로 옆 나라에 가면 안돼. 그놈은 사랑도 없이 너의 육체만 탐하고 있을 뿐이야. 널 농락하고 있는 거지." 자운은 속으로 이 말이 나를 사랑해서 하는 소리인가 아니면 질투해서 하는 소리 인가하고 그의 속내를 가늠해보고 있었다.

"여보, 진작 당신과 내가 이렇게 똑똑했으면 내가 딴짓할 겨를이 없었을 거야. 이게 다 우리 아버지의 심술과 욕심 탓이지. 그래요. 난 이제부터 당신만 사랑할 거야."라고 대답하며, 그녀는 그의 가슴에 파묻혀 들어갔다. 태백동산의 달밤에 둘은 두 번째의 결합에 열을 올리고 있었다.

이윽고 범죄에 대한 판결이 확정되고 바로 형이 집행되었다. 부류는 특정범죄에 대한 가중처벌을 받아 귀양처인 '시빌래국'에서 누리던 자유 산책의 혜택이 없어지고, 무기징역형을 받고 지하 컴컴한 감옥으로 유폐되었다. 한 편 웅서 자운 부부도 태백동산에서 추방령에 처해졌다.

내가 다스리는 태백동산에서는 나 하나만 똑똑해야 되므로 이제 지혜가 생긴 사람들은 추방시켜야 된다. 처음에는 나는 그들의 목숨까지 거둘까도 생각했다. 하지만 이렇게 되면 나의 동료 심술쟁이 조물주들이 얼마나 좋아하겠는가? 내가 창조기술의 미숙으로 인간을 잘못 만들었다고 입이 찢어지도록 좋아할 것이다. 아니면 치사하게 내가 피조물과 경쟁해서 사과를 숨기다가 들켜 망신당했다고 기뻐하며 박수를 칠 것이다. 이런 생각을 하니 사람들을 내 맘대로 처벌하기도 힘이 들었다. 그래서 이것들을 내 눈에서 안 보이는 곳으로 추방을 한 것이다.

인간이란 것들은 성능이 좋게 만들어진 탓인지 지혜가 생기자 말자 처음 한 행동이 바로 애비를 욕하고 비웃고 덤벼든 것이었다. 어떻게 보면 올 것이 온 것인지도 모른다. 하지만 난 속내를 쉽게 내보일 수도 없어 웃으며 애들을 분가시켰다. 그곳에서도 제 노력하면 굶어 죽지는 않을 곳으로 살림을 내보낸 것이다. 사시사철 봄과 여름만 있어 꽃이 피고 저절로 맺힌 그 열매를 그냥 따먹기만 하던 태백동산, 그리고 가끔 고기 생각이 나면 돌도끼 하나만 들고 나가도 식성대로 짐승들을 잡아 와 온갖 요리를 해먹을 수 있던 태백동산 그 풍요롭던 천국에서 쫓겨 난 웅서와 자운은 고생이 말이 아니다.

"여보 추워죽겠어요. 굶어 죽기 전에 먼저 얼어 죽겠어요. 뭐라도 얼어 죽지 않을 입을 거리를 좀 찾아오세요." 자운의 재촉에 웅서는 얼어붙은 돌도끼를 어깨에 매고 눈보라 치는 겨울의 들판을 나서 본다. 들판에 어슬렁거리며 다니는 매머드를 보니 침이 절로 흘러내린다. '저 놈 한 마리만 잡으면 올겨울 먹고 입을 거리는 걱정이 없을 텐데...' 하고 혼자 공상해보지만 그건 어디까지나 이쪽의 생각이고 놈은 전혀 잡힐 마음이 없고, 놈이 거꾸로 이쪽을 잡아먹을 생각을 하고 있는 눈치이다. 서로의 의견의 차이가 너무 크다. 할 수 없이 만만한 토끼나 노루들의 뒤꽁무니를 따라 다니는 수밖에 없다. 하지만 이 녀석들은 발이 사람보다 빠르니 이 놈 사냥 역시 쉬운 것이 아니다. 가끔 올무에 걸린 짐승들이 그들의 유일한 육식의 먹을거리였다. 한울님에게 눈 흘기던 사실이 뼈아프게 후회가 된다. 지금이라도 다시 빌고 되돌아가고 싶은 마음이 굴뚝같다. 하지만 한울님이 다시 받아주지도 않을 것도 같지만 되돌아가도 그 부류 놈이 얼씬거리는 그 동네를 상상하니 절대 갈 맘이 없다. 이 놈은 우리 부부를 위해서 사과를 먹게 한 게 아니고, 단물을 다 빨아 먹은 자운에게 매력이 없어지자 떼어내기 위해 나를 똑똑하게 만든 것이라고 웅서는 생각했다. 사과를 먹고 부부가 정말로 몸과 마음이 사랑할 수 있게 된 건 부류의 덕이다. 하지만 그 놈의 숨겨진 목적을 생각하면 구역질이 난다. 게다가 이렇게 엄동설한에 얼어 죽게 된 것도 다 그 놈 탓이라 생각하니 다시는 그 놈들의 사는 근처에도 가고 싶은 마음이 없는 것이다.

"자긴 날 사랑하지 않는 거지?" 빈손으로 돌아와 부끄럽고 미안한 웅서에게 자운이 한마디 한다. 웅서는 무슨 답을 해야 할지 몰라 그녀를 물끄러미 바라본다.

"생각해봐. 정말 마누라를 사랑한다면 하다못해 토끼 한 마리라도 잡아와야 할 거 아냐?" 웅서는 억장이 무너지는 기분이 되어 한마디 한다.

"그래, 먼저 사과를 먹자고 한 게 누구지? 그 날 밤 사과만 먹지 않았어도 지금도 등 따뜻하고 배부르게 지내고 있었을 것 아냐?"라고 말했다.

"으이그 이 멍충이.. 사람이 밥만 먹고 사냐? 난 차라리 이렇게 얼어 죽는 게 나아. 당신의 그 전혀 사랑 없던 삭막한 포옹이나 입맞춤은 지금 다시 생각하기도 싫은 행동이야. 그 때 보다 난 차라리 춥고 배고픈 지금이 훨씬 더 좋단 말이야. 하지만 춥고 배가 고파 죽겠어"라고 하며 그녀는 남편에게 매달렸다. 둘은 굶었어도 끓어오르는 사랑의 감정으로 다시 몸이 더워지고 진한 애정의 교환이 이루어지고 있었다.

캄캄한 감옥 속에서 부류는 정말 견디기가 힘이 든다. 마음대로 돌아다니다가 갇혀 있는 답답함 때문이다. 하지만 더 큰 괴로움은 자운에 대한 그리움이다. 둘 관계의 첫 시작은 육체적인 쾌락이었다. 부류가 보기에 갓 만들어져 어릿한 인간의 삭막한 부부관계가 너무 엉터리여서 측은하기도 하고 불쌍하기도 하여 처음에는 장난 조로 시작을 하였다. 하지만 막상 이렇게 자운과 만날 수 없게 되고 또 생각할 시간이 많아지게 되자 그가 좋아했던 것이 그녀의 몸뚱이만은 아니었던 것 같았다. 달 밝은 밤에 감옥 창으로 떠오르는 달을 보면 자운의 얼굴이 겹쳐 보였다. 때로는 그녀의 목소리도 들리는 듯하다. 이태 것 신인 자신에게 감히 누가 이래라 저래라 지시한 적이 없었다. 자신은 단점도 없다고 생각하고 살고 있었으므로 누가 조언을 하거나 꾸중을 하면 화부터 났다. 하지만 자운은 그런 것에 아랑곳 않고 자주 그의 잘못을 지적하거나 꾸중을 하곤 했다. 부류는 그런 자운이의 태도가 처음에는 가소롭고 이질적으로 느껴졌지만 시간이 지나자 나중에는 그런 태도가 좋아지기 시작했다. 이제 이렇게 헤어져 있으니 그녀의 그런 말투와 행동이 그리워진다. 신인 자신에게 감히 누나나 엄마처럼 지시하고 꾸중한 여자, 자운의 그런 행동이 바로 자신에 대한 사랑의 표현이 아니었을까 하는 생각이 든다. 이런 생각을 하니 그녀에 대한 그리움이 새삼 다시 끓어오른다. 자기 때문에 지상으로 추방되어간 자운을 생각하면 정말 가슴이 아프다. 이대로 마냥 죽치고 앉아 있을 수만 없었다. 부류는 중대한 결심을 해야 할 때가 온 것 같았다.

어느 날 자운이의 배가 몹시 아파왔다. 배가 찢어지는 것처럼 아프다. 둘은 생전 처음 당해보는 일이라 무척 당황한다. 하지만 조물주인 내가 인간을 만들 때 그들이 비록 듣고 본 적이 없는 무식한 것이라 하더라도 그들의 본능이라는 창고 속에는 모든 걸 스스로 풀어 낼 수 있도록 능력을 다 만들어 놓았다. 그러므로 비록 둘은 땀을 흘리면서 서툴었지만 무사히 출산을 하였다. 자운이 낳은 자식은 아들이었다. 이들은 보통 동물의 새끼를 볼 때 모두가 그 부모들을 닮은 것 보았기 때문에 당연히 제 새끼도 그러하리라 생각하며 기대에 차서 그들의 귀여운 가난 아기를 들여다보았다. 갓난 애기는 아직은 그들을 닮지 않고 있었다. 사과를 먹은 후 사물의 분별력이 생기고, 똑똑해진 인간들은 이제 새로 태어난 아기에게 무한한 애정을 느낄 수가 있었고 또 그를 양육할 능력도 갖고 있었다. 하지만 새로 획득된 지혜 때문에 오히려 인간들이 스스로의 무덤을 파는 수가 가끔 있었다.

"이게 아니잖아? 이게 도대체 뭐란 말이야?"고 자운이의 발치에서 핏덩이 애를 보고 웅서가 고함을 지른다.

"여보 왜 그래 아기가 놀라잖아? 왜 고함을 지르고 그래."하며 자운이가 어리둥절해있다.

"야! 이게 어째 내 아이야? 나와 하나도 닮은 게 없잖아?" 웅서가 보기엔 자신과 전혀 닮지 않는 아기라고 느껴 그는 그렇게 고함을 질렀다.

"너 자운이 똑 바로 말해... 이 아인 부류의 아이가 맞지?"라고 웅서가 흥분해서 소리를 지른다. 새 생명의 탄생이 이 가정에선 축복이 아니고 이렇듯 재앙의 시작이 되고 말았다.

아기 출산 이후로 웅서는 사냥을 나가지도 않았다. 먹을거리를 구할 생각을 하지 않게 된 것이다. 이제 그들의 양식은 전에 따다 놓은 식물 열매들 밖에 없었다. 그 열매들도 이제는 싱싱함을 잃고 진물을 내며 썩어가고 있었다. 자운은 비위가 약해 그냥 굶고 있고 웅서는 그 진물 나는 과일들을 씹어 먹었다. '저 썩은 걸 어떻게 먹고 있을까? 저러다가 먹고 죽는 것은 아닌가?' 하는 걱정이 되었다. 하지만 웅서는 죽지도 않고 배탈도 나지 않았다. 그 슬프고 화난 얼굴이 썩은 과일이 들어가면 이상하게도 웅서의 감정이 풀어지고 그의 투정도 줄어들곤 해서 한동안 집안이 조용해진다. 그럴 때 잠간 자운은 한 시름을 놓기도 했다.

썩은 과일 물을 먹고 웅서의 행패는 심해져갔다. 자운은 산후조리를 제대로 못하여 얼굴이 통통 부은 채로 아직 늦추위가 남아있는 들판에 나가 풀뿌리나 어린 새싹을 캐어와 겨우 연명을 하건만 웅서는 푸성귀를 그대로 먹지 않고 굳이 썩혀 그 진물을 내어 마시고 매일 행패를 부린다. 어린 아기가 자신의 아이가 아니니 내 버리라는 이야기... 그리고 자기와 부류하고 누가 더 좋으냐는 등 씨도 먹히지 않는 소리를 하고 난동을 부린다. 질투였다. 사과를 먹기 전에는 자운이 부류를 만나고 다녀도 이런 일은 없었다. 똑똑해져 사랑이 생겼는데 왜 고통이 생기는 걸까? 자운은 아무리 생각해도 이해가 가지 않는다. 올무에는 짐승들도 잘 걸리지 않았고 그들의 먹을거리란 산모가 케어 오는 풀뿌리 몇 개밖에 없었다. 이것으로 세 식구가 살아갈 수는 없는 일이었다. 자운은 죽어버릴까도 생각을 하였다. 하지만 아기가 눈에 걸려 이러지도 저러지도 못하고 모진 목숨을 지탱해나가고 있었다.

어느 날 자운이가 나물을 뜯기 위해 동굴 밖을 나가다 보니 커다란 돼지 한 마리가 죽어 있었다. 아마도 성질이 급한 놈이 한밤중에 냅다 뛰다 동굴 벽에 머리 박고 죽은 모양이라고 생각했다. 정말 오래만에 먹어보는 고기였다. 충분히 먹고 나니 자운의 매 말랐던 젖도 풍부해지고 아기도 튼튼해지는 듯하였다. 건강해진 아기의 모습은 웅서의 축소판처럼 닮았다. 그래도 웅서의 의처증은 변함이 없었다. 이상한 일은 계속되었다. 그 돼지 이후로도 간간히 토끼도 죽어 있었고 노루도 죽어 있었다. 자운은 한울님이 계신 쪽으로 두 손 모아 감사의 인사를 올렸다.

"아버지 감사합니다. 저희들이 지은 죄는 죽음에 이를 정도이나 너그러우신 아버지는 우리를 용서하사 이렇게 일용할 양식을 주시니 이 은혜 죽어도 잊지 않겠나이다. 우리 아기를 키우면서도 전 아버지의 고마움을 꾸준히 교육시키고 그 믿음이 계속되도록 가르치겠습니다." 난 이런 기도를 그 후로도 자주 들었는데 이럴 때 마다 혼자 많이 웃었다. 바쁜 내가 언제 일일이 짐승까지 잡아서 피조물들을 먹일 수 있단 말인가? 그건 피조물들 저희들끼리 제 좋아서 하는 일인데 그런 일까지 조물주가 다하는 줄 알고 나에게 고마워하니 나야 손 안 대고 코 푸는 격이다. 하여간 사냥해 주는 녀석은 나에게도 고마운 놈이다.

하루는 조금 일찍 자운이가 동굴 밖으로 나갔다. 아직 죽은 동물은 보이지 않았다. 잠깐 뒤 풀썩하고 노루 한 마리가 동굴 문 앞에 던져지는데 자세히 보니 사람의 모습을 한 짐승이 냅다 달아나고 있었다. 며칠을 벼르며 자운은 동굴에서 멀리 떨어진 곳에서 자신의 집 앞을 숨어보고 있었던 것이다. 역시 그녀의 어렴풋한 예측이 맞았다. 주인공은 부류였다. 달아나는 그의 앞을 자운이가 가로 막았다. "부류, 당신 맞지요? 당신은 나를 모른다고 하지는 않겠지요?"하고 그녀가 말하자 풀썩하고 부류가 길에 주저앉아버렸다. 처음에 아무것도 모르는 자신을 성의 노리개로 가져놀다 금단의 열매를 먹게 해 파멸의 구렁텅이로 밀어넣은 속물, 악마 그 부류를 여기서 만나다니…

"부류 우리말이나 한 번 해봅시다. 당신은 우릴 이 지경으로 만들어 놓고서 잘도 살고 있겠지요?" 자운은 부류의 목을 움켜잡고 울부짖었다. 숨이 막혀 죽을 지경이면서도 부류는 미동도 없이 서 있었다. 부류는 태백동산에서 볼 때 보다 많이 달라져 있었다. 기분은 우울해 보였으나 진지한 모습이었다. 자운이 그의 목을 놓아 주자 그는 땅바닥에 꿇어 앉았다. "미안해. 자운이 당신 말이 다 맞아, 그래서 내가 여기 온 거야. 넌 믿지 않겠지만 사과를 먹게 한 건 정말 널 사랑했기 때문이야. 난 내 죄 때문에 죽을 거라 생각했지. 그래서 마지막으로 너희 부부에게 사과를 먹여 진정 사랑할 수 있는 지혜를 주고 싶었어. 그런데 네 남편은 사랑보다 스스로 오만해져 감히 신에게 덤벼들고 도전하는 어리석은 짓을 한 탓에 일이 이렇게 꼬인 거야."라고 부류가 말했다.

"난 내가 지은 죄로 감옥에 갔어. 난 거기에서 죽을 때까지 있어야 돼. 거기서 비로소 내가 당신에게 갖고 있는 감정이 사랑이란 걸 처음 알게 되었어, 거기서 네가 없다는 사실을 실감했을 때 죽음보다 더 큰 고통이 느껴지더군. 난 전에 당신을 만나는 동안 당신을 단순한 나의 성의 노리개로 생각했어. 하지만 막상 당신이 떠나고 나니 내가 좋아했던 건 당신의 육체만이 아닌 것을 알게 되었어." 그는 말을 잠깐 쉬었다가 한숨을 쉬며 말을 이어나갔다.

"당신의 순수한 사랑이 날 현명하게 만든 거야. 그 걸 깨닫는 순간 그제야 난 내 죄를 알게 되었어. 당신을 꼭 한번 보고 싶었어. 그래서 감옥에서 탈옥해서 여기로 온 거야." 부류의 눈은 눈물로 그득했다.

"무슨 말을 하는지 난 모르겠어요. 하지만 지금처럼 먹을거리나 던져 주는 행동은 정말 구역질 나요. 그게 당신에게는 속죄의 의미인지는 모르겠지만 난 그런 게 싫어요. 육체였던 영혼이었던 한때나마 내가 당신을 좋아한건 사실이죠. 하지만 유부녀인 내가 이제 애 어미가 된 마당에 새삼 나에겐 새로운 사랑은 있을 수가 없어요. 더구나 내가 철없이 육체만 탐하던 그 시절의 상대를 다시 만나다니... 제발 먹을거리를 갖다 줄 생각도 말고 영영 내 앞에 나타나지 말아 주세요. 그냥 이렇게 굶어 죽는 게 차라리 낫겠어요." 이런 말을 하는 자운의 눈에는 눈물이 주르륵 흐르고 있었다.

"시빌래 감옥에서의 나의 탈출은 아버지 신에 대한 모독으로 내 생명의 포기를 뜻하는 거지. 난 각오했어. 마지막으로 당신을 만나 먼저 속죄를 하고, 잠깐만이라도 가까이서 당신의 향기를 맡다가 떠나고 싶었어." 부류도 울며 말을 마쳤다. 이들 둘의 눈에는 재회의 기쁨과 함께 회한의 눈물이 함께 섞여 흐르고 있었다.

하지만 또 한 사람의 눈에는 증오의 빛이 번뜩이고 있었다. "응. 그래... 두 년 놈들이 역시 내 짐작대로군. 결국은 저렇게 다시 만나고 있어. 그것도 감히 내 집 앞에서 말이야. 내 예감이 딱 맞아. 저것들은 재회의 감격에 저렇게 울기까지 하는군." 웅서는 이를 부드득 갈았다. 인간의 운명은 조물주인 내가 정하지만 작은 샛길들은 피조물들 스스로 만드는 것이다.

웅서는 오랜만에 돌도끼를 손에 들고 동굴을 나섰다. 먹이를 사냥하기 위한 것이 아니다. 부류를 찾아가는 것이다. '오늘 내가 이 놈을 찾아 요절내면 그땐 아내도 어쩔 수 없이 나만 따르고 사랑하겠지.' 한나절 좋게 들판을 찾아다니다 이윽고 양지바르고 느낌이 아늑해 보이는 동굴을 발견하였다. 저런 곳이면 놈이 살고 있을 가능이 많다. 그는 최대한 발자국 소리를 죽여 놈의 동굴로 다가갔다.

안에서 목소리가 들린다. "전 어쩌면 좋아요. 난 우리가 이렇게 만나는 게 무서워요. 우리 남편은 당신이 나타나면서 의처증이 더욱 심해졌어요. 만약에 내가 당신과 이렇게 만나는 것을 그가 알기나 해봐요. 우린 바로 죽음이에요. 정말 당신이 날 사랑한다면 우리 가정의 평화를 위해 떠나주세요." 자운의 목소리다. 이런 말을 듣자 웅서는 하늘이 노래진다. 가슴이 방망이질한다. 더 기다릴 것도 없다. '네 이 년 놈들을...' 하면서 돌도끼를 힘차게 잡고 동굴로 뛰어들었다. 웅서는 부류의 정수리를 향해 돌도끼를 세차게 내려찍었다. 그러나 정작 땅바닥에 코를 박고 넘어진 것은 웅서였다. 이 사이 자운은 밖으로 도망을 갔다.

"이봐 웅서! 나와 이야기 한 번 하자." 적반하장도 유분수지 남의 마누라와 밀회를 하는 주제에 무슨 말이 있을 수가 있단 말인가? 하지만 일단 기 싸움에서 지기 싫은 웅서가 "그래 마지막으로 너에게 말할 기회를 주겠다. 말해 봐." 라고 말했다.

"웅서 넌 정말 네 아낼 사랑하고 있는 거야?" 놈은 뻔뻔스럽게 말도 안 되는 질문을 한다.

"야! 네가 뭔데 남의 부부 사이를 묻고 지랄이야."하며 웅서가 되묻는다.

"웅서 넌 태백동산에선 교미조차 제대로 할 줄 몰랐던 어리석었던 놈이야 나중엔 사과를 먹고 똑똑해지긴 했지만… 그리고 정신 차리고 나서 기껏 한 게 너의 한울님에게 대들고 까분 것밖에 없었지. 그래서 태백동산에서 쫓겨나고, 여기 와서는 광기까지 생겨 의처증 환자가 되고… 너는 사랑이란 이름으로 아내와 자식을 괴롭힌 어리석은 놈에 지나지 않아!" 그는 태연하게 다음 말을 이어나갔다.

"네가 말하는 소위 아내에 대한 사랑이란 건 단지 지독한 소유욕과 집착심 그리고 추잡한 질투심에 지나지 않아. 그런 쓰레기 같은 감정을 사랑이라고 말하는 것은 억지야. 네가 진정 아내를 사랑한다면 잘못했을 때 감싸 주고 자신을 되돌아 볼 줄 아는 게 그게 옳은 일이 아닐까? 그리고 아무리 밉더라도 최소한 먹을거리와 입을 거리는 마련해주어야 할 의무가 있는 거 아냐?"라고 부류가 말을 했다.

"야! 이 새끼야. 그렇게 말하는 넌 도덕군자이고 잘 난 놈이군 그래. 난 질투장이고 미친놈이야. 하지만 너 같으면 네 마누라가 화냥질하고 다녀도 사랑해 주고 그리고 밖에서 받아 온 씨를 잘도 먹여 살리고 건사하겠다. 사실 난 오늘 널 만나면 여기를 떠나게만 할 작정 이었어. 하지만 네가 하는 짓을 보니 더 이상 살려 두고 싶지 않아."라고 웅서가

되받자

"넌 네 마누라가 화냥년이라고 하지만 그건 네가 그렇게 만든 거야. 네 마음이 과거에는 어리석었고, 지금은 순수하지 못하니까 그때나 지금이나 진정한 사랑을 할 수 없는 거야. 그래서 네 마누라가 밖으로 나도는 거지. 그 책임은 너에게 있다는 말이야. 화냥년을 만든 것은 바로 너란 말이다. 지금이라도 네 자신을 되돌아보고 참 사랑을 할 줄 아는 인간이 되도록 해"라고 부류가 말했다. 그 순간 웅서가 돌도끼로 부류의 머리를 내리쳤다. 예상 외로 부류는 담담하게 아무 대항 없이 웅서의 돌도끼에 머리를 맞는다. 그 순간 번쩍하고 커다란 광체가 나면서 부류는 흔적도 없이 사라졌다.

모든 게 홀가분해진 웅서는 자신의 동굴로 들어서면서 큰소리쳤다 "자운이! 모든 게 끝났어. 우리 이제부터 정말 사랑하면서 잘살아 보자."라고... 하지만 그 목소리는 듣는 사람 없이 허공에 메아리치고 있었다. 동굴 속에는 이미 아내도 아기도 없어지고 텅 빈 상태였다. 웅서는 "뭐지? 내가 뭘 잘못한 거야? 아버지가 말한 사랑이란 것과 부류란 놈이 말한 사랑과 내가 한 사랑이란 도대체 어떤 차이가 있는 거지? 도대체 사랑이란 뭐지? 뭐지?"라고 그의 머리칼을 두 손으로 쥐어뜯으며 중얼거리고 서 있었다.

염소 이야기

　　지주(地主)네 농장 한 켠 에는 여섯 마리의 검은 염소 가족이 살고 있었다. 부부 염소 그리고 새끼 염소 네 마리였다. 염소 우리 앞에는 늦가을에 심어 논 양파와 마늘 그리고 긴 파와 가랑 파가 봄을 맞아 그 길이가 점점 길어지고 있었다. 겨우 내 보이지 않던 새들이 농장에 떼로 몰려들어 소란을 떨고 날아 다녔다. 춘정(春情)을 이기지 못하여 암수가 서로 부르고 화답(和答)하는 그 매끄러운 콧소리들로 농장이 소란하였다.
　　아비 염소는 우리에 갇힌 신세라 야생(野生) 것들 보기에 약간 체면이 손상되긴 하였어도 그래도 항상 위엄 있는 울음소리와 행동으로 마누라 염소와 그리고 네 마리 새끼들에게 모범을 보이며 살고 있었다. 특히 석 달 전에 출생한 막내 두 마리 들은 아직 철부지들이라 특히 이 놈들에 신경이 많이 쓰며 지도하였다.

양파와 마늘 밭 건너에는 지주의 농막이자 독서실이며 또한 응접실을 겸한 컨테이너가 놓여 있다. 지주는 밭일 하다 피곤하면 그 곳에 와 낮잠도 자고 때로는 붓글씨도 쓰고 가끔은 책도 보고 놀러 온 친구들과 담소도 나누고 하였다. 그러나 작년 가을부터 지주의 컨테이너 출입이 줄어들었다. 아비 염소는 이 농장에 자주 출입하는 고라니 도둑고양이 그리고 멧돼지들에게 듣기로는 이 농장은 작년 초에 정부기관에 팔렸고 지주는 농사지을 딴 곳을 찾아다니고 있다고 했다. 이런 까닭에 지주의 농장 방문이 뜸해지고 있다고 아비 염소는 생각했다.

지주의 출입이 뜸해지니 염소 네 가족들은 배곯는 날이 많았다. 가끔 지주가 던져 주는 마른 풀로 겨우 목숨은 이어가지만 항상 배가 고팠다. 겨우내 애비 염소는 가슴앓이를 많이 하였다. 새끼 네 마리가 배고프다고 메에헤 메에헤 하고 보체고 울 때면 당장 울타리를 때려 부수고 달려 나가고 싶었다. 하지만 마음과 달리 그럴 형편도 안 되니 억장이 무너지는 심정이었다.

그런 고생이 봄이 오면서 형편이 차츰 나아졌다. 가끔은 마른 풀이나마 배불리 먹을 수 있는 날이 있었고 운 좋은 날은 푸른 풀을 얻어먹기도 하였다. 그 행운의 날은 화요일과 금요일이었다. 그날은 정신보건센터 직원들과 회원들이 농장 방문하는 날이기 때문이었다. 혹독한 겨울이 저만치 물러가자 작년에 오던 정신보건센터 직원들과 그 회원들이 다시 나타나기 시작해서 염소 가족들을 챙겨 주기 때문이었다.

보건센터의 회원들은 정신질환을 앓고 현재도 치료 중인 사람들이었다. 센터 직원들이 회원들의 질환회복과 재활을 위해 지주가 적선(積善)한 땅에서 농사를 짓고 있다. 그 사람들이 한 겨울 동안 쉬다가 초봄이 되니 다시 오기 시작한 것이다. 지금 염소 우리 앞에 심어 논 마늘, 양파 그리고 파도 그 센터 직원들과 회원들이 지주의 지도와 도움을 받아 심어 논 것이었다.

소작인들은 올 봄 또 이 농장에서 농사를 지어볼 수 있을 런지 하며 이리 기웃 저리 기웃하고 다녔고 가끔 오는 지주와도 마주치는 날에는 땅바닥에 엎디다 시피 하며 수인사를 올리는 것이었다. 이런 광경을 보는 아비 염소는 자신이 사람이 아닌 것이 너무 기뻤다. 배가 좀 고파서 그렇지 저렇게 자존심을 상해가며 동족(同族)에게 굽실거리는 모습은 짐승인 염소가 봐도 가슴 아픈 일이었다. 그러나 염소가 자신이 짐승으로 태어 난 것이 비극임을 깨닫게 되는 날이 자신도 모르는 사이 서서히 다가오고 있었다.

센터 사람들이 다시 출입하고 나서는 염소들에게 건초 찾아와 듬뿍 넣어주었으며 작년에 뽑아 먹다 남은 배추를 뽑아다 염소에게 주기도 하였다. 배추가 동이 나자 냉이, 쑥, 민들레, 씀바귀 등 이제 막 봄을 맞아 돋아나는 새 풀을 뜯어다 염소들에게 주기 시작하였다. 한 줌의 건초로 겨우 목숨을 잇던 염소 가족들로서는 정말 황홀한 식사가 아닐 수 없었다. 일주일 중에 화요일과 금요일은 이렇게 해서 염소 가족들이 행복한 날을 맞이하게 된 것이다.

"이번 일요일 염소 두 마리를 잡는다고 하네."하고 풀을 주던 센터 직원 중 한 사람이 말했다. 아비 염소는 처음에는 이게 무슨 소린가? 하다가 가만 듣고 보니 자기 가족에 대한 이야기였다. "가축들은 잡아서 바로 먹으면 맛이 없고 2,3일 정도 숙성을 시켜야 맛있다고 하던데. 그럼 이 염소들 중에 두 마리는 오늘 쯤 잡게 되겠군."하고 센터 직원들이 말을 계속했다.

이 소리를 들은 아비 염소는 너무 놀란 나머지 털썩하고 자리에 주저앉고 말았다. 아직은 사람의 말을 알아들을 수 없는 새끼들은 제 아버지가 식사 중 털컥하고 누워버리니 아비가 먹던 풀을 자신들의 것이 되었다고 좋아라 뛰어와 먹어대기 시작한다.

잠시 뒤 아비 염소부부는 죽을힘을 다하여 우리를 뿔로 들이 박고 밀어 대기 시작하였다. 평소에도 좀 허술했던 울타리이기도 했지만 커다란 두 마리의 염소가 죽기 살기로 부수기 시작하니 울타리가 무너지지 시작하였다. 갑작스런 염소들의 이런 공격적인 행동에 놀란 센터 직원들이 사태의 심각성을 짐작하고는 몽둥이로 염소들을 위협도 하고 판자를 갖고 와 무너진 울타리를 막기도 하였다. 대 낮에 염소와 인간들의 밀고 밀리는 재미있는 게임이 시작되었다. 센터 직원들은 필사적으로 염소들의 탈출을 막고 있었지만 정신질환을 앓고 있는 센터 회원들은 재미난 구경거리로만 생각하고 염소 편도 사람 편도 들지 않고 이 기괴한 게임을 멀거니 바라다보고만 있었다.

이런 상황이 지주에게 연락이 가고 잠시 후에 늘어난 사람들의 숫자에 의해 염소의 반란은 진압이 되었다. 이윽고 염소 부부는 농장 한 켠으로 끌려가 산 생명에서 하나의 고기 덩어리로 그 모습이 바뀌게 되었다. 울타리에 되 갇힌 새끼 네 마리는 아직도 조금 남은 새 풀을 우물우물 씹으며 왜 갑자기 그들의 부모들이 없어졌는지 매우 궁금한 얼굴들을 하고 서 있었다.

일요일 '팔공산 올래 길' 트래킹을 마친 지주의 친구들 수십 명이 "다천정" 이란 지주 네의 재실에 모여 염소 고기를 씹고 있었다. 혹은 불고기로 먹고 혹은 탕으로 먹고 식성대로 먹으며 사진도 찍고 소주도 마시고 웃고 즐기며 평화로운 일요일 오후를 만끽하고 있었다. 동기회장이 지주에게 인사말을 하였다. "작년에는 개를 잡아주고, 올해는 염소를 잡아 동기들을 대접하니 지주님 정말 감사합니다."라고,

작년에는 농장의 개가 살아지고 올해는 염소 두 마리가 없어졌다. 보건센터 회원들은 이런 짐승들의 실종의 까닭을 모른다. 작년에 개가 없어졌을 때는 늑대가 물어갔다느니 스스로 도망갔다느니 하고 서로들 우겼다. 다음 주 회원들이 농장 와서 염소 두 마리가 없어진 걸 보면 회원들은 또 어떻게 해석하며 토론을 할 것인지 매우 궁금한 일이 아닐 수 없다.

강둑 위의 오두막집

강 건너 둑 방에 조그마한 오두막집이 하나 서 있다. 한국전쟁 때 신천 둑 방에 줄지어 섰던 피난민들의 '바라코'와 흡사한 집이다. 오두막에 담은 보이지 않고 옆에 수양버들 한 그루가 서 있다. 이쪽에서 강 건너 그 집까지는 거리가 어중간해 전체 모양만 대충 알 수 있고 자세한 부분은 보이지 않는다. 집이 반듯하지 않고 간단하게 생겨 김정희 선생의 세한도(歲寒圖)와 분위기가 많이 닮았다. 그 집 버드나무는 추사 그림의 소나무 역할을 하고 있다. 몇 년째 그 오두막을 건너다 보지만 사람은 물론 개나 닭 같은 가축의 흔적도 본 적이 없다. 따뜻한 사랑으로 가득 찬 행복한 집일까? 낮에 부부가 같이 돈 벌러 가는 가난한 집일까? 병든 노인네가 기침하며 누워있어 인적이 보이지 않을까? 집은 동화 같지만 속은 슬플 것 같다.

봄에 혼자 앉아 그쪽을 보고 있으면 가끔 환청이 들린다. 트럼펫 소리다. 어릴 때 불로동에 살던 할머니 집에 갈 때면 이 강의 상류가 지름길이라 가물 때는 가끔 얕은 쪽을 골라 다리 걷고 건너곤 했었다. 어느 봄날 자전거를 등에 업고 강을 건너던 중 강둑에서 길게 울리는 트럼펫 소리가 들렸다. 물을 다 건너 잔디에 앉아 쉬고 있을 때까지도 그 애잔한 소리는 계속 봄 하늘에 흩어지고 있었다. 봄날 야생초의 새싹들이 뚝방을 온통 파랗게 물들이고 오두막 수양버들의 연두색이 허공에 흩날릴 쯤이면 나팔 소리 환청도 되살아난다. 그림과 소리가 함께 어울리면 가슴이 저려온다.

금호강은 하류 쪽으로 오면 강이 깊고 넓어지며 속도도 빨라진다. 몇 해 전 장맛비가 심하게 내리던 날 시내에서 여고생 둘이 하수구 맨홀에 빠져 행방불명되었다. 그들은 도심의 하수구 속을 수십 km나 떠내려와 저 오두막 아래 강물에서 주검으로 발견되었다. 그 손각시 귀신의 저주인지 그날 시체를 건지던 소방대원 한 사람이 고무보트에서 실족하여 익사했다. 비 오는 밤이면 뚝 방을 걸어가는 세 사람을 가끔 본다는 동네 사람들 이야기도 있다.

강변 이쪽에는 동네 사람들이 군데군데 자갈밭을 일구어 채소를 심어 놓았다 , 얕은 동산에는 조그마한 암자가 하나 있는데 법당에 놋부처가 하나 앉아 있을 뿐 단청도 없는 허름한 기와집이다. 석탄절이 가까워 지면 몇 개의 연등이 걸려 있어 그제야 사람들이 이 집이 절이라는 것을 알게 된다. 절간 옆 오솔길을 조금 더 올라가면 산비탈에 잡종

견들을 키우는 농장이 있다. 보신탕 감인 수십 마리의 덩치 큰 개들이 철망 속에 갇혀 있어 하루종일 짖어댄다. 사람이 가까이 가면 더욱 적 개심으로 불타 흰 이빨을 들어내고 침을 질질 흘리며 붉게 충혈된 눈알을 굴리며 길길이 날뛴다. 강의 이쪽은 성속(聖俗)이 어울려 우리네 인간사의 단면을 보여준다. 강 건너 저편은 오두막 동네는 아늑한 무릉도원 같기도 하고 엘리스가 사는 이상한 동네 같기도 하다. 어떤 곳일까?

오두막에 한번 가 봐야겠다고 오랫동안 벼르기만 하고 지금껏 한 번도 가 본 적은 없다. 그쪽으로 가자면 십여리 길을 한참 돌아서 가야된다. 귀찮다는 게 이유지만 사실은 그 집에 대한 이중 감정 때문에 안 가는지도 모른다. 따뜻한 사람들이 행복하게 사는 곳이라는 생각도 들고 머리에 뿔난 도깨비들이 살거나 떼강도들이 모여 사는 집 같기도 하다. 가까이 가면 저주의 독기가 뿜어져 나올 것 같은 불길한 예감도 든다. 하지만 강물이 녹아 노래 부르며 흐르고 산야에 온갖 꽃과 초목들이 깔깔대며 피는 봄철이 되면 오두막은 독오른 계집애처럼 매혹적이 된다. 게다가 트럼펫 소리의 환청이라도 되살아나면 오두막집 강변의 운치는 더욱 높아진다. 당장에 물 위를 걸어서라도 달려가고 싶어진다. 여름철에도 수양버들이 짙은 그림자를 땅바닥에 떨어뜨리고 있으면 그 그늘에 찾아가 앉아 있고 싶은 마음도 생긴다. 대낮에는 차마 도깨비와 악당이 설치지 못할 것이며 강 건너까지가 비행기 타고 갈 먼 곳도 아닌 바에야 그 집에 대해 새침한 계집애에 대한 짝사랑처럼 혼자 애만 태울 일은 아니다.

어느 날 드디어 이쪽에서 저쪽으로 강 건너갔다. 꽤 긴 거리를 우회하여 그 오두막으로 다가갔다. 오두막이 있는 강둑 뒤는 넓은 벌판으로 잘 가꾸어진 밭에는 파와 상추들이 자라고 있었고 나무 묘목도 많이 심겨져 있어 평화롭게 보였다. 집이 평지에 서 있다고 생각했는데 가까이서 보니 경사진 강둑에 비스듬하게 자리 잡고 있었다.

집은 둑으로 경사진 곳에 진 곳에 자리한 탓에 균형이 맞지 않았다. 강 쪽으로는 집 높이가 낮았다. 밭쪽인 집의 뒤는 높게 되어 있었고 담은 없었다. 뛰어노는 복술 강아지도 없었고 분홍빛 복사꽃도 심어져 있지 않았다. 집은 휴전선에서 보는 시멘트 요새를 연상케 했다. 삭막한 판자 요새를 한 바퀴 돌아보니 집의 아랫부분에는 공간이 있어 철사로 된 그물이 둘러 쳐있었고 토끼 몇 마리가 들어앉아 있었다. 집 출입구 쪽에는 우편물 배달함과 문패가 걸려 있었다. 집의 외벽에는 에어컨 실외기와 감시카메라가 보였다. 모든 존재들이 절묘한 부조화를 이루고 있었다.

편지함에는 고지서들이 많이 들어있었다. 가축과 에어컨과 고지서를 보면 사람이 살고 있다는 얘기다. 그러나 전원생활을 하면서 인기척도 없이 살며 대문과 창문에 철창을 하고 그것도 굳게 잠궈 놓은 게 수상했다. 넓은 공간이 있음에도 굳이 토끼장을 건물 아래쪽에 만들어 둔 것도 괴이했다. 혹시나 기대했던 친절하고 밝은 표정의 안주인은 보이지 않았다. 밝은 대낮에도 감도는 기괴한 분위기를 보아 이곳은 사람이 사는 것이 아니라 유령이 살거나 아니면 사람이라도 도둑놈들이나 성격이상자들이 살 것이라는 평소의 짐작이 틀림없다는 생각이 들었다.

그날은 초봄이어서 강둑을 넘어 불어오는 강바람이 차가웠다. 넓은 들판에는 그 날따라 사람 하나 보이지 않았다. 더 이상 오래 머물다가는 오두막에서 머리에 뿔난 도깨비들이나 얼굴에 칼자국 있는 건달들이 뛰쳐나올 것만 같은 무서운 생각이 들었다. 요귀들이 눈치채지 못하도록 아주 천천히 뒷걸음질 쳐 오두막을 벗어났다. 등 뒤로 키 큰 묘목 단지 위를 스치는 바람 소리가 요란하게 들렸다. 저주의 숨소리인가 싶었다. 오두막을 벗어나자 매우 빠르게 그 강변의 들판을 뛰어나왔다. 그 후 두 번 다시 그곳을 찾은 적이 없다. 그 강변은 그 후로도 자주 찾아 가지만 그 오두막을 바라만 볼 뿐 가볼 생각은 다시 나지 않았다. 꿈은 이루어졌지만 개 꿈이었기 때문이다. 지혜의 배를 타고 강을 건너면 그곳은 극락이라고 했는데 막상 가본 그곳에는 수미산(극락에 있는 산. 須彌山)은 없었다. 그 집은 그냥 바라보기만 했어야 하는 곳이었다.

왕잠자리의 추억

왕잠자리 한 마리가 강변 수초 위에서 지그재그로 낮게 날고 있다. 몸통은 초록색인데 꼬리 끝에는 흰색과 파란색이 교대로 섞인 띠가 있어 크고 아름다운 잠자리다. 물풀에 앉을까 말까 망설이는 눈치다. 왕잠자리는 주로 못에서 활동하는 놈이라 강에서는 잘 볼 수 없는데 오늘따라 운좋게 강가에서 왕잠자리를 본다. 수십 년 만에 가까이서 왕잠자리를 만난 반가움과 그 멋있는 모양에 가슴이 두근거린다. 오늘은 무슨 일이 있어도 이놈을 꼭 잡아야 한다. 물풀 위에 앉게 해 달라고 하느님께 빌고 또 부처님께 빈다. 여름 햇볕은 강물 위에 반사되어 따갑고 눈부시다. 어른이 어린애처럼 잠자리를 잡게 해 달라고 하늘에 빌고 앉아 있는 광경을 보면 혹자들은 나의 정신 건강을 의심할지도 모른다. 상관없다 남이야 뭐라고 하든 말든 저놈을 꼭 잡아야 할 사연이 있다. 지금 잠자리채도 없지만 설사 잠자리채가 있다고 해도 왕잠자리는 워낙 동작이 빨라 잡기가 어렵다. 맨손으로 저놈을 잡겠다는 것은 거의 불가능한 일이다. 하지만 저놈이 우선 풀 위에 앉기만이라도 해달라고 기도한다. 다음은 나의 능력에 달려 있을 것이다.

어릴 때 살던 집은 마당이 넓어 도심인데도 빨간 잠자리들이 많이 찾아왔다. 이놈들이 떼거리로 몰려와 마당을 빙빙 돌며 날고 있는 작은 곤충들을 잡아먹는데 동네 아이들과 빗자루를 든 채 숨죽이고 서 있다가 이놈들이 고도를 낮추어 우리 허리께쯤으로 내려오면 재빨리 빗자루를 내리쳐서 놈들을 잡는다. 어려운 기술이 필요한 작업이다. 너무 세게 치면 잠자리가 죽거나 몸이 상해서 우리 놀이에 아무 쓸모가 없게 된다. 그렇다고 너무 살짝 내리치면 잠자리가 추락하지 않는다. 너무 세지도 않고 약하지도 않게 빗자루를 내리쳐야 놈들이 순간적인 충격에 정신을 잃고 땅바닥에 추락하게 된다. 날개 하나 상하지 않고 잠자리를 잡은 아이는 또래들에게 추앙받는 사람이 되었다.

아이들은 잡은 잠자리 꼬리에 실을 달아 날리거나 서로 싸움을 시키는 정도의 놀이를 했지만 그 중에 어떤 아이 하나는 꼭 꼬리를 떼어 내고 몸통에 짚 대롱을 찔러 날리는 놀이를 했다. 나는 잠자리를 잡아 손에 들고 여기저기를 구경하다가 그냥 날려 보내 주었는데 그런 행동을 동네 아이들은 의아한 눈으로 쳐다보곤 했다. 간혹 크고 멋진 초록색의 왕잠자리가 올 때도 있었다. 이놈은 조심성 많고 기동력이 뛰어나 쉽게 고도를 낮추지 않고 하늘 높이 나타나 B-29 폭격기처럼 한참 시위만

하고 갔다. 동네 아이들은 이놈을 가까이 오게 해 보려고 '오다리 청청(왕잠자리를 부르는 주술의 소리)' 하면서 '부리(왕잠자리의 대구말)'를 목메어 부르곤 했다.

영웅들이 있었다. 우리 동네 동성로를 벗어나 멀리 교외에 있는 연못까지 가서 왕잠자리를 잡아 오는 아이들이다. 걔들이 금호강이나 배자못까지 간다는 사실 자체만으로도 영웅 대접을 받을 수 있는 행동이다. 게다가 손에 전리품까지 들고 올 때면 우리는 로마에 입성하는 시저의 개선 행진을 보는 심정으로 그들을 보았다. 그들의 모험담을 들어보면 신기하다. 일단 암놈을 한 마리 잡는 다음 실에 묶어 허공에 빙빙 돌리면 어디선가 수놈이 나타나 덮친다 이때 놈을 손으로 잡는다는 것이다. 만약 암놈을 못 잡는 경우는 수놈이라도 잡아 꼬리에 호박꽃 암술의 노란 가루를 칠해서 돌리면 다른 수놈들이 속아서 낚여 든다는 것이다.
원정 갔던 아이들의 손에 있는 왕잠자리를 보면 가슴이 뛰도록 좋았다. 왕잠자리는 크고 색깔도 짙은 초록색으로 황홀하며 멋있게 생겼다. 작고 붉은 잠자리와 크고 푸른 잠자리는 같은 종류이면서도 주는 느낌은 하늘과 땅 차이였다. 어른들의 꾸중이 두려워 원정 채집은 꿈도 못 꾸고 기껏해야 마당에 찾아오는 붉은 잠자리나 잡는 옹졸한 자신이 항상 불만이었다. 언젠가 저놈들이 우리 동네 나타나 낮게 나는 날 빗자루로 잡아 볼 날이 올 것이라는 꿈을 갖고 있었다. 어느 날 저녁 무렵 이 꿈이 이루어지려 하고 있었다.

어두워지고 있는 마당을 무심코 내다보니 왕잠자리 두 마리가 낮게 이리 갔다 저리 갔다 특유의 지그재그 비행을 하고 있었다. 정말로 귀한 기회가 찾아온 것이다. 뛰는 가슴을 진정시키며 빗자루를 찾아들었다. 상하지 않게 생포해 보리라 작정하고는 저공비행을 기다리고 있었다. 왕잠자리는 습성이 빙빙 돌기보다는 이리저리 제멋대로 나는 습성 때문에 방향 예측이 힘들어 빗자루질이 무척 힘든다. 게다가 어둠 때문에 시야 확보가 힘들어 마음이 무척 초조했다. 그놈들도 연못으로 돌아갈 시간이 바쁜지 몸놀림이 평소보다 더 바빠 보였다. 드디어 놈들이 낮은 비행을 한다. 재빨리 빗자루를 내리쳤다. 툭하고 놈이 땅바닥에 추락하는 소리가 들렸다. 그 쾌감! 그 감격! 땅바닥에 떨어진 놈을 잡으려고 손을 대는 순간 놈은 재빨리 정신을 차려 어두운 하늘 속으로 사라져 버렸다. 잠자리가 날아간 하늘에는 일찍 나온 저녁별 몇 개가 빛나고 있었다. 그날 저녁 그렇게 왕잠자리와의 짧은 대면이 끝나고 수십 년이 흐른 뒤 오늘 재회가 이루어진 것이다. 애가 어른이 되었으니 참 긴 시간이었다.

근접 거리에서 어려운 재회의 기회가 왔다. 그날 그 왕잠자리의 아득한 후손이 바로 이놈일 것이다. 놈은 그 가문을 이어 역시 아름다운 초록빛에 크고 멋진 모양을 하고 신속하고 오만한 모습으로 비행하고 있었다. 절대적으로 불리한 상황이다. 잠자리채는 커녕 빗자루도 없는 데다가 강변에는 가끔 낚시꾼들이 지나가고 강둑의 철교에는 달리는 기차의 굉음이 요란하다. 간절한 기도는 계속되었다. 불과 몇 분의 시간이 몇 시간처럼 아주 느리게 가고 있었다. 마침내 왕잠자리가 수초 위에 인심 쓰듯이 앉아 주었다. 잡을 테면 잡아보라는 자세 같기도 했다. 세상에 태어나 이보다 더 느릴 수 없는 속도로 놈에게 다가갔다. 호흡도 최소 필요량만큼만 했다. 긴 시간이 흐른 뒤 드디어 놈의 눈알과 억

센 턱 가의 짧고 가는 털이 보이는 위치까지 접근했다. 나의 심장 뛰는 소리가 들렸다. 놈의 몸통도 벌렁벌렁 숨을 쉬고 있었다. 잠자리가 몸을 움찔했다. 날아오르려는 동작은 아닌 모양이었다. 검은 두 발을 구부려 커다란 두 눈을 감싸고 한참 비빈 뒤에 고개를 좌우로 한번 돌리고 이윽고 두 날개를 아래로 접었다. 날개를 접는다는 것은 주변이 안전하다고 생각될 때 장기적 휴식을 위한 자세이다.

이제는 숨쉬기도 최소화하고 오른손을 놈의 꼬리와 수평이 되도록 낮추어 서서히 접근했다. 이윽고 흰색과 파란 줄이 섞여 그어진 꼬리의 아래위에 엄지와 검지가 위치했다. 아직도 잠자리가 눈치채면 실패한다. 이제 두 손가락을 누르기만 하면 놈은 포로가 된다. 신중해지려고 심호흡을 한다. 움켜쥘 때 꼬리 끝이 잡히면 잠자리가 몸부림쳐 꼬리가 짤라 진다. 몸통을 잡으면 몸이 짜불어져 죽는 수가 있다. 정확한 지점에서 적당한 힘으로 재빨리 잡아야 한다. 꼬리의 중간이 그 정확한 지점이다. 잡히면 재빨리 딴 손을 써서 날개로 옮겨 잡는다. 마지막 계획을 마치고 호흡을 멈춘다. 그 다음 엄지와 검지를 꽉 조였다.

푸두등 푸두둥. 놈이 손가락에 잡혀 작은 새 마냥 몸부림친다. 손가락은 재빨리 좌우로 바꾸어 꼬리에서 날개로 옮겨졌다. 앙탈을 부리는 아가씨 같은 강하고 향기 나는 몸부림이 손안에 느껴졌다. 부르르 부르르. 놈은 계속 날갯짓을 하면서 고개를 돌려 손가락을 꽉 깨문다. 그러나 이제 놈은 어쩔 수 없는 포로일 뿐이었다. 잠자리 날개를 너무 오래 잡고 있으면 손의 땀과 기름기 때문에 날개가 찢어지거나 젖어 잘 날 수가 없게 된다. 어릴 때처럼 손가락을 깨물고 있는 놈의 커다란 겹눈과 여덟 개의 발 달린 가슴팍을 들여다보았다. 반가운 얼굴이다. 아주 짧은 재회였다. 만났으니 이제는 이별의 시간이다. 왕잠자리를 손바닥에 살짝 놓아주었다. 놈은 다친 곳도 없고 날개도 충분히 건조해 있었던 탓에 나를 한번 흘낏 쳐다본 뒤 새처럼 시원하게 날아갔다. 강 위를 낮게 날다가 갑자기 창공으로 솟아오른 다음 사라져 버렸다. 초록 잠자리가 섞여 들어간 파란 하늘은 흰 구름만 둥둥 떠다니고 있었다.

피라미의 탄식

　　우리 엄마는 학교에 갈 때마다 "가물치 조심해라, 메기 조심해라." 면서 문밖까지 나와 신신당부한다. 나는 "예. 알았어요."라고 재빨리 대답해버린다. 말대꾸하면 길어지기 때문이다. 속으로는 "엄마, 메기는 밤에만 돌아다녀요. 아침 등굣길에는 만날 수 없어요. 가물치, 메기는 엄마적 이야기이고요. 요즘은 부루 길이나 베스가 더 무서워요."라고 중얼거린다. 어른들은 자기가 알고 있는 것 밖에 모르면서 모든 걸 다 아는 체한다. 아침부터 엄마의 호들갑에 속이 상한다. 인간들은 큰 걸 건지려다 실패하면 "겨우 피라미 밖에 건진 게 없네."라고 한단다. 낚시를 할 때도 붕어가 잡히지 않으면 괜스레 우리를 욕한다. "에이 피라미

등쌀에 낚시가 안 돼."라고, 우리 종족은 아예 물고기 취급도 받지 못한다. 그러나 주책없는 아버지는 피라미 집안 자랑을 자주 늘어놓는다.

아버지의 말은 길고 이치에 맞지도 않는 소리여서 이 자리에서 그대로 다 옮길 수는 없다. 그 논설의 요지만 보면 다음과 같다. 피라미는 아름다운 외모를 가졌다. 수컷은 붉고 푸른 색깔로 몸을 장식한다. 하는 짓이 정의롭고 깔끔하다. 평화를 사랑하고 음식 욕심을 부리지 않아 남들이 우아하고 신사답다고 한다. 피라미는 등뼈동물이다. 뼈대 있는 집안이라는 것이다. 우리는 잉어와 같은 집안으로 잉어목에 속하며 "잉어, 붕어, 참붕어, 돌고기, 납자루, 쉬리, 누치, 중고기, 몰개, 미꾸라지 파로 나누어 진다" 집안의 규모가 이 정도는 되어야 가히 양반 가문이라고 할 수 있다. 물고기 중에 가장 크고 용맹하다는 상어도 사실은 불완전한 등뼈를 갖고 있으며 부레도 없어 물속에서 정지유영(停止遊泳)을 할 수 없어 쉴 새 없이 지느러미질을 해야 된다는 것이다. 말하자면 덜 돼먹은 집안이라는 것이다. 나는 "양반이면 뭐해 꿩 잡는 것이 매지, 상어야 무적(無敵)이지만 우리야 집 밖에만 나서면 온갖 놈들에게 괄시받고 목숨은 남의 것인데…"라고 심통을 부린다.

부자 피라미들은 크고 튼튼한 바위 밑에 산다. 이런 곳에 살면 육식 물고기들이나 새들에게 덜 당하고 사생활이 보장이 된다. 우리같은 가난뱅이들은 초가에 산다. 물풀을 얼기설기 엮어 그걸 집이라며 하며 그 속에 산다. 이런 곳에 살다 보니 자연 이웃이라는 게 징거미, 잠자리 애벌레, 물땡땡이, 다슬기, 가막조개 등 물고기도 아닌 것들과 어울리게 되어 남우세스럽다. 이렇게 해들어 오고 비새는 허술한 집에 사노라면 온갖 고역을 다 치른다. 잠시 방심하고 낮잠이라도 자려고 눈을 붙이노라면 어느새 백로나 왜가리의 긴 주둥이가 불쑥 나타나 가족을 집어간다. 어떨 때는 비오리나 논병아리, 물총새, 가마우지들이 물속으로 헤엄쳐 들어와서 우리 식구들을 꿀꺽한다. 초식(草食) 새들이라고 안심할 것도 못된다. 기러기나 청둥오리는 아예 우리 집을 먹어치우기도 하니까 말이다.

학교에서 배운다. 민물고기 중에 피라미의 적은 "농어 집안, 즉 쏘가리, 꺽지, 가물치와 메기, 곤들메기" 등이 있고 파충류로는 "거북이, 자라, 남생이" 등이 있다고 한다. 비우호적인 이웃으로는 "가재, 잠자리 애벌레, 개구리" 등이 있다. 최근에는 귀화 외적(歸化外敵)까지 생겨 "불루 길, 큰 입 베스, 황소개구리, 붉은귀 거북" 등이 있다고 배웠다. 우리 담임선생님은 차라리 구구단 못 외는 아이들은 용서를 해도 이런 악당들의 종류 그리고 모양이나 출현 시각을 외지 못하면 호되게 매질을 한다. 사실은 우리도 육식 민물고기이다. 하지만 프랑크톤이나 장구아비, 물벼룩, 물고기 알 정도만 먹는다. 큰 입으로 우리 종족들을 찢어 먹거나 통째로 꿀꺽 삼키는 악당과는 질이 다르다. 그것들의 행동을 보면 모골이 송연해진다.

우리 동네는 한날한시에 제사가 있는 집이 많다. 사람들이 초망을 던져 잔고기들은 한꺼번에 잡아 가기 때문이다. 애들은 여울 낚시에 목숨을 잃는다. 얕은 개울 양쪽에 막대기를 꽂아 놓고 그 사이에 줄을 달고 줄에는 지렁이를 끼운 낚시 바늘들이 매달아 놓은 낚시인데 , 개구쟁이 피라미, 송사리들은 호기심과 군것질 욕심에 몸을 물 위로 날려 그 먹이를 먹다가 사람들에게 잡혀간다. 허기진 애들은 유리 항아리 속에 깻묵이 든 것을 보고 식욕이 돋아 그것을 먹으러 들어갔다 집에 오지 못하기도 한다.

전교조 소속인 우리 담임선생이 가르쳐 주셨다. 같은 물고기라도 급이 있단다. 우리 같은 잔챙이 물고기는 "흙 수저"로써 사람들에게 잡혀가 매운탕이 되거나 도리뱅뱅이 되지만 "금수저"들은 천연기념물로 지정이 되어 극진히 대접받는다고 한다. "황 쏘가리, 어름치, 무태장어, 열목어, 미호종개, 꼬치동자개" 등은 사람들이 그들의 조상처럼 모신단다. 재미있는 일은 똑 같은 황 쏘가리도 한강 사는 놈들은 천연기념물이 되지만 임진강에 사는 것들은 우리처럼 탕이나 튀김이 된다고 한다. 인간들의 속담에 "사람이 나면 서울로 가라"는 말이 있다더니 바로 이런 경우를 보고 하는 말인 모양이다.

우리 선생님은 외국의 위대한 민물고기들의 투쟁사를 이야기 해주셨다. 남아프리카에는 "골리앗 타이거 피쉬"는 새를 잡아먹는다고 한다. "개 이빨고기"나 "엘리게이터 가아"는 물새, 너구리 심지어는 악어도 잡아먹는다고 한다. 이런 말을 들으니 가슴이 뛰었다. 유치원에서 물고기 중에는 "피라니아"가 최고라고 배웠는데 초등학교에 오니 역시 배우는 게 수준이 높다. 담임선생님의 가르침을 받고 우리들을 체육관에 가서 밤낮으로 몸집을 키우고 아가리를 넓히느라 여념이 없다. 치과에 가서 이빨이 나게 잇몸 마사지를 받고 또 건강식품도 처방받는다. 한번 물면 빠지지 않는 굳은 이빨 그리고 동물의 뼈까지 씹을 수 있는 강력한 턱과 치아를 꿈꾸며 열심히 노력을 한다.

우리 친척 잉어 아재는 자신 가족들은 덩치가 커서 여울 낚시나 어항 따위에는 잡히지 않는다고 우리 집에 오면 늘 자랑을 늘어놓았다. 그러나 며칠 전 그 집 아지매가 밤중에 수달에게 잡혀 먹혔다. 그 후 또 큰

아들은 낚시꾼에게 잡혀 갔다. 나는 아버지에게 물었다. "잉어 형도 우리처럼 도리뱅뱅이 되나요?" 아버지가 말했다. "잉어는 우리집안이기는 해도 서출(庶出)이라 그런 대접 못 받고 그저 물에 넣어 푹 삶는 단순 요리인 곰탕이나 되지, 봐라, 우리는 몸이 작고 빨라 수달이 절대로 잡아먹지 못하지, 인간들의 낚시에 잡혀도 우리는 놓아준단다. 우리는 조상에게 감사해야 돼."라고 또 너스레를 떨었다. 얼마 전 잉어 댁의 작은 아들과 우리 외사촌 파리미는 I.S에 입회를 하려 정든 개울을 떠났다. 이들과 함께 꺽지와 메기 집의 아들도 함께 떠났다. 한국의 R.O는 아직도 투쟁력이 부족하단다. 언젠가 우리 동네 물고기들도 덩치가 커지고 이빨이 생겨 물속에 들어온 백로를 잡아먹고 수달을 씹어먹는 그날까지 우리는 싸워 이길 것이라고 맹세를 하면서 늪을 떠났다.

새가슴인 나는 투쟁, 쟁취라는 말이 무섭다. 진취적인 외사촌을 보니 나는 친탁(親託)을 한 모양이다. 피라미가 수달을 잡아먹고 메기를 잡아먹으면 우리 동네는 평화가 올까? 수달과 백로와 메기는 나쁜 놈들일까? 피라미들의 가출은 이해가 되는데 꺽지와 메기네들은 왜 좌파의 길로 갈까? 조지 오웰의 소설 "동물농장"이 떠오른다. 돼지가 주인이 된 농장은 행복했던가? 평화의 길은 어디에 있을까? 부활하신 예수님 앞에 길게 묵상(默想)을 해본다.

온북스
ONBOOKS

Memo

Memo